Phillip M. Margolin

Phillip M. Margolin est avocat, spécialiste des affaires criminelles au barreau de Portland, dans l'Oregon. Il a participé à de nombreux et importants procès pour meurtre et plaide devant la cour suprême des États-Unis. Il a évité la peine capitale à tous ses clients.
Ses romans, parmi lesquels *La rose noire* (1994), *Les heures noires* (1996) et *Justice barbare* (2001), sont des best-sellers internationaux.

DERNIÈRE CHANCE

DU MÊME AUTEUR
CHEZ POCKET

LA ROSE NOIRE
LES HEURES NOIRES
PIÈGE FUNÉRAIRE
LE DERNIER HOMME INNOCENT
UNE PIERRE DANS LE CŒUR
JUSTICE BARBARE
L'AVOCAT DE PORTLAND

PHILLIP M. MARGOLIN

DERNIÈRE CHANCE

POCKET

Titre original :
THE BURNING MAN
Publié pour la première fois
par Doubleday, New York

Traduit de l'américain
par Jacques Guiod

ISBN : 2-266-15134-7

Pour Bart C. et ses parents,
Philipp et Kaye,
qui n'ont jamais perdu espoir.

REMERCIEMENTS

Certains événements décrits ici rappellent des incidents effectivement survenus au cours d'une affaire criminelle dont je me suis occupé il y a plusieurs années. C'est pourquoi je tiens à déclarer avec force que les personnages de ce livre sont de pure fiction. J'ai imaginé leurs personnalités et leurs motivations dans le but de divertir mes lecteurs par le biais d'une histoire plausible.

Quelques personnes bien réelles m'ont aidé à écrire ce livre. Je veux remercier Judy Margolin, Bart Reid, le Dr Donald Trunkey, le Dr Stanley Abrams, Robert Palladino, l'inspecteur Patrick Montgomery de la police de l'Etat d'Oregon, le Dr Benson Schaeffer ainsi que mon ami et confrère en écriture, le Dr Michael Palmer, pour avoir bien voulu partager leurs connaissances techniques avec moi.

J'ai beaucoup apprécié les commentaires de Jay Margulies, Pam Webb, Vince Kohler, Susan Svetkey, Larry Matasar, Jerry, Joseph, Eleonore et Doreen Margolin, ainsi que de Norman et Helen Stamm, qui ont eu l'amabilité de lire le premier jet.

Je tiens également à remercier le dynamique duo constitué par Lori Lipsky et Elisa Petrini, champions du monde de l'édition venus à mon secours, Estelle Laurence, qui a si soigneusement relu mon texte, et tous les collaborateurs (sans exception aucune) des maisons d'édition Doubleday et Bantam Books.

Enfin, je ne me lasse jamais de remercier Jean Naggar et le personnel de son agence littéraire de s'occuper si bien de moi, ainsi que Doreen, Daniel et Ami Margolin de réussir à vivre à mes côtés.

PREMIÈRE PARTIE

DESCENTE EN FLAMMES

I

1

Le jour où les dieux décrétèrent sa chute, Peter Hale prenait son petit déjeuner sur la terrasse de son appartement. Le soleil entamait sa lente ascension au-dessus de la ville de Portland et une aura rouge sang entourait la silhouette noire du Mount Hood. La sombre métropole ressemblait à une grande flaque d'encre sillonnée de guirlandes de Noël. Un poète aurait chanté la beauté de cette aurore, mais Peter avait d'autres raisons de savourer la naissance de cette nouvelle journée. Il croyait que Galilée se trompait quand il se figurait que la terre gravitait autour du soleil. Au plus profond de son cœur, Peter savait que le soleil qui se levait lentement sur la ville tournait en fait autour de lui.

Une miette de sa tranche de pain complet tomba sur la jambe de son pantalon Armani gris. Il l'épousseta, puis but une gorgée du café au lait qu'il s'était préparé grâce au percolateur qui trônait sur le comptoir en marbre de sa cuisine intégrée. Peter habitait un splendide appartement, conduisait une Porsche d'un rouge flamboyant et touchait un fort coquet salaire en tant qu'associé depuis quatre ans du cabinet Hale, Greaves, Strobridge, Marquand & Bartlett. Ce salaire ne suffisait pas à couvrir toutes ses dépenses et Peter était légèrement surendetté, mais il n'avait jamais eu de problème pour obtenir une hypothèque, un prêt sur son automobile ou ce genre de choses : chacun savait en effet qu'il était le fils de Richard Hale, l'un des fondateurs du cabinet, mais aussi ancien président du Barreau de l'Etat d'Oregon. Malgré tout cela, Peter n'avait rien d'un joyeux drille.

Les rideaux du séjour frémirent. Peter regarda par-dessus son épaule. Priscilla traversait la terrasse, uniquement vêtue d'un t-shirt Calvin Klein trop grand pour elle. Elle était hôtesse sur la United. Peter la voyait de temps en temps depuis quelques mois. La plupart des hommes se seraient damnés pour une telle maîtresse, mais Priscilla parlait de « fiançailles » avec une fréquence accrue et Peter avait de plus en plus de mal à éviter les discussions à ce sujet.

Priscilla se pencha pour embrasser Peter sur la joue. Il bougea la tête et elle sentit sa réticence.

« Ouh, tu as l'air grognon ce matin, dit Priscilla, la voix traînante, pour ne pas montrer qu'elle était blessée.

– Oui, je dois aller au tribunal, répondit-il brusquement.

– L'affaire se passe bien ?

– Bien pour sir Richard. Moins bien pour moi. »

Priscilla s'assit en face de Peter.

« Qu'est-ce qui ne va pas ? lui demanda-t-elle.

– Toujours la même chose depuis que j'ai commis l'erreur d'aller travailler chez mon père. »

Peter ne tenta pas de dissimuler son amertume. Cela le soulageait d'exprimer sa colère.

« Hier soir, juste après la séance, sir Richard m'a informé qu'il procéderait au contre-interrogatoire de tous les témoins importants de la défense et qu'il prononcerait la plaidoirie finale.

– Ton père t'a tout de même confié une partie de l'affaire, n'est-ce pas ?

– Il m'a permis d'interroger quelques témoins insignifiants, c'est à peu près tout.

– Oh, Peter, je suis réellement désolée. Je sais à quel point il t'importe d'être avocat-conseil.

– Que veux-tu, fit-il en haussant les épaules, j'aurais dû m'en douter. Mon père a envie que toute la gloire rejaillisse sur lui. »

Peter se tourna vers le soleil levant, mais ses pensées étaient tout intérieures. Quand son père lui avait demandé s'il aimerait travailler chez Hale et Greaves, Peter avait imaginé qu'il effectuerait un bref apprentissage rapidement suivi d'une série d'affaires majeures dont il serait l'avocat principal : il décrocherait des dommages et intérêts de plusieurs millions de dollars et se ferait un nom dans la communauté juridique. Il lui avait fallu passer quatre ans sous la houlette de Richard Hale pour remettre enfin les pieds sur terre. Il avait travaillé dès le premier jour sur l'affaire *Elliot contre Northwest Maritime* et sa connaissance du dossier était bien supérieure à celle de son père. Si celui-ci ne lui permettait pas de mener le jeu dans l'affaire *Elliot*, il avait peu d'espoir de défendre jamais une grande affaire. Il devait s'arracher à l'influence de son père. Si nécessaire, quitter Hale et Greaves. Un nouveau départ au sein d'un nouveau cabinet constituait peut-être la bonne solution. Il y songerait sérieusement une fois l'affaire *Elliot* réglée.

De leurs bureaux situés au quarantième étage du Continental Trust Building, les associés majoritaires de Hale, Greaves, Strobridge, Marquand & Bartlett avaient une vue imprenable sur les rivières, les montagnes et les collines verdoyantes qui font de Portland, Oregon, une ville absolument unique. Le gratte-ciel était récent, mais les locaux du cabinet étaient décorés de boiseries sombres, de cuivres polis et d'objets anciens qui leur donnaient un air d'intemporalité.

A sept heures et demie du matin très précises, Peter entra dans la petite salle de réunion aveugle où son père et lui se retrouvaient quotidiennement afin de passer en revue les personnes qui témoigneraient dans la journée et de régler les problèmes techniques susceptibles de se poser. Le père de Peter avait toujours cette carrure qui lui avait permis de participer à la demi-finale du championnat de football et de devenir champion de lutte de l'Etat d'Oregon en 1956. Il arborait une belle chevelure blanche et son visage taillé à la serpe se distinguait par un nez cassé et une oreille en chou-fleur. Richard Hale faisait du droit comme il faisait du sport, bille en tête et pas de quartier ! Ce matin-là, le père de Peter déambulait en manches de chemise devant une crédence basse, un combiné téléphonique collé à l'oreille, et murmurait « Seigneur Dieu ! » de plus en plus fort chaque fois qu'il se retournait.

Peter ôta sa veste et l'accrocha à la patère, derrière la

porte. Il remarqua avec dégoût que son père avait jeté son veston sur la grande table de conférence et qu'il y gisait en tas. Richard aimait jouer les humbles devant les jurés et il pensait que des vêtements froissés l'aidaient à peaufiner son image. Peter ne se voyait pas porter un costume qui ne fût fraîchement repassé.

« Quand le sauras-tu ? aboya son père au moment où Peter sortait plusieurs dossiers de son attaché-case et les disposait en une pile bien nette. Non, ça n'ira pas. On est en plein procès. On est déjà là depuis deux semaines. »

Richard s'arrêta. Ses traits s'adoucirent. « Je sais bien qu'on n'y peut rien, mais tu ne connais pas le juge Pruitt. »

Il s'arrêta de nouveau et écouta attentivement. Puis son visage s'empourpra sous l'effet de la colère.

« Ecoute, Bill, ce n'est pas difficile. Je t'ai dit qu'il me fallait ces paperasses il y a deux semaines. Voilà ce qui arrive quand on attend la dernière minute... Tu as intérêt, oui », menaça Richard.

Et il mit fin à la conversation en reposant violemment le combiné.

« Qu'est-ce qui se passe ? demanda Peter.

– Ned Schuster a eu un accident de voiture, répondit Richard en se passant distraitement la main dans les cheveux. Il est à l'hôpital.

– Qui ça ?

– Schuster. Il devait venir témoigner aujourd'hui. Bill Ebling dit qu'il ne peut pas présenter les documents au tribunal parce que Schuster en détenait l'unique exemplaire. »

Peter ne voyait absolument pas de quoi parlait son père. Il jeta un coup d'œil à ses dossiers. Il y en avait un pour chaque témoin, et aucun ne portait le nom de Schuster. Il releva la tête. Son père était appuyé contre le mur. Son visage était aussi pâle que de la craie et il se frottait vigoureusement les mâchoires.

« Papa ? » fit Peter, effrayé par la lividité soudaine de son père et les gouttes de sueur qui baignaient son visage.

Au lieu de répondre, Richard grimaça de douleur et se frotta la poitrine de son poing fermé. Peter était tétanisé.

« C'est le cœur », réussit à dire Richard.

Peter s'arracha à sa torpeur et fit le tour de la table de conférence.

« Il faut que je m'allonge », fit Richard.

Ses jambes ne le soutenaient plus. Peter le rattrapa avant qu'il ne tombât.

« Au secours ! » hurla Peter.

Une jeune femme passa la tête par la porte et écarquilla les yeux.

« Faites le 911, dépêchez-vous ! Mon père a une crise cardiaque. »

Quand Peter le regarda de nouveau, Richard avait les dents serrées et les yeux fermés. Il continuait de se frotter énergiquement la poitrine comme pour effacer la douleur.

« Tiens bon, papa, dit Peter. Les secours arrivent. »

Richard eut un soubresaut. Ses yeux devinrent vitreux. Les deux hommes étaient à terre. La tête de Richard reposait sur les cuisses de Peter. Celui-ci était tellement obnubilé par son père qu'il ne vit pas la pièce s'emplir de monde.

Soudain, Richard ouvrit les yeux et hoqueta :

« Ajourner.

– Quoi ?

– Il faut... ajourner...

– Papa, ne parle pas, je t'en prie. Garde tes forces. »

Richard saisit le poignet de Peter et le serra si fort que ses doigts y laissèrent des traces rouges.

– Faut... ajourner..., répéta-t-il.

– D'accord, je m'en occupe », promit Peter au moment où quelqu'un criait « Laissez-moi passer ! »

Peter se tourna vers la porte. Il reconnut la femme d'un certain âge qui essayait de se frayer un chemin : c'était l'infirmière engagée par le cabinet pour les affaires de coups et blessures. Un instant plus tard, Peter se retrouva de l'autre côté de la table de conférence et l'infirmière tentait de sauver la vie de son père.

Peter avait le souffle coupé à l'idée que Richard Hale pût mourir. Il s'effondra sur une chaise au moment où deux infirmiers entraient précipitamment avec de l'oxygène, un brancard et un flacon à perfusion. La mère de Peter était morte quelques années plus tôt des suites d'une longue maladie et son décès était somme toute programmé, mais Peter voyait en son père une sorte de roc inébranlable. Il releva la tête, mais ne réussit pas à entrevoir le visage de son père, caché par le personnel médical. Si Richard ne s'en sortait pas ? se demanda-t-il. Son cœur battait si vite qu'il dut prendre sur lui pour se calmer. Sa crise d'angoisse s'atténua. Il ouvrit les yeux et vit son attaché-case et ses dossiers. Le procès ! Peter consulta sa montre. Il était pratiquement l'heure d'aller au tribunal. Subitement, les gens qui bloquaient la porte s'écartèrent et les infirmiers sortirent de la pièce avec le brancard sur lequel était allongé son père. Peter aurait voulu les suivre jusqu'à l'hôpital, mais il fallait bien que quelqu'un raconte à Mrs Elliot ce qui s'était passé et demande au juge Pruitt d'ajourner la séance. Il ne pourrait voir son père avant longtemps. Il lui faudrait patienter des heures dans la salle d'attente de l'hôpital avant que les médecins ne lui disent quoi que ce soit.

Peter sortit dans le couloir désert. Tout le monde avait suivi les infirmiers jusqu'à l'ascenseur. Peter quitta les bureaux par la sortie de secours située près des toilettes des hommes. Il tremblait et son visage était tout rouge. Il s'approcha d'un lavabo et se passa de l'eau froide sur la figure, puis il se regarda dans le miroir. Son brushing n'était plus qu'un souvenir, sa chemise était froissée et sa cravate de travers. Peter prit un peigne qu'il passa sous l'eau. Quand ses cheveux furent présentables, il lissa sa chemise et resserra son nœud de cravate.

Peter examina une nouvelle fois son image. C'était un homme dont l'héritage génétique maternel avait adouci les traits un peu rudes qu'il tenait de son père. Peter avait les yeux bleus et le regard intense de son père, mais les pommettes saillantes de sa mère. Son nez était droit et ses lèvres plus fines que celles de Richard Hale. Avec son mètre soixante-dix-huit et ses soixante-douze kilos, il n'avait ni la taille ni la carrure de son père.

Peter se redressa. Il se sentait de nouveau maître de lui-même et de la situation. Il ne pouvait rien pour son père. Richard serait inconscient ou sous médicaments pendant des heures. Peter décida d'expliquer rapidement la situation au juge Pruitt avant de se rendre à l'hôpital. Vu les circonstances, Pruitt reporterait certainement le procès à une date ultérieure. Aucun juge ne permettrait le déroulement d'un procès alors que l'avocat de la partie civile est terrassé par une crise cardiaque.

Peter prit l'ascenseur qui l'amena dans le hall. Le tribunal n'était qu'à quelques pâtés de maisons de là. Une pensée plutôt dérangeante lui vint en chemin. Mrs Elliot souffrait beaucoup. Il voyait bien à quel point il lui était pénible d'assister à ce procès, tant physiquement que moralement. En cas de report, Mrs Elliot devrait participer à un second procès. Les avocats de la défense auraient alors les transcriptions des déclarations des témoins favorables à Mrs Elliot et cela profiterait à leur système de défense. Les retards aident toujours les défendeurs quand le plaignant a un dossier solide. La cause de la partie civile était presque entendue : il ne restait plus que deux témoins sans grande importance.

Peter s'arrêta une fois franchies les portes du tribunal. Avocats, plaideurs, policiers et employés l'entouraient de toute part ; le bruit de dizaines de conversations formait un brouhaha constant, mais il ne s'occupait pas de la foule. Son père avait-il les idées claires quand il avait demandé à Peter de tenter d'obtenir un report ? Il souffrait atrocement. Son père voulait-il vraiment saborder l'affaire alors qu'elle se présentait si bien ? Richard se souviendrait-il même de sa consigne une fois remis de son traumatisme ? Peter était persuadé qu'il n'était pas dans l'intérêt de Mrs Elliot de suivre les volontés de son père, mais l'idée de désobéir aux ordres de Richard Hale le terrorisait.

Peter se rendit compte qu'il tremblait. Il inspira profondément et s'obligea à se calmer. Le premier devoir d'un avocat, c'était l'intérêt de son client. Mais, dans ce cas, pourquoi son père avait-il souhaité un ajournement ? Il fallut un moment avant que la réponse ne s'impose à Peter. Richard Hale ne faisait absolument pas confiance à son fils.

La peur de Peter fit place à une sorte de sentiment d'outrage. Il serra les poings et traversa le hall en direction des ascenseurs. Quand les portes s'ouvrirent, Peter décida qu'il était prêt à se présenter devant le tribunal. Il montrerait à son père de quoi il était capable. Il remporterait le procès *Elliot contre Northwest Maritime*. Ensuite, il déposerait les millions de dollars de dommages et intérêts devant Richard Hale : ce serait la preuve irréfutable de son désir, mais aussi de sa capacité à monter en première ligne.

Alvin Pruitt était un juriste au teint cadavéreux affublé de cheveux taillés en brosse, de petits yeux injectés de sang et de joues creuses qui semblaient toujours recouvertes d'une barbe de plusieurs jours. Il avait un caractère de chien et régnait sur le prétoire comme sur une chambrée de Marines. Peter avait dix minutes de retard quand il entra dans la salle, et le juge était furieux.

« J'espère que vous avez une excuse solide, maître Hale.

– Oui, monsieur le juge. C'est un cas d'urgence. Puis-je vous parler en privé ? »

Pruitt fronça les sourcils et scruta le prétoire.

« Je ne vois pas votre père.

– C'est justement de cela que je voulais vous parler », répondit Peter.

Il franchit le petit portillon qui sépare l'estrade du juge des sièges du public.

Pruitt fit signe à Peter de s'avancer, puis s'adressa à l'avocat représentant la Northwest Maritime et le chauffeur de cette société.

« Maître Compton, vous feriez bien de venir aussi. »

Peter s'arrêta devant la plaignante pour lui dire bonjour. Nellie Elliot était une femme blême usée par une vie de pauvreté, la mort prématurée de son mari et la tâche ardue d'élever seule cinq jeunes enfants – tout cela avant que la vie ne lui fît une ultime injure en la plaçant sur la trajectoire d'un camion de la Northwest Maritime. Tétraplégique, Mrs Elliot était clouée sur un fauteuil roulant et son action en justice valait des millions de dollars.

« Que se passe-t-il ? » demanda Mrs Elliot.

Depuis son accident, elle ne pouvait bouger que la tête, laquelle penchait vers son épaule gauche. Son langage saccadé était une autre conséquence de la négligence du prévenu.

« Je vous expliquerai après avoir parlé au juge, répondit Peter avec un sourire rassurant.

– Alors ? » fit le juge Pruitt, impatient.

Peter parla doucement pour ne pas être entendu de sa cliente.

« Votre Honneur, mon père a eu une crise cardiaque au moment où nous partions pour le tribunal. »

Lyle Compton parut frappé et le juge perdit son air

sévère. Les deux hommes connaissaient Richard Hale depuis plus de vingt ans. Le juge Pruitt était sans conteste brusque pour quiconque se présentait devant lui, mais il tenait Richard en très haute estime. Lyle Compton et Richard Hale s'étaient affrontés loyalement au cours d'innombrables procès.

« Est-ce qu'il va s'en remettre ? demanda Pruitt avec une inquiétude non dissimulée.

– Je l'ignore.

– Nous allons ajourner le procès et nous nous reverrons demain pour que vous nous aidiez à fixer une date », dit le juge.

Peter avait craint que le juge ne décide seul de l'ajournement du procès. « Il n'y a aucune raison de procéder à un ajournement, dit-il en espérant ne pas laisser transparaître son angoisse. Je ne verrai pas mon père avant plusieurs heures. »

Le juge Pruitt fronça les sourcils. Il regarda Peter comme s'il était certain d'avoir été mal compris.

« Vous n'avez pas l'intention de poursuivre, n'est-ce pas ? demanda le juge.

– Si. L'affaire est pratiquement close et nous devons penser à Mrs Elliot. Il serait cruel de lui imposer un second procès.

– Oui, c'est vrai, mais votre père est son avocat principal », dit le juge.

Lyle Compton était petit, chauve et tout rond. Il arborait ordinairement un sourire désarmant. Il représentait toujours les compagnies d'assurances, mais se montrait sympathique à l'égard des demandeurs. Calme et dépourvu de toute agressivité, c'était un vrai fauve une fois franchie la porte du tribunal.

« Peter, ce ne serait pas loyal de vous obliger à poursuivre, dit Compton avec sincérité. Mrs Elliot a le droit d'être représentée par ce qu'il y a de meilleur. Si vous demandez un ajournement ou un report, je n'émettrai pas d'objection. »

Peter bouillonnait, mais il se contint. Il croyait que Compton essayait de le pousser à l'ajournement pour mieux défendre son client. Et cette remarque sur Mrs Elliot qui méritait la meilleure des défenses... Peter s'endurcit. Il montrerait à Compton ce que c'était que de se frotter vraiment aux meilleurs.

« J'apprécie votre attitude, maître Compton, mais je suis prêt à poursuivre.

– Vous vous sentez prêt, maître Hale ? demanda le juge. Vous n'avez jamais été avocat principal dans une affaire d'une telle complexité, n'est-ce pas ?

– Non, Votre Honneur, mais je travaille sur ce dossier depuis le début. J'ai rencontré les témoins, rédigé les plaidoiries et les notes. En toute modestie, je pense connaître les tenants et les aboutissants de la plainte de Mrs Elliot aussi bien, sinon mieux que mon père.

– Est-ce là ce que souhaite votre cliente ? demanda le juge.

– Je n'ai pas eu l'occasion d'en discuter avec elle. Elle ne sait pas encore ce qui s'est passé. »

Le juge Pruitt parut troublé.

« Très bien, prenez donc quelques minutes pour converser avec Mrs Elliot. Mais avant cela, je dois vous dire que vous commettez une énorme erreur en vous obstinant ainsi. Vous devriez être auprès de votre père, à l'hôpital. Je sais que vous pensez aux intérêts de votre cliente, ce qui est tout à votre honneur, mais je vois mal comment vous allez plaider ce dossier en ignorant ce qu'a décidé votre père. »

Peter se sentit momentanément soulagé. Le procès se poursuivrait et il se battrait seul. Il revenait vers sa cliente quand le doute s'empara de lui. A part son peu de foi dans les capacités de son fils, Richard avait-il une autre raison de lui demander de faire reporter le procès ? Peter se souvint de l'air contrarié de son père juste avant sa crise cardiaque. De quoi était-il en train de parler ? Une histoire de témoin et de documents. En s'asseyant à côté de Mrs Elliot, Peter s'efforça de faire le tour de cette affaire. Il ne voyait aucun témoin en dehors des deux personnes appelées ce jour-là, et encore moins de documents à présenter.

Il fut interrompu dans ses réflexions quand Mrs Elliot fit pivoter son fauteuil afin de se trouver face à lui.

« Où est maître Hale ? » demanda-t-elle d'un air craintif.

Peter oublia promptement le témoin mystérieux et dit :

« Mrs Elliot, je veux que vous gardiez votre calme. Ce que je vais vous annoncer risque de vous être assez désagréable. »

« La demanderesse persiste », déclara Peter d'une voix qui renseigna le jury sur toute la confiance qu'il mettait dans cette affaire. Ses deux derniers témoins avaient été formidables et Peter voyait mal comment un juré pourrait ne pas être convaincu que la Northwest Maritime devait verser à Nellie Elliot des millions de dollars de dommages et intérêts.

« Puis-je m'entretenir un instant avec maître Hale ? demanda Lyle Compton au juge Pruitt.

– Je vais envoyer déjeuner les jurés. Dès que vous aurez fini de parler à maître Hale, vous pourrez déposer toutes les requêtes qu'il vous plaira. La défense plaidera après déjeuner.

– Cela me convient parfaitement, Votre Honneur. »

Quand les jurés furent partis, Compton fit signe à Peter de le rejoindre dans un endroit discret. Peter avait des ailes aux pieds quand il traversa la salle d'audience. Un coup de fil à l'hôpital lui avait appris que son père se remettrait pleinement ; de plus, il était sur le point de remporter son premier procès de cette importance.

« Peter, dit Compton à voix basse, je suis prêt à transiger sur la base d'un million et demi de dollars. »

Peter bomba le torse. Compton était aux abois et il le savait. Avec cette proposition, il brûlait ses dernières cartouches pour faire économiser à son client les millions de dollars supplémentaires que le jury ne manquerait pas de demander.

« Désolé, Lyle, mais je ne pense pas que cela suffira.

Compton paraissait mal à l'aise.

« Ecoutez, Peter, je n'aime pas du tout la façon dont se déroule ce procès. Vous n'auriez pas dû poursuivre dans cette voie. Vous êtes trop inexpérimenté.

– Oh, fit Peter qui réprima un petit sourire de satisfaction, laissons le jury en décider, voulez-vous ? »

Compton baissa les yeux. Il prit son souffle.

« Je ne devrais probablement pas faire ça, mais je ne veux pas profiter de vous. Je respecte infiniment votre père et c'est pour cela que je me permets de vous dire que votre dossier est mal construit. Vu les circonstances, ma proposition est extrêmement généreuse. »

Peter faillit éclater de rire. Un dossier mal construit ! Compton croyait-il vraiment prendre au piège un jeune avocat novice ? Peter jubilait de voir un des meilleurs avocats d'affaires de l'État se trémousser comme un ver au bout d'un hameçon.

« Lyle, j'apprécie votre geste, mais c'est non. »

Compton parut déçu.

« Fort bien. J'aurais essayé, Peter. Mais j'ai aussi un client. » Dès que les avocats eurent rejoint leur table respective, Mrs Elliot demanda :

« Qu'est-ce qui se passe encore ?

– Maître Compton va certainement demander que le juge impose son verdict au jury. C'est normal. La défense pratique toujours ainsi quand le demandeur persiste. Il va dire que nous n'avons pas produit suffisamment de preuves matérielles pour permettre au jury de délibérer.

– Il ne va pas gagner, tout de même ? fit Mrs Elliot, anxieuse.

– Bien sûr que non, répondit Peter avec un sourire confiant. Pour nous mettre en tort, le juge devrait démontrer qu'il n'y a pas d'interprétation raisonnable des preuves susceptibles d'étayer notre position. C'est quasi impossible.

– J'ai une requête à présenter au tribunal, dit alors Compton comme s'il s'excusait.

– Sur quoi se fonde-t-elle ? demanda le juge.

– Votre Honneur, la plainte de la demanderesse stipule que la Northwest Corporation est une entreprise enregistrée dans l'Etat d'Oregon. C'est au paragraphe premier de sa plainte. »

Peter regarda le texte de la plainte déposée un an et demi plus tôt par Mrs Elliot avant d'être officiellement présentée au tribunal. Il y était dit que la Northwest Maritime était une entreprise faisant commerce dans l'Oregon, qu'un camion conduit par l'un de ses employés avait blessé Mrs Elliot et que le chauffeur avait fait preuve de négligence dans l'exercice de sa profession.

« Notre réponse nie chacune des affirmations de cette plainte, poursuivit Compton. Quand la défense procède ainsi, il est du devoir de la partie civile de prouver chacune desdites affirmations. J'ai examiné les preuves qu'elle a produites et je déclare que Mrs Elliot n'a pas réussi à prouver l'existence de l'entreprise citée. »

Peter n'entendait plus rien des propos de Compton. Il avait l'impression de se trouver dans un avion dont les moteurs se seraient brusquement arrêtés et qui tomberait comme une pierre à une vitesse foudroyante. Peter avait toujours été persuadé que son père avait rassemblé les documents relatifs à l'entreprise lors d'une de ses visites à la bibliothèque. Il semblait aujourd'hui que cette preuve matérielle n'avait jamais été produite.

Soudain, Peter se souvint de Ned Schuster, le témoin mystérieux qui avait eu un accident. L'homme qui devait apporter les documents que son père attendait tant, juste avant qu'il n'eût sa crise cardiaque. Il s'agissait certainement des papiers prouvant que la Northwest Maritime était bien une entreprise. Et c'était pour cela que Richard avait imploré Peter de demander un ajournement.

« ... de rejeter la plainte à l'encontre de la Northwest Maritime et de demander au juge de ce tribunal d'imposer son verdict », conclut Compton.

Le juge Pruitt paraissait gêné. Il se tourna vers Peter, lequel relisait le texte de la plainte comme si cela allait en changer les termes. Le détail soulevé par Compton était insignifiant. Chacun savait que la Northwest Maritime était une entreprise. Elle possédait d'immenses entrepôts et d'immenses panneaux rouges proclamaient son existence. Le document manquant n'avait que peu de valeur. Une paperasse des plus ridicules.

« Maître Hale, dit calmement le juge Pruitt, je m'attendais à cela. La réponse de la défense nie l'existence de cette entreprise. Il vous revient donc de faire la preuve de vos allégations. Ce matin même, j'ai consulté le code à ce propos.

– Le... le conducteur, Mr Hardesty... Je crois qu'il a dit... »

Le juge secoua la tête.

« Non, maître, la question ne lui a jamais été posée.

– Mais... Mrs Elliot, que va-t-il lui arriver ? demanda Peter avec inquiétude. Si vous rejetez sa plainte contre la Northwest Maritime, il ne reste plus que le chauffeur et celui-ci ne peut verser une pension à Mrs Elliot. Elle est paralysée. Vous savez fort bien que la Northwest Maritime est solvable. »

Peter s'arrêta de parler. Le juge n'osait pas le regarder et Lyle Compton avait l'air malade : on eût dit un enfant qui se rend compte que ses blagues n'amusent plus personne.

« Maître Hale, dit le juge Pruitt, je ne peux rien contre cela. Vous ne nous avez pas prouvé que la

Northwest Maritime était une entreprise. Aucun jury digne de ce nom ne peut le conclure à la lecture des documents présentés. Si je rejette la requête de maître Compton, celui-ci interjettera appel et la cour d'appel me donnera tort. Cela s'est déjà produit à sept reprises : j'ai consulté les annales à ce sujet. J'ai les poings liés. »

Le juge Pruitt se tourna vers Lyle Compton et Peter s'effondra sur son siège. La tête lui tournait. Il ne savait absolument pas quoi faire. Il crut qu'il allait vomir.

« J'accède à votre requête, maître Compton. J'imposerai mon verdict dans cette affaire. Il restera à traiter le procès à l'encontre de Mr Hardesty. »

Peter sentit les roues du fauteuil de Mrs Elliot percuter sa chaise.

« Qu'est-ce qui se passe ? Qu'est-ce qui se passe ? » demanda-t-elle d'une voix tremblante de peur et d'émotion.

Chaque fois qu'elle répétait ces mots, Mrs Elliot parlait de plus en plus fort, de sorte que les membres de l'assistance se tournèrent tous vers Peter pour savoir quelle réponse il allait apporter à cette malheureuse handicapée qui ne toucherait pas un centime après toutes les épreuves qu'elle avait traversées. Peter voulait lui parler, mais il en était bien incapable. Il ne pouvait que regarder droit devant lui, les yeux dans le vide, tandis que son univers personnel s'effondrait.

2

Après l'audience, Peter s'en retourna comme un automate au cabinet Hale et Greaves. Martin Strobridge était l'un des avocats les plus éloquents de tout l'Etat d'Oregon, mais il fut sans voix quand Peter tenta de lui raconter comment il avait voulu prendre en main l'affaire *Elliot contre Northwest Maritime*. Quand Strobridge retrouva ses sens, ce fut pour donner l'ordre que personne n'aille apprendre à Richard ce qui s'était passé de peur de lui provoquer une autre crise cardiaque. Puis il suspendit Peter de toutes ses fonctions au sein du cabinet en attendant qu'un comité statuât sur son sort. Strobridge n'imaginait pas à quel point Peter lui était reconnaissant de l'éloigner du cabinet, où il serait la risée de tous dès que le téléphone arabe aurait transmis la nouvelle de sa disgrâce.

Peter se rendit directement à l'hôpital. On l'autorisa à passer quelques minutes aux urgences. Le médecin de Richard assura à Peter que l'état de son père n'avait rien d'alarmant et qu'il sortirait de l'hôpital dans moins d'une semaine, mais le choc que Peter éprouva en le voyant entouré de machines clignotantes fut aussi grand que le traumatisme d'avoir perdu l'affaire *Elliot*. Il n'avait jamais vu jouer Richard, mais les images qu'il pouvait avoir de lui étaient toujours liées au football. Pour lui, Richard Hale était un homme débordant d'énergie qui enfonçait les lignes ennemies. Mais le Richard Hale qui le regardait à travers ses paupières mi-closes n'était qu'un vieillard fragile au langage quasi incohérent. Peter essaya de sourire, de lui faire la conversation, aussi. Il quitta prématurément la chambre de son père, heureux que les médicaments l'empêchent d'avoir les idées assez claires pour l'interroger sur l'issue du procès.

Au cours des jours qui s'écoulèrent entre sa débâcle et sa convocation au cabinet Hale et Greaves, Peter se terra dans son appartement et tenta d'imaginer un scénario où la vie suivrait le même cours qu'avant. Grâce au ciel, Priscilla s'était envolée pour quelque destination inconnue, le laissant seul avec son désespoir. Peter savait que ses actes auraient nécessairement des conséquences et, quand on l'appela pour lui demander de se présenter au cabinet, il s'était créé un petit monde utopique où il s'excusait, promettait de ne plus jamais se comporter aussi sottement, et tout était pardonné.

Au cours de l'une de ses visites à l'hôpital, son père lui avait demandé ce qu'il en était de l'affaire Elliot, et Peter lui avait répondu que tout se passait pour le mieux. Dès qu'il entra dans le bureau massif de son père, le jour où il fut convoqué, Peter comprit que quelqu'un avait finalement annoncé sa disgrâce à Richard. L'homme assis derrière le vaste bureau de chêne était fatigué. Il regarda Peter d'un air las. Il avait perdu du poids à l'hôpital et son teint frais était maintenant cireux. Au bout d'un moment, Richard secoua la tête lentement, tristement.

« Assieds-toi, Peter », dit Richard en lui indiquant une chaise à haut dossier de cuir. Peter s'assit.

« Je n'aurais jamais cru qu'une telle chose pût arriver. »

Peter aurait voulu protester, se défendre, mais il avait une boule énorme dans la gorge et ne pouvait que contempler le bois poli du bureau.

« Tu voulais être l'avocat principal d'une grande affaire. C'est pour cela que tu as agi ainsi, n'est-ce pas ? »

Peter hocha la tête.

« Je sais que tu m'en as beaucoup voulu de ne pas t'avoir donné ta chance. » Peter leva la tête, étonné d'être ainsi percé à jour. « Mais je ne pouvais faire autrement. »

Richard soupira. Il paraissait défait.

« J'ai tenté de m'abuser à ton propos, Peter, mais ce que tu as fait me contraint à regarder la vérité en face. Tu es un jeune homme intelligent. Ton QI est là pour le prouver. Mais tu n'as jamais exploité tes capacités. Tu t'es laissé vivre au lycée, et j'ai dû intervenir pour te trouver une bonne université. Tu y as passé quatre ans à décrocher des notes si basses que j'ai dû battre le rappel de tous mes camarades pour te faire entrer dans une faculté de droit. J'ai agi de la même façon pour te faire avoir un poste dans ce cabinet et j'ai souhaité de tout mon cœur que tu deviennes enfin un adulte digne de ce nom.

« Je suis en partie responsable de tes échecs. Je sais que je ne me suis pas assez occupé de toi et que j'ai consacré toute mon énergie à la création de ce cabinet. Quand j'étais là, je tentais de compenser mes absences en te gâtant de manière inconsidérée. Je me rends maintenant compte que tu t'en serais bien mieux sorti si je ne t'avais pas tant aidé. Si tu avais dû affronter l'échec, cela t'aurait peut-être obligé à acquérir de la rigueur et un certain sens moral... »

La voix de Richard s'éteignit. Il ferma les yeux et se frotta les paupières. Quand il les rouvrit, il avait l'air triste et résigné.

« Tout cela est sans intérêt aujourd'hui. Peu importe qui est à blâmer, tu es ce que tu es et c'est justement pour cela que je ne voulais pas te confier l'affaire *Elliot*. Je sais que tu as une intelligence suffisante pour faire un bon avocat, mais tu es paresseux et égocentrique. Tu as toujours choisi la voie la plus facile. Tu ne t'es jamais investi un tant soit peu pour quelque cause que ce soit. Pour toi, cette affaire n'était que l'occasion de parader dans un prétoire et d'assurer ton avancement dans ce cabinet, mais c'est en réalité la vie de Mrs Elliot qui était en jeu. Ton arrogance et ton insouciance ont privé cette pauvre femme de l'argent nécessaire à ses soins médicaux et à ses enfants. Tu as détruit son avenir ainsi que l'avenir des siens, mais le plus triste pour moi, qui suis ton père, c'est de penser que tu t'en moques éperdument.

– Papa, je..., commença Peter, mais Richard secoua la tête.

– Il n'y a plus rien à dire, Peter. Mrs Elliot va attaquer notre cabinet pour faute professionnelle et je devrai dire à ses avocats que tu as désobéi à mon ordre exprès de demander un ajournement, que tu as trompé le juge Pruitt pour avoir ton heure de gloire et que ta conduite est un exemple d'incurie caractérisée. Naturellement, dans de telles circonstances, tu ne peux pas rester ici. Le cabinet me fait la grâce de te proposer de démissionner. Mais dis-toi bien que c'est la dernière faveur que tu obtiendras de moi. »

Richard se pencha et posa les coudes sur son bureau et joignit les mains.

« Cela m'attriste de te dire cela, mais je dois être dur avec toi, pour ton bien. C'est peut-être ta dernière planche de salut. J'ai longtemps réfléchi à ce que j'allais décider et j'espère de tout mon cœur faire ce qui convient. Premièrement, j'ai modifié mon testament afin de te déshériter. Deuxièmement, je ne te donnerai plus un centime. Tu n'as pas gagné la vie que tu mènes. Dorénavant, tu vivras en fonction de ce que tu gagnes. »

Peter était abasourdi et ne pouvait que regarder fixement devant lui, bouche bée. Son père lui tournait le dos, le cabinet lui volait son travail. Plus un centime, lui avait dit Richard. Comment réglerait-il les traites de la Porsche et de l'appartement ? Comment paierait-il ses dettes ? Et le testament. Déshérité, avait dit Richard.

« Papa, parvint-il à articuler, je sais que j'ai eu tort. Je suis désolé. Je... c'est seulement... »

Richard secoua la tête.

« Epargne ta salive, Peter. Je t'aime, mais ta vue

m'est devenue insupportable. Tu ne peux imaginer à quel point il m'est pénible de devoir reconnaître que mon fils unique est un raté. Je nourrissais de tels espoirs, mais tu as déçu tout le monde : moi, le cabinet, Mrs Elliot.

– Tu ne peux pas faire ça. Tu ne peux pas me faire sortir de ta vie.

– Non, je ne le peux pas. Je vais donc te donner une ultime chance de devenir quelqu'un. »

Peter s'effondra de soulagement, comme un promeneur perdu dans la forêt depuis plusieurs jours et qui, désespéré, aux portes de la mort, entend subitement les voix des sauveteurs.

« N'importe quoi, papa. Je sais que j'ai eu tort. Je ferai tout ce que tu voudras.

– Ce que je vais te proposer ne te plaira certainement pas, mais c'est, à mon avis, la seule issue possible. Si tu parviens à me prouver que tu es un adulte responsable, je reviendrai sur ma décision de te déshériter. J'ai donc parlé à mon vieil ami, Amos Geary. Amos et moi nous connaissons depuis longtemps : nous avons joué ensemble au football dans l'équipe de l'Etat et nous avons même été associés. Il a un cabinet à Whitaker : c'est une petite ville de treize mille habitants située dans l'est de l'Oregon. Il assure l'assistance judiciaire dans le comté de Whitaker ainsi que dans quelques comtés voisins. Son associé vient de partir. Il accepte de t'engager. Le salaire de base est de dix-sept mille dollars. »

Peter n'en croyait pas ses oreilles. Deux ans plus tôt, il s'était rendu à Whitaker pour y prendre des dépositions. Whitaker comportait quatre rues. Quand le vent s'élevait, la poussière empêchait de voir les maisons. Sans l'université agricole, Whitaker aurait été une ville morte.

« Je refuse, dit Peter en secouant vigoureusement la tête.

– Dans ce cas, nous n'avons plus rien à nous dire. »

Peter se leva. Il en avait assez.

« C'est là que tu te trompes. » La voix de Peter était mal assurée et ses yeux pleins de larmes. « Tu n'as peut-être plus rien à me dire, mais moi, j'ai pas mal de choses à te dire. Tu m'as traité d'égocentrique. Tu es vraiment le type le plus arrogant que j'aie jamais rencontré. Tu crois être un père. Pour moi, tu n'en as jamais été un.

C'est maman qui m'a élevé. Tu faisais acte de présence et tu établissais les règles. Je ne suis pas étonné que tu me prennes pour un raté. Est-ce que tu as pensé souvent à moi quand je faisais mes études? Non, mes notes n'étaient jamais assez bonnes. Et je ne me défonçais jamais assez au sport. Je vais te dire, personne ne pourrait correspondre à tes critères. Citoyen exemplaire, major de ta promotion, premier de la faculté de droit... Comment aurais-je pu entrer en compétition avec un dieu?

« J'ai pourtant essayé, mais tu ne t'en es jamais rendu compte. Et maintenant, quand je cherche à te prouver ce dont je suis capable au tribunal, tu me mets des bâtons dans les roues. Tu as peur de reconnaître que je suis un bon avocat. Eh bien, je vais te montrer. Je trouverai du boulot dans un autre cabinet. Je deviendrai associé et Hale et Greaves n'aura plus qu'à me lécher les pieds. »

Richard écouta calmement la tirade de Peter. Quand il eut terminé, Richard lui demanda :

« Quelle firme accepterait de t'engager après la gaffe que tu viens de commettre? Tout le monde est au courant : tu es la risée de la communauté juridique de Portland. Comment pourras-tu trouver du travail si ton employeur potentiel vient nous trouver? Je te le dis sans détour : personne ne te donnera de recommandation. »

C'en était fini de la bravade de Peter. Il savait que son père avait raison.

« Tu ne me croiras peut-être pas, dit Richard, mais je t'aime. Tu ne peux imaginer à quel point je souffre de devoir te chasser, mais je dois le faire pour ton bien. Rends-toi à Whitaker. Là-bas, nulle tentation ne s'offrira à toi. Apprends à vivre debout et selon tes propres moyens. Apprends à être un bon avocat. Apprends à être un homme. »

II

Disque de braise, le soleil cuisait impitoyablement la terre brune qui recouvrait les immenses friches situées à l'est de Whitaker. Le ciel bleu pâle, impitoyable, n'acceptait aucun nuage. Le jeune policier était heureux de porter un Stetson et souhaitait de tout son cœur voir venir le vent qui le rafraîchirait et soulèverait un nuage de poussière susceptible de dissimuler la chose gisant dans les armoises, au fond du ravin. Quand le véhicule du Dr Guisti fit son apparition, vibrant dans la chaleur comme un jouet prisonnier d'une bulle de verre, le policier tourna volontairement le dos à la chose. Un regard appuyé avant d'appeler les secours par radio lui avait amplement suffi.

Le policier savait que c'était manquer de respect à la jeune femme que de la qualifier de chose, mais elle ne ressemblait plus à une créature féminine. Les bêtes du désert s'étaient nourries de sa chair, les éléments avaient fait leur œuvre, mais quelque chose d'autre s'était intéressé à elle. Un être que le policier avait du mal à qualifier d'humain.

Des étudiants en géologie de l'université d'Etat de Whitaker avaient trouvé le corps alors qu'ils travaillaient sur le terrain en compagnie de leur professeur. Ils avaient été regroupés pour permettre aux hommes de la Brigade criminelle de prendre leurs dépositions. Le jeune policier remarqua qu'ils évitaient également de regarder vers le ravin, même s'ils ne pouvaient rien voir, de l'endroit où ils se trouvaient.

Les forces de police de la ville de Whitaker se composaient de seize hommes. Les services du shérif du comté étaient encore moins importants, puisqu'il n'y avait qu'un shérif secondé par cinq adjoints. Dans les rares occasions où survenait un crime de sang, l'enquête était confiée à la Brigade criminelle, dans laquelle travaillaient de concert un inspecteur du petit bureau de la police d'Etat de l'Oregon installé à Whitaker, le shérif du comté de Whitaker ou son représentant, un membre des services de police de Whitaker et des hommes des services de police des comtés voisins de Blaine et de Cayuse. Le corps ayant été découvert en dehors des limites de la ville de Whitaker, l'équipe s'était placée sous l'autorité de l'inspecteur Jason Dagget, de la police d'Etat de l'Oregon.

Dagget avait fait venir une équipe du laboratoire de police scientifique de l'Oregon et les hommes examinaient les lieux, autour du corps. Il avait ensuite appelé le Dr Harold Guisti. Long comme un jour sans pain, le teint rubicond, le Dr Guisti était depuis trente ans le médecin de famille de Whitaker et il avait passé un accord avec le médecin légiste de l'Etat pour prendre en charge les autopsies dans les comtés de Whitaker, Blaine et Cayuse. La vieille Range Rover du médecin s'arrêta devant l'inspecteur Dagget. Celui-ci se dirigea vers la portière de gauche et le Dr Guisti descendit. Un vent soudain projeta du sable dans les yeux du médecin et fit voleter les quelques mèches grisâtres qui paraient encore son crâne.

« Où est-elle ? demanda Guisti dès que le vent se fut calmé.

– Dans le ravin. On pense qu'elle a été tuée autre part et transportée ici. On n'a pas trouvé beaucoup de sang. Elle est nue, mais il n'y a pas de vêtements dans les environs. »

Guisti émit un grognement avant de se diriger vers le bord du ravin. Il descendit en diagonale, assez loin du corps pour éviter qu'une chute de pierres ne perturbe l'ordonnancement du lieu du crime.

« Comment a-t-elle été tuée ? demanda-t-il à Dagget, qui le suivait de près.

– Elle a été massacrée, Harold. Il n'y a pas d'autre terme. »

Guisti avait espéré que la jeune femme aurait été empoisonnée ou se serait fait tirer dessus : deux mois plus tôt, parmi les rochers, on avait déjà découvert un autre corps nu et mutilé. Guisti pensait que l'arme devait être une sorte de hachette. Il espérait ne pas aboutir à la même conclusion quand il examinerait la jeune femme parce qu'il refusait d'imaginer ce que cela signifierait alors pour les habitants de Whitaker, Blaine et Cayuse.

DEUXIÈME PARTIE

UNE ÉBAUCHE DE L'ENFER

III

1

La ville de Whitaker était entourée de pâturages qui bénéficiaient pleinement du système d'irrigation de la Camas River, mais, au-delà des fermes, les vents brûlants faisaient rouler des buissons d'amarante sur de vastes étendues seulement ponctuées de collines brunâtres. Peter roulait dans le désert et sentait son esprit s'effriter, puis se désagréger totalement quand il pénétra dans la petite ville de Whitaker, aussi vide que les terres arides qui l'entouraient.

Peter passa sa première nuit à Whitaker au Riverview Motel, établissement propre et tranquille dont les fenêtres donnaient sur la Camas River. Après le petit déjeuner, Peter se rendit à pied jusqu'au cabinet d'Amos Geary. Il était épuisé d'avoir passé la nuit entière à cogiter, brinquebalé par ses émotions : bouillonnant de rage devant les injustices que la vie amoncelait devant lui, il sombrait dans la terreur et le désespoir dès qu'il s'imaginait avoir perdu à tout jamais l'amour de son père.

Le trajet du motel au cabinet d'Amos Geary obligea Peter à traverser le parc du Puits aux souhaits, qui s'étirait sur toute la longueur de la ville entre High Street et la Camas River. Le flot lent de la Camas n'était pas dépourvu d'une certaine beauté, mais Peter trouva la ville aussi sèche et peu intéressante que les étendues arides qui l'entouraient. La plus grosse librairie de Whitaker était la Librairie chrétienne; on pouvait trouver sans problème une boutique où réparer une selle, mais aucune qui servît un café au lait digne de ce nom. Et l'unique cinéma de la ville ne présentait que des comédies familiales débilitantes. Avant de créer l'enfer, le Grand Architecte en avait fait une ébauche et l'avait appelée Whitaker.

Le centre-ville se situait au croisement de High Street et de la 1re Rue, là où se dressait le palais de justice. Peter emprunta la 1re Rue jusqu'à Main Street. L'artère parallèle portait le nom de Broad Street, c'était la plus éloignée de la rivière, elle accueillait des commerces avant de traverser un quartier résidentiel plutôt agréable et de mener tout droit au campus de l'université d'Etat de Whitaker. L'hôpital se trouvait juste en face de l'université.

Tout en marchant, Peter remarqua de vieux pick-up Ford garés sur les emplacements de parking et compta plus de chapeaux de cow-boy qu'il n'en avait vu en une année à Portland. Arrivé au croisement de Main Street et de la 4e Rue, il relut le morceau de papier portant l'adresse de Geary. Des deux côtés de Main Street se dressaient de vieux immeubles de brique d'un ou deux étages. Peter voyait bien la cafétéria Dot, l'institut de beauté B. J. et le panneau orange et noir Rexall, mais point de cabinet d'avocat. Il découvrit alors les mot SAMOS J. GEARY, AVOCAT, en lettres d'or écaillées sur une fenêtre du premier étage d'une maison. Peter aperçut une porte étroite entre l'institut de beauté et la cafétéria. Elle donnait directement sur une cage d'escalier minuscule. Un lino vert craquelé était fixé aux marches par des tringles de cuivre. Il craqua sous les pieds de Peter quand celui-ci monta au premier.

Le palier était sombre et sentait le moisi. Le nom et la profession de Geary étaient inscrits en noir sur une porte, à gauche de l'escalier. La porte était poisseuse et Peter eut du mal à l'ouvrir. Une femme d'âge mûr aux cheveux teints au henné était assise à un bureau. Elle travaillait sur un ordinateur, le seul objet de toute la pièce qui n'eût pas l'air de provenir d'un surplus.

Deux numéros de *Chasse et pêche* et un exemplaire défraîchi de *Sport illustré* étaient posés sur une table en formica, non loin d'un canapé en faux cuir rouge. L'ampoule blafarde du plafonnier et les quelques rayons de soleil qui parvenaient à franchir la couche de crasse de la fenêtre conspiraient à éclairer la pièce d'un jaune maladif. Peter ne put s'empêcher de comparer ce taudis vieillot aux élégants bureaux d'où il venait d'être chassé. Le souvenir des moquettes épaisses, des cuivres polis et des bois vernis lui retourna l'estomac de colère et de frustration. Non, ce n'était pas juste.

La femme leva les yeux à l'ouverture de la porte et braqua sur lui ses lunettes à épaisse monture de plastique noir.

« Je suis Peter Hale. J'ai rendez-vous à neuf heures avec Me Geary. »

La femme le regarda d'un air soupçonneux.

« C'est vous le jeune homme qui allez travailler ici, c'est ça ?

– Oui, madame.

– Alors asseyez-vous. Me Geary n'est pas arrivé. Mais je l'attends d'une minute à l'autre. Il a rendez-vous au palais à dix heures. »

La secrétaire et hôtesse d'accueil se remit au travail. Peter fut choqué par les manières un peu rudes de cette femme, mais il résolut de ne pas lui faire de remarque. Elle taperait certainement son courrier et ce n'était pas malin de se mettre à dos l'unique employée du cabinet.

Peter prit place sur le canapé. Au bout d'un moment, il observa la salle d'attente. En dehors de quelques fissures au plafond, il ne remarqua rien de plus que la première fois. Peter consulta sa montre : neuf heures et quart. Il décida de jeter un coup d'œil à *Sport illustré*. Le numéro datait de plus de neuf mois, mais il le parcourut malgré tout. Il le termina vers neuf heures et demie et se demanda s'il allait lire l'article consacré à un obscur boxeur péruvien ou se lancer dans *Chasse et pêche*. La porte s'ouvrit alors.

Le visage d'Amos Geary n'était qu'un amas de vaisseaux congestionnés. Les vestiges de sa chevelure étaient d'un gris terne, mais il compensait sa calvitie bien avancée par une énorme moustache de phoque. Ses yeux injectés de sang se perdaient dans des replis de graisse. Geary était aussi grand que Richard, mais il semblait peser deux fois plus. Son estomac retombait par-dessus sa ceinture et les boutons de sa chemise étaient sur le point de sauter. Peter portait un costume gris finement rayé fait sur mesure et une cravate marron particulièrement seyante. Geary arborait une atroce cravate bleu marine criblée de taches assorties à celles qui constellaient son costume brun tout froissé. Les muscles faciaux de Peter se crispèrent pour ne pas laisser transparaître son dégoût.

Geary observa le jeune homme depuis la porte d'entrée et tenta mentalement d'associer les traits délicats de sa mère à ceux plus rudes de son père.

« Peter Hale, je présume ?

– Maître Geary ? » dit Peter d'un air hésitant, l'œil rivé sur les bajoues et le gros nez rouge de Geary.

Celui-ci fit passer à gauche sa vieille serviette et lui tendit la main. Elle était moite de sueur et Peter retira la sienne après un contact on ne peut plus bref, comme s'il redoutait de devenir alcoolique par ce simple attouchement.

« La route a été bonne ? dit Geary qui choisit d'ignorer l'attitude de Peter.

– Tout à fait. »

Peter fit la grimace quand il reçut en plein visage l'haleine de Geary parfumée à l'alcool et au déodorant.

« Tant mieux.

– N'oubliez pas que vous plaidez à dix heures, lui rappela la secrétaire.

– C'est quelle affaire ?

– Judd.

– Oh non, pas Judd. »

Geary tourna le dos à Peter et s'engagea dans un couloir sombre et étroit.

« Suivez-moi », lui lança-t-il.

Peter suivit donc son nouveau patron dans un bureau mal éclairé qui empestait le tabac froid. Geary jeta sa serviette parmi les dossiers et les papiers amoncelés sur un bureau en bois qui avait connu des jours meilleurs. Peter s'assit sur une chaise à dossier droit. Geary fouilla dans un meuble de classement en métal gris à la recherche du dossier Judd et Peter en profita pour examiner la pièce. Sur le mur, entre divers diplômes et certificats attestant la participation de Geary à plusieurs barreaux fédéraux ou d'Etat, il découvrit une photo en noir et blanc représentant l'équipe de football de l'Oregon en 1956. Geary surprit le regard de Peter.

« Je suis au premier rang, un genou en terre. Votre père est derrière moi, un peu sur la droite. J'ai fait des percées pour lui pendant quatre ans, j'ai encore des marques dans le dos pour le prouver », dit Geary avec un bref éclat de rire.

Peter s'obligea à sourire. Il n'était pas d'humeur à entendre un vieux poivrot parler avec nostalgie de l'homme qui l'avait exilé dans ce trou perdu. C'est alors qu'il remarqua un diplôme de droit accroché juste à côté du diplôme de l'université d'Etat de l'Oregon.

« Vous êtes allé à Harvard ? dit Peter en tentant de dissimuler son incrédulité.

– Classe 59. Ça vous étonne ?

– Euh... non, dit Peter en rougissant d'avoir été si facilement percé à jour.

– Ça devrait. Un ancien de Harvard paumé dans la brousse. Mais vous aussi, vous vous retrouvez dans le bled. »

Peter rougit encore, de colère cette fois-ci. Geary trouva le dossier Judd et se laissa tomber sur son siège de bureau.

« Votre père m'a tout raconté quand il m'a demandé de vous engager. Honnêtement, je n'étais pas pour. Ce n'est pas que je n'ai pas trouvé sympathique son désir de sauver votre âme, mais je ne voulais pas mettre mon cabinet en péril pour une question de rédemption.

– Si vous ne vouliez pas de moi, dit Peter d'un air accusateur, pourquoi avez-vous accepté de me prendre ? »

Geary croisa les mains derrière sa nuque et se renversa en arrière. Il observa Peter sans la moindre rancœur.

« Je dois beaucoup à votre père. En supervisant votre séjour au purgatoire, je règle en partie mes dettes. Mais je n'ai pas caché à Dick que je vous lâcherais comme une vieille chaussette si vous faisiez foirer une affaire. J'ai le sens de l'honneur, mais pas une once de sentimentalité. Est-ce qu'on se comprend bien ? »

Peter acquiesça.

« Bon, fit Geary. Il faut que je vous briefe un peu sur la vie à Whitaker. Il y a quinze avocats en exercice dans ce comté. Cinq d'entre eux travaillent pour Sissler, MacAfee & Petersen. Ils traitent tous les dossiers d'assurances de Whitaker et des cinq comtés environnants. Ils se ramassent la grosse galette. Les dix autres, dont votre serviteur, doivent se contenter des miettes.

De temps en temps, on a des histoires de coups et blessures. Un péquenot dont le quatre-quatre rentre dans le quatre-quatre d'un autre péquenot. Je rédige des testaments, je mène à bien des divorces. Il suffit qu'une affaire ne soit pas trop compliquée et c'est à moi qu'on s'adresse.

« Et puis il y a le pénal. Le crime paie, mais pas pour les criminels. Vous vous demandez certainement comment je peux planer dans ces hautes sphères, eh bien, je vais vous mettre dans le secret. Il y a une quinzaine d'années de cela, l'Etat a décidé de mettre en place l'assistance judiciaire et c'est moi qui ai décroché le pompon. J'ai un contrat pour le comtés de Whitaker, Blaine et Cayuse. Ça paie les frais généraux et il me reste encore un petit bénéfice. C'est de l'argent facilement gagné et j'ai bien l'intention de ne pas lâcher. C'est là que vous intervenez. Vous allez devenir le Perry Mason du comté de Whitaker. »

Peter sombrait dans la dépression. Il n'avait tout de même pas fait la faculté de droit pour patauger dans le marécage du pénal ! Les vrais avocats s'occupaient de contrats d'affaires ou de coups rapportant des millions de dollars. Sur l'échelle de un à dix, dix étant la cote des affaires les plus prestigieuses, le droit pénal valait tout juste moins soixante-douze.

« J'espère que mon père ne vous a pas trompé sur mes compétences, dit Peter avec hésitation. Je n'ai jamais traité de dossier pénal.

– Peter, je ne vous parle pas du crime du siècle, mais de broutilles style rixes de bar ou conduite en état d'ivresse. La plupart de ces affaires se plaident toutes seules et les autres pourraient être du ressort de Forrest Gump. Votre père m'a parlé des dossiers dont vous vous êtes chargé ou de ceux pour lesquels vous l'avez assisté. Je dirais que vous êtes probablement l'un des avocats les plus expérimentés de cette ville à présent. Alors ne vous cassez pas la tête sur les futilités.

« Bon, voilà comment on va s'y prendre, dit Geary en fouillant dans le tiroir de sa table jusqu'à ce qu'il eût trouvé une cigarette. Votre bureau est juste à côté. » Un nuage de fumée se répandit entre eux et Peter évita de respirer les émanations cancérigènes. « Les murs sont épais comme du papier à cigarette, alors pas besoin d'interphone. Installez-vous. Etudiez les vingt dossiers que je vous ai mis de côté. Gardez sous la main droite un exemplaire du Code pénal, sous la gauche la Constitution des Etats-Unis et juste à côté, le Manuel de droit pénal du Barreau de l'Etat d'Oregon. Si vous avez des questions, gardez-les pour vous, je suis déjà assez occupé. »

Peter parut surpris. Geary eut un sourire malicieux.

« Bienvenue dans la réalité, mon gars. Et bonne journée. Maintenant, du balai. Je dois me rendre dans le neuvième cercle de l'enfer pour tenter d'arracher l'âme d'Elmo Judd aux démons. »

2

L'université d'Etat de Whitaker avait été fondée en 1942 pour répondre aux besoins du développement agricole de l'Oregon, mais elle s'était dotée depuis d'un programme de culture générale tout à fait décent. Les vieilles bâtisses de brique formaient un quadrilatère au centre du campus. Le lierre en recouvrait les murs. La législature avait voté un programme d'expansion vers la fin des années cinquante ainsi qu'au début des années quatre-vingt : l'école de commerce, le stade de football, le gymnase et les dortoirs constituaient quelques-uns des bâtiments les plus modernes d'aspect.

Un grand parking goudronné s'étalait à l'ombre de l'école de commerce. Les cours du soir s'achevaient peu avant vingt-deux heures; étudiants et auditeurs libres envahissaient alors le parking. Christopher Mammon conduisait une Chevrolet verdâtre quand il voulait passer inaperçu. Ce soir-là, la Chevrolet était garée de façon extrêmement discrète au pied d'un gros chêne en bordure du parking : des sacs renfermant deux kilos de cocaïne étaient dissimulés sous le siège du conducteur.

La Chevrolet était une voiture de dimensions normales, mais Mammon était si massif qu'il ne restait pratiquement plus assez de place à l'avant pour Kevin Booth. Avec ses quatre-vingt-dix kilos, Booth était assez costaud pour jouer au football à l'université, mais à côté des bras énormes de Mammon, de ses cuisses monstrueuses et de sa poitrine démesurée, il avait l'air d'un microbe.

Booth se retourna pour regarder par la lunette arrière ainsi qu'il l'avait déjà fait à plusieurs reprises depuis que Mammon s'était garé. Au bout de quelques secondes, il reprit sa position et pianota nerveusement sur le tableau de bord.

« Qu'est-ce qu'elle fout, cette salope ? Elle a dit moins le quart et il est plus de dix plombes.

– Calmos, mec. »

Mammon avait les yeux clos et paraissait ennuyé. Booth n'arrivait pas à comprendre comment Mammon pouvait être aussi calme avec autant de dope dans la voiture. D'accord, Mammon était toujours calme. Quand on est aussi balèze, seul King Kong peut vous créer des émotions. S'ils se faisaient arrêter et jeter en prison, Mammon serait le roi des animaux dans une jungle grouillant de bêtes fauves. Booth, quant à lui, mourrait en cellule, livré en pâture aux carnivores de la pire espèce.

« Il y a quelque chose chez cette morue qui m'inspire pas confiance, dit Booth en regardant une fois de plus par-dessus son épaule.

– Tu fais confiance à personne. C'est ça, ton problème », dit Mammon en ouvrant les yeux.

Il décolla son énorme tête de l'appui-tête.

« Si ce coup foire, Rafael va drôlement faire la gueule », dit Booth, plus pour lui-même que pour Mammon.

Booth aurait été bien incapable de dire qui lui faisait le plus peur, Mammon ou l'homme mince aux yeux morts qui le fournissait en cocaïne.

« C'est pour ça que tu devrais apprécier que je bosse avec ton pote, pour une fois.

– Oui, mais si cette salope se pointe pas ?

– Elle va venir, l'assura Mammon d'un air vaguement menaçant. Elle sait ce qu'il lui arrivera si elle me laisse tomber. »

Booth imagina ce que Mammon ferait à la blonde pour la punir de les avoir doublés. Puis il imagina ce que Rafael lui ferait si la vente ne s'effectuait pas. Un des passeurs de Rafael avait déposé les deux kilos chez Booth en début de soirée. Le rôle de Booth dans la transaction consistait à livrer la cocaïne à Mammon et à donner à un autre passeur de Rafael les trente mille dollars que la blonde était censée apporter. Objectivement,

Booth n'était qu'un intermédiaire, mais il se portait garant de Mammon.

« Et si elle va aux flics ? demanda Booth, angoissé. Elle était plutôt zarbi ces derniers temps. »

Mammon soupira. Il alluma le plafonnier. Puis il prit un miroir et une lame de rasoir dans le vide-poches de la portière de gauche et les tendit à Booth. Mammon ouvrit l'un des sacs et plongea une cuillère dans le sac, puis il amena la cuillère au-dessus du miroir. Booth était hypnotisé par la poudre blanche.

« J'ai besoin de calme et de tranquillité, Kevin. Si tu me promets de la boucler, tu auras droit à une respirante. »

Le cerveau de Booth lui disait qu'il y avait danger à en faire usage en public. C'était aussi une forme de suicide que de taper dans la cocaïne de Rafael avant que l'affaire soit conclue, parce que Rafael ne manquerait pas de peser la dope. Booth pensa bien décliner l'offre de Mammon, mais ses besoins étaient plus forts que toutes les objections du monde, et il se pencha avidement quand la poudre tomba en cascade sur le miroir. Booth sépara la poudre blanche en plusieurs lignes, puis il roula un billet de dix dollars et l'enfonça dans sa narine. Le billet fit office de paille ; il aspira la coke avant de se redresser pour jouir du flash. Mammon rangea le miroir et la lame de rasoir dans le vide-poches, puis il éteignit le plafonnier. Il allait fermer les yeux quand une voix toute proche cria : « On ne bouge plus ! » Il se tourna lentement vers la gauche et se retrouva nez à nez avec le canon d'un revolver.

IV

1

Peter passa sa deuxième matinée à Whitaker à la recherche d'un endroit où habiter. Après déjeuner, il se rendit à son bureau. Dès qu'il ouvrit la porte, Clara Schoen lui lança un dossier.

« Mr Geary a appelé de Blaine County. Il va y passer toute la journée. Il veut que vous vous rendiez à la prison pour y rencontrer cet individu.

– La prison ? Je ne sais même pas où elle se trouve. »

Peter était nerveux : des images de pervers et de psychopathes dansaient dans sa tête. Il n'était jamais entré dans une prison.

« A un pâté de maisons du palais de justice », dit la secrétaire en secouant la tête.

Peter ouvrit le dossier. Il vit une décision de justice ordonnant à Amos Geary de représenter un certain Eugene Christopher Mammon. Il trouva également une plainte déposée par le procureur à l'encontre de Mammon pour détention de substance réglementée : de la cocaïne, plus précisément. Peter s'éclaircit la voix.

« Euh, madame Schoen, qu'est-ce que je suis censé faire de ce Mr Mammon ?

– Comment je pourrais le savoir, moi ? Je ne suis pas avocat, je me contente de taper la paperasse, monsieur Hale. On ne vous a pas appris ça, à la faculté de droit ? »

A la prison de Whitaker, la minuscule pièce bétonnée où les avocats rencontraient leurs clients faisait également office de bibliothèque juridique. Elle était plutôt sombre, froide en hiver et étouffante en été. La prétendue bibliothèque se composait en tout et pour tout de deux étagères en bois faites à la main sur lesquels on trouvait le Code pénal de l'Oregon et la collection complète mais défraîchie des annales de la Cour suprême et des cours d'appel de l'Oregon. Une lucarne dont le verre épais décourageait toute évasion laissait passer un peu de lumière. La pièce était surtout éclairée par deux ampoules nues.

Peter s'assit sur une chaise pliante devant une table en bois un peu branlante ; le dos tourné au mur du fond, il attendit de rencontrer son premier client. Il pianotait sur le dossier de Mammon quand la porte s'ouvrit. Peter se leva. Le gardien s'écarta pour laisser passer un homme dont la carrure occupa tout l'encadrement de la porte.

« Vous n'aurez qu'à frapper quand vous aurez besoin de moi », dit le gardien.

Peter entendit se refermer le verrou de la porte métallique, puis il se retrouva prisonnier de la pièce surchauffée. Christopher Mammon s'avança sous l'une des ampoules et Peter en eut le souffle coupé. Il avait l'habitude des hommes fortement charpentés. Son père était une force de la nature et Amos Geary était plutôt costaud, mais Christopher Mammon avait quelque chose de bizarre. Ses cheveux bruns et bouclés tombaient sur son front plat ainsi que sur ses épaules massives. Des poils noirs s'échappaient du col de sa combinaison de détenu. De couleur orange, prête à craquer au niveau de la poitrine, la combinaison avait des manches courtes : Peter voyait les serpents et les panthères de ses tatouages onduler chaque fois que Mammon bougeait l'avant-bras ou gonflait ses biceps. Les seules parties du corps de Mammon qui ne fussent pas ridiculement démesurées, c'étaient ses yeux bleus et froids, rapprochés comme ceux d'un prédateur, et ses oreilles, petites et délicates.

« Bonjour, monsieur Mammon. Je suis Peter Hale, l'avocat qui vous a été commis d'office », dit Peter avec une certaine nervosité. Il lui tendit la carte de visite d'Amos Geary. Mammon la fit disparaître dans sa main, l'examina, puis examina Peter.

« Si c'est vous mon avocat, pourquoi il y a pas votre nom sur la carte ? » demanda Mammon d'une voix si doucereuse qu'elle glaçait le sang.

Tout à fait le genre de feulement qu'émet un léopard affamé quand il se demande par quel morceau il va attaquer la gazelle qu'il vient de rattraper à la course.

« Eh bien, en fait, le tribunal a désigné Amos Geary. Il vous représentera en cas de procès. Je travaille avec lui. Mais je viens d'arriver. Mes cartes ne sont pas encore prêtes », balbutia Peter.

Il ébaucha un sourire timide destiné à prouver son caractère inoffensif : son client devait le considérer comme un ami et non comme un casse-croûte.

« Je vois, fit Mammon en lui lançant un regard sinistre.

– Me Geary a dû se rendre à Blaine County cet après-midi. Il m'a demandé de conduire l'entretien préliminaire. Prenez place, nous allons faire connaissance. »

Peter s'assit de nouveau sur sa chaise pliante. Il sortit un stylo et un bloc de son attaché-case. Mammon resta debout. Clara avait glissé un questionnaire dans le dossier. Peter parcourut quelques-unes des questions, puis, sans lever les yeux, dit :

« J'ai besoin d'un certain nombre d'informations générales. Vous pouvez m'indiquer votre date de naissance ? »

Mammon pencha la tête pour lire le formulaire à l'envers.

« Je peux voir ça ? » dit-il en montrant le papier.

Peter hésita, mais tendit tout de même le formulaire à Mammon. Ce dernier l'examina pendant quelques instants avant d'en faire des confettis.

« Si c'est Geary mon avocat, c'est à Geary que je parlerai et pas à son sous-fifre. »

Mammon ouvrit la main et les fragments de formulaire tombèrent comme les flocons d'une mini-tempête de neige. Peter se rendit alors compte qu'il était enfermé dans cette pièce et que seule une table de bois branlante le séparait de cette bête féroce.

« Ecoutez, je suis un avocat confirmé et tout ce que vous me direz restera confidentiel. Je ne ferai état de notre conversation qu'auprès de maître Geary, dit Peter pour tenter d'arracher son client à son monde de violence.

– Vous avez vraiment de l'expérience, Peter ? demanda Mammon.

– Je suis avocat depuis quatre ans.

– Des affaires criminelles, vous en avez suivi combien ?

– Euh, aucune, en fait, mais je me suis occupé de dossiers extrêmement complexes et je pense... »

Mammon leva les mains et Peter s'arrêta net. Mammon posa les mains sur la table qui faillit s'écrouler. Puis il se pencha vers Peter pour s'arrêter à quelques centimètres de son visage.

« Dites-le que vous m'avez menti... »

Peter devint tout pâle. Les mots se coincèrent dans sa gorge et il ne put bredouiller que : « Je... je... »

Mammon soutint son regard pendant un instant. Il se dirigea vers la porte et tambourina. La serrure s'ouvrit et Mammon quitta la pièce. Peter mit un moment avant de réaliser qu'il était encore vivant.

2

Lors de son précédent et unique séjour à Whitaker, Peter avait humilié et rudoyé un avocat du cru et son client. Après sa plaidoirie, Peter était allé faire la fête au Stallion, un bar fréquenté par les étudiants de l'université d'Etat, et il y avait rencontré une infirmière du nom de Rhonda quelque chose ; celle-ci avait été fascinée par sa description des coups portés à l'adversaire. Le lendemain matin, avant son départ pour l'hôpital, Rhonda avait écrit son nom et ses coordonnées sur une feuille de papier à lettres à en-tête du motel. Le Stallion était le seul souvenir agréable que Peter eût de Whitaker, et il décida de s'y rendre après sa visite à la prison.

« Qu'est-ce que je vais bien pouvoir faire ? » se demanda Peter en attaquant son second Jack Daniel's. Il refusait de se frotter à nouveau à des individus comme ce Mammon. C'était hors de question. Mais quoi d'autre ? Avocat, c'était tout ce dont Peter était capable et, à l'exception d'Amos Geary, personne ne lui proposerait de travail après son échec cuisant dans l'affaire Elliot.

Peter repensa à son appartement, aujourd'hui propriété d'un cadre de chez Merrill et Lynch qui l'avait acheté pour une bouchée de pain quand Peter avait brusquement basculé dans les enfers de la pauvreté, et à sa Porsche, qu'il avait dû échanger contre une vieille Subaru. Il voulait un travail dont il pût être fier. Et surtout, il voulait redorer son blason. Malheureusement, travail, biens matériels et dignité lui avaient été volés. Il était un raté, il n'y avait rien d'autre à dire.

« Peter Hale ? »

Peter releva la tête et vit un homme de belle stature, bien habillé, qui le regardait.

« Steve Mancini, fit l'homme. On était ensemble aux cours de droit.

– Mais oui ! dit Peter en affichant un large sourire.

– Je peux m'asseoir ? dit Mancini en s'installant en face de Peter.

– Bien sûr. Tu bois quelque chose ?

– Non, c'est pour moi. Je possède la moitié de ce bar. »

Mancini fit signe à une serveuse.

« Tu habites Whitaker ? »

Peter se demandait comment une personne saine d'esprit pouvait accepter de vivre dans une ville où il n'y avait même pas une boutique de prêt-à-porter masculin digne de ce nom.

« J'habite Whitaker et j'y exerce. Mais toi, qu'est-ce que tu fais ici ? Je croyais que tu travaillais dans la boîte de ton père. Tu es là pour affaire ?

– Euh, oui et non », dit Peter, qui cherchait à gagner du temps.

Il ne pouvait dire la vérité à Mancini, mais que lui raconter d'autre ?

« Ah, tu es là », dit une femme.

Peter découvrit des yeux noisette qui ne le voyaient même pas et se repaissaient littéralement de Mancini. Aux côtés de la belle brune se tenait une sorte de rustre dont les larges épaules et les avant-bras noueux trahissaient le travailleur manuel. Il avait des cheveux bruns et bouclés, une moustache épaisse et des yeux bleus. Il regardait Steve en souriant.

Mancini se leva et embrassa la femme sur la joue. Puis il la prit par la main.

« Pete, voici ma fiancée, Donna Harmon, et son frère, Gary. »

Steve Mancini en faculté de droit avec son épouse, une jolie blonde : ce souvenir traversa un instant l'esprit de Peter, qui se reprit et dit :

« Félicitations.

– Merci, répondit Donna avec un sourire de satisfaction.

– Le mariage est pour quand ?

– Nous faisons le grand saut dans quelques semaines », répondit Mancini.

Il laissa passer Donna et s'assit à côté d'elle. Gary prit place près de Peter.

« Tu as les billets ? demanda Gary.

– Quels billets ? » répondit sèchement Mancini.

Gary eut l'air paniqué.

« Mes billets pour le football. Mes billets pour la saison. Tu... tu n'as pas oublié mes billets, dis, Steve ?

– Allons, ne le fais pas marcher, intervint Donna. Mais oui, il a tes billets.

– Tiens, les voilà, mon gars », dit Mancini en tirant une enveloppe de la poche de son veston.

Le visage de Gary Harmon s'éclaira et il voulut attraper l'enveloppe.

« Qu'est-ce qu'on dit, Gary ? » lui demanda Donna d'une voix douce.

Gary eut l'air un peu perdu et Peter en profita pour l'observer plus attentivement. Ce type avait un physique tout à fait normal, mais son comportement était celui d'un gamin.

Gary afficha un grand sourire et dit :

« Merci, Steve.

– Mais de rien, mon gars. »

Gerry prit ses billets d'entrée et les examina comme s'il s'agissait de précieuses œuvres d'art.

« Alors, Pete, dit Mancini, qu'est-ce qui t'amène à Whitaker ? »

Peter avait espéré que Mancini lui parlerait d'autre chose ; l'arrivée de Donna et Gary Harmon lui avait cependant donné le temps d'inventer une réponse.

« Je travaille pour Amos Geary.

– Geary ? » Mancini ne put s'empêcher de manifester sa désapprobation. « Je ne t'aurais jamais imaginé en train d'exercer dans une ville de province. Je croyais que tu voulais être associé dans un super cabinet.

– Oui, c'est aussi ce que je croyais. J'ai travaillé au

cabinet de mon père à Portland. Hale, Greaves. Mais j'en ai eu assez de cette foire d'empoigne et mon père est un vieil ami d'Amos. Ils ont joué au foot ensemble à l'université d'Oregon. »

Mancini s'obligea à sourire. Donna et lui le félicitèrent pour son affectation.

« Comment es-tu arrivé à Whitaker ? demanda Peter pour détourner l'attention de Mancini.

– Tu n'as pas vu l'armoire aux trophées en rentrant ?

– Euh, non...

– Eh bien, jettes-y un coup d'œil en partant. En dernière année, j'étais quarterback des Stallions en deuxième division. C'est la seule coupe nationale que l'université de Whitaker ait jamais remportée.

– Raconte-lui ta percée, Steve, le supplia Gary.

– Tu connais cette histoire par cœur, dit sa sœur.

– Moi, je ne la connais pas, » dit Peter.

Il espérait que Mancini ne l'interrogerait plus sur la raison de sa présence à Whitaker s'il l'aidait un peu à parler de football.

« On dirait que tu n'as pas le dessus », dit en riant Mancini à sa fiancée tout en la prenant par l'épaule. « C'était le quatrième quart-temps. Les Texans avaient trois points d'avance et on était maintenus dans nos propres lignes à moins d'une minute de la fin. Je devais passer la balle à Rick Sandusky, mais ce fils de pute venait de s'étaler. En face de moi, je me retrouvais avec trois types proprement monstrueux. Les yeux rouges, la vapeur qui leur sortait des naseaux : je voyais bien qu'ils allaient se jeter sur votre serviteur pour me réduire en miettes. C'est alors que j'ai été inspiré et que j'ai effectué l'une des plus belles percées de toute l'histoire du football. Dans le gymnase de l'université, il y a une photo grandeur nature où l'on me voit en train de parcourir les dix derniers mètres. Dans cette ville, Pete, je suis immortel.

« Après la remise des diplômes, la majeure partie de la classe a émigré vers les grandes villes, mais on se souvient de moi ici. J'ai un beau cabinet, j'appartiens à la chambre de commerce et, ajouta Mancini en bombant le torse, je serai peut-être bientôt le roi du pétrole.

– Oh ?

– Oui. Je suis bien placé pour la préparation des prochains Jeux olympiques d'hiver et je suis associé avec les promoteurs qui construisent des appartements à quinze minutes du mont Bachelor.

– Vous êtes en ville depuis longtemps ? » demanda Donna.

Peter se dit que la fiancée de Steve valait largement la blonde épouse de son souvenir.

« C'est mon deuxième jour, dit-il.

– Vous avez trouvé où vous loger ? »

Peter fit non de la tête.

« Je suis toujours au Riverview Motel.

– Oh, ça ne va pas, dit Donna en se tournant vers son fiancé. Tu vas pouvoir faire quelque chose pour lui, n'est-ce pas, Steve ?

– Certainement. Je possède quelques appartements à louer tout près de l'université, si cela t'intéresse.

– Moi, j'ai ma maison à moi, fit fièrement Gary.

– Tu ne dois pas couper la parole aux gens, le réprimanda gentiment sa sœur. Peter et Steve sont en train de discuter. »

Gary cessa de sourire.

« Je m'excuse », dit-il, et il baissa les yeux.

Peter comprit soudain que Gary Harmon était attardé. Il se décala discrètement vers le mur. Gary semblait tout à fait inoffensif, mais Peter ne s'était pas encore complètement remis de sa rencontre avec Christopher Mammon ; il se sentait mal à l'aise à côté d'une personne dont il ne pouvoir prévoir le comportement.

« Gary vient d'emménager dans sa propre maison et il a un emploi de technicien de surface à l'université, expliqua Donna. Il est sur des charbons ardents : c'est son premier job.

– Vraiment ? dit Peter qui voulait se montrer aimable. Votre travail vous plaît ? »

Gary fronça les sourcils et réfléchit.

« C'est dur, mais Mr Ness dit que je le fais bien. Il dit que je travaille très dur.

– Eh bien, c'est super, laissa tomber assez platement Peter.

– J'ai peut-être quelque chose pour toi, dit Mancini. C'est un meublé à un kilomètre de la ville, pas très loin de chez moi, d'ailleurs. »

Mancini sortit une carte de visite au dos de laquelle il écrivit une adresse. Donna regarda sa montre.

« Il faut qu'on se dépêche, maman nous attend.

– J'ai été content de te revoir, dit Mancini à Peter. Passe-moi un coup de fil quand tu auras vu la maison. Je t'inviterai à déjeuner et je te ferai faire la visite guidée de la ville. Et puis, tiens, puisque tu habites ici maintenant, je t'enverrai une invitation à notre mariage. »

Mancini sortit du bar avec Donna et son frère. Peter commanda une bière et un hamburger bien garni. Il se sentait un peu mieux. Au moins il connaissait quelqu'un en ville. Peter avait de Steve Mancini le souvenir d'un amateur de bamboches. S'il se passait quelque chose dans ce trou perdu, il serait sûrement au courant.

Peter venait de finir son repas quand il se rappela brusquement le nom de l'infirmière avec qui il avait passé la soirée, la dernière fois qu'il était venu à Whitaker. Kates. Rhonda Kates. Il décida de rentrer au motel et de lui passer un coup de fil.

En sortant du Stallion, Peter s'arrêta devant l'armoire aux trophées. Le casque et les chaussures à pointes de Steve y étaient exposés ainsi que le programme du match historique et une photo de la fameuse percée de Mancini. La gloire et la fortune, se dit Peter. Steve Mancini possédait les deux à la fois.

V

A six heures et demie du matin, le vendredi de sa deuxième semaine en ville, Peter se réveilla dans la maison qu'il louait à Steve Mancini, puis il courut six bons kilomètres dans les rues paisibles de Whitaker. Les maisons devant lesquelles passaient Peter n'étaient ni des copropriétés ni des pavillons faisant partie de lotissements. C'étaient au contraire de vieilles demeures en bois pourvues de pignons et de porches, bien plantées au milieu de cours entourées de clôtures blanches, à l'ombre de chênes aux plus grosses branches desquels étaient accrochées des balançoires. Dans la lumière blafarde de l'aube, il n'était pas difficile d'imaginer qu'une lampe à huile brûlait derrière les rideaux des fenêtres et que les portes des garages dissimulaient un cheval et sa charrette.

Après avoir couru, Peter prit une douche, s'habilla pour aller au tribunal et but le café au lait préparé avec le percolateur qu'il avait amené de Portland. Il prit son petit déjeuner sur une vieille table en bois, dans une cuisine grande comme un timbre-poste. Amos Geary avait traîné Peter dans les comtés de Blaine, Whitaker et Cayuse afin de lui faire rencontrer les procureurs, les juges et le personnel des tribunaux. Geary n'avait pas permis à Peter de s'occuper de quoi que ce soit, mais Peter ne fut pas long à se rendre compte que le pénal n'était pas aussi ardu qu'il le croyait. Après le petit déjeuner, Peter se rendit à pied au palais de justice pour voir Geary procéder aux auditions préliminaires dans le cadre de l'affaire Christopher Mammon.

En matière de crime, les plaintes étaient déposées auprès du tribunal de district, mais seules les cours de circuit [1] avaient la possibilité de rendre la justice en ce domaine. On procédait habituellement de deux façons différentes pour transférer une affaire criminelle vers la cour de circuit : un grand jury pouvait se réunir à huis clos et pratiquer une mise en accusation, ou le juge du tribunal de district pouvait organiser une audition préliminaire publique et se décharger de l'affaire sur la cour de circuit. Les procureurs détestaient les auditions préliminaires parce qu'elles donnaient aux avocats de la défense l'occasion de connaître les arguments du ministère public et de procéder au contre-interrogatoire des témoins à charge. Il était extrêmement rare de procéder ainsi dans des affaires aussi délicates que celle de Mammon. Amos Geary s'était inquiété pendant toute une semaine, mais il n'allait tout de même pas faire la fine bouche.

Avec ses quatre niveaux, le palais de justice était le bâtiment le plus haut de tout Whitaker. Ce cube de pierre grise se dressait à l'extrémité de High Street, juste en face du parc du Puits aux souhaits. Le bureau du procureur était installé au dernier étage, juste au-dessus des deux cours de circuit. Les bureaux administratifs et le tribunal de simple police occupaient le rez-de-chaussée. Les délits et certaines auditions préliminaires en matière de pénal étaient traités au tribunal de circuit : c'était précisément le cas pour les affaires concernant Kevin Booth et Christopher Mammon.

Peter emprunta l'escalier central qui menait à la cour de circuit du premier étage. Dans le hall, il trouva Steve Mancini en grande discussion avec la plus charmante créature qu'il eût vue depuis son arrivée à Whitaker. Peter se dit qu'elle mesurait tout au plus un mètre cinquante-sept. Elle avait des cheveux roux tout bouclés, des taches de rousseur qui lui donnaient l'air d'une étudiante, mais un corps qui n'avait absolument rien d'adolescent. Rien qu'à la regarder, Peter se sentait lascif et fleur bleue à la fois.

Mancini fit signe à Peter.

« Tu es venu pour assister Amos aux préliminaires ?

– Oui, il voulait que je sois présent, dit Peter, qui fai-

1. Cour de circuit : tribunal itinérant se déplaçant au sein d'un même district judiciaire (*N.d.T.*).

sait des efforts désespérés pour ne pas regarder la rouquine.

– Dans ce cas, il faut que je te présente Becky O'Shay. C'est le procureur le plus vicieux de tout Whitaker. Becky, voici Peter Hale. Prenez garde à lui. C'est un avocat de la ville venu chez les ploucs pour se repaître de jeunes filles innocentes dans votre genre. »

O'Shay se tourna vers Peter. Il aurait juré qu'il y avait autre chose que de la curiosité dans son regard.

« Enchantée de faire votre connaissance, Peter », dit-elle. Sa voix rappelait l'eau qui court sur les galets des torrents de montagne. O'Shay tendit une main délicate. Peter la serra et reçut une décharge électrique.

« C'est l'heure d'y aller, les amis, dit Mancini.

– Tu es aussi dans le coup ?

– Je suis le défenseur de Kevin Booth, le coinculpé. »

O'Shay entra dans la salle d'audience et Peter la regarda se diriger vers son bureau. Quand il parvint à détacher son regard d'elle, ce fut pour voir Christopher Mammon assis aux côtés d'Amos Geary au bureau de la défense. Les deux hommes bavardaient comme de vieux amis et Geary ne semblait pas le moins du monde intimidé.

Kevin Booth se trouvait à la droite de Mammon. Le client de Mancini était dans un état pitoyable. Sa combinaison trop grande faisait des plis, ses cheveux sales n'étaient pas coiffés et sa peau blême était couverte de boutons. Le contraste entre Booth et Christopher Mammon était surprenant. Toux deux risquaient de se retrouver en prison pendant des siècles, mais Mammon paraissait sur le point de s'endormir tandis que la grosse pomme d'Adam de Booth ne cessait de remonter dans sa gorge. Ses mains s'agitaient en tous sens, et il sursauta quand Mancini s'installa à côté de lui.

Peter prit place au bout de la table, derrière Geary et Mammon. Son patron tourna vers lui des yeux injectés de sang.

« Bonjour, monsieur Geary », dit Peter.

Avant même que Geary pût répondre, l'huissier abattit son marteau et le juge du tribunal de district, Brett Staley, gagna son siège. C'était un petit homme chauve affublé d'épaisses lunettes et d'une calvitie naissante. Becky O'Shay dit au juge Staley que le procureur Earl

Ridgely était en congé et qu'elle assurerait l'examen préliminaire. Puis elle appela son premier témoin, Jeffrey Loudhawk.

On vit prêter serment un homme brun au teint sombre et aux pommettes saillantes. Il portait l'uniforme des vigiles du campus de l'université d'Etat de Whitaker. Après quelques questions préliminaires, O'Shay demanda à Loudhawk s'il avait vu l'un des inculpés dans la soirée du 22 mai.

« Je les ai vus tous les deux.

– Dites au juge Staley comment vous êtes entré en contact avec eux.

– Oui, madame. Je faisais ma tournée sur le coup de dix heures du soir quand j'ai vu les inculpés assis dans une voiture tout au bout du parking.

– Il y avait beaucoup de voitures ?

– Oui, beaucoup. Les cours venaient de se terminer et les étudiants regagnaient leurs véhicules.

– Qu'est-ce qui vous a intrigué chez ces deux hommes ?

– Le plafonnier s'est allumé et j'ai pu voir à l'intérieur de la voiture. Mr Booth avait l'air bizarre. Quand je me suis approché, je l'ai vu qui avait un billet de dix dollars roulé enfoncé dans la narine droite.

– Pourquoi cela a-t-il attiré votre attention, officier Loudhawk ?

– J'ai suivi des cours sur les stupéfiants organisés par la police d'Etat de l'Oregon et j'y ai appris que les drogués utilisaient des billets roulés en guise de paille pour renifler de la cocaïne.

– Qu'avez-vous fait après avoir vu Mr Booth avec un billet dans la narine ?

– J'ai pris mon talkie-walkie et j'ai demandé de l'aide. Ron Turnbull, un autre vigile, est arrivé et nous nous sommes approchés de la voiture. Je suis passé du côté de Mr Booth et l'officier Turnbull, de celui du conducteur.

– Mr Mammon était donc au volant ?

– Oui, madame.

– Qu'avez-vous observé en arrivant près de la voiture ?

– Mr Mammon était assis au volant, la tête posée contre l'appuie-tête. Mr Booth était dans la même position sur le siège du passager et il avait les yeux fermés.

– Où était passé le billet de dix dollars ?
– Je l'ai retrouvé sur le plancher de la voiture, du côté de Mr Booth.
– Ensuite ?
– L'officier Turnbull a ordonné à Mr Mammon de ne plus bouger et j'ai fait de même avec Mr Booth. Tous deux ont obtempéré. J'ai regardé à l'intérieur du véhicule et j'ai vu un sac en plastique transparent empli d'une poudre blanche.
– Où se trouvait ce sac ?
– Sous le siège de Mr Mammon, il était à moitié sorti.
– Avez-vous vu autre chose que vos cours vous aient permis d'associer à l'usage de stupéfiants ?
– Oui, madame. J'ai vu un miroir dans le vide-poches, du côté du conducteur.
– En quoi ce miroir vous a-t-il intéressé ?
– J'ai appris que les consommateurs de cocaïne préparaient la drogue sur un miroir avant de l'aspirer.
– Que s'est-il passé après que vous avez vu le sac de poudre et le miroir ?
– J'ai demandé à Mr Booth ce que c'était que cette poudre. Il m'a dit qu'il n'en savait rien. Je l'ai accusé de prendre de la cocaïne et il a nié. Ensuite, j'ai mis les deux suspects en état d'arrestation et j'ai appelé la police de Whitaker. Dès que les hommes sont arrivés, je leur ai livré les détenus, les deux sacs de cocaïne, le miroir et le billet roulé.
– Plus d'autres questions. »

Pour Peter, l'affaire était déjà jugée. Geary posa quelques questions de routine au témoin ; le cœur n'y était pas. Ce fut ensuite le tour de Steve Mancini.

« Officier Loudhawk, à quelle distance vous trouviez-vous de la voiture de Mr Mammon quand vous avez vu Mr Booth un billet dans le nez ?
– C'est difficile à dire.
– Plusieurs véhicules vous séparaient ?
– Oui, cinq ou six.
– Et vous n'avez vu aucun miroir quand vous avez observé Mr Booth avec le billet dans le nez ?
– Non, monsieur.
– Par simple curiosité, a-t-on fait passer un examen à Mr Booth pour savoir s'il y avait ou non des traces de cocaïne dans son sang ?
– Pas que je sache.

– Pas d'autres questions. »

Booth se pencha vers Mancini. Il n'avait pas l'air content.

« C'est tout ce que vous lui demandez ? Pourquoi vous lui avez pas fait dire qu'il m'avait pas vu avec de la dope ? Il ment. Ils ont collé la dope et le billet. Dites-lui de revenir.

– Calmez-vous, Kevin. Laissez-moi faire mon travail.

– Mais il m'a dit qu'il m'avait vu en train de sniffer de la coke ! »

Des gouttes de sueur perlaient sur le front de Booth.

« Bouclez-la. J'ai besoin de me concentrer et je n'y arriverai pas si vous continuez à pleurnicher. »

Booth se mâchonna la lèvre un instant. « Bon, excusez-moi. Je veux pas aller en taule pour un truc que j'ai pas fait. Je suis innocent. Tout ça, c'est des foutaises. J'avais même pas ce billet à la main.

– Mais oui, Kevin, mais oui, je vous crois, répondit Mancini d'un air sarcastique. Maintenant, laissez-moi écouter ce témoin. »

Miles Baker, chimiste auprès de la police d'Etat, achevait d'exposer ses qualifications. Puis il expliqua comment il avait conclu que la substance contenue dans les deux sacs était bien de la cocaïne. Geary ne procéda à aucun contre-examen.

« Monsieur Baker, dit Mancini, la liste des pièces à conviction qui vous a été transmise fait état d'un miroir et d'un billet de dix dollars. Avez-vous recherché des traces de cocaïne sur ce miroir et ce billet ?

– Non.

– Merci. Pas d'autres questions.

– Le ministère public n'a rien à ajouter, dit O'Shay.

– La défense a des témoins à présenter ? » demanda le juge.

Geary secoua la tête.

« Pas de témoin, Votre Honneur, dit Mancini, mais je souhaite adresser une requête à ce tribunal.

– Très bien, maître Mancini. »

Peter ne voyait pas du tout de quel genre de requête il pouvait bien s'agir. S'il avait eu à juger cette affaire, les deux inculpés seraient déjà en train de casser des cailloux à l'île du Diable. Peter se dit que Mancini se donnait en spectacle pour justifier ses honoraires aux yeux de Booth.

« Je demande que soit retiré tout chef d'inculpation à l'encontre de Mr Booth, dit Mancini. Le ministère public accuse Mr Booth d'avoir été en possession d'une substance non autorisée. Il y avait bien une telle substance sous le siège de Mr Mammon dans un véhicule immatriculé au nom de Mr Mammon, mais rien ne permet d'associer Mr Booth à cette substance réglementée. L'officier Loudhawk n'a pas dit avoir vu Mr Booth en possession de cocaïne et rien n'a permis d'établir avec certitude que Mr Booth avait absorbé de la cocaïne, ce qu'une simple prise de sang aurait certainement démontré. Aucun chef d'accusation ne peut être retenu contre Mr Booth.

– Que faisait-il avec un billet de dix dollars dans la narine ? demanda le juge d'un air sévère.

– Il revient au ministère public de nous l'expliquer, Votre Honneur. Peut-être dégageait-il son orifice nasal, peut-être apprécie-t-il l'arôme des billets de banque américains. Je n'en sais rien. Toujours est-il que rien ne prouve qu'il absorbait de la cocaïne. Selon cet officier, cela se pratique à l'aide d'un miroir. Or rien ne prouve que le miroir et le billet portaient des traces de cocaïne. »

Le juge Staley fronça les sourcils. Il réfléchit un instant avant de s'adresser à Becky O'Shay.

« Qu'avez-vous à répondre aux arguments de Mr Mancini, Miss O'Shay ? »

Peter observa le procureur. Il était certain qu'elle répliquerait de manière fort brillante. Mais elle ne put que balbutier :

« Mr Mancini se ridiculise, Votre Honneur. Il est évident que Mr Booth prenait de la cocaïne.

– Pourquoi est-ce si évident ? Rien n'indique qu'il y avait de la cocaïne sur le miroir ni sur le billet. La drogue se trouvait sous le siège de Mr Mammon dans une voiture immatriculée à son nom. De plus, Mr Booth a nié avoir fait usage de cocaïne.

– Il avait un billet dans la narine, répéta O'Shay, frustrée de ne pouvoir contrer les arguments de Mancini.

– L'Etat ne voit rien d'illicite dans cette pratique, aussi répugnante fût-elle. Non, Miss O'Shay, je vais devoir accéder à la requête de Mr Mancini. »

O'Shay sembla sur le point d'ajouter quelque chose,

mais elle n'en fit rien et s'assit. Peter la trouvait adorable. Il aurait voulu traverser la salle pour la consoler. Il se contenta d'observer Christopher Mammon : il s'attendait à le voir fou de rage en constatant que son co-inculpé était libre et pas lui, mais non, Mammon écoutait calmement le juge Staley s'adresser au client de Steve Mancini.

« Monsieur Booth, ne pensez pas m'avoir abusé un seul instant. Je sais pertinemment que vous étiez en possession de cocaïne et que vous en avez absorbé le soir de votre arrestation, mais nous vivons dans un Etat de droit et l'une de nos règles les plus fondamentales en matière de procédure criminelle stipule que le ministère public doit faire reposer ses accusations sur des preuves et non pas sur des conjectures. Puisque le ministère public n'en est pas capable, je me dois de vous remettre en liberté, et mes sentiments personnels à votre égard importent peu. Je vais donc rejeter la plainte déposée à votre encontre, mais cela ne signifie pas que j'oublierai votre visage. Ne vous représentez plus jamais devant moi, jeune homme. La chance a été avec vous. Mais si je vous revois, je m'assurerai de vous envoyer en prison pendant très, très longtemps.

« Quant à vous, monsieur Mammon, ce tribunal décide de vous renvoyer devant la cour de circuit sous l'inculpation de détention de substance illicite. Monsieur Booth, vous pouvez partir. Garde, remettez Mr Mammon dans sa cellule. »

Amos Geary tira longuement sur sa cigarette et prit la direction de son cabinet. Le vieil avocat avait le souffle court et marchait péniblement. Peter espérait qu'il arriverait à bon port sans s'écrouler.

« Alors, monsieur Hale, qu'avez-vous tiré de la petite comédie de ce matin ? demanda Geary.

– Euh, j'ai vu comment se déroulait une audition préliminaire. »

Geary secoua la tête.

« Non, vous avez vu une aberration. Quatre-vingt-dix-neuf fois sur cent, le juge donne tort à la défense. Je ne sais pas pourquoi Brett a fait ça.

– Steve a été plutôt étonnant. Je ne le savais pas aussi bon.

– Vous connaissez Mancini ?

– On était en fac de droit ensemble.
– Hum, fit Geary.
– Qu'est-ce que ça veut dire ?
– Prenez garde à vous. Mancini est un opportuniste.
– Pourquoi dites-vous cela ? »

Geary tira encore sur sa cigarette.

« Est-ce qu'il vous a proposé d'investir dans Mountain View ?

– Ce sont les immeubles d'habitation ? »

Geary acquiesça.

« Il a démarché tous les avocats de la ville, moi excepté. Il sait que je n'ai pas un fifrelin.

– Steve a l'air de penser que ces appartements vont lui apporter la richesse.

– Oh oui. *Si* Bend accueille les Jeux olympiques d'hiver. Parce qu'en cas contraire, Steve risque fort de se retrouver inculpé pour escroquerie. J'espère seulement qu'il ne pousse pas Jesse Harmon à engager tout son argent. »

Peter trouva ce nom vaguement familier. Il demanda :

« Qui est Jesse Harmon ?

– C'est l'un des plus riches agriculteurs de tout le comté. Mancini n'était pas divorcé depuis un mois qu'il jetait déjà son dévolu sur Donna Harmon, la fille de Jesse. »

Geary continuait à fumer tandis que les deux hommes cheminaient en silence. Peter ne fut pas surpris d'apprendre que Geary méprisait Steve, surtout après la façon dont Mancini s'était comporté au tribunal. Geary semblait incapable d'avoir un mot aimable pour quelqu'un. Peter conclut que ce n'était qu'un vieux jeton qui, comme son père, ne supportait pas de voir réussir quelqu'un de plus jeune que lui.

Les pensées de Peter se tournèrent vers Becky O'Shay. Il se demanda s'il la reverrait un jour. Peter avait recommencé à sortir avec Rhonda Kates. Elle était très sympa, mais O'Shay était plus qu'intéressante.

« Le procureur a été plutôt désarçonné quand le juge a accepté la requête de Steve, dit Peter.

– Rebecca n'aime pas perdre.
– Depuis combien de temps est-elle procureur ? »

Geary s'arrêta de marcher et observa Peter. Puis il secoua la tête d'un air dégoûté.

« Je vois clairement où vous voulez en venir. Laissez tomber.

– Laisser tomber quoi ? » fit Peter innocemment. D'un air las, Geary secoua de nouveau la tête.

« Cette petite mignonne est poursuivie par une horde de soupirants, mais je vais tout de même vous donner un conseil que, bien entendu, vous ne suivrez pas. Tenez-vous à l'écart de Rebecca O'Shay.

– Et pourquoi donc ?

– Vous avez vu ce film où Tom Cruise joue le rôle d'un vampire ?

– *Entretien avec un vampire* ?

– C'est ça, oui. Vous vous rappelez la petite vampire ?

– Oui.

– Rebecca O'Shay a servi de modèle.

VI

1

Il avait la bouche sèche et pouvait à peine respirer. Elle était si jolie. Il savait que s'il la touchait, elle serait aussi douce qu'un petit lapin. Il voulait se boucher les yeux et les oreilles pour accélérer le temps et l'amener au moment où elle ôterait ses vêtements, mais il avait trop peur de rater cet instant s'il fermait les yeux.

Il entendit un bruit sur le chemin qui menait au dortoir des filles. Instantanément, il s'accroupit et disparut dans les buissons. Deux filles passèrent, elles parlaient d'un garçon avec qui l'une d'elles avait rendez-vous. Elles riaient. Quand elles furent parties, il se releva lentement jusqu'à avoir les yeux à hauteur du rebord de la fenêtre.

Où était-elle passée ? Il ne la voyait plus. Elle était partie. Oh, mon Dieu, fais qu'elle ne soit pas partie. Puis la porte de la salle de bains s'ouvrit, et son cœur fit un bond. Elle avait ôté son jeans. Elle le tenait à la main. Elle le jeta sur le lit. Elle avait les jambes nues. Il s'humecta les lèvres et ouvrit sa braguette. Oh, mon Dieu, suppliait-il.

Elle se dirigea vers une commode et en sortit une minuscule chemise de nuit. Soudain, elle pensa à la fenêtre. Elle se retourna et seule la promptitude de sa réaction l'empêcha de se faire surprendre. Il entendit les volets se fermer. Oh non, cria-t-il en silence, ce n'est pas juste. Il était là depuis si longtemps, il l'attendait depuis une éternité, il l'avait adorée pendant qu'elle étudiait. Il avait tant prié pour la voir nue. Et maintenant, ça...

Il remarqua alors un rai de lumière et se redressa. Dieu merci. Il y avait une fente. Un espace entre les stores vénitiens et la fenêtre. Il regarda dans la chambre et fut récompensé par la vision d'une déesse aux longs cheveux blonds.

Elle entreprit de déboutonner lentement son chemisier, comme si elle savait qu'il la regardait. Peut-être le savait-elle. Peut-être faisait-elle tout cela pour lui. Elle se déshabillerait lentement, comme pour l'hypnotiser, puis elle s'approcherait de la fenêtre, ouvrirait les stores et lui demanderait d'entrer.

Son sexe s'était tendu, il le tenait à pleine main et la regardait ôter son chemisier. Ses seins, se dit-il. Il se sentait frémir de plaisir chaque fois que ses doigts couraient sur sa verge. C'était pour maintenant. Elle allait dégrafer son soutien-gorge. Maintenant. Il tremblait. Oui ! Les yeux fermés, les dents serrées, il se renversa en arrière pour mieux jouir.

Puis une voix grave dit :

« Tiens, tiens, qu'est-ce que nous avons là ? »

La peur et la honte le submergèrent.

2

Rhonda Kates mourait d'envie de voir la comédie romantique que l'on donnait au cinéma de Whitaker. Peter et elle allèrent donc à la première séance avant de dîner dans un restaurant d'Elm Street. Rhonda vivait de l'autre côté du campus, non loin de l'hôpital. C'était une belle soirée de juin et ils s'étaient rendus à pied au cinéma. Rhonda devait se lever tôt et Peter ne resta qu'un instant. Avant de partir, Peter lui promit de l'appeler, mais il n'était pas certain de pouvoir tenir sa promesse. Il aimait bien Rhonda, mais il y avait chez Becky O'Shay quelque chose qui le fascinait. En fait, Peter avait téléphoné à O'Shay pendant la journée, mais elle était au palais. Il avait perdu son sang-froid et appelé Rhonda à la place.

Peter était en train de se demander ce que cette Becky avait de si troublant quand il entendit des cris. Quelques curieux regardaient deux hommes se battre dans les fourrés, tout près du dortoir des filles. Peter écarta les badauds et vit Jeffrey Loudhawk, le vigile du campus qui avait témoigné lors de l'audition préliminaire, en train de maîtriser un individu qui poussait des cris incohérents. Les sons suraigus qu'il émettait avaient quelque chose de vraiment bizarre. Puis Loudhawk fit pivoter son prisonnier, et Peter reconnut Gary Harmon.

« Que se passe-t-il ? » demanda Peter au moment où Loudhawk obligeait Gary à se mettre à genoux. Loudhawk était grand et musclé, mais il lui fallait user de toutes ses forces pour faire ployer Gary.

« Gary, ne te bats pas, tu n'as rien à y gagner », dit Peter.

Gary se tourna en entendant Peter l'appeler par son nom.

« Je suis Peter Hale, l'ami de Steve Mancini », lui dit Peter.

Gary avait les yeux ronds comme des soucoupes. Il semblait terrorisé.

« Vous connaissez ce type ? dit Loudhawk, heureux que Gary eût cessé de se débattre.

– C'est Gary Harmon. On a un ami commun. Qu'est-ce qu'il a fait ?

– Je l'ai surpris en train de regarder dans la chambre d'une étudiante.

– Faut pas le dire à maman, supplia Gary.

– Vous êtes Jeffrey Loudhawk, n'est-ce pas ? dit Peter.

– Comment vous me connaissez ?

– Je travaille avec Amos Geary. Je vous ai entendu témoigner lors d'une audition préliminaire. Une affaire de drogue.

– Oui.

– Je ne pense pas que vous veuillez du mal à Gary, n'est-ce pas ? Il est attardé. Je suis sûr qu'il n'avait pas de mauvaises intentions.

– Ce n'est pas mon problème. J'ai alerté la police de Whitaker dès que je l'ai arrêté. Vous vous expliquerez avec eux.

– Vous pourriez attendre que je leur ai parlé pour faire votre rapport ? Gary travaille à l'université. Si vous le signalez, il a de grandes chances de perdre son travail.

– Je veux, oui, fit Loudhawk, indigné.

– C'est ce qui serait normal. Mais il m'a paru vraiment très lent quand j'étais avec lui. Comme un gosse, quoi. Ecoutez-le un peu. »

Pendant toute leur conversation, Gary n'avait cessé de pleurer et de gémir. Loudhawk lança un regard sévère à son prisonnier. Puis il dit :

« D'accord, je vais attendre de voir ce que dit la police.

– Merci. Merci beaucoup. »

Peter rentra précipitamment chez lui, prit sa voiture et se rendit au poste de police pendant qu'on y amenait Gary. Peter savait qu'il devait raconter à quelqu'un ce qui venait de se passer, mais vu la façon dont Gary s'était comporté, il lui était difficile d'en parler à sa sœur ou à ses parents. Il était près de minuit, et il décida de ne pas appeler Steve Mancini tout de suite. Peter attendrait au poste jusqu'à ce qu'il sache ce qu'il adviendrait de Gary. Si la police le laissait sortir, il le raccompagnerait chez lui et mettrait Steve au courant dès le lendemain matin.

Gary était en plein interrogatoire quand Peter arriva au poste de police. Il dit à l'officier de l'accueil qu'il était l'avocat de Gary. Quelques minutes plus tard, un policier conduisit Peter vers l'arrière du bâtiment. La porte de la pièce réservée aux interrogatoires fut ouverte par le sergent Dennis Downes, un homme jovial de trente-quatre ans aux cheveux coupés en brosse. Grand amateur de nature, Downes était venu en Oregon quatre ans plus tôt pour y pratiquer la pêche et la chasse. Il était calme, ce qui faisait croire à certains qu'il était mou, et toujours souriant, ce qui faisait penser à d'autres qu'il était un peu simplet. Downes laissait dire : en tant que policier, il trouvait avantageux d'être sous-estimé.

Les parois de la salle d'interrogatoire étaient recouvertes de plaques blanches destinées à l'insonorisation ; le mobilier ne se composait que d'une longue table de bois et de quelques chaises à dossier. Un grand miroir sans tain occupait toute une partie du mur. Gary Harmon était assis à table en face d'un officier en uniforme.

Un Coca et un hamburger entamé étaient posés devant lui, mais il ne semblait pas avoir faim. Peter ne se rappelait pas avoir déjà vu quelqu'un de si honteux.

Downes renvoya l'autre officier. Quand la porte se fut refermée, Downes demanda :

« Quel intérêt trouvez-vous là-dedans, maître Hale ?

– Je suis un ami de Steve Mancini. Nous étions en faculté de droit ensemble. Steve est fiancé avec la sœur de Gary. Il m'a présenté à Donna et Gary. Je me trouvais justement sur le campus quand Gary a été arrêté et je l'ai reconnu.

– Eh bien, Gary a drôlement de la chance de vous avoir pour ami. » Gary baissait la tête. « Je devrais le coffrer, mais je vais le laisser partir.

– C'est vraiment gentil de votre part, sergent.

– Les parents de Gary sont des gens très honorables. Je ne les connais pas personnellement, mais je ne veux pas leur faire de tort. » Downes s'adressa directement à Gary. « Vous non plus, vous ne devriez pas. Vous m'entendez ?

– Oh oui, monsieur, sergent Downes, je suis vraiment désolé. » Les yeux de Gary étaient inondés de larmes. « Je ne referai plus jamais ça, plus jamais, dit-il avec force hochements de tête. Je promets d'être gentil.

– Vos promesses ne m'intéressent pas, Gary. Ce sont vos actes qui comptent. Pensez au chagrin de vos parents s'ils étaient mis au courant. »

Gary eut l'air paniqué.

« Vous n'allez pas leur dire, hein ?

– Je devrais le faire, mais je ne dirai rien. Que penserait votre mère si elle apprenait que vous traîniez autour du dortoir des filles comme un obsédé sexuel ? »

Gary se remit à pleurer.

« Ça ne sert à rien de pleurnicher. »

Gary s'essuya avec sa manche et renifla. Downes se tourna vers Peter.

« Je vous conseille d'avoir une bonne conversation avec ce garçon. Parce que si ça recommence, je le flanque en taule ! »

La porte d'entrée de la minuscule villa de Gary donnait sur une petite salle de séjour. A gauche, dans la cuisine, une table en formica installée près du four faisait office de coin-repas. La salle de bains se trouvait à gauche du couloir et la chambre à coucher, juste en face. Cette maison possédait un double avantage : assez modeste pour que Gary pût s'en occuper, elle était située tout près de l'université.

Gary ouvrit la porte et alluma la lumière du living. La pièce était bien rangée. Il faisait le ménage chaque jour, comme cela était indiqué sur la liste « A faire » que sa mère avait placardée sur la porte du réfrigérateur.

« Vous voulez un Coca ? demanda Gary ainsi que sa mère le lui avait appris.

– Volontiers », fit Peter en observant la pièce.

Sur le mur, s'étalaient une marine et un paysage bucolique choisis par Donna. Un canapé faisait face à la fenêtre ; il y avait aussi deux fauteuils, une table basse, une lampe et un poste de télévision.

Peter entendit Gary ouvrir la porte du réfrigérateur. Il traversa le couloir pour entrer dans sa chambre. Les murs étaient couverts de photos des Stallions, de drapeaux et d'affiches. Gary sourit quand il vit Peter admirer les photos de l'équipe de football.

« On va gagner cette année », dit Gary en lui tendant son Coca.

Peter prit place sur le lit. La chambre était également très propre. Peter vit une liste « A faire » sur la porte du placard.

« C'est ta mère qui a écrit ça ? dit Peter en lui désignant la liste.

– Oh oui, maman ne veut pas que j'oublie quelque chose. »

Gary eut alors une idée.

« Vous allez dire à maman ce que j'ai fait ? »

Gary avait l'air tout penaud. Downes lui avait visiblement fait très peur. Avec un gosse, il faut parfois frapper un grand coup, et Gary se comportait plus en gamin qu'en adulte.

« Je devrais le dire à tes parents, mais je n'en ferai rien.

– Merci. »

Peter but un peu de Coca et Gary l'imita.

« Tu as fait de drôles de bêtises, ce soir. Pourquoi est-ce que tu regardais dans les chambres des filles ? »

Gary baissa la tête et murmura :

« Je ne sais pas.

– Tu serais content si tu trouvais quelqu'un en train de regarder dans la chambre de ta sœur ? »

Gary ne répondit pas.
« Ça ne te plairait pas, n'est-ce pas ?
– Non.
– Alors, réfléchis bien à ce que tu as fait.
– Je ne le referai plus, plus jamais. C'est trop vilain.
– Tu as intérêt. »

Ils restèrent un instant sans rien se dire et Peter but son Coca.

« Tu sors avec une fille ? »

Gary secoua tristement la tête. « Les filles, elles ne veulent jamais de moi.
– Allons, ne te déprécie pas comme ça. Tu es plutôt costaud.
– Je suis bête. Quand les filles comprennent ça, elles ne veulent plus de moi. »

C'était maintenant au tour de Peter de se sentir gêné. Il avait de la peine pour Gary.

« Si une fille ne veut pas de toi parce qu'elle ne te trouve pas assez intelligent, elle ne vaut pas le coup que tu t'intéresses à elle. Tu ne devrais pas avoir honte. L'intelligence, c'est une question de chance. Et ce n'est pas parce qu'on est intelligent qu'on est gentil.

« Arrête de te lamenter sur ton compte. Un jour, tu trouveras une fille bien. Mais en attendant, tu ne peux pas continuer à faire ce que tu faisais ce soir. Tu comprends ça ? Si le sergent Downes n'avait pas été aussi sympa, tu serais maintenant en prison et on verrait ta photo en première page du journal. La prochaine fois que tu auras envie de faire quelque chose de mal, pense à ce que tes parents et ta sœur éprouveraient si tout le monde à Whitaker était au courant. »

Peter se leva et posa sa canette vide sur la commode de Gary.

« Je dois partir. Tous les deux, on a du travail demain matin, et il faut dormir. Tu me donnes ta parole que cela ne se reproduira plus jamais ?
– Plus jamais. Je vous le jure. »

3

Après le départ de Peter, Gary emporta les canettes vides dans la cuisine et les mit à la poubelle. Il relut la liste « A faire » et fut satisfait de constater qu'il n'avait absolument rien oublié. Puis il ferma la porte à clef et éteignit les lumières.

Il se mit en pyjama, dit ses prières et alla se coucher. Il crut qu'il s'endormirait tout de suite après une soirée aussi mouvementée, mais dès qu'il ferma les yeux, ce fut pour revoir la blonde du dortoir en slip et en soutien-gorge.

Gary s'empressa de rouvrir les yeux. Il ne voulait pas voir cette fille. Ce n'était pas bien. Malgré tout, elle était encore là quand il referma les yeux. Pour ne rien arranger, son pénis durcissait. Gary rouvrit les yeux. Il avait peur. Il ne voulait pas penser à des choses sales, il désirait simplement s'endormir. Mais comment pouvait-il dormir si cette fille lui apparaissait chaque fois qu'il baissait les paupières ?

Les magazines. Non, il ne voulait pas de ça ce soir. Que se passerait-il si maman entrait dans sa chambre et le trouvait avec ces magazines ? Il voulait dormir. Alors, que faire ?

Gary se tourna dans tous les sens. Finalement, il se releva et alla ouvrir le placard. Les magazines étaient cachés bien au fond, sur l'étagère du haut, derrière des revues sportives. Maman ne les trouverait jamais là. Il prit celui qu'il préférait et l'ouvrit aux pages centrales. La fille était blonde. Comme celle du dortoir. Gary se raconta qu'elle était vraiment dans sa chambre. Il ferma les yeux et emporta le magazine dans son lit. Il imagina qu'il était marié avec la fille du magazine. Quand il la touchait, elle était aussi douce qu'un petit lapin, et puis surtout, elle aimait qu'il la touche et ne se moquait jamais de lui.

TROISIÈME PARTIE

UN ESPRIT SURNATUREL

VII

Gary Harmon se sentait toujours très important quand il entrait au Stallion parce que Steve Mancini en était l'un des propriétaires. Quand il poussait la porte, l'armoire aux trophées de Steve était la première chose qu'il voyait. Les barmen, les serveurs et les serveuses savaient que Steve était son ami et le traitaient avec respect. Si Steve entrait quand Gary était déjà là, il lui payait une bière, même si ses parents disaient qu'il était censé ne pas boire d'alcool. Steve lui adressait un clin d'œil et disait que c'était leur secret.

La table de Gary se trouvait sur une mezzanine qui dominait le comptoir. Sous Gary, des couples dansaient frénétiquement sur la musique d'un groupe un peu tapageur. Ce soir-là, Gary se sentait encore plus important que d'habitude parce que Steve et Donna allaient se marier le lendemain et qu'il était leur témoin. Arnie Block, l'un des barmen, lui avait offert un verre, de même que plusieurs autres personnes. En fait, Gary était déjà ivre quand il vit Kevin Booth dévisager fébrilement les clients du bar : il recherchait Christopher Mammon, lequel avait demandé à Kevin de le retrouver au Stallion à dix heures et demie.

Gary et Kevin Booth étaient d'anciens élèves du lycée Eisenhower. Gary se souvenait bien de Booth : c'était l'un des rares élèves à lui parler sans être pour autant dans une classe de rattrapage. Gary avait cependant oublié que Booth ne s'intéressait à lui que pour une seule raison : il était l'un des seuls élèves d'Eisenhower que Booth pût malmener.

« Hé, Kevin ! »

Gary dut crier tellement la musique était forte. Booth s'arrêta en entendant son nom.

« C'est moi, Gary Harmon. »

Booth n'avait pas de temps à perdre avec un demeuré, mais toutes les tables étaient occupées et il ignorait dans combien de temps Mammon se pointerait.

« Comment ça va ? dit Booth en s'asseyant sans y être invité.

– Super bien ! Tu connais Steve Mancini ?

– Je veux, oui. C'est mon avocat.

– C'est vrai ?

– Puisque je te le dis. Pourquoi tu me demandes ça ?

– Steve est mon ami. Et il va se marier avec ma sœur demain.

– Félicitations, mec », dit Booth tout en scrutant la foule.

Il regardait en direction de la porte quand Mammon entra. Kevin se leva et lui fit signe. Mammon le vit et monta les marches.

« Salut, mon pote », dit Mammon en tapant sur l'épaule de Booth.

Il s'installa. Gary dévisagea Mammon avec effroi.

« C'est qui, ton copain ? demanda Mammon.

– Oh, c'est Gary Harmon, un gus que j'ai connu au lycée. Gary, voici Chris Mammon.

– C'est super de rencontrer tes potes, dit Mammon d'un air sarcastique, mais on doit parler affaires.

– Vous connaissez Steve Mancini ? dit Gary avec un grand sourire.

– Quoi ? fit Mammon, étonné que Gary eût la témérité de lui adresser la parole.

– Steve est mon ami, dit fièrement Gary. Il va se marier avec ma sœur demain. Et moi je vais être leur témoin.

– Qu'est-ce que j'en ai à branler ? lui lança Mammon.

– Ça va, Chris », dit Booth, nerveux. Il redoutait un éclat de la part de Mammon. Puis il murmura : « Gary est demeuré, il n'est pas méchant. »

Mammon réfléchit un instant. Il voulait se débarrasser de Gary. Il lui vint une idée et il se tourna vers le comptoir comme pour chercher quelqu'un.

« Ton ami se marie demain, hein ? dit Mammon comme si cela l'intéressait vraiment.

– Oui, à l'église. Je vais porter un beau costume.

– C'est super, ça. Mais qu'est-ce que tu fais là ? Tu aides pas Steve à enterrer sa vie de garçon ?

– Qu'est-ce que ça veut dire ? demanda Gary, le front plissé.

– Enterrer sa vie de garçon, tu as jamais entendu parler de ça ? dit Mammon en donnant un coup de coude à Booth.

– Euh, non, fit Gary, gêné une fois de plus de constater que les autres connaissaient des choses dont il ne savait rien.

– D'où tu sors, Gary ? Les copains du marié font la fête en son honneur pendant toute la nuit. Il y a à boire tout ce qu'on veut, on raconte des tas d'histoires, et puis il y a un cadeau spécial pour le marié, conclut Mammon avec un grand clin d'œil.

– Quel genre de cadeau ? »

Mammon se pencha vers Gary et, sur le ton de la confidence, lui murmura : « Une bonne chatte. »

Gary rougit. « Steve n'irait pas dans ce genre de fête.

– Pourquoi ça ? fit Mammon en feignant la surprise. Il est quand même pas pédé, hein ?

– Oh non, c'est un type bien. Il me donne des billets pour aller voir les Stallions.

– D'accord, mais qu'est-ce qu'il a contre les gonzesses ?

– Steve est avocat », répondit Gary avec fierté.

Mammon et Booth éclatèrent de rire. Gary rit avec eux pour ne pas être en reste, mais il ne voyait pas ce que cela pouvait avoir de drôle. Steve était un bon avocat.

« Tu vas pas me dire que les avocats baisent pas, quand même ? ajouta Mammon quand il eut cessé de rire. Je suis sûr qu'il va pas arrêter de tirer pendant sa lune de miel. »

Gary sourit. Il n'aimait pas penser que quelqu'un pouvait faire l'amour avec sa sœur.

« C'est vraiment dommage qu'il enterre pas sa vie de garçon, dit Mammon en hochant lentement la tête. Mais dis donc, j'y pense ! C'est pas parce que Steve est du genre coincé que tu n'as pas droit à t'éclater ! »

Gary avait l'air gêné. Mammon se rapprocha de Gary et le prit par les épaules.

« Sois discret, murmura-t-il à l'oreille de Gary, mais

regarde de mon côté. La blonde qui est assise au bar, à côté de la porte. »

Gary se tourna lentement. Une jeune femme mince avec des cheveux mi-longs parlait avec une petite brune. La blonde portait un jeans moulant et un t-shirt de l'université représentant un étalon cabré.

« Je suis jaloux, moi. Cette nana te reluque depuis tout à l'heure. »

Gary regarda une nouvelle fois la jeune femme. « Non, fit-il rapidement, ce n'est sûrement pas moi.

– Qui veux-tu que ça soit ? Elle te trouve beau gosse.

– Elle ne me regarde pas », répéta Gary avec entêtement.

Il espérait que Mammon s'était trompé et redoutait qu'il eût raison.

« Kevin, tu as vu la blonde qui arrête pas de mater Gary ?

– Ouais, fit Booth d'un air enthousiaste. Elle est drôlement mordue.

– Gary, tu es un supporter des Stallions, hein ?

– Oh oui !

– Eh bien, mon pote, si j'étais monté comme toi et s'il y avait une nana comme ça qui me reluque, je foncerais tête la première. Comme ton ami Steve, tiens !

– Qu'est-ce... qu'est-ce que vous voulez dire ?

– Va au bar et place-toi. Je te parie que tu seras entre ses cuisses avant que j'aie fini ma bière. »

Gary était excité, mais aussi mal à l'aise. Il savait qu'il n'aurait jamais une fille comme ça, mais Mammon était si sûr de lui...

« Tu as quelque part où l'emmener ? lui demanda Mammon.

– J'ai une belle maison.

– Ça doit y aller dur là-bas, hein ? »

Gary ne répondit pas. Le bras de Mammon se fit plus pesant sur ses épaules. Il sentait son souffle chaud contre son oreille.

« Tu sais comment lever une nana, quand même ?

– Bien sûr, dit Gary, trop embarrassé pour dire la vérité.

– Bon. Tu sais qu'il faut que tu t'approches et que tu lui demandes si elle veut une bière. D'abord, elle va te dire non. Ces pétasses jouent toujours les bêcheuses. Mais faut que tu insistes. Les gonzesses, elles aiment les mecs qui se découragent pas tout de suite. Faut que tu fasses le forcing.

– Je ne sais pas. Je crois qu'elle ne s'intéresse pas à moi.

– Tu rigoles ou quoi ? Putain, elle mouille comme une folle !

– C'est vrai, intervint Booth qui voulait se débarrasser de Gary pour savoir enfin ce que Mammon lui voulait. Elle en veut.

– Ouais, et c'est toi qu'elle veut, dit Mammon en faisant se lever Gary. T'es quand même pas une tante, hein ?

– Oh non, c'est seulement que...

– C'est seulement que rien du tout, mec. Et tu sais quoi ? je suis jaloux à en crever, parce que ce soir, tu vas te faire un beau collier en peau de cuisses. Allez, en piste ! »

Mammon poussa Gary vers les marches. Gary les descendit lentement et regarda à deux reprises par-dessus son épaule. Booth et Mammon l'encourageaient. Il était mort d'inquiétude, mais il ne pouvait tout de même pas se dégonfler. Que penseraient les autres s'il n'abordait pas une fille qui ne cessait de le regarder ? Ce serait vraiment quelque chose s'il arrivait à se brancher avec une fille aussi jolie. Il pourrait même lui demander de l'accompagner au mariage.

Il y avait une place libre au comptoir, à côté de la blonde. De près, elle était encore plus belle. Gary l'observa un instant et la fille ne le remarqua pas. Il rassembla tout son courage pour lui parler, mais les mots se coincèrent dans sa gorge. Gary avala sa salive. Et, dans un murmure, il lui demanda si elle voulait une bière. Le bruit de la salle était tel qu'elle ne l'entendit pas.

Gary se sentait nauséeux. Il avait fait un effort surhumain pour lui parler et il avait trop peur pour recommencer. Il se tourna vers Booth et Mammon. Ils étaient tous deux écroulés de rire. Mammon lui fit signe d'y aller. Gary se planta derrière la blonde et lui tapa sur l'épaule. Il retira la main dès qu'il l'eut touchée. La fille s'arrêta au milieu de sa phrase et tourna la tête.

« Je peux... je peux vous offrir une bière ? » parvint-il à dire.

La fille eut un sourire poli qui dissimulait mal son

ennui. « Non, merci », s'empressa-t-elle de répondre. Il était clair qu'elle avait l'habitude de se faire aborder et qu'elle n'aimait pas spécialement cela. Elle se remit à parler avec son amie et Gary supplia ses copains du regard. Ils riaient toujours. Pourquoi riaient-ils ainsi ? Il aurait bien aimé se sauver, mais il se rappela que Chris lui avait expliqué qu'il fallait insister. Il tapa un peu plus fort sur l'épaule de la fille. Elle se retourna, l'air furibond.

« Qu'est-ce que vous voulez ? demanda-t-elle.

– Vous me plaisez bien et je veux vous offrir une bière.

– Merci, mais je suis en train de bavarder, d'accord ?

– Je peux lui offrir aussi une bière.

– Ecoutez, je n'ai pas besoin qu'on me paie une bière. Et ma copine non plus. C'est clair ?

– Vous me plaisez bien », répéta lamentablement Gary.

La fille leva les yeux au ciel. Gary ne savait plus où se mettre.

« Chris... Chris a dit que vous voulez que je vous offre une bière, balbutia-t-il.

– Qui ça ?

– Chris. C'est mon ami », dit Gary en désignant la table où Mammon et Booth continuaient de rire. La fille les vit et comprit ce qui se passait.

« Dites à vos amis qu'ils se sont trompés et laissez-moi tranquille.

– Vous... Je ne vous plais pas ? demanda Gary, blessé et confus.

– Vous êtes débile ou quoi ? demanda la jeune femme d'un air incrédule. Je viens de vous dire... »

La main de Gary jaillit et se referma sur le t-shirt de la fille.

« Je ne suis pas débile ! » hurla-t-il.

La fille recula, surprise par la fureur soudaine de Gary.

« Faut pas m'insulter ! lui cria-t-il en pleine figure.

– Laissez-moi tranquille », hurla-t-elle en essayant de se dégager.

Gary la tira vers lui.

Arnie Block se retourna en entendant crier la fille. A l'autre extrémité du comptoir, très loin de la porte d'entrée, une autre jeune fille blonde vêtue d'un jeans et d'un t-shirt de l'université était assise en face de Dave Thorne, l'autre barman. Elle portait au cou un médaillon d'argent frappé d'une croix. La fille caressait doucement son médaillon tout en buvant une bière. Thorne était en train de préparer un cocktail quand Arnie l'appela.

« Dave, préviens Steve. Dis-lui que Gary est en train de faire des siennes, qu'il se ramène tout de suite. »

Dave décrocha le téléphone posé sur une étagère murale. Il parla. Au moment de raccrocher, il remarqua que la blonde au médaillon regardait les deux hommes qui empruntaient la sortie de secours, celle qui donne sur le parking arrière. Un des hommes était grand et mou, l'autre ressemblait à un lutteur professionnel. La fille avait l'air apeurée, mais Thorne n'avait pas le temps de s'en préoccuper : Gary était en train de secouer l'autre fille comme un prunier.

« Dites que vous vous excusez, hurlait Gary. Dites que je ne suis pas un débile... ou je vais vous tuer. »

Arnie Block plongea par-dessus le comptoir pour faire une clef à Gary, qui se débattit.

« Laisse-la tranquille », cria Arnie.

Cette fois-ci, Gary comprit qui lui parlait, et il relâcha son étreinte.

« Elle a dit que j'étais un débile », expliqua Gary au barman.

Block passa par-dessus le comptoir.

« D'accord, elle n'aurait pas dû dire ça, mais ce n'est pas une raison pour la secouer comme ça. Tu ne vois pas qu'elle est morte de peur ? »

Gary regarda la fille. Elle avait du mal à respirer et était au bord des larmes. Il la lâcha, elle vint percuter le comptoir et renversa son verre.

« J'ai appelé Steve. Il est complètement bourré, dit Block alors que Dave Thorne se frayait un chemin parmi la foule. Tu auras de la chance si tu te fais pas coffrer. »

Gary écarquilla les yeux en se rappelant ce qu'il adviendrait de lui s'il se faisait encore arrêter. Il irait en prison et on en parlerait dans le journal. Maman le lirait et ça la tuerait.

« Dave, dit Block en se détournant de Gary, occupetoi de la demoiselle. Qu'elle ne manque de rien. »

Gary en profita pour franchir la porte. Arnie secoua

la tête. Il ne tenta rien pour l'arrêter. Gary disparut dans la nuit.

Dave Thorne conduisit la blonde et son amie vers une table vide. Arnie lui apportait un verre de cognac au moment où Steve entra dans le bar. Il portait un costume, mais le col de sa chemise était ouvert. Il n'avait pas de cravate.

« Que s'est-il passé ? fit Mancini.

– Gary s'est énervé avec cette fille.

– La blonde ? demanda Mancini en regardant dans la direction que lui indiquait Arnie.

– Oui.

– Qu'est-ce qu'il a fait ? »

Arnie le mit au courant.

« Seigneur ! Où est-il passé ?

– Je n'en sais rien. Il a fichu le camp dès qu'il a su que vous arriviez.

– Quel taré, dit Mancini tout en se passant la main dans les cheveux. Bon. Il faut calmer le jeu. Je vais lui parler. »

Mancini s'avança vers la table. La blonde leva la tête. Son maquillage avait coulé et elle semblait terrorisée.

« Je suis Steve Mancini, l'un des patrons de ce bar. Je peux m'asseoir ? »

La fille hocha la tête et Mancini s'installa en face des deux femmes.

« Vous allez bien, Miss... ?

– Nix. Karen Nix. Je suis un peu secouée. Il est devenu dingue. J'ai cru qu'il allait me frapper.

– Mais il ne l'a pas fait.

– Uniquement parce que le barman l'en a empêché, dit la fille dont les yeux brillaient de colère. Vous savez ce qu'il m'a dit ? Il m'a menacée de me tuer. J'appelle les flics dès que je sais qui est ce cinglé.

– J'aimerais autant pas, dit Steve.

– Vous voulez rire ? C'est un dingue. Il peut s'en prendre à quelqu'un d'autre

– Je ne le pense pas. Gary dit tout ce qui lui passe par la tête dès qu'il est en colère. Il ne pense pas ce qu'il dit.

– Vous le connaissez ?

– Je dois me marier demain et Gary est mon témoin. C'est le frère de ma fiancée. En temps normal, c'est un bon gars, mais il est un peu attardé et... »

Nix mit la main devant sa bouche.

« Oh, mon Dieu. C'est pour ça qu'il était si furieux. »
Mancini eut l'air surpris.

« Je suis désolée, continua-t-elle. Il voulait m'offrir un verre. Je croyais qu'il me draguait. A plusieurs reprises, je lui ai demandé de me laisser tranquille, mais il n'en a rien fait. Alors je lui ai demandé s'il n'était pas débile. C'est là qu'il s'est mis en colère.

– Ça explique tout, dit Mancini. Gary est du genre écorché vif, surtout quand on fait allusion à son intelligence.

– Je ne savais pas...

– Ce n'est pas votre faute, vous ne pouviez pas être au courant. Gary aurait dû mieux se tenir, mais il se conduit comme un gosse...

– Je comprends, oui. Je n'appellerai pas la police. Si j'avais su, je... »

Nix s'arrêta. Elle se tourna vers la table qu'avaient occupée Booth et Mammon.

« Il y a un problème ? demanda Mancini.

– Gary m'a dit qu'un ami lui avait fait comprendre que je voulais qu'il m'offre une bière. Il a montré une table, sur la mezzanine. Il y avait deux hommes, ils riaient. Ils ont dû monter un bateau à Gary, pour se moquer de lui...

– Ils sont toujours là ? demanda Mancini.

– Ils sont partis, mais il y en a un que je reconnaîtrais n'importe où. Un type énorme, du genre haltérophile. Il avait plein de tatouages sur les bras. »

Mancini fit la grimace. « Gary a prononcé un nom ? »

Nix réfléchit un instant, puis son visage s'illumina. « Chris ! Oui, c'est comme ça qu'il l'a appelé. »

Mancini crispa brièvement les mâchoires. Mais Nix posa la main sur son avant-bras.

« Monsieur Mancini, ne vous en faites pas. Ils se sont payé la tête de Gary. Je n'aurais pas dû lui dire qu'il était débile, c'est vrai. Que cela ne gâche surtout pas votre mariage.

– Merci beaucoup, Karen. »

Mancini consulta sa montre.

« Ecoutez, puisque tout s'arrange, je vais m'en aller. Je retourne à mon cabinet, j'ai encore du travail.

– Vous pouvez y aller.

– Vous êtes formidable. Je vais prévenir les barmen. Chaque fois que vous viendrez ici, vous serez mon invitée.

– Oh, ce n'est pas nécessaire. »

Mancini leva la main.

« Ne protestez pas. Vous vous êtes montrée très compréhensive. Tout le monde n'aurait pas été comme vous. »

A l'autre extrémité du Stallion, Dave Thorne prenait la commande de la serveuse. La blonde au médaillon avait abandonné son tabouret. Thorne pensa qu'elle était partie pendant qu'il s'occupait de Gary, puis se mit à discuter avec la serveuse. C'est alors qu'il vit la fille sortir par la grande porte, juste derrière Steve Mancini.

Christopher Mammon entraîna Kevin Booth hors du Stallion pendant que Gary Harmon s'énervait contre Karen Nix. La musique assourdie planait dans l'air. Mammon s'arrêta dans la partie la plus sombre du parking. Booth avait la peur au ventre.

« C'est super que tu sois sorti, Chris, dit Booth en essayant de paraître sincère. Ton avocat voit l'affaire comment ?

– Geary est un vieux poivrot, mais il a l'air de connaître son boulot. A part ça, c'est pas très brillant.

– Oh, merde. »

Mammon haussa les épaules.

« Qu'est-ce que tu veux...

– Chris, tu voulais qu'on parle de quelque chose ?

– On a un problème, Kevin.

– Quel genre ?

– Rafael veut ses trente mille dollars. »

Trente mille dollars : la somme que Mammon était censé verser contre les deux kilos de cocaïne que la police avait saisis lors de l'arrestation des deux hommes.

« C'est pas mes oignons, dit Booth. C'est toi qui as traité avec Rafael.

– Je suis bien d'accord, mais Rafael voit pas ça sous cet angle-là. Il dit que tu t'es occupé de l'affaire et que c'est toi le responsable pour le pognon.

– C'est pas juste. Je t'ai présenté pour te faire une fleur. Tu aurais dû lui dire que c'était pas ma faute.

– Oh, je l'ai fait, Kevin. Malheureusement, Vargas dit que toi et moi on lui doit du fric, et il en a rien à foutre de savoir qui va casquer.

– Tu as toujours le fric avec lequel tu devais acheter la dope. Donne-le-lui.

– Je ne peux pas. Je représente des gens, tu comprends ? Ils donnent l'argent, mais pas tant qu'ils ont pas la cocaïne. Les gens que je représente font pas vraiment dans le charitable.

– J'ai pas trente mille dollars. Et j'ai rien à voir avec le pognon de tes gens, comme tu dis. Je vais dire ça à Rafael.

– Je te le conseille pas. Il est plutôt remonté contre toi. Il m'a demandé de te prévenir de ne pas chercher à l'appeler tant que tu n'aurais pas le pognon. Il avait l'air plutôt sérieux. Remarque, tu connais Vargas mieux que moi. Peut-être qu'il blaguait. »

Booth connaissait suffisamment Rafael Vargas pour savoir qu'il se montrait parfois raisonnable, mais qu'il était extrêmement violent le reste du temps. Si Rafael ne voulait pas être contacté, il valait mieux ne pas s'y risquer.

« Il y a une solution à notre problème, dit Mammon.

– Laquelle ?

– Mes employeurs ont toujours envie d'acheter une grosse cargaison à Vargas et Vargas veut traiter avec eux. Depuis mon arrestation, je peux pas trop me mouiller, mais j'ai trouvé un truc idéal pour mes employeurs et pour toi par rapport à Vargas. »

La nausée saisit Booth. Christopher Mammon était une brute sadique. Depuis l'arrivée de Mammon à Whitaker, six mois plus tôt, Booth ne l'avait jamais vu faire quoi ce soit sans qu'il ait une idée derrière la tête. Booth ignorait ce que Mammon avait concocté, mais cela ne lui disait rien de bon.

« Tu vas rendre service à mes employeurs et à Rafael. Si tout se passe bien, on n'aura plus aucun problème avec ces trente mille dollars.

– Je veux rien avoir à faire là-dedans, Chris. J'ai eu de la chance de m'en tirer. Tu as entendu ce que m'a promis le juge si on me pince à nouveau. »

Mammon perdit son sourire et son regard se durcit. Booth cessa de parler et s'humecta les lèvres.

« Moi aussi, ça me concerne, » dit Mammon d'une voix où perçait une menace.

Booth se sentait comme un gamin devant un père trop autoritaire.

« C'est que...

– Kevin, dit doucement Mammon, t'excite pas. Tu vas très bien t'en sortir.

– Je suis pas le type pour ça, Chris. Le flics vont me surveiller.

– Mais non, pour eux, Kevin Booth, c'est du menu fretin. Ils t'ont oublié dès l'instant où tu es sorti du tribunal. Et puis, de toute façon, il n'y a aucun risque. On ne te demande qu'une chose, juste une petite livraison.

– Chris, je t'en prie, je veux pas aller en taule », supplia Booth.

Mammon lui lança un regard sévère avant de prononcer ces mots d'une voix douce :

« Il y a pire que la prison, Kevin. Et puis tu n'as pas le choix. J'ai déjà dit à Vargas qu'il pouvait compter sur toi.

– Bon Dieu, tu vas le rappeler... »

Mammon posa la main sur l'épaule de Booth, tout près du cou, et ses doigts se refermèrent. Booth se mit à pâlir.

« Si tu fais ce qu'on te dit, tu iras pas en taule et tu entendras plus jamais parler de cette somme. »

Mammon serra un peu plus fort. Booth tomba à genoux sur l'asphalte. Il tenta de se dégager de l'emprise de Mammon, mais les doigts d'acier étaient implacables.

« D'un autre côté, poursuivit Mammon, si tu me fais un coup de pute, je t'assure que tu regretteras de pas être allé en taule. »

Booth grinça des dents et se tordit de douleur.

« Chris, s'il te plaît... »

Mammon relâcha Booth qui s'écroula sur le sol. Mammon le laissa un instant à terre, puis il l'empoigna et le remit sans effort sur ses pieds.

« Désolé, mon petit père, mais je préfère te faire un peu de mal maintenant plutôt que beaucoup, plus tard, tu piges ? Mes employeurs et moi, on veut que ça se passe comme ça, et Vargas aussi il veut que ça se passe comme ça. Pas question que je sorte mon pognon pour régler cette affaire. Alors, tu me promets d'être bien sage ?

– Oui, Chris. »

Mammon sourit.

« J'en suis persuadé.

– Qu'est-ce... qu'est-ce que je vais devoir faire ?

– Tu bouges pas. On te contactera bientôt. Je crois pas que c'est une bonne idée qu'on nous voie ensemble à partir de maintenant, alors essaie pas de m'appeler ou de me rencontrer.

– D'accord, » l'assura Booth, bien décidé à ne plus jamais revoir Mammon.

Mammon se dirigea vers sa voiture. Il s'arrêta au moment où un homme sortait du Stallion et s'engageait sur le parking latéral. Se tournant vers Booth, il lança :

« Encore une chose, Kevin : t'avise surtout pas de foutre le camp. »

Booth ne répondit pas. Il tremblait comme une feuille. Mammon s'éloigna. A l'autre bout du bâtiment, le lampadaire éclairait une blonde en jeans et t-shirt de l'université. La blonde s'arrêta sous la lumière et se dirigea vers le parking latéral. Elle appela l'homme que Mammon venait d'apercevoir. Mammon se crispa. Il connaissait cette fille. Il se demanda ce qu'elle pouvait bien être en train de faire.

VIII

1

Les deux piliers de pierre érigés à l'extrémité de High Street marquaient l'entrée principale du parc du Puits aux souhaits. Une imposante allée menait au puits, édifié en 1972 en souvenir des enfants du comté de Whitaker tombés au Vietnam. Après le Puits aux souhaits, le parc s'élargissait pour se transformer en base de loisirs. On y trouvait alors une marina, des terrains de baseball, une aire de jeux, un kiosque à musique et une série de pistes cyclables.

La maison d'Oscar Watt n'était distante du Puits aux souhaits que d'un kilomètre et demi, mais Oscar était un néophyte en matière de sport, et il souffrait le martyre aller et retour. Oscar avait un emploi de comptable chez J. C. Penney, dans Broad Street. A plusieurs reprises, son médecin l'avait alerté à propos de son poids, mais Oscar s'était toujours moqué de voir son ventre se perdre dans des replis de graisse. Il adorait manger et n'avait pas besoin d'être en pleine forme physique pour aligner des colonnes de chiffres. Un jour, Oscar avait eu une crise cardiaque, et son médecin lui avait fait un cours magistral sur les artères obstruées, le taux de cholestérol à ne pas dépasser et les graisses saturées. Maintenant, en guise de petit déjeuner, Oscar ne dévorait plus les crêpes monstrueuses et dégoulinantes de beurre que lui confectionnait sa femme. Non, Oscar passait une bonne heure à souffler comme une locomotive sur les pistes du parc du Puits aux souhaits.

Tête baissée et bouche grande ouverte comme un poisson qui se noie, Oscar se traînait sur des jambes de plomb. Quand le jogger releva la tête, ce fut pour voir le puits se dresser comme un fantôme dans la lumière de l'aurore, et Oscar sut que son cauchemar était presque terminé. Il se trouvait à une centaine de mètres du puits quand il aperçut un objet posé à sa base. A cinquante mètres, il vit que cela avait l'air humain. Oscar s'arrêta et regarda plus attentivement, les mains sur les cuisses. La sueur lui coulait dans les yeux et il l'essuya de sa manche. On aurait dit une femme. Difficile à dire. En tout cas, homme ou femme, la personne était pratiquement enroulée autour du puits, comme si elle dormait. Peut-être dormait-elle, d'ailleurs. C'est ce qu'espérait Oscar qui avait repris sa marche.

A vingt-cinq mètres, Oscar aperçut les taches sombres dans les longs cheveux blonds ainsi qu'à la base du puits. Il se demanda s'il valait mieux appeler la police tout de suite ou y regarder de plus près. Oscar ne voulait pas prendre de décision hâtive et passer pour un imbécile. Il décida donc de se rapprocher. Et cela lui coupa pour longtemps l'envie de manger.

2

Earl Ridgely entendait la rivière chanter doucement. L'air estival sentait bon la rose et l'herbe fraîchement coupée. La rosée du matin perlait sur ses chaussures noires. Par une aussi belle journée de juillet, Ridgely aurait aimé se prélasser dans son hamac, un verre de sangria à la main. Mais non. En sueur dans son complet veston, il déambulait dans le périmètre défini par les experts de la Police scientifique de l'Etat d'Oregon, occupés à examiner le corps couché près du muret de brique du puits.

Mince, le cheveu blond quelque peu dégarni, Ridgely portait des lunettes en écaille et arborait une grosse moustache. C'était un gars du cru qui avait fait de brillantes études à Stanford et eu l'intelligence de fréquenter la faculté de droit locale afin de se lancer dans la politique. Ridgely avait quarante ans et son second mandat de procureur du comté de Whitaker allait bientôt prendre fin. Une place de juge dans un tribunal de circuit s'offrait à lui. Un ami de la faculté de droit, conseiller juridique du gouverneur, avait assuré Earl qu'il gravirait bientôt le premier degré d'une échelle dont le sommet serait un jour la Cour suprême de l'Oregon.

Comme il s'approchait du corps, un jeune policier portant des gants en latex tendit délicatement au sergent Dennis Downes une chaînette en métal à laquelle pendait un médaillon. Downes avait été choisi comme responsable de l'enquête vu que le crime avait eu lieu dans les limites de la ville de Whitaker. Son équipe se composait des mêmes hommes qui, quelques semaines auparavant, avaient trouvé un corps dans un ravin, dans les immenses terrains vagues du comté de Whitaker. La similitude des méthodes employées et la ressemblance entre les deux victimes ne pouvaient échapper à ces professionnels aguerris.

« Je le mets en sac ? demanda l'officier.

– Où l'avez-vous trouvé ?

– Dans les buissons, près de l'entrée.

– Il vaudrait mieux », dit Downes, même si les buissons en question étaient assez éloignés du puits.

L'officier s'éloigna avec sa trouvaille.

« Bonjour, Dennis, dit le procureur.

– Bonjour, Earl.

– Vous savez qui c'est ?

– Pas encore, mais elle est sûrement à l'université. Elle en a l'âge et elle porte un t-shirt de Whitaker.

– Elle n'a pas de papiers ?

– Si elle avait un portefeuille, on ne l'a pas encore trouvé.

– On va envoyer sa photo à la télé et demander au *Clarion* de la passer en première page de l'édition de la mi-journée. »

Downes eut un signe de tête en direction du corps.

« Comme ça ? dit-il pour s'assurer de bien comprendre Ridgely.

– Bien sûr que non. Si on peut la retaper un peu, on demandera à King d'en faire un croquis. »

Downes parut soulagé. Ridgely ne pouvait lui en vouloir. Il n'avait jeté qu'un bref coup d'œil au cadavre, mais cela lui suffisait largement. Il y avait souvent des morts non naturelles dans le comté de Whitaker, mais il s'agissait de victimes d'accidents de voiture ou du travail. Le crâne de la fille était fendu en deux au point de mettre à nu le cerveau ; le sang qui avait coulé dans ses longs cheveux blonds avait aussi souillé ses vêtements et dégouliné sur le sol en si grande quantité que les experts de la police scientifique ne purent éviter de se tacher. Le visage avait été lacéré à de multiples reprises, créant autant de blessures ouvertes qui avaient abondamment saigné.

Ridgely aperçut le Dr Guisti penché au-dessus du corps. Guisti se redressa en voyant s'approcher le procureur.

« L'arme du crime, c'est une hachette ? demanda Ridgely quand ils se furent assez éloignés pour n'être entendus de personne.

– Je ne peux pas le jurer, mais je dirais qu'il y a assez de similitudes avec le cadavre du ravin et le crime de Blaine pour supposer que c'est l'œuvre de la même personne, ou alors il s'agit d'un excellent imitateur.

– Des traces d'activité sexuelle ? » demanda Ridgely.

Les deux premières femmes avaient été violées avant d'être tuées.

« Je ne peux rien affirmer avant de l'avoir examinée, mais je dirais que non. Les autres femmes étaient nues, celle-ci a tous ses vêtements. Les deux premières victimes n'ont pas été tuées à l'endroit où on les a découvertes. Je pense que le tueur les a enlevées et les a retenues quelque temps prisonnières. Dans le cas présent, l'enlèvement a raté et il a dû la tuer sur place.

– Tout cela ne me plaît pas du tout, Harold. Ce que vous êtes en train de me dire, c'est que nous avons un tueur en série dans le comté de Whitaker.

– On dirait bien, oui.

– Merde. Je n'ai pas le personnel pour enquêter sur ce genre de chose.

– Vous feriez bien de régler rapidement le problème. Je me suis un peu documenté sur le sujet après que l'on a trouvé Emily Curran dans le ravin. Une chose est sûre selon les spécialistes : quand un tueur a goûté au sang, il n'est pas près de s'arrêter.

3

La réception qui suivit le mariage de Steve Mancini et de Donna Harmon avait été organisée dans la salle à manger du Whitaker Elks Club. Une longue table chargée de hors-d'œuvre, de salades, de desserts et de viandes froides avait été dressée le long du mur perpendiculaire au comptoir. Des musiciens jouaient sur l'estrade située de l'autre côté de la salle. Les invités bavardaient bruyamment, installés à des tables recouvertes de nappes à damiers rouge et blanc. Peter renouvelait sa consommation au comptoir quand quelqu'un lui posa un doigt dans le dos.

« Bonjour, Peter. »

Il se retourna trop rapidement et renversa un peu de son gin-tonic sur sa main.

« Vous avez du mal à tenir votre verre ? »

Becky O'Shay l'observait d'un air amusé.

« Vous tombez toujours sur les gens à l'improviste ? dit Peter, ennuyé de passer pour un imbécile devant la nymphette du bureau du procureur.

– Je mets en pratique ce qu'on m'a enseigné à la fac de droit », répondit Becky, radieuse.

Peter était furieux, mais il ne put s'empêcher de rire. O'Shay était trop mignonne pour qu'on lui en veuille.

« Vous êtes une amie de la mariée, du marié ou des deux ? demanda Peter.

– De Steve. Et vous ?

– Steve aussi. On était en fac ensemble. D'où le connaissez-vous ?

– Oh, on se voit de temps en temps, fit-elle d'un air énigmatique. Steve m'a dit que vous travailliez chez Hale et Greaves avant de venir à Whitaker.

– Pourquoi vous a-t-il dit cela ?

– Parce que je lui ai demandé », dit O'Shay avec un sourire un peu cruel. Puis elle pencha la tête de côté et demanda : « Vous êtes lié à Richard Hale, n'est-ce pas ?

– C'est mon père.

– Je suis impressionnée. Ce doit être formidable de travailler avec lui.

– Papa est un crack, un vrai.

– Vous ne trouvez pas Whitaker un peu terne après la grande ville ? Hale et Greaves, vous avez dû trouver passionnant de travailler dans un cabinet de cette importance.

– Mais “ terne ” est exactement ce que je recherchais après quatre années à me débattre dans cette foire d'empoigne, répondit Peter, fidèle à l'histoire qu'il racontait à qui voulait l'entendre. Steve vous a dit autre chose à mon sujet ? »

Il était secrètement très heureux que O'Shay fût assez intéressée par sa personne pour poser des questions à Steve.

« Je lui ai dit que tu étais un séducteur fou doublé d'un pervers, répondit Steve Mancini en posant le bras sur les épaules de Peter. Tout se passe bien ? Vous avez à boire, à manger ? »

Mancini resplendissait dans son smoking, mais il avait les yeux rougis et l'élocution un peu pâteuse.

« Félicitations, Steve, lui dit O'Shay.

– Tu es un sacré veinard, ajouta Peter. Donna est superbe.

– C'est bien mon avis, dit Mancini.

– Qu'est-ce que tu as prévu ? demanda Peter.

– Portland, ce soir et dimanche. Puis une semaine à Hawaii.

– Ça me conviendrait tout à fait.

– J'en ai besoin. Je suis complètement pompé avec Mountain View.

– Ton projet immobilier ?

– Oui, dit Mancini avec un sourire un peu forcé. On y est presque et je dois maintenir la pression sur tout le monde. De plus, j'ai deux dossiers pour le mois prochain. J'ai failli annuler la lune de miel, mais je ne pouvais quand même pas faire ça à Donna.

– Oublie un peu le boulot, dit Peter. C'est ton mariage, non ?

– Tu as raison, fit Mancini en prenant le scotch que lui donnait le barman et en en vidant la moitié.

– Il vous faudrait un associé pour vous décharger un peu, suggéra O'Shay sur le ton de la plaisanterie. Pourquoi Donna n'essaie-t-elle pas la fac de droit ?

– Donna ? Avocate ? répondit Mancini d'un air dédaigneux. Ça ne risque pas. Et puis, elle aura trop à faire avec les petits Mancini.

– Qu'est-ce que tu dis à propos des petits Mancini ? » intervint Donna, accompagné d'un couple d'âge mûr. Elle était radieuse dans sa robe blanche.

« Je parlais de nos projets à Becky et à Peter », dit Mancini en donnant un baiser à Donna.

Elle rougit de fierté.

« Steve, je veux te présenter Bob et Audrey Rosemont », dit Donna.

Les Rosemont et les nouveaux mariés s'éloignèrent.

« Ils forment un beau couple, non ? dit Peter.

– Oui », répondit O'Shay sans le moindre enthousiasme. Puis elle ajouta : « J'espère que c'est Donna qui va conduire jusqu'à Portland.

– Je viens d'avoir une idée.

– Laquelle ? fit O'Shay en s'intéressant de nouveau à Peter.

– La rumeur publique prétend que l'on sert des steaks fabuleux au Range Rider. Vous pouvez m'aider à vérifier si elle est fondée ?

– Comment le pourrais-je ?

– En m'y accompagnant ce soir ?

– Je ne sais pas si c'est une très bonne idée.

– Je puis vous assurer qu'elle est excellente, dit Peter en déployant son plus beau sourire.

– Ecoutez, Peter, c'est une petite ville et nous sommes adversaires. Que se passerait-il si l'un des jurés d'un de nos futurs procès se rappelait nous avoir vus dîner ensemble ?

– Allons, Becky, depuis mon arrivée à Whitaker, je passe pratiquement toutes mes soirées devant mon poste de télévision. C'est à devenir dingue. »

O'Shay réfléchit à sa proposition tandis qu'il prenait une mine contrite.

Elle se mit à rire.

« Bon, d'accord, vous avez l'air si pitoyable ! »

Peter sourit de nouveau.

« Bon, dit-il. Je vous prends à huit heures et demie. Je vous traiterai comme une reine.

– Je l'espère bien. »

Gary prit deux autres crevettes sur l'un des plateaux d'argent posés sur la grande table, puis il continua à faire la queue pour se servir une cuisse de poulet. Il aperçut ensuite une chose enveloppée dans du bacon. Il adorait le bacon avec les crêpes, mais, malheureusement, cette tranche de bacon semblait enrober un morceau de foie. Or Gary détestait le foie. Il se demanda si ce serait très poli de manger le bacon et de jeter le foie. Il voulait bien se comporter, pour ne pas gêner Donna et Steve. Après tout, il était leur témoin.

Gary se rappela le rôle qu'il avait tenu pendant la cérémonie et se prit à sourire. En le conduisant à l'église ce matin, Steve lui avait dit qu'il était très chic dans son smoking. Gary s'était demandé s'il y aurait à l'église une fille qui le trouverait aussi élégant. Ce serait drôlement bien. L'église était bondée : Gary avait regardé autour de lui pour voir si une fille l'observait, mais il en fut pour ses frais.

A côté de lui, une dame aux cheveux gris racontait à une dame aux cheveux grisonnants que l'on avait découvert un corps près du Puits aux souhaits. Gary tendit l'oreille.

« Eric pense que ce meurtre est peut-être lié à celui de la jeune fille que l'on a retrouvée dans le ravin et à cette autre qui a été assassinée à Blaine, dit la dame aux cheveux gris.

– Oh, non.

– Eric a vu le corps. Il a dit que c'était horrible. Le tueur s'est servi d'une hachette. La malheureuse était pratiquement décapitée.

– Il n'y a pas si longtemps, commenta l'autre dame, on pouvait se promener librement à n'importe quelle heure du jour et de la nuit. Maintenant j'ai peur de sortir toute seule.

– La fille était hier soir au Stallion », fit Gary.

Les deux femmes le regardèrent. Il sourit, tout fier de savoir une chose que les autres ignoraient.

« Hé, Gary, tu t'es fait tout beau ! » dit un gros homme chauve au costume mal coupé.

Gary reconnut Eric Polk, un policier de Whitaker qu'il avait rencontré à plusieurs reprises lors de réunions du Elks Club.

« Chérie, il va falloir y aller, dit Eric. Il est une heure et demie et les gosses nous attendent à deux heures. »

Wilma consulta sa montre.

« Je n'ai pas vu le temps passer. Mabel, il faut que je parte. Aujourd'hui, Kenny fête ses trois ans.

– Votre petit-fils a déjà trois ans ? s'étonna Mabel Dawes.

– Il est tellement grand qu'on lui en donnerait cinq, déclara Eric avec fierté.

– Donna était très belle, » dit Wilma Polk en s'éloignant en compagnie de son mari et de Mabel Dawes.

Gary bomba le torse. Sa sœur était splendide. De même que la fille du Stallion, celle qui avait été très méchante avec lui. Mrs Polk avait dit que la fille était pratiquement décapitée et Gary repensa aux cochons qu'il avait tués dans la ferme familiale. Ils poussaient des cris de terreur quand on les menait à l'abattoir. L'image d'une fille ligotée et hurlante s'imposa à lui. Pendant un instant, elle fut bien réelle. Gary en avait la bouche sèche et son sexe se tendait.

Si la méchante fille était ligotée dans sa chambre, il pourrait lui demander pourquoi elle s'était montrée si désagréable envers lui. Non, pas dans sa chambre. Maman pourrait la trouver en venant faire le ménage. Autre part, peut-être. Oui, il la laisserait dans un endroit où personne ne réussirait à la trouver. Il serait seul à savoir où elle était. Et il faudrait qu'elle fasse tout ce qu'il lui demanderait. Elle devrait l'embrasser s'il l'exigeait et apprendre à l'aimer. C'était ça, le plus important. L'aimer comme Donna aimait Steve. L'aimer à tout jamais, à tout jamais.

4

Les épaules de Marjorie Dooling s'agitaient nerveusement chaque fois qu'elle s'effondrait sur la poitrine de son petit ami. Tommy Berger tenait Marjorie contre lui et s'efforçait de la réconforter. Dennis Downes attendait patiemment. Il comprenait le choc que Marjorie avait éprouvé en découvrant le visage de Sandra Whiley parce que lui-même avait ressenti la même chose ce matin, dans le parc.

« Je suis désolée, dit Marjorie, qui faisait des efforts pour s'arrêter de pleurer.

– Prenez votre temps, dit Downes avec beaucoup de compassion. Vous voulez un verre d'eau ? »

Marjorie hocha la tête et Downes s'empara du pichet qu'il avait pris soin de placer sur son bureau avant de ramener Marjorie de la morgue.

Elle s'assit.

« Ça va aller, réussit-elle à dire après avoir bu quelques gorgées. C'est si... »

Elle secoua la tête, incapable de terminer sa phrase.

« Qu'est-ce qui vous a incitée à appeler la police ? »

Downes lui posait une question facile pour lui faire un peu oublier son chagrin.

« J'ai vu le dessin en première page du *Clarion*. Cela ressemblait tant à Sandy.

– Oui. Vous partagez une chambre au dortoir ?

– Non, on vit dans une pension de famille à côté du campus.

– Vous vous êtes inquiétée quand Sandy n'est pas rentrée hier soir ?

– On a, euh, passé la nuit chez moi, dit Tommy.

– Sandy n'était pas là quand je suis rentrée ce matin, expliqua Marjorie. J'ai pensé qu'elle était à la bibliothèque.

– Quand l'avez-vous vue pour la dernière fois ? »

Marjorie interrogea Tommy du regard.

« Vers dix heures et demie, dit-il. On était tous allés au Stallion.

– Tommy et moi, on a voulu partir. Comme on était en voiture, on lui a proposé de la déposer à la pension, mais elle a voulu rester. » Les yeux de Marjorie s'emplirent encore une fois de larmes. « Si seulement elle était venue avec nous... »

Downes attendit patiemment que Marjorie se ressaisisse.

« Sergent Downes, je me posais une question... Quand on a trouvé Sandy, est-ce qu'elle portait une chaîne ?

– Pourquoi demandez-vous cela ?

– Sandy portait toujours un médaillon. Une croix de Jérusalem. Il faudrait la donner à sa mère, je sais que ça lui ferait plaisir. C'était un cadeau de sa grand-mère, un porte-bonheur... »

Sandra Whiley n'avait rien au cou quand le premier officier était arrivé sur place, mais Downes crut se rappeler que l'un des agents avait trouvé quelque chose ressemblant au bijou décrit par Marjorie. Il vérifierait plus tard. Pour l'instant, ce médaillon était une pièce à conviction, et il le resterait jusqu'à l'arrestation et l'inculpation de l'assassin.

5

C'était toujours assez calme vers quatre heures de l'après-midi et le beau temps interdisait aux clients les plus fidèles de venir consommer. Dennis Downes vit Arnie Block et Dave Thorne qui discutaient derrière le comptoir, dès que ses yeux se furent habitués à la pénombre de la taverne. Downes était en uniforme, et les deux barmen firent silence en le voyant s'asseoir au comptoir.

« Bonjour, sergent, dit Block. Comme d'habitude ?

– Pas aujourd'hui, Arnie. Dave et vous, vous étiez de service hier soir ?

– Oui, on était là tous les deux. »

Downes sortit la photo de Sandra Whiley que Marjorie Dooling lui avait donnée quand il l'avait raccompagnée à la pension de famille.

« Vous avez vu cette fille ? »

Arnie examina la photo.

« Elle me dit quelque chose, mais je ne sais pas si elle était là, hier soir. »

Thorne fronça les sourcils.

« C'est possible... oui. Ses cheveux étaient un peu plus longs, mais je suis sûr que c'est elle. »

Il prit la photo que tenait Block.

« Vous voyez le médaillon qu'elle porte autour du cou ? Elle n'arrêtait pas de jouer avec. Oui, c'est bien elle.

– Elle est arrivée à quelle heure ?

– Il devait être onze heures. Oui, c'est cela. Et elle est partie quand la bagarre a éclaté.

– Quelle bagarre ? demanda Downes.

– Oh, rien du tout. Gary Harmon s'est mis à gueuler après une cliente. Arnie l'a calmé.

– Pourquoi vous nous parlez de cette fille ? demanda Block.

– On essaie de reconstituer son emploi du temps. Elle a été assassinée peu après son départ du Stallion.

– Oh merde ! dit Thorne en regardant plus attentivement la photographie. Dites, ce n'est pas la fille qu'on a retrouvée devant le puits ? »

Downes fit signe que oui.

« Seigneur. Des clients en parlaient tout à l'heure, on croyait que c'était l'autre.

– Quelle autre ?

– Celle qui a eu une histoire avec Gary. J'ai vu le dessin dans le *Clarion*, ça lui ressemblait un peu.

– Que s'est-il passé ?

– Vous connaissez Gary ? » demanda Arnie.

Downes acquiesça.

« Dans ce cas, vous savez qu'il est un peu lourd et là, il avait bu un coup de trop. Il a essayé de draguer cette fille. Elle l'a envoyé aux pelotes et il l'a mal pris. Il l'a attrapée par le t-shirt et il s'est mis à brailler comme un putois. »

Arnie secoua la tête.

« Quel genre de t-shirt ? demanda Downes qui se souvenait de la façon dont était vêtue Whiley.

– Euh, un t-shirt de l'université. Celui avec le cheval.

– Elle portait un jeans ?

– Je crois bien.

– Et vous pensez que Gary aurait pu tuer cette fille ?

– Pas vraiment, dit Block qui éclata de rire devant le ridicule d'une telle supposition. Gary s'excite tout seul de temps en temps, c'est un vrai gosse. Il a dit qu'il la tuerait, mais personne ne l'a pris au sérieux. »

IX

1

Dennis Downes était un type plutôt calme en temps normal, mais la perspective de devoir traquer le premier tueur en série de l'histoire du comté de Whitaker le mettait sur des charbons ardents. Il conduisait un véhicule de patrouille et était accompagné de Bob Patrick, que tout le monde appelait Pat. Pat était grand, mince et tout en muscles. Son visage en lame de couteau était tout grêlé, et ses petits yeux lui donnaient un air mauvais. Pat avait les cheveux longs et gominés à la mode des années cinquante, et son look à la Elvis Presley avait, de par son étrangeté, quelque chose d'intimidant. Tout en lui trahissait le « sale flic », et c'était pour cela que Downes lui avait demandé de l'accompagner. Pat était aussi remonté que son collègue.

« Tu sais, Dennis, je crois que tu vas faire mouche », dit Pat alors que Downes roulait vers la maison de Gary.

Une autre voiture de service les suivait avec deux officiers.

« Ça ne peut être que lui, répondit calmement Downes. J'ai parlé avec Karen Nix. Whiley et elle ne sont pas exactement jumelles, mais c'est le même type physique. Minces, des cheveux blonds assez longs. Et toutes deux portaient un jeans et un T-shirt avec un cheval cabré.

« Je vois les choses comme ça. Harmon a cette histoire avec Nix. Il rumine comme un gamin mais ne fait rien tout de suite. Ensuite il se procure une arme et l'attend à l'extérieur du Stallion. La porte s'ouvre, une blonde en sort. Seulement, ce n'est pas la bonne. Il la suit et attend sa chance...

– Et puis il la tue comme il l'avait annoncé.

– Il n'y a pas que ça. Il y a quelques semaines, Harmon s'est fait arrêter pour avoir joué les voyeurs au dortoir des filles.

– Merde. »

Ils prirent un virage et la maison de Gary leur apparut.

« Il faut qu'on fasse très attention, lui rappela Downes. On ne s'écarte pas d'un poil de la procédure. Beaucoup de “ merci ” et de “ s'il vous plaît ”. Pas question de le tutoyer, pas tout de suite en tout cas. Les toilettes s'il a envie. Du Coca quand il a soif.

– Compris, fit Patrick avec un sourire entendu.

– Une seule exception.

– Laquelle ?

– Ce gars va me faire confiance, dit Downes en garant la voiture. Je lui ai évité une inculpation pour voyeurisme et je l'ai bien traité. On peut jouer là-dessus, mais il me faut un complice. C'est pour ça que j'ai amené avec moi le flic le plus ignoble de toute la ville. »

Patrick sourit de plus belle : il savait exactement ce que Downes attendait de lui. Ce petit jeu, ils y avaient déjà joué à plusieurs reprises.

Il était sept heures et demie et les lumières du séjour étaient allumées dans la maison de Gary. Downes écouta le murmure insipide de la télévision et sonna. Un instant plus tard, Gary vint ouvrir la porte. Les pieds nus, il portait un jeans et un t-shirt de l'équipe de football de Whitaker. La présence de quatre policiers sur le pas de sa porte le troubla et l'effraya.

« Bonsoir, Gary, vous vous souvenez de moi ? » demanda Downes avec un large sourire.

Gary plissa le front. Puis il se rappela le sergent Downes. C'était le gentil policier qui l'avait aidé la nuit où... Le soulagement initial de Gary fut remplacé par un peu d'angoisse quand il se remémora les circonstances humiliantes de son arrestation pour voyeurisme. La fille qu'il avait espionnée avait-elle porté plainte ? Ces hommes étaient-ils venus pour l'arrêter ?

« Qu'est-ce que vous voulez ? demanda Gary sur la défensive.

– Oh, ne vous inquiétez pas, Gary. Je suis ici parce que j'ai besoin de votre aide. Je peux entrer ? »

Gary hésita un instant, puis il se rappela les bonnes manières que maman lui avait enseignées, et il s'écarta. Downes entra, suivi des trois autres policiers.

« C'est joli chez vous, dit Downes.

– Merci. Vous voulez vous asseoir ? dit Gary, exactement comme il devait le faire quand il avait de la visite.

– Bien sûr, dit Downes en se laissant tomber sur le canapé. Dites, Gary, on ne peut pas éteindre la télé ? C'est un peu fort. »

Gary coupa la télévision et s'installa en face du policier. Il remarqua que ses trois collègues restaient debout. L'un d'eux se tenait près de la porte d'entrée, l'autre près de la porte du couloir et le troisième, celui qui avait les cheveux gominés et mettait Gary mal à l'aise, se plaça juste derrière son fauteuil.

« Avez-vous entendu parler de la jeune fille qui a été assassinée au parc du Puits aux souhaits ? » demanda Downes.

Gary fit signe que oui. Downes tira de sa poche une photo de Sandra Whiley et la présenta à Gary. On voyait Sandra sur la pelouse de l'école de commerce. Elle était en short et se penchait en avant : elle avait été prise à l'improviste pendant qu'elle riait.

« Elle était jolie, vous ne trouvez pas ? » dit Downes.

Gary hocha brièvement la tête, même s'il trouvait que la fille était effectivement bien jolie. Après son problème au Stallion et son arrestation près des dortoirs, Gary avait peur de se montrer trop intéressé par les filles.

« Nous interrogeons toutes les personnes susceptibles d'avoir vu cette femme hier soir. Est-ce que vous l'avez vue ?

– Je ne crois pas.

– Regardez encore. Vous étiez au Stallion hier soir, n'est-ce pas ? »

Son cœur battit plus fort. Ils étaient là pour la fille, celle après qui il avait crié.

« Hé, Gary, détendez-vous. Vous avez l'air mal à l'aise, dit Downes.

– Je ne le suis pas, dit Gary sur la défensive.

– Bon, tant mieux, parce que vous n'avez aucune raison de l'être. C'est une enquête de routine, rien de plus. Alors, vous étiez au Stallion hier au soir ?

– Oui.

– Pourquoi ne dites-vous pas ce qui s'y est passé ? »

Gary se sentait très mal. Il ne savait que dire. Downes attendit patiemment.

« Je ne me rappelle pas trop. J'avais beaucoup bu.

– Est-ce que vous avez essayé d'inviter une fille au bar ? avança Downes.

– Je... c'est possible. »

Downes leva discrètement la tête et lança un clin d'œil à Bob Patrick.

« Ecoutez, Harmon, aboya Patrick, on sait que vous avez agressé une fille, alors arrêtez vos conneries. »

Gary tourna la tête. Patrick était juste au-dessus de lui, et semblait sur le point de vouloir le frapper.

« Calmez-vous, officier Patrick, dit fermement Downes. Mr Harmon nous a priés d'entrer chez lui. Il n'est pas suspect et cette remarque est injustifiée. »

Patrick lança un regard noir à Gary, mais n'ajouta rien.

« Désolé, Gary, mais on a parlé au barman et à quelques autres témoins. Ils nous ont mis au courant de cette histoire que vous avez eue avec une fille. Ils ont dit vrai, n'est-ce pas ? »

Gary baissait la tête. Ah, si Donna ou Steve avaient été là pour le protéger ! Mais ils étaient en pleine lune de miel...

« Alors, Gary ?

– Je me suis un peu énervé. Je n'aurais pas dû.

– Qu'est-ce qui vous a énervé ?

– Je ne sais plus.

– Vous n'avez pas été grossier avec une jeune femme sans raison, tout de même. Je me trompe ? »

Gary regardait par terre. Il ne savait vraiment pas quoi dire. Downes lui laissa le temps de la réflexion avant d'ajouter :

« J'ai une proposition à vous faire. On devrait poursuivre notre conversation au poste. Vous êtes d'accord ? »

Gary releva brusquement la tête. Il avait l'air paniqué.

« Vous n'allez pas m'arrêter, hein ? »

Downes se mit à rire.

« Vous arrêter ? Mais qu'est-ce que c'est que cette idée ? J'ai besoin de votre aide, c'est tout. On vous ramènera chez vous dès qu'on aura terminé. Vous voulez bien m'aider, n'est-ce pas, Gary ? »

Gary se pencha un peu plus et se cacha les mains sous son t-shirt. Il n'aimait pas le poste de police, il avait peur d'y aller.

Downes se rapprocha de Gary.

« Vous vous rappelez comment je vous ai aidé la dernière fois ? Comment j'ai tout arrangé ? »

Gary hocha la tête.

« Vous me faites confiance, Gary ? Vous pensez que je suis votre ami ? »

Gary hésita.

« Je n'ai rien dit à votre mère à propos de ce qui s'est passé au dortoir, vous le savez, hein ?

– C'est vrai, admit Gary.

– Alors, vous voulez être mon ami et m'aider à résoudre cette terrible affaire ? »

Gary se tortilla sur sa chaise, puis il acquiesça.

« Formidable ! Habillez-vous et on y va tout de suite. »

Gary se rendit dans sa chambre ; Downes et le méchant policier l'y suivirent. Patrick resta près de la porte, mais Downes entra dans la pièce. La première chose qu'il vit fut des posters des Stallions.

« Vous êtes un vrai supporter des Stallions, dit Downes pendant que Gary enfilait ses chaussures.

– Oui, dit Gary avec vivacité. On va gagner.

– Je l'espère bien. Je ne rate pas un seul de leurs matchs.

– Steve m'a offert des billets pour toute la saison.

– Il est drôlement gentil. Même quand il défend un client au tribunal, nous, les flics, il nous traite avec respect. C'est un bon citoyen, comme vous d'ailleurs. »

Gary se sentait fier que le sergent Downes le compare à Steve. Il n'avait plus peur maintenant, puisqu'il était un bon citoyen et qu'il s'apprêtait à aider la police à résoudre une terrible affaire.

« Dites, il y a autre chose, fit Downes quand Gary s'apprêtait à se lever. Est-ce que vous voulez bien laisser mes gars jeter un coup d'œil chez vous ? Cela me ferait plaisir.

– Jeter un coup d'œil ?

– Oui, ça fait partie de l'enquête officielle. Ça ne devrait pas vous perturber, ils feront cela pendant qu'on sera en ville.

– Pourquoi ils doivent regarder chez moi ?

– On regarde toujours partout quand on enquête sur un meurtre, Gary. Les bons citoyens sont toujours d'accord. Vous n'avez rien à cacher, n'est-ce pas ? »

Gary pensa immédiatement aux magazines avec les photos de filles nues, mais ils étaient si bien dissimulés qu'il était sûr qu'on ne les trouverait jamais.

« Alors, Gary ?

– Je crois que je suis d'accord.

– C'est vraiment formidable », dit Downes.

Il tira une feuille de papier de sa poche et la tendit à Gary en même temps qu'un stylo.

« Tenez, écrivez votre nom en bas de la page, à côté du X.

– Qu'est-ce que c'est ?

– Oh, c'est seulement pour dire que vous êtes d'accord. »

Gary examina le formulaire. Il savait lire, bien sûr, mais il lui fallait beaucoup de temps et d'effort pour arriver au bout d'un texte aussi long. Après une minute, il se lassa et signa. Derrière Gary, Patrick souriait. Downes le vit, mais resta impassible. Tout marchait comme prévu.

Gary reconnut tout de suite la pièce. C'était la même pièce sans fenêtre que le soir où on l'avait interrogé après son arrestation pour voyeurisme.

« Je peux vous apporter quelque chose à boire ? » demanda le sergent Downes dès que Gary fut assis. Gary avait soif, mais il fit non de la tête. Il ne voulait pas rester seul avec le méchant policier, effondré sur une chaise, près de la porte.

« Bon, dit Downes en prenant une chaise en face de Gary. Je ne veux pas vous retenir trop longtemps, alors allons droit au but. Qu'est-ce qui s'est passé entre cette fille et vous, au Stallion ? »

Gary haussa les épaules et regarda le dessus de la table.

« Je crois que je me suis énervé.

– Ce n'est pas dramatique. Je ne vous ai rien dit

après ce que vous avez fait au dortoir, pourquoi est-ce que je vous dirais quelque chose ce soir ? Moi, je crois qu'elle n'a pas été gentille avec vous, je me trompe ?

– Je voulais donner un rendez-vous à cette fille et elle a refusé, c'est pour ça que je me suis énervé. »

Downes secoua la tête d'un air incrédule et rit doucement.

« C'est tout ? Oh, là, mais je croyais que vous aviez un terrible secret ! Alors, que s'est-il passé ?

– Chris a dit qu'elle voulait sortir avec moi.

– Chris ?

– C'est un ami de Kevin Booth. Kevin et Chris étaient à table avec moi.

– Et ce Chris a dit que la fille vous faisait de l'œil, c'est ça ? »

Gary fit oui de la tête.

« Mais je ne crois pas que c'était vrai. Je crois que Chris voulait se moquer de moi.

– Pourquoi cela ?

– Elle ne s'intéressait pas à moi.

– Allons, qu'est-ce qui vous fait dire une chose pareille ?

– Elle n'a pas voulu que je lui offre un verre et elle m'a dit de m'en aller. Et puis, elle... elle...

– Oui ?

– Elle m'a dit que j'étais débile », éclata Gary.

Ses joues étaient toutes rouges.

« Ça alors ! Tu te rends compte, Pat ? Cette fille n'avait aucune raison de lui dire ça. »

Gary regarda l'autre policier pour voir ce qu'il en pensait, mais Pat était impassible. Les yeux de Bob Patrick étaient toujours aussi glacials.

Downes se pencha au-dessus de la table.

« Gary, dit-il plein de compassion, qu'est-ce que tu as fait quand tu t'es mis en colère après Karen Nix ?

– Je... je crois que je l'ai attrapée...

– Je crois, je crois ! aboya Patrick. Qu'est-ce que c'est que ces conneries ? Tu l'as fait ou pas ? »

La grosse voix de Patrick fit sursauter Gary, qui adressa un regard suppliant à Downes.

« Du calme, Pat, dit Downes.

– Je commence à en avoir plein le cul de ce connard, Dennis. Il se fout de notre gueule !

– Officier Patrick, je porte le grade de sergent, et cet interrogatoire est placé sous ma responsabilité. »

Downes foudroya Patrick du regard. Celui-ci le toisa un instant avant de baisser les yeux. Gary était soulagé. Downes s'intéressa de nouveau à lui.

« Je sais que cela peut vous sembler difficile, mais nous avons besoin de votre aide pour attraper le tueur. Alors, racontez-moi ce que vous avez dit à Karen Nix quand vous l'avez agrippée. »

Gary penchait la tête, il avait mal au cœur.

« Je crois... je crois que j'ai dit que je la tuerais.

– C'est à ce moment qu'Arnie Block est arrivé, c'est bien cela ? »

Gary approuva. Downes semblait satisfait, mais il ne l'était pas vraiment parce qu'ils allaient devoir aborder le fond du problème.

« Qu'avez-vous fait après votre sortie du bar ? demanda Downes d'un air désinvolte.

– Je ne me rappelle pas trop. Je crois que j'ai fait un tour.

– Vous êtes allé dans un endroit particulier ?

– Je suis allé voir Steve.

– Steve Mancini ? »

Gary fit oui de la tête.

« Vous l'avez vu ?

– Non. Je suis allé jusque chez lui, mais il n'était pas là. »

Downes se pencha en prenant un air dégagé.

« Qu'est-ce que vous avez fait ensuite ?

– Je suis allé au Ponderosa. »

Le pouls de Downes s'accéléra. Le Ponderosa était un bar d'ouvriers situé tout près du Riverview Motel, à quelques pâtés de maisons du poste de police. Il en allait de même pour la pension de famille de Sandra Whiley. Si Whiley était rentrée chez elle en passant par High Street et si Gary était allé de chez Steve Mancini jusqu'au Ponderosa, ils auraient pu se rencontrer.

« Comment vous êtes-vous rendu au Ponderosa, Gary ?

– Je suis passé par High Street.

– Vous avez longé le parc ?

– Oui.

– De quel côté de la rue marchiez-vous ?

– Euh, de l'autre côté. Pas du côté du parc. »

Downes se pencha un peu plus.

« C'est très important, Gary. Le meurtre a peut-être

eu lieu à l'instant précis où vous longiez le parc. Cela ferait de vous un témoin oculaire. » Gary parut étonné. « Je veux que vous réfléchissiez bien. Est-ce que vous avez vu quelque chose dans le parc quand vous êtes passé devant ? »

Gary plissa le front pour mieux se concentrer. Puis son visage s'éclaira d'un large sourire.

« J'ai vu quelque chose, sergent Downes. Oui, j'ai vu quelque chose.

– Qu'avez-vous vu, Gary ?

– J'ai vu un type et cette fille. Ils se tenaient serrés.

– Où avez-vous vu cela ?

– Près de la grande entrée du parc, comme si on allait au puits, mais plus près de la rue.

– L'homme, à qui ressemblait-il ?

– Je ne suis pas très sûr. Il faisait nuit.

– Il était grand ?

– Je ne sais pas, il était penché sur elle.

– Penché ?

– Oui. Vous savez bien. Il la tenait serrée. Il était penché.

– Gary, c'est extrêmement important. Réfléchissez bien. Cette fille, ç'aurait pu être Sandy ? L'homme, ce serait son meurtrier ? »

Gary ne parla pas. Downes était au bord de sa chaise. Quand Gary releva la tête, il avait l'air de s'excuser.

« Ils se tenaient serrés, sergent Downes. Ne m'en veuillez pas, mais ils étaient seulement serrés. »

Une heure plus tard, Downes et Patrick sortirent dans le couloir et laissèrent Gary seul dans la pièce réservée aux interrogatoires.

« Qu'est-ce que tu en penses ? demanda Downes.

– Je n'en sais rien. Et toi ? »

Downes secoua la tête.

« Il m'a l'air trop idiot pour mentir, mais je ne crois pas aux coïncidences. Il a reconnu se trouver près du parc à l'heure où le meurtre a probablement été commis et il a menacé une fille qui ressemble beaucoup à Whiley.

– Je crois qu'on ferait mieux de prévenir le procureur avant de continuer », dit Patrick.

Downes fronça les sourcils. Earl Ridgely avait demandé à Downes de l'appeler si un élément nouveau intervenait, mais Ridgely était trop proche des Harmon. Il avait été invité au mariage de Donna, et Jesse Harmon avait généreusement participé à la campagne électorale de Ridgely. Le procureur insisterait pour que Gary ait un bon avocat.

En revanche, Becky O'Shay ne proposerait pas de trouver un avocat à Gary Harmon, mais elle tenterait de tirer les marrons du feu si Gary passait aux aveux. Cependant, elle ne se mêlerait pas de l'interrogatoire, et c'était cela qui comptait.

« Je vais aller trouver Becky O'Shay. Cela te donnera un peu de temps pour travailler Gary.

– Comment veux-tu que je m'y prenne ? » demanda Patrick.

Downes réfléchit un instant, puis il eut une idée.

« Cela ne marcherait probablement pas avec la plupart des gens, mais Gary est le roi des andouilles. On devrait essayer la lumière noire. »

Downes lui expliqua ce qu'il avait en tête, mais Patrick parut dubitatif.

« Je ne sais pas. Je ne trouve pas ça très correct.

– Quel est le problème ?

– C'est complètement bidon. Ça pourrait entraîner l'annulation de ses aveux.

– Non. Tu ne dois pas lui dicter ses paroles. Je vais t'expliquer... »

2

Peter Hale était certain que la salle de bains de la maison qu'il louait avait été dessinée pour des nains. Il y avait si peu d'espace entre la minuscule baignoire et le lavabo qu'il ne pouvait se sécher qu'en se mettant de profil, et la pomme de la douche était placée si bas que Peter devait se pencher pour profiter de l'eau qui en sortait. On était bien loin de la cabine de douche de son bel appartement de Portland et de son pommeau à quatre jets rotatifs. Peter était malgré tout d'assez bonne humeur. Ce soir, il sortait avec une fille superbe et il allait se payer du bon temps.

Il épongea la vapeur qui brouillait le miroir et se

coiffa. Il chantonnait « Life in the Fast Lane » des Eagles quand le téléphone sonna. Il s'enroula dans une serviette de bain et fonça dans la chambre.

« Peter ?

– Salut, Becky. Je suis prêt. J'arrive tout de suite.

– C'est pour ça que je vous appelle. Il y a une urgence et je dois me rendre au poste de police.

– Vous voulez que je vous y prenne ?

– J'ai peur que notre sortie ne soit compromise. Ça va peut-être me prendre toute la nuit. Mais ce n'est que partie remise. »

Peter était effondré.

« Pas de problème, dit-il d'un air crâne pour masquer sa déception. Les urgences, ça me connaît. On en avait tout le temps chez Hale et Greaves.

– Merci de le prendre aussi bien. On se rappelle dans la semaine. »

Becky raccrocha et le désespoir submergea Peter. Il se laissa tomber sur son lit. Il s'efforça de voir le bon côté des choses. Un rendez-vous annulé, ce n'était tout de même pas la fin du monde ! Il pensa aux nombreuses fois où c'était lui qui s'était décommandé à la dernière minute. Et puis, se dit-il, il y avait des lasagnes surgelées au congélateur et un film avec Chuck Norris à la télévision. De quoi rassasier le corps et l'esprit. Non, il avait tout pour passer une excellente soirée à la maison.

Les efforts déployés par Peter pour s'arracher à la dépression ne réussirent qu'à le faire plonger un peu plus vite. Il ne pouvait pas rester enfermé après avoir caressé l'espoir de passer une soirée ressemblant vaguement à celles qu'il avait toujours connues. Peter envisagea d'aller seul au restaurant, mais l'appétit lui manquait. Il pensa bien téléphoner à Rhonda ou draguer une étudiante au Stallion, mais le cœur n'y était pas. C'est alors qu'il eut l'idée d'appeler son père.

Peter était à Whitaker depuis plus d'un mois. Il estimait que son exil avait assez duré. Richard voulait seulement lui faire peur. Il n'avait certainement pas modifié son testament. Non, Peter appellerait son père et lui expliquerait comment travailler pour dix-sept mille dollars par an et vivre dans un réduit lui avait appris la valeur de l'argent. Il évoquerait adroitement les malheureux qu'il défendait. Richard verrait que son fils était enfin devenu responsable. Il lui pardonnerait ses erreurs et l'accueillerait à la maison les bras grands ouverts.

Peter composa le numéro personnel de son père. Richard décrocha à la troisième sonnerie.

« Richard Hale », confirma une voix forte.

Peter était incapable de parler.

« Allô ? » fit son père, une nuance d'ennui dans la voix.

Peter avait perdu toute son énergie. Chez Richard Hale, le combiné retomba lourdement sur son support.

« Papa, c'est Peter », murmura lamentablement le fils de Richard Hale.

3

Gary releva la tête en entendant s'ouvrir la porte de la pièce réservée aux interrogatoires. Il était resté seul pendant près d'une demi-heure et il avait peur. Son angoisse augmenta quand Bob Patrick entra seul.

« Salut, Gary, dit-il d'un air joyeux. Je vous ai apporté à boire. »

Avant d'entrer, Patrick avait bien séché une canette de Coca et l'avait saupoudrée de céruse. Bien qu'invisible à l'œil nu, la poudre prenait une teinte orange sous le faisceau ultraviolet de la lampe de Patrick. Gary n'avait pas envie de Coca, mais il avait très soif. Il regarda l'officier d'un air soupçonneux : le fait que Patrick fût gentil avec lui paraissait bizarre.

« Où est le sergent Downes ?

– Il avait quelque chose à faire. Il va bientôt revenir. »

Gary prit le Coca de la main droite et but avidement. Patrick s'assit à côté de lui et posa la lampe sur la table, bien en vue. Puis Patrick étala près de la lampe plusieurs photographies représentant le corps mutilé de Sandra Whiley. Gary y jeta un rapide coup d'œil avant de tourner la tête.

« Qu'est-ce qu'il y a, Gary ?

– Je n'aime pas ces... ces photos.

– C'est le sang qui vous déplaît ?

– Euh... oui.

– La plupart des assassins que j'ai interrogés n'avaient pas la force de regarder le sang de leurs victimes », mentit Patrick. Il n'y avait eu que deux homicides dans le comté de Whitaker depuis son entrée à la police, et il n'avait interrogé aucun des détenus. « Je ne sais pas pourquoi, mais le sang de leurs victimes leur fait peur. Ils pensent peut-être que je peux voir le sang sur leurs mains même s'ils ont tout fait pour le nettoyer. Qu'est-ce que vous en dites, Gary ?

– Je ne sais pas », répondit Gary en évitant de regarder les clichés.

Patrick ramassa les photos et les rangea. Gary se détendit. Patrick alluma alors la lumière noire.

« Vous savez ce que c'est ? »

Gary fit non de la tête.

« C'est un appareil à détecter le sang, une lumière capable de révéler la plus infime goutte de sang sur la main d'un assassin. La plupart des meurtriers croient que l'on peut se laver du sang d'une victime, mais ils se trompent. Oh, on peut frotter tant qu'on veut, mais le sang d'une personne assassinée s'incruste dans la peau, et aucun nettoyage ne peut le faire disparaître complètement. »

Patrick laissa Gary assimiler les informations qu'il venait de lui donner.

« Bon. Vous me dites que vous n'avez pas tué cette fille. Je veux bien vous croire. » Patrick prit la lampe et la braqua sur Gary. « Vous n'avez qu'à me montrer vos mains et l'affaire sera réglée. »

Gary referma les deux mains sur la canette de Coca et la serra contre sa poitrine.

« Qu'est-ce qu'il y a, Gary ? Vous ne craignez tout de même pas ce que cet appareil pourrait révéler, n'est-ce pas ?

– N... non.

– Dans ce cas, ouvrez les mains et montrez-moi vos paumes. »

Gary posa la canette. Il ouvrit les mains et les regarda. Il n'y avait rien. Très lentement, il tendit les mains vers Patrick. Le policier appuya sur le bouton de la lampe et braqua le faisceau ultraviolet sur les paumes de Gary. De grosses taches orange apparurent sur ses deux mains. Et Gary les contempla, épouvanté.

X

Dennis Downes et Becky O'Shay discutaient dans la petite salle de réunion située de l'autre côté du miroir sans tain. Becky voyait Gary Harmon : le suspect se tortillait sur sa chaise et ne cessait de lancer des regards apeurés en direction de Bob Patrick.

« J'ai appelé Don Bosco à l'hôpital psychiatrique du comté, il va rechercher dans ses dossiers pour voir s'il a quelque chose sur Gary, dit Downes.

– Bonne idée, dit Becky. Je crois sincèrement que vous tenez une piste. Prenez les magazines. » Becky désigna la pile de magazines coquins que la police avait saisis au domicile de Gary. « Nous pouvons dire que Harmon a conservé ces numéros dans un but bien précis, et j'ai remarqué ce qu'ils avaient tous en commun. Les filles des pages centrales sont toutes des blondes ressemblant à la victime et à Karen Nix.

– Mais c'est vrai, Becky. Je n'avais pas fait attention.

– La jeune fille trouvée dans le ravin et celle de Blaine, elles étaient blondes, elles aussi ?

– L'une d'elles, oui. Et la fille qu'il guettait au dortoir était également blonde.

– Formidable ! s'écria Becky.

– Comment expliquez-vous l'absence de sang sur ses vêtements et dans sa maison ? demanda Downes.

– Je crois que ce n'est pas le moment de s'occuper de ça. Laissons les criminalistes procéder aux examens. S'ils ne trouvent rien, nous nous reposerons la question. Harmon s'est peut-être tout simplement débarrassé des vêtements tachés de sang.

– Vous avez raison. S'il avoue, nous saurons ce qui s'est passé. »

Downes se leva.

« C'est l'heure, je dois retourner interroger Gary. Vous croyez que je devrais lui lire ses droits ?

– Ce n'est pas encore fait ?

– Je ne voulais pas lui faire peur. Et puis il n'est pas en détention. Je lui ai bien expliqué qu'il pouvait s'en aller à tout moment.

– Techniquement, vous avez peut-être raison, Dennis, mais à votre place, je les lui lirais tout de suite. Harmon est ici depuis plusieurs heures. Certains juges qualifieraient cela de détention.

– Bon. Je vais enregistrer la conversation. Vous entendrez tout ce que nous dirons dès que j'aurais branché l'interphone.

– D'accord. Ce serait peut-être bien que Don Bosco soit à mes côtés. Les observations d'un psychologue réputé pourraient être utiles lors du procès. »

Downes alla chercher un magnétophone. Becky était sur des charbons ardents. Elle avait rarement l'occasion de participer à une enquête dès le début et là, ce n'était pas une enquête ordinaire. Son rendez-vous avec Peter Hale était oublié. Sortir avec le fils de Richard Hale aurait pu être utile, mais il n'y avait pas grand-chose à attendre de Peter. Et puis, elle n'aurait peut-être pas besoin de lui pour décrocher un poste. Les projets de Becky O'Shay ne passaient pas par un long séjour à Whitaker. Elle s'y aguerrirait puis tenterait de se faire engager par le bureau du procureur du comté de Multnomah, à Portland, ou mieux par le prestigieux bureau du procureur des Etats-Unis. Après quelques années, forte de son expérience, elle rentrerait dans un gros cabinet et toucherait un formidable salaire. Si elle pouvait aider à résoudre une affaire impliquant un tueur en série, son ascension s'en trouverait accélérée.

« Que s'est-il passé avec la lumière noire ? » demanda Downes à Patrick.

Ils se trouvaient dans le couloir, juste devant la salle d'interrogatoire.

« Gary a pris peur. Dès que j'ai allumé, il s'est mis à gémir et à se tordre les mains.

– Il a reconnu quelque chose ?

– Non, mais il a drôlement la trouille. S'il doit craquer, c'est sûrement pour bientôt. »

Gary se leva quand Dennis Downes précéda Bob Patrick dans la pièce.

« Je peux rentrer chez moi maintenant ? Je ne veux pas rester ici, supplia-t-il avec un regard implorant à l'adresse de Bob Patrick.

– J'ai encore quelques questions à vous poser.

– Je pourrai partir ensuite ?

– Bien sûr. Soyez assuré que j'apprécie tout ce que vous faites pour aider la police. Je ne vous garderais pas ici si je ne vous croyais pas capable d'aider les citoyens de cette ville à résoudre cette terrible affaire. »

Downes montra le magnétophone à Gary et lança un rapide clin d'œil à Patrick.

« Pour être bien sûr de ne pas déformer vos paroles, expliqua Downes, je préférerais utiliser un magnétophone. Ma mémoire ne m'est pas toujours fidèle et, grâce à ce gadget, je n'ai pas besoin de tout noter. Ça ne vous dérange pas si j'enregistre notre conversation ?

– Non.

– Bien. Mais avant de commencer, je vais vous lire vos droits.

– Qu'est-ce que c'est que cette idée ? tonna Patrick. Ce taré va se planquer dans les jupes de son avocat comme toutes les saloperies qui passent ici ! »

Downes bondit sur ses pieds.

« J'en ai assez de vous entendre, officier Patrick. Gary n'a rien à cacher. S'il désire un avocat, c'est son droit. Maintenant, vous allez présenter vos excuses à Mr Harmon.

– C'est une blague ou quoi ?

– Présentez vos excuses et sortez. »

Gary vit Bob Patrick le visage rouge de colère. Il l'entendit grommeler de vagues excuses, puis le regarda partir en claquant la porte. Gary était si soulagé qu'il s'effondra sur sa chaise.

« Bon débarras, fit Downes.

– Je ne l'aime pas. »

Downes se pencha vers Gary et lui dit sur le ton de la confidence :

« Moi non plus. Ce type ne respecte pas les bons citoyens comme vous. Vous ne vous abriteriez pas derrière un avocat, n'est-ce pas ?

– Oh non », fit Gary en secouant vigoureusement la tête.

Les deux hommes se sourirent. Downes mit en marche le magnétophone.

« Bon, Gary, au boulot. Je vais commencer par vous lire vos droits. »

Downes entreprit de dire à Gary qu'il avait le droit de refuser de parler et de requérir la présence d'un avocat lors de son interrogatoire. Gary dit qu'il avait bien compris, mais il voulut parler tout de suite à Downes.

« Je veux vous aider à attraper le type qui a tué cette fille, dit Gary.

– Bravo ! »

A nouveau, Downes fit parler Gary de l'incident survenu au Stallion afin que le récit fût enregistré. Puis il rapprocha sa chaise.

« Gary, je veux revenir sur une chose que vous m'avez dite et qui me semble très importante. Vous m'avez bien dit que vous vous rendiez au Ponderosa depuis la maison de Steve quand vous avez vu un homme et une femme à l'entrée du parc du Puits aux souhaits, je ne me trompe pas ? »

Gary hocha la tête.

« J'aimerais que vous repensiez à ce couple. »

Gary fit des efforts de réflexion, puis il secoua la tête.

« Je me rappelle seulement qu'ils se tenaient serrés, sergent Downes.

– Vous vous souvenez de ce qu'ils portaient ?

– Non.

– La couleur de leurs cheveux ?

– Non. »

Downes parut frustré, puis il eut une idée.

« Gary, vous croyez que vous ne pouvez vous souvenir de rien d'autre, mais je vais vous expliquer quelques trucs qu'on apprend quand on rentre dans la police. Est-ce que vous avez déjà entendu parler de l'inconscient ?

– Je crois, oui », dit Gary avec quelque hésitation.

Il ne voulait pas reconnaître qu'il n'avait aucune idée de ce dont parlait Downes.

« Là, maintenant, vous me voyez et vous m'entendez avec votre conscient. C'est ce qu'on utilise quand on est réveillé. Mais, pour l'instant, vous ne voyez pas le couple dans le parc, n'est-ce pas ?

– Non.

– Dans ce cas, comment pouvez-vous me parler d'eux ? »

Gary réfléchit, puis son visage s'illumina.

« Je me rappelle !

– Exactement. Mais pendant tout ce temps, vos souvenirs, où est-ce qu'ils étaient rangés ? »

Gary réfléchit encore. « Je ne sais pas, dit-il enfin, un peu déçu de ne pas être capable de répondre au sergent.

– Ne vous en faites pas pour ça, dit Downes. La réponse n'est pas évidente. Il y a l'esprit conscient, d'accord ? Eh bien, il y a aussi un esprit inconscient qui garde en réserve toutes les choses auxquelles on ne pense pas. Tout le monde ne le sait pas. Dans la police, nous avons appris à aider les témoins à débloquer leur inconscient pour qu'ils se souviennent de choses qu'ils croyaient avoir oubliées.

– Comment je peux faire ça ? dit Gary, intéressé.

– En vous relaxant et en vous concentrant. Plus vous êtes détendu, plus il est facile d'ouvrir votre inconscient. Je veux que vous fermiez les yeux et que vous vous laissiez aller. Nous verrons alors ce que nous pouvons faire, tous les deux, pour attraper l'assassin de Sandy. Si je vous dis ça, c'est parce que je suis persuadé que vous avez vu Sandy et son assassin quand vous longiez le parc du Puits aux souhaits. »

Gary fit ce qu'on lui demanda. Les deux hommes restèrent assis en silence pendant quelques minutes, puis Gary ouvrit les yeux.

« Ça ne sert à rien. Je les vois serrés l'un contre l'autre, c'est tout.

– Oui, dit Downes d'un air embarrassé. Vous voyez, Gary, s'il ne s'agit pas de Sandy et de son assassin, il est probable qu'ils sont en train de s'embrasser, mais si c'est bien Sandy et celui qui l'a tuée ?

– Vous voulez dire qu'ils ne s'embrassent pas ?

– Je n'ai rien dit de tel. Je ne veux pas parler à votre place. Ce que je veux vous faire comprendre, c'est que l'esprit peut nous jouer des tours. Tenez, par exemple, vous auriez aimé serrer Karen Nix dans vos bras, non ? »

Gary se trémoussa sur sa chaise et rougit.

« Allons, Gary, fit Downes avec un bon rire, Karen Nix est très jolie. N'importe quel homme digne de ce nom aimerait la serrer contre lui. N'allez pas me dire que vous n'y avez pas pensé ! »

Gary hésita.

« Allons... On doit être honnêtes l'un envers l'autre. Vous avez eu envie de l'enlacer, non ? »

Gary baissa la tête et grommela un oui.

« Bon. C'est pour cela que vous avez imaginé quelque chose de romantique quand vous avez vu ce garçon avec cette fille. Malheureusement, il y a d'autres choses qui ressemblent à une étreinte. Ce qu'ils faisaient vraiment est peut-être inscrit dans votre inconscient.

– Qu'est-ce qu'ils pouvaient faire s'ils ne s'embrassaient pas ?

– Je ne sais pas, c'est à vous de me le dire. »

Gary prit le problème à bras-le-corps. Au bout d'un certain temps, il afficha un visage radieux.

« Peut-être qu'ils luttaient ?

– Hé, je n'y avais pas pensé ! Vous avez une drôle d'avance sur moi, Gary. Mais c'est super ! Vous comprenez ce que je veux dire quand je parle de l'inconscient ? Votre conscient a vu deux personnes enlacées, mais peut-être qu'elles faisaient tout autre chose. Votre inconscient connaît la vérité. Ce que je vous demande, c'est de vous détendre, de fermer les yeux et de revoir cette nuit.

– Je vais essayer, dit Gary en fermant les yeux et en s'appuyant au dossier de la chaise.

– Bon. Cela va sûrement nous aider. Pensez à ce que vous portiez comme vêtements. Vous pouvez faire ça ? »

Gary dit oui.

« Qu'est-ce que vous voyez ?

– Euh, je crois que c'était un jeans et une chemisette.

– Un jeans comme celui que vous portez aujourd'hui ?

– Oui. J'en ai quatre, c'était un autre jeans.

– Et ce jeans, où est-il maintenant, Gary ?

– Dans le placard. »

Downes s'efforça de ne pas montrer sa satisfaction.

« Vous avez fait quelque chose à ce jeans depuis que vous l'avez porté ?

– Oh oui. Je le lave toujours quand il est sale. C'est marqué sur la liste que maman m'a donnée. Tous les samedis, je fais ma lessive, et j'ai lavé tout ce qui était dans la panière dès que je me suis réveillé parce que, ensuite, j'allais au mariage. »

Le cœur de Downes fit un bond. Whiley avait été assassinée vendredi soir ou très tôt samedi matin. S'il y avait du sang sur le jeans et la chemisette de Gary, il était maintenant impossible à détecter.

« C'est très bien, tout ça, dit Downes. Bon, gardez les yeux fermés et pensez à la chaleur de cette soirée. Imaginez-vous en jeans et en chemisette. Vous marchez près du parc. Vous voyez le parc ?

– Oui.

– Il fait chaud, Gary ?

– Oui.

– Formidable. Bien, qu'est-ce que vous voyez ?

– Je vois le mur de pierre.

– Parfait. Ralentissez un peu à présent. Qu'est-ce que vous voyez ? Détendez-vous, il faut que cela vienne tout seul. »

Le silence régnait dans la pièce. Attentif, Downes était penché vers Gary. Il voyait ses traits se déformer sous l'effort de la réflexion. Puis les yeux de Gary s'ouvrirent.

« Ça ne marche pas. Je ne vois rien de nouveau.

– Rien du tout ? »

Downes ne fit aucun effort pour dissimuler sa déception. Gary avait honte : le sergent Downes avait pleinement confiance en lui, et il le laissait tomber.

« Je peux encore essayer ? » demanda Gary.

Il ferma les yeux et essaya de se relaxer. Deux piliers de pierre encadraient un chemin. Sur ce chemin, le garçon et la fille. Il la tenait contre lui, il se penchait, ce qui voulait dire qu'il était plus grand qu'elle. Et elle... quoi ? Elle s'appuyait contre lui ? Non. Gary ralentit le temps et fit de son mieux pour bien voir parce qu'il voulait aider le sergent Downes.

« Elle le repousse.

– Vous avez vu ça ? fit Downes tout excité.

– Comme je vous vois.

– C'est Sandy ?

– Je ne suis pas trop sûr.

– Essaie encore, mon gars. » Downes passa volontairement au tutoiement. « Tu fais ça très bien. C'est si important pour nous.

– J'essaie, mais...

– Tu sais ce qui pourrait t'aider ? Tu devrais imaginer un grand écran de cinéma dans ta tête et regarder ce qui se passe dessus. Comme ça, tu pourras ralentir le film et tu verras mieux tous les détails.

– C'est ce que j'ai fait, dit fièrement Gary.

– Tu as imaginé un écran ?

– Non, j'ai tout ralenti.

– Tu as fait ça tout seul ?

– Oui.

– Bon sang, Gary, tu es vraiment très doué. »

Gary sourit devant un tel compliment.

« Je veux attraper ce type, c'est tout.

– J'en suis persuadé. Bon, voyons si tu peux dire si c'est Sandy.

– D'accord. »

Gary appuya la tête au dos de la chaise. Cette fois-ci, il fit ce que le sergent Downes lui demandait et regarda l'action se dérouler sur le grand écran de cinéma. Le parc lui apparut, frémissant tout d'abord, puis se solidifia ; seuls les bords de l'écran vacillaient encore un peu. Il s'approcha de l'entrée du parc : la scène ralentit au maximum et deux personnes firent leur entrée. Qui était-ce ? L'homme était plus grand que la femme, mais son visage et son corps demeuraient dans l'ombre. Gary se trouvait en face d'eux à présent. Par la force de sa volonté, il obligea le film à s'arrêter et regarda attentivement pour voir si les traits de la femme étaient les mêmes que... que ceux de Sandra Whiley sur la photographie que lui avait montrée le sergent Downes.

« Ça y est, je les vois. Elle se retourne et il l'attrape.

– Par les épaules, par le chemisier ?

– Par le chemisier. Il la fait tourner sur elle-même quand il l'attrape, on dirait qu'ils sont accrochés l'un à l'autre comme si...

– Vas-y, Gary, c'est super. Tu vois son visage ?

– Vaguement, mais c'est comme si... Non, je ne sais pas. Probablement que vous ne me reconnaîtriez pas dans une rue sombre.

– Tu étais juste en face d'elle.

– Oui, quand il l'a rattrapée.

– C'était elle, Gary ? C'était Sandy ? Ralentis le film. Concentre-toi sur l'écran. Tu peux y arriver, Gary. Eclaire un peu la scène. Qu'est-ce que tu dis ?

– Je suis... je crois...

– Vas-y, dis-le.

– Je suis sûr que c'est elle. Celle qui s'est fait tuer.

Et... et ça, c'est son meurtrier, parce qu'il la rattrape. Ils n'étaient pas enlacés.
– Non ?
– Non. Il l'a attrapée, elle a voulu se dégager, mais il l'a rattrapée et il...
– Comment ça, il l'a rattrapée ?
– Comme ça. Ça l'a fait tourner sur place. C'est là que je l'ai vue.
– Et tu as vu quelque chose qui brillait, Gary ? C'était sûrement à ce moment-là, pendant cette fraction de seconde.
– Quelque chose qui brillait ?
– On sait qu'il avait une arme.
– Je ne vois...
– Tu ne vois pas d'arme ? On ne l'a pas encore retrouvée. Non, on ne sait toujours pas ce qu'il a utilisé comme arme pour tuer Sandy.
– Oh.
– Regarde bien sa main droite. La plupart des gens sont droitiers. Il y a de grandes chances que tu la voies. »
Gary faisait des efforts de concentration maximum. Le film défilait en avant ou en arrière pendant que Downes attendait calmement. Il voyait Sandy. Et elle était terrorisée.
« Alors, Gary, tu as quelque chose ? »
Il ouvrit les yeux.
« Rien de nouveau », dit-il d'une voix un peu pâteuse. Il était fatigué.
« Tu sais tout de même que c'est le tueur et Sandy, hein ?
– J'ai vu qu'elle avait très peur.
– C'est vrai ? Tu ne me l'avais pas dit avant. Bon, grâce à toi, on fait des progrès. Comment tu te sens ?
– J'ai faim.
– Tu veux un Coca et un hamburger ?
– Un hamburger, je veux bien.
– Repose-toi un peu. On recommencera tout à l'heure. »

Une heure et demie plus tard, Dennis Downes était frustré et Gary Harmon épuisé. Il avait les yeux rouges et était complètement décoiffé à force de se passer les doigts dans les cheveux. Les restes d'un hamburger graisseux, d'une canette de Coca vide et de plusieurs gobelets à café jonchaient la table. A plusieurs reprises, ils avaient reparlé de la présence de Gary près de l'entrée du parc du Puits aux souhaits, mais Gary n'avait pas fourni de nouveaux détails. Downes savait que cette méthode ne donnerait plus rien. Il était sur le point d'abandonner quand une idée lui vint.

« Juste devant moi, murmura Gary d'un air endormi. Je sais qu'il est plus grand qu'elle, mais je ne le vois pas assez. Ne m'en voulez pas, sergent.

– Ce n'est pas grave, Gary. Tu n'as pas à t'excuser. Tu nous as apporté nos premiers indices, mais ça m'a aussi donné une idée. Est-ce que tu voudrais bien essayer une dernière chose avant de rentrer chez toi ?

– Je suis vraiment fatigué, sergent, mais si vous croyez que ça peut vous aider, je veux bien essayer.

– C'est vraiment sympa. Bon, je vais t'expliquer, et si ça ne marche pas, on laisse tomber, d'accord ? Est-ce que tu as déjà vu à la télévision des gens qui prédisent l'avenir ou lisent dans les pensées ? »

Gary fit signe que oui.

« On les appelle des voyants, et certains d'entre eux collaborent avec la police. Quand il y a un crime, on leur donne un objet qui a appartenu à la victime. Ils projettent leur esprit dans celui du meurtrier par l'intermédiaire de cet objet. Ils retrouvent alors un disparu ou voient le meurtre avec les yeux du meurtrier. Si j'en crois tout ce que tu as été capable de voir, je pense que tu as un don très surnaturel. J'aimerais que tu t'en serves pour m'aider à trouver la solution.

– Mais, sergent, je n'ai jamais rien fait de ce genre », dit Gary.

Il était épuisé. Il ne demandait qu'une chose : dormir. Il ne croyait vraiment pas posséder un esprit surnaturel.

« Je ne suis pas étonné que tu n'aies pas utilisé ton esprit surnaturel, dit Downes. Avant ce soir, tu ne savais même pas que tu avais un inconscient. »

Downes se leva et s'étira.

« Pour ça, on va avoir besoin de quelque chose qui a appartenu à Sandy. Reste là pendant que je vais le chercher. Tu veux manger un peu ? Un café ?

– Ça ira comme ça. »

Downes quitta la salle d'interrogatoire et passa dans la pièce voisine. Becky O'Shay tombait de sommeil. Un petit homme trapu était assis à côté d'elle : c'était Don Bosco. Il avait des avant-bras extraordinairement poilus et des sourcils broussailleux. Ses oreilles n'étaient pas non plus dépourvues de touffes de poils.

« Qu'est-ce que c'est que cette histoire ? demanda Bosco dès que Downes fut entré dans la pièce.

– Oh rien, une idée que j'ai envie d'essayer. »

Downes expliqua son plan et demanda :

« Qu'est-ce que vous en pensez, Becky ?

– Je crois qu'il nous cache des choses. Vous lui avez fait admettre qu'il a assisté au meurtre. Il faut qu'il nous donne un détail prouvant qu'il l'a bien commis. Foncez.

– Don, vous voyez d'éventuels problèmes ? »

Bosco paraissait troublé. « C'est peut-être risqué. Harmon réagit comme un handicapé mental...

– Il n'est pas aussi bête.

– Franchement, je ne sais pas, dit Bosco. Même s'il est d'une intelligence normale, il est extrêmement fatigué. Il va être ouvert à toute suggestion. Faites très attention de ne pas le diriger. Lui dire qu'il est capable de voir des choses avec ses pouvoirs psychiques, c'est déjà de la suggestion.

– Bon. Je vais redoubler d'attention. Ne vous en faites pas. »

Gary tenait la photo de Sandra Whiley dans une main et sa croix de Jérusalem dans l'autre. Il avait un peu peur de tenir les objets personnels d'une jeune fille morte, mais Downes l'avait assuré qu'ils ne pouvaient qu'accroître ses forces psychiques.

« Gary, tu vas fermer les yeux et te détendre comme tu le faisais tout à l'heure. »

Downes attendit en silence. Au bout d'un moment, la tête de Gary pencha de côté et sa joue toucha son épaule. Il était à bout de forces. Ses doigts lâchèrent quelque peu la croix de Jérusalem et la chaîne tomba à terre.

« Tu sens toujours la croix dans ta main, Gary ?

– Oui.

– Bon. Je vais t'apprendre un truc que tu vas pouvoir faire avec cette croix parce que tu as des pouvoirs spéciaux. C'est une chose dont le commun des mortels est incapable, on appelle ça le transfert de projection. C'est la croix de Sandy. Elle la portait quand elle a été tuée.

Je veux que tu projettes ton esprit surnaturel dans cette croix et que tu me dises ce que Sandy a vu, également ce que son assassin a vu. Laisse-toi aller. »

Gary obéit, mais l'image sur l'écran était toute floue.

« Est-ce que tu vois Sandy ? lui demanda Downes.

– Je commence à les voir un peu mieux. Je viens d'arriver au parc... » Gary avait beaucoup de mal à parler. « Elle... elle... Il la tient !

– Bien, dit Downes tout fébrile. C'est ce que nous voulons.

– Il est cramponné à elle.

– Comme si elle voulait s'enfuir ?

– Oui. On dirait qu'elle l'a frappé.

– Sandy s'est défendue ?

– Oui. Et puis...

– Oui, Gary, concentre-toi. Sers-toi de tes pouvoirs.

– Lui... sa main droite... on dirait qu'elle retombe.

– Qu'elle s'abat ?

– Comme s'il la tapait.

– C'est ça que nous voulons. C'est bien, Gary. Maintenant, on sait qu'elle a voulu se sauver et qu'il l'a rattrapée. C'est ce que tu as vu quand tu es passé devant le parc. Ensuite, elle le tape et il la frappe de la main droite. Je veux que tu regardes quelque chose de plus précis encore. Il y a un homme inconnu qui la frappe. C'est certainement avec quelque chose. Dans sa main droite. Qu'est-ce qu'il utilise ? C'est très important, Gary. Je veux que tu regardes bien sa main droite avec les yeux de Sandy et que tu me dises ce que tu vois. »

Gary fit d'intenses efforts de concentration. De quoi pouvait-il bien s'agir ? C'est alors qu'il se rappela les deux femmes, au mariage. Elles racontaient que le visage de la jeune fille était tout ensanglanté. Elles avaient parlé d'une arme, mais laquelle ?

« J'essaie, mais je n'ai pas d'image.

– Il n'y a que toi qui puisses y arriver, Gary. Tu as des pouvoirs que personne ne partage. Tu es le pouvoir incarné. »

Gary ouvrit les yeux.

« C'est presque là, mais... »

Downes pensa aux coups portés à la tête de la fille. Il se leva.

« Tu peux le voir, Gary. » Sans s'en rendre compte, Downes faisait des mouvements verticaux à l'aide de sa main droite. « Dis-moi ce qu'il a à la main. »

Gary ferma les yeux et se rappela la photo d'autopsie que Bob Patrick lui avait montrée juste avant de se servir de la lumière noire. Puis il se souvint de ce que la dame avait dit au mariage.

« Ça brille, dit-il soudain.

– Hein ?

– C'est brillant comme du métal.

– Comme... comme quoi ? Ça brille comme la lame d'un couteau ?

– Oui, ça brille.

– Tu as des couteaux, n'est-ce pas, Gary ? Est-ce que c'est l'un des tiens ?

– Ce n'est pas un couteau.

– Ce n'est pas un couteau ?

– Il l'a frappée... il l'a coupée... avec une hachette.

– Quel genre de hachette ? s'empressa de demander Downes.

– Je ne vois pas la lame, mais ça ressemble à une hachette. »

La table du tiroir contenait des crayons, une règle et du papier. Downes rangea la photo de Sandy et sortit la règle qu'il plaça dans la main droite de Gary.

« Tiens cette règle. »

Gary obéit.

« Gary, tu es vraiment incroyable. Je n'ai jamais vu quelqu'un avec des pouvoirs comme ça. Pour moi, ce n'est qu'une règle, mais avec ton esprit surnaturel, tu vas te servir de ton transfert de projection pour transformer cette règle en hachette. Tu comprends ? Tu sens la hachette dans ta main ? »

Gary fit signe que oui.

« Bon. Regarde ce qu'on va faire. On est tous les deux. Je vais jouer le rôle de Sandy. Je vais me baisser un peu parce qu'elle était plus petite. Tu vas laisser la hachette te montrer comment frapper comme l'assassin, comme ça on verra comment Sandy a été tuée.

« Lève-toi et ferme les yeux. Je suis devant toi. Maintenant je suis Sandy. Tu y es ? »

Gary dit oui.

« Laisse-toi aller, Gary. Le premier coup. Où est-ce qu'il tombe ? »

Gary leva mollement le bras. « Sur le haut de la tête, dit-il en faisant lentement redescendre sa main.

– Bien. Et ensuite ? »

Gary voyait parfaitement la scène. Il écarta le bras. « Là, sur le côté droit. Et puis encore un autre. » Le sang jaillissait du visage de Sandy entaillé par la lame. Le bras de Gary s'abattait impitoyablement. La jeune fille s'écroula en arrière, le visage en éclats comme un miroir brisé. Gary s'arrêta.

« Qu'est-ce qui se passe ? demanda Downes.

– Je n'aime pas son visage quand elle est comme ça.

– Qu'est-ce que tu veux dire ?

– Le sang.

– Tu vois son visage tailladé ?

– Oui.

– Où est l'assassin, Gary ?

– Au-dessus d'elle.

– Tu peux voir sa tête ?

– Non.

– Essaie encore, Gary.

– Je n'y arrive pas.

– Ce n'est pas grave. Tu es vraiment fantastique. Je n'ai jamais rencontré quelqu'un comme toi. Bon, maintenant, on va faire appel à tes pouvoirs : tu vas les laisser passer dans le médaillon de Sandy. Fasse le ciel que tu voies la hachette. Tu la vois ?

– Oui.

– Bien. L'assassin a emporté la hachette. Où est-elle à présent ?

– Il... il l'a jetée.

– Où ça, Gary ?

– Il l'a jetée à cause du sang, il ne voulait pas voir tout ce sang.

– Mais où est-ce qu'il l'a jetée ? Aide-nous à la retrouver. Projette-toi dans la hachette. »

Gary avait la tête qui tournait. Il s'humecta les lèvres.

« Il court se cacher dans un endroit sombre parce qu'il a peur.

– Un endroit sombre ? Mais où ça ?

– Je ne sais pas, c'est sombre.

– Allons, Gary, ne nous laisse pas tomber, pas maintenant. Fais appel à tes pouvoirs spéciaux.

– J'essaie bien, sergent, mais il est trop loin de Sandy, je n'arrive plus à le voir.

– Tu veux dire qu'il est sorti du parc ?

– Oui. Elle ne peut pas le voir.

– Où est Sandy ?

– Près du puits.
– Comment y est-elle arrivée ?
– Elle... elle a couru.
– Bien. Tu l'as vue ?
– Oui.
– Il y a beaucoup de sang sur son assassin ?
– Oui.
– Son assassin, il a nettoyé le sang ?
– Je ne le vois pas, il est trop loin.
– Bon. Une dernière chose. Pourquoi cet homme a-t-il tué Sandy ? Tu sais pourquoi il a fait ça ? »

Gary repensa à la fille du dortoir et à celle du Stallion : il voulait tant qu'elles l'aiment. Peut-être que le tueur avait demandé à Sandy d'être sa petite amie et qu'elle avait dit non, comme la fille du comptoir.

« Il voulait que Sandy soit gentille avec lui, mais elle n'a pas voulu.
– Qu'elle soit gentille ?
– Oui, qu'elle l'aime, mais elle ne l'aimait pas et il s'est mis en colère.
– Comme toi quand tu t'es mis en colère après Karen Nix ?
– Oui. »

Downes aurait dû être épuisé, mais il était si heureux qu'il ne sentait plus la fatigue.

« Je vous ai bien aidés ? demanda Gary.
– Oh, oui, tu nous as beaucoup aidés.
– Alors je peux m'en aller ?
– Pas encore.
– Pourquoi ?
– Gary, je vais être franc avec toi. On a un petit problème.
– Quel problème ?
– On aimerait savoir comment tu es aussi bien renseigné sur le meurtre de Sandy.
– Je l'ai vu avec mes pouvoirs.
– Oui, bien entendu, mais il y a une chose que cela n'explique pas. Bob Patrick m'a raconté ce qu'il a vu sur tes mains. »

Gary ouvrit tout grands les yeux.

« Qu'est-ce que tu as vu, toi ?
– Du... du sang.
– Pourquoi aurais-tu vu du sang sur tes mains ?
– Je ne sais pas, moi.

– Le sang n'arrive pas comme ça sur les mains des gens. D'où venait-il ? »

Gary comprenait ce que Downes voulait lui faire dire et il se mit à se trémousser sur sa chaise.

« Oh non, sergent, je n'aurais pas pu faire ça.

– Tu te rends compte de ce que tu viens de dire, Gary ? Que tu n'aurais pas pu ? Tu n'as pas dit que tu ne l'as pas tuée, non. Mais que tu n'aurais pas pu. Pourquoi ne dis-tu pas tout simplement que tu n'as pas tué Sandy ?

– Je... je ne sais pas.

– Tu étais soûl, hein ?

– J'avais bu un coup de trop.

– Tu m'as dit que tu ne te souvenais plus très bien des choses quand tu avais bu, ce n'est pas vrai ? »

Gary fit oui de la tête.

« Réfléchis bien. Il y a une différence entre ne pas pouvoir faire quelque chose et ne pas l'avoir fait, tu comprends ? »

Gary adressa à Downes un regard suppliant.

« Vous... vous croyez que c'est moi qui ai tué cette fille ?

– Je n'en sais rien, Gary, je n'étais pas là. Il n'y avait que Sandy et son assassin. Mais au fond de toi-même, tu devrais le savoir. Même si tu ne peux pas te le rappeler avec ton conscient parce que tu avais trop bu, ton subconscient devrait le savoir.

– Je... je ne me rappelle pas avoir tué quelqu'un, sergent. Je vous le jure. Si je... si je l'ai fait, je ne me rappelle pas. »

Gary se lécha les lèvres. Aurait-il pu tuer Sandy et l'oublier ? Aurait-il pu faire toutes les choses qu'il avait vues sur l'écran de cinéma ?

« Alors, Gary ?

– Je... je n'ai pas pu faire ça, répéta Gary d'un air désespéré. Non, non, je n'ai pas pu. Vous croyez que j'aurais fait ça, sergent ?

– Je n'en sais rien, mon gars. On devrait continuer à discuter, tous les deux. »

QUATRIÈME PARTIE

UNE OCCASION UNIQUE

XI

1

Peter était si déprimé qu'il ne s'endormit pas avant deux heures et demie du matin, de sorte qu'il ne put jouir que de deux heures de sommeil avant d'être tiré du lit par la sonnerie du téléphone.

« Allô ? bredouilla-t-il, un œil posé sur le réveil.

– Pete, c'est Steve Mancini.

– Steve ? Tu n'es pas en voyage de noces ?

– C'est terminé. Donna et moi sommes sur le retour. Gary a été arrêté.

– Il a encore joué les voyeurs ? » demanda Peter.

Il avait parlé à Steve de l'arrestation de Gary, et Steve s'était débrouillé pour qu'il conserve son emploi. Il avait également décidé de ne pas parler de l'arrestation aux parents de Gary et de Donna.

« Gary est inculpé de meurtre, Pete. La fille qu'on a retrouvée dans le parc.

– Nom de Dieu !

– Je n'arriverai pas à Whitaker avant onze heures du matin. Il a besoin d'un avocat. Les flics vont faire ce qu'ils veulent de lui s'il est tout seul.

– Steve, je suis sincèrement désolé de ce qui arrive. Gary est un brave garçon et j'ai été heureux de le tirer d'affaire, mais là... Je ne m'occupe d'affaires criminelles que depuis... combien de temps ? Deux mois ? L'unique dossier que j'ai plaidé seul concernait une suspension de permis de conduire, et j'ai perdu.

– Je ne te demande pas de le défendre. Je désire seulement que tu t'assures que Gary ne fait pas de bêtises.

– Tu pourrais appeler Amos Geary ou quelqu'un de plus expérimenté, non ?

– Je doute que Geary soit assez sobre à cette heure et les avocats de Whitaker qui font dans le pénal sont si costauds que je préférerais m'adresser à Bozo le Clown. »

Peter avait rencontré quelques-uns de ses confrères du comté de Whitaker. Mancini avait raison : ils n'avaient rien de Perry Mason. Steve lui demandait seulement de veiller sur son beau-frère en attendant son retour. C'était la moindre des choses qu'il pût faire pour l'une des rares personnes de cette ville à qui il pouvait donner le nom d'ami.

« Qu'est-ce que tu veux que je dise à Gary ? demanda Peter.

– Tu acceptes ?

– Oui. Vas-y, explique-moi.

– Tu me tires une épine du pied.

– Alors, qu'est-ce que je dois faire à la prison ? »

Peter attendait debout dans la pièce où s'était déroulé son entretien avorté avec Christopher Mammon. Gary Harmon entra en titubant. Sous la timide clarté de l'aurore, son visage semblait vidé de toute couleur. Il avait des cernes sous les yeux et ses cheveux étaient tout ébouriffés.

« Gary, je suis Peter Hale. C'est moi qui t'ai aidé quand tu as été arrêté au dortoir. Tu te souviens de moi ? »

Gary hocha la tête.

« Assieds-toi. »

Peter lui indiqua une chaise métallique, de l'autre côté de la table en bois. Gary s'y traîna. Une odeur désagréable assaillit Peter, un cocktail unique de peur, de sueur et de désinfectant que Peter avait appris à associer aux détenus. Il se recula quelque peu de la table pour accroître la distance qui le séparait de Gary.

« Tu es bien traité ? » demanda Peter.

Gary fit signe que oui.

« Quand est-ce que je vais rentrer chez moi ?

– Je n'en sais rien, Gary. Je crois qu'il faudra que tu passes quelque temps ici.

– Je n'aime pas être ici.
– C'est normal, personne n'aime la prison.
– Vous ne pouvez pas me faire sortir ?
– Je ne serai pas ton avocat, Gary. Steve Mancini m'a demandé de veiller sur toi jusqu'à son retour. Il revient en voiture de Portland. Il devrait être à Whitaker en fin de matinée et je suis sûr qu'il viendra tout de suite te voir.
– Le sergent Downes m'a dit que je l'ai aidé à attraper l'assassin. Il m'a dit que j'étais un bon détective. Pourquoi est-ce qu'il ne me laisse pas partir ?
– Le sergent n'en a peut-être pas la possibilité. Tu es inculpé pour un crime très grave. Je crois qu'il te faudra la permission du juge.
– Steve va demander au juge de m'aider ?
– Sûrement. »
Steve avait expliqué à Peter que la libération sous caution n'était pas automatique en cas de meurtre. Si le ministère public s'opposait à sa libération, il y aurait une audition. Gary avait l'air si pathétique que Peter n'avait pas le cœur de lui dire qu'il ne sortirait peut-être pas de prison.
« Je n'aime pas la prison. Je ne peux pas bouger. Et je n'aime pas les gens qui sont ici. Ils me font peur. Ils se moquent de moi et disent plein de choses sur cette fille. Ils disent que je vais mourir sur la chaise électrique. Ils disent que mon cerveau va se mettre à bouillir et à fondre.
– Gary, la chaise électrique n'existe pas en Oregon. Ces hommes se moquent de toi. Ne t'occupe pas d'eux.
– Je n'y arrive pas. Ils répètent ça tout le temps. Faites-moi sortir, s'il vous plaît. Vous m'avez bien fait sortir quand j'ai été arrêté.
– C'était différent. Je passais sur le campus quand tu as été arrêté. Je n'ai rien fait, c'est le sergent Downes qui a décidé de te laisser partir. Si tu avais été inculpé, je n'aurais pas été ton avocat. »
Gary avait l'air si triste que Peter, pour le détourner un peu de ses préoccupations, lui demanda :
« Tu as parlé à la police.
– Oui.
– Tu leur as parlé longtemps ?
– Longtemps, oui.
– Une heure ? Deux heures ? Tu peux me dire exactement ?

– C'était très long. J'avais sommeil. J'ai mangé trois hamburgers.

– Et tu as parlé aux flics pendant tout ce temps ? »

Gary fit signe que oui.

« Pourquoi la police pense-t-elle que tu as tué Sandra Whiley ? Tu as dit au sergent Downes que tu l'avais tuée ?

– Non, j'ai seulement vu la fille se faire tuer.

– Tu as assisté au meurtre ?

– Un peu avec mes yeux et un peu avec mon esprit.

– Je ne te suis pas. Qu'est-ce que ça veut dire, " un peu avec ton esprit " ?

– J'ai des pouvoirs. Des pouvoirs surnaturels. Je ne savais pas que je les avais, mais je les ai, c'est sûr. Le sergent Downes m'a expliqué comment m'en servir pour voir qui a tué Sandy. J'étais très fatigué, mais je l'ai fait pour l'aider. Maintenant je vais perdre mon travail parce que je ne peux pas y aller. Maman ne sera pas contente.

– Je suis sûr que quelqu'un parlera de ton travail à l'université et que ta mère ne t'en voudra pas. Elle t'aime. Elle sait que ce n'est pas ta faute si tu ne peux pas aller travailler. Bon, essaie de te demander pourquoi tu es enfermé. Explique-moi comment tu as pu voir Sandy se faire tuer.

– C'est avec mes pouvoirs. Je ferme les yeux et je vois ce qui est arrivé dans le passé.

– Tu veux dire que tu l'imagines ?

– Non, je vois vraiment les choses se passer. Il n'y a pas beaucoup de gens qui ont des pouvoirs comme moi. Le sergent Downes dit que j'étais vraiment très bon. Encore mieux que les gens qu'on voit à la télévision.

– Qu'est-ce que tu as dit avoir vu grâce à tes pouvoirs ?

– J'ai vu Sandy se faire tuer.

– Tu as vu qui l'a tuée ? »

Gary secoua la tête.

« Il faisait noir. Je n'ai pas vu sa tête, mais je l'ai vu le faire.

– Quand tu ne fais pas appel à tes pouvoirs, tu te rappelles ce que tu as fait le reste de la soirée ? »

Gary baissa la tête.

« Je ne m'en souviens pas trop. Tout le monde me payait un coup à boire à cause du mariage.

– Je vais te poser une question très importante et je veux que tu réfléchisses bien avant d'y répondre. »

Gary se redressa sur sa chaise et se concentra pour répondre correctement à Peter.

« Est-ce possible que tu aies tué cette fille et que tu ne t'en souviennes pas parce que tu avais bu ? »

Gary se lécha les lèvres : il avait l'air terrorisé.

« Je... je ne crois pas que je l'ai tuée.

– Tu ne crois pas que tu l'as tuée ? Ce n'est pas une certitude, ça.

– Je... je n'aurais pas pu tuer cette fille, dit Gary mal à l'aise.

– Dans ce cas, comment en sais-tu autant sur le crime ? Je ne crois pas à cette histoire de pouvoirs surnaturels. Je veux que tu me parles franchement. C'est toi qui l'as fait ? »

Gary déglutit. Il se mordait les lèvres et regardait tout autour de lui comme pour trouver une issue.

« Gary ? »

Il tourna lentement la tête vers Peter. Ses yeux étaient pleins de larmes.

« Je veux rentrer dans ma maison.

– Essaie de te concentrer, Gary. On parlait du meurtre.

– Je ne veux plus parler de ça. Je n'ai rien fait de mal. Je suis un bon garçon. Je veux ma maman. Je veux rentrer dans ma maison. »

2

A huit heures du matin, Becky O'Shay appela le procureur Earl Ridgely à son domicile et lui demanda de venir la retrouver au bureau. Becky était déjà sur place quand il arriva à neuf heures et demie. Le vaste bureau de Ridgely donnait sur le parc du Puits aux souhaits et sur les méandres langoureux de la Camas River, mais O'Shay n'avait que faire du paysage. Elle bondit sur ses pieds dès son entrée.

« On l'a, dit Becky tout excitée. Il a avoué. On a le mobile...

– Calmez-vous, Becky. De qui parlez-vous ?

– De l'homme qui a tué Sandra Whiley. On l'a arrêté. »

Ridgely rougit de colère.

« Pourquoi ne m'a-t-on pas informé ? J'étais censé être mis au courant dès qu'il y avait du nouveau dans cette affaire.

– Avant quatre heures du matin, nous n'étions pas certains que c'était lui. Dennis Downes et moi ne voulions pas vous réveiller en pleine nuit. »

La colère de Ridgely retomba aussi vite qu'elle était montée. Ce qui comptait le plus, c'était l'arrestation du meurtrier de Sandra Whiley.

« Qui est-ce ?

– Gary Harmon.

– Le fils de Jesse et Alice ? »

Becky acquiesça. Ridgely prit place dans son fauteuil. Il avait l'air troublé.

« Je connais Gary depuis toujours. J'étais hier au mariage de Donna.

– Je sais. C'est terrible. Mais il n'y a pas le moindre doute.

– De quelles preuves disposez-vous ? »

Becky commença par l'incident du dortoir et poursuivit par la description des revues pornographiques retrouvées au domicile de Gary. Puis elle raconta comment il avait agressé Karen Nix avant de la menacer de la tuer.

« Nix et Whiley se ressemblent. Nous pensons que Harmon en voulait à Nix et qu'il s'en est pris à Whiley par erreur. Quand on considère son goût du voyeurisme, ses revues porno et sa réaction devant le refus de Nix, on voit bien que le comportement de Harmon à l'égard des femmes est plus que douteux.

– Vous connaissez un peu Gary ? demanda Ridgely.

– J'ai assisté à une partie de son interrogatoire.

– Il est un peu simplet. Il a la mentalité d'un gosse.

– Les enfants savent mal contrôler leurs pulsions. Et puis, nous avons l'équivalent de ses aveux. Dans un premier temps, Harmon a prétendu tout ignorer du meurtre. Puis il a reconnu avoir vu l'assassin se battre avec Whiley à l'entrée du parc. Plus il parlait, plus il donnait de détails.

– Il a reconnu avoir tué Sandra Whiley ?

– Non, mais il ne l'a pas nié.

– Qu'a-t-il dit ?
– Il a déclaré au début qu'il était trop ivre pour se souvenir de quoi que ce soit, mais il a terminé en donnant à Dennis Downes des détails sur le crime que seul le meurtrier pouvait connaître.
– Par exemple ?
– Il connaissait l'emplacement des blessures infligées à Whiley. Il a également dit que l'arme du crime était une hachette.
– Quoi ? !
– Le hasard fait bien les choses, non ? Soit dit en passant, c'est ce même type d'arme qui a servi lors du meurtre des deux autres jeunes femmes. »
Ridgely était abasourdi.
« Vous avez interrogé Gary à propos des deux autres meurtres ?
– Non. Nous voulions nous concentrer sur Whiley. Nous redoutions de l'effrayer en lui parlant des autres crimes. C'est la hachette qui a tout décidé. Dennis m'a dit que l'on n'avait pas divulgué ce détail pour mieux vérifier l'authenticité d'éventuels aveux. »
Ridgely fit tourner son fauteuil. Le brouillard matinal courait sur les collines brunes, de l'autre côté de la rivière. Becky attendait patiemment que son patron assimile toutes les informations qu'elle venait de lui fournir. Le fauteuil tourna de nouveau. Ridgely semblait épuisé.
« Jesse et Alice adorent leur fils. Ils ont tout sacrifié pour lui. » Il secoua la tête. « Il y a des moments où ce métier me dégoûte vraiment. »

3

Le bureau de Steve Mancini était situé dans un immeuble brunâtre de plain-pied, à cinq pâtés de maisons du palais de justice. D'un côté, le bâtiment était bordé par Pearl Street. De l'autre, un étroit parking formait une zone tampon avec un restaurant mexicain. A l'arrière, un parking plus important délimité par une barrière en bois s'étalait à côté d'une zone résidentielle aux maisons un peu délabrées. Une plaque était apposée près de la porte d'entrée. CABINET JURIDIQUE STEPHENL. MANCINI. Sous le nom de Steve étaient écrits, en lettres plus petites, ceux des deux avocats qui lui louaient une partie de ses bureaux.

Le cabinet de Steve était installé tout au fond du bâtiment, non loin de la sortie de secours. Les boiseries étaient bon marché, le grand tapis persan n'était qu'une imitation et le bureau grand comme un terrain de basket. Un mois plus tôt, Peter aurait trouvé un tel cabinet prétentieux, mais travailler dans le trou à rats d'Amos Geary avait émoussé ses sensations.

« Tu as parlé à Gary ? » demanda Mancini dès que Peter se fut assis.

Les deux hommes paraissaient épuisés par le manque de sommeil.

« Je l'ai vu ce matin, juste après ton appel.

– Comment ça va ?

– Pas trop bien. Ce pauvre type n'arrête pas de te réclamer.

– Je lui rendrai visite cet après-midi.

– Euh... Gary est un peu lent, non ?

– Il est attardé, mais il est tout de même allé au lycée et il est capable de travailler. Pourquoi ?

– Downes a incité Gary à parler de l'affaire en lui faisant croire qu'il était un grand détective. Il a fait croire à Gary qu'il avait des pouvoirs surnaturels et qu'il pouvait lire dans les pensées ou ce genre de chose. »

Mancini eut l'air surpris.

« Je connais bien Dennis. C'est un brave type et je ne le vois pas profiter ainsi de Gary.

– Peu importe si Downes est sympa ou pas. Cette histoire d'esprit surnaturel, ça ressemble aux tours qu'on joue aux gens pas très futés pour se moquer d'eux. Tu ferais bien de voir ça de plus près. »

Mancini semblait mal à l'aise. Il prit un crayon et tapota sur son bureau.

« J'ai un problème, Pete. J'ai eu tout le temps de réfléchir pendant que je conduisais. Je ne peux absolument pas m'occuper de ce dossier. Ridgely va peut-être demander la peine capitale. Pense aux conséquences que cela aurait sur mon mariage si je perdais. Donna aime son frère, elle ne me le pardonnerait jamais.

– Je vois ce que tu veux dire. Tu vas devoir faire venir quelqu'un de Portland pour traiter une affaire de cette importance. Peut-être Michael Palmer ou Ann Girard ? »

Mancini fit signe que non.

« Les jurés de Whitaker n'accepteront pas un étranger. J'ai vu ce qui se passe quand un type de la ville se pointe ici : Ridgely n'en fait qu'une bouchée. Non, Pete, c'est à toi que je pensais.

– Moi ? » Peter rit malgré lui. « Tu plaisantes. Je vis à Whitaker depuis moins de deux mois. Je suis aussi étranger à la ville que mes confrères de Portland. Et je t'ai déjà expliqué le peu d'expérience que j'avais des affaires criminelles. »

Mancini regarda Peter droit dans les yeux.

« Tu n'es pas obligé d'accepter, mais crois-moi, tu le regretteras si tu refuses. Je t'offre là une occasion unique, le genre de chose qui n'arrive qu'une seule fois dans toute une existence. C'est toi que viendront trouver tous les fermiers qui auront eu un problème entre Whitaker et la frontière de la Californie. Je n'ai pas besoin de te dire combien Ron Sissler, Dave MacAfee et Ernie Petersen se font avec les compagnies d'assurances. Pete, à chaque procès, il y a un avocat en face d'eux : cet avocat, ce peut être toi.

– Ce serait formidable, Steve. Mais seulement si je l'emporte. Une affaire de meurtre, c'est hors de mes compétences.

– Ne sois pas ridicule. Ce n'est pas aussi complexe que les dossiers que tu as traités chez Hale et Greaves. Et puis je te donnerai un coup de main. Le pénal, ça me connaît. »

Mancini laissa réfléchir Peter. Celui-ci avait assisté son père au cours de plusieurs affaires importantes et avait traité seul de petits dossiers parfois très délicats.

« Ne me dis pas que tu ne saurais pas quoi faire de tes honoraires, dit Mancini.

– Si, naturellement... Mais de quelle somme parles-tu ?

– Tu devrais demander au moins cent mille dollars. Avec les rapports des experts, les investigations...

– Les Harmon ont assez d'argent pour cela ?

– Jesse Harmon est très riche et la moindre de ses dépenses est justifiée, mais il puiserait dans ses économies pour sauver Gary.

– Et Amos ? dit Peter, qui se rappelait soudain l'existence de son patron. Il ne me laissera jamais défendre Gary. Nous sommes commis d'office dans énormément d'affaires. Si je représentais Gary, je n'aurais plus le temps pour le reste. »

Mancini s'appuya au dossier de son siège et prit son crayon à deux mains.

« Dis à Amos Geary d'aller se faire foutre.

– Pardon ?

– Envoie-le balader. C'est un vieil ivrogne. Je ne comprends pas comment un type comme toi peut s'acoquiner avec une ruine pareille. »

Mancini pointa son crayon vers Peter.

« Tu as vu ce qui plaide dans ce bled ? Nous sommes meilleurs que ça, Pete. Quand Mountain View sera ouvert, je serai millionnaire, mais je devrai aussi consacrer beaucoup de temps à ce projet. Je pourrais prendre tout de suite un associé, mais il n'y a pas dans les trois comtés un seul confrère que je laisserais approcher de mes dossiers. Du moins jusqu'à ton arrivée.

« Réfléchis, Pete. Toi, moi et tous ces clients qui voudront être représentés par l'homme qui a gagné le procès du Puits aux souhaits. Tu gagnes combien chez Amos ? Tu ne te fais sûrement pas cent mille dollars par an. Et ça, ce n'est que pour une seule affaire. »

Le cœur de Peter battait la chamade. Geary se trouvait à Cayuse County pour une affaire de cambriolage. Il y passerait la semaine. Que dirait-il en découvrant à son retour que Peter était l'avocat de la défense de Gary ? Oui, que dirait-il ? Peter serait sur le coup depuis près d'une semaine et il serait mis devant le fait accompli. Geary ne pourrait qu'admettre la nouvelle réalité.

« C'est assez tentant, dit Peter, mais il faudrait quand même que je réfléchisse.

– Peter, j'ai horreur de presser les gens, mais les Harmon sont ici.

– Quoi ?

– Dans la salle de réunion, oui. Ils attendent de te rencontrer.

– C'est vrai ?

– Je leur ai expliqué que tu étais le seul avocat de Whitaker susceptible de défendre Gary. Ils sont prêts à t'engager.

– Je ne sais pas...

– Jesse veut que son fils soit représenté dès aujourd'hui. Si tu ne sautes pas sur l'occasion, il en déduira que tu n'es pas assez fort pour un dossier pareil.

« Et puis, j'ai besoin de toi pour sauver Gary. C'est mon beau-frère. Ce pauvre type a besoin de mon aide. Si tu es son défenseur, je pourrai t'assister. Nous formerons une bonne équipe. »

Pendant une nanoseconde, Peter se dit que Gary pouvait mourir s'il ratait son coup, mais il chassa très vite ce genre de pensée. Si Steve l'assistait, il assurerait formidablement bien la défense de Gary.

Peter se voyait assez bien dans la peau du plus célèbre avocat de l'est de l'Oregon : il roulerait sur l'or et ferait son choix parmi les innombrables citoyens venus le supplier de prendre leurs affaires en main. Une image s'imposa à lui, celle de son père contemplant, bouche bée, la une de *The Oregonian* :

PETER HALE OBTIENT L'ACQUITTEMENT À L'ISSUE DU PLUS GRAND PROCÈS D'ASSISES DE TOUTE L'HISTOIRE DE L'EST DE L'OREGON

Peter n'avait pas l'intention de passer sa vie à défendre pour des queues de cerises des automobilistes en infraction. Steve Mancini avait confiance en ses capacités et lui offrait la chance de sa vie.

« On y va ! » dit Peter.

Mancini sourit.

« Voilà la décision la plus intelligente que tu aies jamais prise. Allons retrouver tes nouveaux clients. »

Mancini emmena Peter dans la salle de réunion. Jesse Harmon arpentait la pièce quand Steve ouvrit la porte. Avec ses mèches de cheveux blancs et son visage buriné, il faisait plus que ses cinquante-neuf ans. Des années de travail à la ferme lui avaient donné une stature imposante. Donna était assise à côté d'Alice Harmon, une grande femme maigre aux cheveux plus gris que bruns.

« J'ai de bonnes nouvelles, dit Mancini d'un air enthousiaste, dès que les présentations furent faites. Peter va prendre les choses en main. »

Les visages de Jesse et Alice Harmon ne reflétaient pas l'enthousiasme de Steve Mancini. Ils étaient morts d'inquiétude.

« Steve nous a dit que vous aviez beaucoup d'expérience en ce domaine », dit Jesse Harmon pour entrer dans le vif du sujet.

Avant même que Peter pût trouver une réponse qui satisfît Jesse Harmon sans être pour autant un mensonge, Mancini dit :

« Pete a passé les quatre dernières années au sein de l'un des plus prestigieux cabinets de Portland. Il était le bras droit de l'associé principal, qui se trouve être son père. On peut dire qu'il a hérité du gène de la plaidoirie.

– Est-ce que ce cabinet a suivi des dossiers criminels ? demanda Jesse, conscient que Steve cherchait à faire l'impasse sur l'expérience de Peter.

– Jesse, l'interrompit Mancini d'un air sombre, il y a une chose que Peter et moi savons à propos de Gary et que nous vous avons cachée, à vous, à Alice et à Donna. Une chose qui a beaucoup influé sur la décision de Peter de représenter Gary. » Donna et Alice échangèrent des regards inquiets et les traits de Jesse se durcirent. « Il y a quelques semaines, Gary a été arrêté alors qu'il jouait les voyeurs devant le dortoir des filles de l'université. Une étudiante était en train de se déshabiller. »

Alice porta la main à ses lèvres et Donna s'écria : « Oh, mon Dieu !

– Peter passait justement sur le campus quand l'incident s'est produit. Il a calmé le vigile de l'université, accompagné Gary au poste et convaincu la police que Gary ne devait pas être arrêté. Ensuite, il est venu me trouver. J'ai mis les choses au clair avec l'université pour que Gary ne soit pas inquiété et conserve son emploi.

« Jesse, Pete n'est pas seulement un avocat de haut vol, mais c'est aussi quelqu'un en qui Gary a confiance. Dans ce genre d'affaire, la confiance entre l'inculpé et son avocat est une chose essentielle. »

Peter craignait que Jesse n'eût des soupçons si Steve continuait de parler en son nom. Il décida que le moment était venu d'ouvrir la bouche. Peter ne savait pratiquement rien de l'inculpation officielle et ignorait totalement si Gary était coupable ou innocent, mais il devinait ce que Jesse et Alice Harmon avaient envie d'entendre.

« Monsieur et madame Harmon, dit-il avec le maximum de sincérité, je sais que vous êtes très inquiets pour Gary et c'est pour cette raison que je désire vous faire connaître mes motivations personnelles. Je suis convaincu que la police était au courant du handicap psychologique de Gary et que l'on en a profité pour lui faire avouer un acte qu'il n'a pas commis. La police s'est très mal conduite à l'égard de Gary et son attitude est intolérable. »

Les traits de Jesse Harmon s'adoucirent un peu et une larme coula sur la joue d'Alice.

« Nous apprécions ce que vous faites pour notre garçon, dit Jesse, et nous vous serions très reconnaissants si vous pouviez le faire sortir de prison. »

XII

1

Peter ne s'attendait pas à voir Becky O'Shay assise aux côtés d'Earl Ridgely quand la secrétaire les fit entrer, Steve Mancini et lui, dans le cabinet du procureur. Il ébaucha un sourire et se reprit. Il se rappela l'hésitation dont Becky avait preuve quand il lui avait proposé de sortir ensemble et pensa qu'elle n'apprécierait pas une démonstration d'amitié en présence de son patron.

« Comment Jesse et Alice prennent-ils ça ? demanda Ridgely à Mancini dès que tout le monde fut installé.

– Avec beaucoup de dignité.

– Ce sont des gens tellement sympathiques, dire qu'ils doivent vivre une telle épreuve.

– Ce serait plus facile pour eux si vous acceptiez de libérer Gary sous caution.

– Je ne peux pas faire ça.

– Earl, vous connaissez Gary depuis toujours. Vous croyez qu'il a tué cette fille ?

– Ecoutez, je suis bouleversé par cette arrestation et vous savez le respect que j'ai pour Jesse et Alice, mais les preuves sont terribles. Nous poursuivons l'enquête, bien entendu, mais nous avons des aveux enregistrés...

– Il a reconnu l'avoir tuée ?

– Pas de manière aussi formelle... » Ridgely hésita. « Je suis désolé. Nous ne pouvons pas continuer à discuter de cela. Le grand jury doit se réunir demain. S'il y a effectivement mise en accusation, je vous transmettrai toutes les pièces que je suis autorisé à vous communiquer, mais sachez que je suivrai à la lettre le code de procédure pénale.

– Earl, on se connaît depuis combien de temps ? Je ne comprends pas pourquoi vous ne voulez pas nous dire ce que vous avez sur Gary.

– Le code indique que la défense n'est tenue au courant de l'évolution de l'enquête que lorsqu'une mise en accusation est décidée par le grand jury. Je sais bien que l'on ne pratique pas toujours ainsi. Nous n'avons qu'une poignée d'avocats dans ce comté et je connais personnellement chacun d'entre eux, ce qui me permet d'assouplir les règles. Mais pas cette fois-ci, pas pour une telle affaire. »

Peter posa la main sur le bras de Mancini.

« Je respecte votre décision, monsieur Ridgely. Nous pouvons attendre. J'apprécierais tout de même que vous nous préveniez dès que le grand jury aura voté. J'aimerais aussi avoir dès que possible toutes les pièces en main. »

Peter tendit sa carte de visite à Ridgely.

« Steve, laissons travailler Mr Ridgely. »

Mancini réprima son envie d'ajouter quelque chose et se contenta de hocher la tête. Les deux hommes serrèrent la main à Ridgely et adressèrent un signe de tête à O'Shay. Au moment de partir, Peter réussit à lui sourire. Ridgely ne les voyait pas. Son cœur fit un bond quand elle lui sourit en retour.

La porte se referma et Ridgely s'absorba dans ses pensées. Au bout d'un moment, il se tourna vers son substitut et dit :

« Je ne peux pas poursuivre Gary Harmon. Je connais trop bien sa famille. »

O'Shay espérait que le procureur prendrait une telle décision.

« Vous étiez au mariage, n'est-ce pas ? » demanda-t-il au bout d'un moment.

O'Shay s'attendait à cette question.

« Oui, dit-elle, mais je ne connais pas les Harmon et je ne connaissais Steve Mancini qu'à titre professionnel. »

Ridgely s'étonna un peu de l'enthousiasme de Becky, mais il la comprenait. Une affaire de meurtre, c'était le défi ultime pour tout procureur, et les occasions à Whitaker étaient plutôt rares.

« Je peux demander de l'aide auprès du ministre de la Justice. Ses services donnent un coup de main aux petits comtés quand l'affaire est d'importance. »

Becky savait que c'était maintenant ou jamais. Elle approcha sa chaise du bureau et se pencha vers Ridgely.

« Earl, je peux m'en occuper. Vous connaissez mes compétences. Je suis sûre du résultat à quatre-vingt-quinze pour cent.

– Il y a eu meurtre, Becky. Quelle est l'affaire la plus complexe que vous ayez suivie ?

– *Peck*, et j'ai gagné. Pendant trois semaines, je me suis battue pied à pied avec un mercenaire de Portland. Je l'ai écrasé en plein prétoire et vous le savez très bien. Demandez au juge Kuffel.

– C'est inutile. Il est sorti de sa réserve pour me dire le plus grand bien de vous.

– Dans ce cas, vous savez que je peux prendre en main le dossier *Harmon*. Donnez-moi cette chance. »

Ridgely ne voyait pas comment refuser cela à O'Shay.

« *Harmon* est à vous, dit-il.

– Merci. Je ne l'oublierai jamais.

– Avant que vous ne poursuiviez Gary, je veux être sûr et certain que c'est bien lui.

– Tout à fait. » Un peu nerveuse, O'Shay demanda : « Qu'en sera-t-il de la peine de mort ? »

Ridgely pâlit. Il commença une phrase et s'arrêta.

« Je ne puis répondre à cette question pour la même raison que je ne peux poursuivre Gary. Si vous demandez la peine capitale, vous le ferez seule, en votre âme et conscience. »

Becky hocha solennellement la tête comme si elle était confrontée à un problème moral aux proportions démesurées. En réalité, elle avait résolu de demander la peine de mort dès l'instant où elle avait compris qu'elle avait une chance de poursuivre Gary Harmon. Bien des portes s'ouvriraient à un avocat capable de mener à son terme un procès criminel.

2

Kevin Booth vivait à une dizaine de kilomètres de Whitaker, dans une minuscule maison à peine plus confortable qu'un taudis, qui se dressait au bout d'un chemin de terre. La peinture extérieure était éraflée par des générations de débris poussés par le vent. Une benne démantelée trônait devant un petit garage bourré de détritus. Le premier voisin de Booth était à plus de deux kilomètres. Le paysage n'était constitué que de friches brunâtres et désolées, ponctuées çà et là par d'autres cabanes abandonnées depuis longtemps.

L'intérieur de la maison n'avait pas plus fière allure que l'extérieur. Des cartons à pizzas vides, des paquets de cigarettes écrasés et des magazines porno souillés jonchaient le sol. Dans la cuisine, le réfrigérateur criblé de taches de rouille était pratiquement vide et des croûtes de soupe séchée recouvraient les brûleurs de la cuisinière à gaz.

Booth était revenu vers une heure du matin et s'était effondré sur son lit. Il dormait si profondément que les coups frappés à la porte d'entrée ne le réveillèrent pas immédiatement. Quand le bruit parvint à le tirer du sommeil, il se redressa brusquement et renversa la lampe de chevet. Il faisait un noir d'encre dans sa chambre et son cœur battait si fort qu'il ne réussissait pas à savoir si c'étaient les battements de son cœur qu'il entendait ou les coups à la porte.

« Une minute », cria-t-il, mais on continua à taper.

Booth sortit les jambes du lit. Il portait un caleçon et un t-shirt. Il avait la bouche pâteuse. Il était désorienté d'être réveillé en sursaut dans l'obscurité. Les comprimés pris avant de se mettre au lit l'avaient mis groggy. Il chercha à tâtons l'interrupteur de la lampe.

« J'arrive », cria-t-il en direction de la porte.

Les coups cessèrent. Booth trouva l'interrupteur. La lumière le fit cligner des yeux. Il ramassa son jeans et l'enfila, puis il se traîna vers la porte d'entrée.

« Qui est là ? demanda-t-il.

– Rafael Vargas », répondit une voix au léger accent espagnol.

Oh, merde, se dit Booth.

« Ouvre cette putain de porte », ordonna une voix plus grave.

Booth s'exécuta et le regretta aussitôt, mais il aurait été inutile de refuser l'accès aux deux hommes. Le premier à entrer n'aurait pas eu de mal à la défoncer. Il portait une veste sur un t-shirt noir moulant qui mettait ses muscles en valeur. Quand il bougeait, les pans de la veste s'écartaient pour révéler la présence d'une imposante arme de poing. L'homme avait des cheveux longs réunis en queue de cheval et un anneau d'or au lobe de l'oreille gauche. Une vilaine cicatrice barrait sa joue ; il avait le nez de travers et le regard mauvais. Dès qu'il fut entré, il fouilla la maison.

Rafael Vargas était mince, noueux et de type hispanique prononcé. Son sourire amusé dévoilait des dents parfaites et blanches, et sa lèvre supérieure s'ornait d'une fine moustache.

« Assieds-toi, Kevin », ordonna Vargas après s'être approprié la chaise la plus correcte du misérable living. Booth prit place sur le canapé, en face de son visiteur.

« Il n'y a personne », dit le garde du corps de Vargas, une fois sa fouille achevée.

Vargas hocha la tête et se tourna vers Booth.

« Chris t'a expliqué ce que nous attendions de toi ? » demanda-t-il.

Booth déglutit. Les somnifères faisaient toujours leur effet.

« Quand Mr Vargas pose une question, il attend une réponse, dit le garde du corps en faisant un pas menaçant en direction de Kevin.

– Dépêche-toi de te réveiller, fit Vargas. On a du pain sur la planche.

– Euh, écoutez, monsieur Vargas, dit Booth. J'ai expliqué à Chris que je ne ferais sûrement pas l'affaire. »

Vargas leva la main et Booth s'arrêta.

« Ecoute, amigo. Chris est brûlé. La DEA [1] va le placer sous surveillance. Il est assez malin pour le savoir.

– J'ai été arrêté avec Chris, il y a des chances pour qu'ils me soupçonnent aussi. »

1. Initiales de la *Drug Enforcement Administration*. Basée à Wahington, cette agence dépend du ministère de la Justice ; c'est l'équivalent de la Brigade des stupéfiants *(N.d.T.)*.

Vargas secoua la tête. « La DEA t'a oublié à l'instant même où tu es sorti du tribunal.

– Oui, mais...

– Kevin, la machine est lancée. Il est trop tard pour l'arrêter. »

Vargas se leva.

« J'ai vingt kilos de cocaïne dans une fourgonnette garée juste devant chez toi. Tout ce que tu as à faire, c'est les garder pendant quelques jours. Tu penses pouvoir y arriver ? »

Kevin Booth se sentait aussi à l'aise que si Vargas lui avait demandé d'attendre au cœur d'Hiroshima le jour où on avait lâché la bombe.

« Vingt kilos... Monsieur Vargas, j'ai pas envie d'avoir chez moi vingt kilos de neige.

– Tu n'as pas à t'inquiéter. Nous n'avons pas l'intention de laisser traîner trop longtemps la marchandise, dit Vargas. Allons jusqu'à la fourgonnette. »

Booth se leva, Carlos et Vargas le suivirent dehors. C'était la nouvelle lune et il n'y avait pas de lumière dans la cour à l'exception des phares de la fourgonnette et de ce qui filtrait par les rideaux du séjour. On n'entendait rien si ce n'est la respiration de Booth et le raclement de ses baskets sur le sol. Booth trébucha, mais les deux hommes ne cherchèrent pas à l'aider. Vargas trouva une torche dans la boîte à gants pendant que Carlos ouvrait les portes arrière sur deux gros sacs-poubelle en plastique noir, soigneusement fermés.

« Sors-les de là ! » commanda Carlos.

Booth attrapa les deux sacs et les tira hors de la fourgonnette. Comme il se dirigeait vers le garage, des projecteurs inondèrent la cour.

« On ne bouge plus ! Police fédérale ! » hurla un homme vêtu d'un coupe-vent bleu marine. Il portait dans le dos les lettres DEA. Vargas laissa tomber sa torche et se mit à courir, mais deux hommes armés jaillirent de part et d'autre du garage. Carlos écarta les bras du corps. Booth s'immobilisa.

« Lâchez ces sacs », ordonna l'homme au coupe-vent. Booth obéit immédiatement. Un des sacs-poubelle se déchira et une fine poudre blanche en sortit. Booth fut plaqué contre la fourgonnette. Des mains s'abattirent sur lui, puis on lui remonta les bras dans le dos avant de lui passer les menottes. On le retourna, et il se retrouva à côté de Vargas. Celui-ci ne dit rien jusqu'au moment où les policiers les laissèrent un instant seuls pour discuter entre eux. Dès que les agents fédéraux furent assez loin, Vargas se tourna vers Booth et murmura :

« Tu es un homme mort. »

3

Kevin Booth était encore pire d'aspect que la dernière fois où Steve Mancini l'avait vu. Non seulement son acné redoublait et son odeur corporelle était plus répugnante, mais il semblait en pleine crise de psychose. Booth dégoulinait de sueur et ne cessait de s'agiter. Mancini aurait pu jurer que son client n'avait pas cligné une seule fois des yeux depuis qu'il s'était assis.

« Kevin, Kevin, allons, lui dit Mancini. Reprenez-vous.

– Me reprendre ? Mais qu'est-ce que vous racontez ? Je me fais choper avec dix kilos de coke dans chaque main et Rafael Vargas, l'exécuteur d'un des plus gros cartels de Colombie, a personnellement menacé de me faire la peau. Et vous voulez que je me reprenne ? Eh bien, vous me direz comment !

– Je dois reconnaître que vous êtes plutôt dans le caca, mais Vargas ne pensait pas ce qu'il disait. Il était en colère, c'est tout. On entend régulièrement ce genre de menaces, et elles sont rarement suivies d'effets. Pour ce qui est de la dope, vous avez déclaré avoir été contraint de porter les sacs. J'expliquerai cela aux Feds, nous nous mettrons d'accord pour ce qui est des poursuites à l'égard de Vargas et...

– Non. Pas question que je témoigne contre Rafael Vargas. Et puis, de toute façon, ajouta-t-il sur le ton de sa confidence, ça n'intéresse pas les Feds.

– Comment le savez-vous ? »

Booth s'humecta les lèvres.

« J'ai essayé. Quand ils m'ont arrêté, je les ai suppliés de me laisser coopérer. Ils ont dit qu'ils avaient pas besoin de moi. Ils... ils ont dit qu'ils allaient me mettre à l'ombre pour toujours... et que tout ce que je pourrais dire, ça servirait à rien.

– Que s'est-il passé exactement ? » demanda Mancini.

Booth lui raconta et Mancini assimila l'information. Il examina l'affaire du point de vue fédéral. La DEA devait filer Vargas depuis longtemps et elle l'avait suivi jusqu'au domicile de Kevin. Carlos et Vargas avaient probablement été photographiés en train de charger la fourgonnette et les trois hommes avaient été pris en flagrant délit. L'affaire était somme toute assez simple. Pas de problèmes de fouille, pas de déclarations à faire disparaître. Rien que trois amigos surpris avec assez de cocaïne pour faire planer chaque habitant de cet Etat.

Mancini secoua la tête avec solennité. « Cela va être difficile, Kevin. Je vais devoir faire des heures supplémentaires pour sauver votre peau.

– Vous croyez que vous pouvez gagner, Steve ? dit Booth d'un air si pathétique que Mancini dut réprimer un rire.

– Je ne me suis pas bien occupé de vous la dernière fois ?

– Oh si, dit Kevin.

– Aujourd'hui, avec une inculpation de cette taille, je vais devoir vous prendre vingt mille dollars, poursuivit Mancini.

– Vingt mille ? Mais vous m'avez pris que sept mille cinq la fois d'avant.

– La fois d'avant, comme vous dites, nous avions affaire à une juridiction d'Etat, et on ne vous avait pas arrêté avec vingt kilos de cocaïne. Cela coûte cher d'affronter le gouvernement fédéral. Il a des ressources, vous savez ? Je vais me battre contre tout Washington, pas contre un petit procureur de province.

– Je n'ai pas vingt mille dollars, dit Booth d'un air désespéré.

– Et vos parents ?

– Mon vieux s'est cassé quand j'avais deux ans, je ne me rappelle même pas de lui. Et ma mère, elle est morte.

– Où avez-vous eu la somme la dernière fois ?

– Chris Mammon me l'a passée.

– Eh bien, dit Mancini avec un haussement d'épaules, d'après ce que vous m'avez déclaré, vous êtes dans la panade à cause de Mammon. Demandez-lui de payer pour vous. »

Booth baissa la tête.

« Je l'ai déjà fait. Il veut pas me parler. »

Mancini soupira.

« Je voudrais bien vous venir en aide, Kevin, mais je ne travaille pas gratuitement. Pas sur une affaire de cette envergure. C'est facile à comprendre, non ?

– Vous avez gagné les doigts dans le nez, la dernière fois. Vous pouvez pas me faire crédit ? Si je m'en tire, je vous donne le double.

– Non, je ne peux pas. Désolé, mais je suis implacable question tarifs. »

Mancini consulta sa montre.

« Il faut que je m'en aille, on m'attend au tribunal.

– Hé, une minute, vous pouvez pas partir comme ça.

– J'ai d'autres clients, Kevin.

– Me faites pas ça, gémit Kevin, il faut que vous m'aidiez.

– Je vous assure que j'ai rendez-vous au palais de justice. »

Mancini voulut frapper à la porte pour appeler le gardien, mais Booth le saisit par le bras.

« Je... j'irai dire aux flics ce que je sais sur vous », le menaça Booth.

Mancini n'ôta pas son bras. Il se contenta de tourner la tête vers Booth.

« Oh, vraiment ? dit Mancini. Et qu'est-ce que vous allez leur dire ? »

Le biceps de l'ancien quarterback était dur comme de l'acier et Booth comprit qu'il avait commis une erreur.

« Vous... vous savez bien..., bredouilla Booth.

– Lâchez-moi, Kevin », dit doucement Mancini.

Booth desserra les doigts, mais Mancini ne bougea pas pour autant. Puis Booth baissa les yeux et ôta sa main.

« Ne portez plus jamais la main sur moi, Kevin. Et ne me menacez pas. Mais si vous avez envie de parler, souvenez-vous que je peux en avoir autant envie que vous. Ça vous plairait que je rende visite à Vargas et que je confirme ses soupçons à votre égard ? »

Booth avala sa salive. Mancini eut un sourire glacial, puis il tourna le dos à Booth. Celui-ci retomba sur sa chaise, grelottant de terreur à l'idée de passer sa vie en prison s'il avait assez de chance pour échapper à la vengeance de Rafael Vargas.

XIII

1

Les journalistes du *Clarion*, de plusieurs autres journaux de l'est de l'Oregon et la station de télévision locale attendaient Peter à la sortie du tribunal où Gary devait être présenté à la justice. Peter fit une brève déclaration afin d'exprimer sa confiance absolue dans l'innocence de son client. Il cita à de nombreuses reprises le *Bill of Rights* [1], la Constitution et le code de procédure pénale. Ce fut pour lui un moment de grande jouissance.

Donna, Jesse et Alice Harmon étaient assis aux côtés de Steve Mancini au premier rang des sièges réservés aux spectateurs. Peter s'arrêta pour leur dire bonjour, puis il franchit la petite barrière de bois qui coupe en deux la salle d'audience. Plusieurs accusés attendaient d'être traduits en justice et Gary se trouvait parmi eux. Peter pensait qu'Earl Ridgely allait lire l'acte d'accusation de Gary, mais Becky O'Shay s'occupait aujourd'hui de toutes les affaires.

Un garde fit entrer Gary. Il s'était habitué à son statut de détenu et semblait plus confus qu'effrayé. Gary aperçut ses parents. Il voulut se diriger vers eux, mais le garde le prit par le bras et le conduisit jusqu'à Peter.

Le greffier donna à Peter et à Gary des exemplaires

1. Le *Bill of Rights* regroupe les dix premiers amendements de la Constitution des États-Unis, qui énoncent et garantissent les droits fondamentaux des individus *(N.d.T.)*

de l'acte d'accusation : Gary était accusé de meurtre avec circonstances aggravantes. En Oregon, c'était le degré d'homicide le plus élevé, le seul aussi qui pût déboucher sur la peine capitale. Le juge expliqua à Gary la teneur de l'accusation ainsi que ses droits, puis il demanda à Gary comment il souhaitait plaider. Peter lui dit « non coupable », et Gary répéta ces mots si faiblement que seules les personnes du premier rang purent les entendre. Peter et Becky discutèrent un instant avec le juge, puis on passa à l'affaire suivante.

« Attendez-moi, je vous prie », dit Peter à Becky.

Elle patienta à sa table pendant que Peter disait à Gary qu'il lui rendrait visite l'après-midi après avoir eu connaissance des pièces du dossier. Dès que Gary fut sorti, Peter sourit à O'Shay et lui demanda :

« Comment ça va ?

– Très bien. Je suis désolée pour l'autre soir.

– Moi aussi. On pourrait peut-être remettre ça ?

– L'affaire Harmon, c'est vraiment bien pour vous », dit-elle en évitant soigneusement de lui répondre.

Peter fit le modeste.

« C'est une grande responsabilité que d'avoir la vie d'un homme entre ses mains, répondit-il d'un air grave. Où est Earl ? Je pensais qu'il s'occuperait personnellement de la mise en accusation de Gary.

– Earl ne poursuivra pas Gary.

– Non ? Dans ce cas, qui... »

O'Shay sourit.

« Vous ? C'est vous qui allez le poursuivre ? »

O'Shay acquiesça et afficha un air sombre. « Je le regrette, Peter, mais cela signifie que nous ne pourrons pas nous voir pendant quelque temps sauf, bien entendu, dans la salle d'audience. »

Peter espérait vraiment sortir avec Becky. Il se sentit un peu abattu. Le procès de Gary allait obscurcir sa vie sociale.

O'Shay effleura le bras de Peter.

« Venez dans mon cabinet et je vous communiquerai les pièces du dossier. Ne faites pas cette tête-là. Nous rattraperons le temps perdu quand le procès sera terminé. »

Après l'audience, Peter éprouva une grande satisfaction à être de nouveau interrogé par les journalistes, puis Jesse Harmon lui versa vingt-cinq mille dollars de provision. L'argent et le fait d'être le point de mire de tous mirent Peter de fort bonne humeur.

Peter était si heureux de s'occuper personnellement d'un dossier de cette importance qu'il ne s'était pas vraiment demandé si Gary avait ou non tué Sandra Whiley. Gary avait déclaré ne pas avoir de souvenirs précis des heures qui avaient précédé le crime et répondu de manière évasive quand on lui demandait à brûle-pourpoint s'il avait tué Sandra Whiley. Cela avait éveillé les soupçons de Peter, mais il lui était difficile de se forger une opinion sans avoir lu le rapport de la police.

Peter regagna son cabinet et posa sur le bureau le procès-verbal ainsi que les bandes magnétiques que Becky O'Shay lui avait confiés. Il se mit en quête d'un magnétophone afin d'écouter l'enregistrement de l'interrogatoire de Gary. L'humeur de Peter passa peu à peu de l'excitation au doute, puis à l'inquiétude. Quelque chose ne collait pas. Peter se rendait bien compte que Gary savait beaucoup de choses sur ce crime, mais que signifiaient ces histoires de « transfert de projection » et d'« esprit surnaturel » ? On aurait dit que le sergent Downes avait incité Gary à faire les déclarations qui lui valaient maintenant d'être mis en accusation. Et si Gary s'était contenté de répéter les paroles de Downes au lieu de se souvenir ? Et s'il était innocent ?

2

Plusieurs heures après sa mise en accusation, un gardien fit entrer Gary dans la pièce de la prison réservée aux entretiens avec les avocats.

« Je peux rentrer chez moi ? demanda Gary dès qu'il vit Peter.

– Non, Gary, je t'ai déjà expliqué tout ça. Tu es accusé de meurtre, et il est absolument impossible de te faire sortir de prison avant un certain temps. »

Gary semblait agité.

« Comme je vais faire mon travail ?

– Gary, tu dois te concentrer sur ce qui est important,

d'accord ? C'est de ta vie qu'il est question maintenant. Ton poste de technicien de surface n'a aucune importance.

– Oh si, mon travail est très important, dit Gary avec beaucoup de sérieux. Maman dit que le travail, c'est toujours important, le mien tout spécialement. Il y a des microbes. Ils sont très petits. On ne peut pas les voir, mais ils rendent les gens très malades. Alors moi, je frotte sans arrêt, je chasse les microbes. Je fais briller le sol pour qu'on s'y voie dedans. Je sors les poubelles pour que les salles de cours ne sentent pas mauvais. Si je ne fais pas mon travail, les gens tomberont malades et les salles ne sentiront pas bon. »

Gary s'agitait au fur et à mesure qu'il parlait. Peter s'étonna du sérieux avec lequel Gary parlait de son travail. Il s'en voulait un peu de le déprécier.

« Ecoute, Gary, dit doucement Peter. Je suis sûr que quelqu'un va s'en charger pendant ton absence. Ton remplaçant va chasser les microbes et sortir les poubelles pendant que tu n'es pas là.

– Il va me prendre mon travail ? » Gary faisait les cent pas dans la pièce. « Je veux mon travail.

– Mais non, personne ne va te prendre ton travail. Ecoute-moi. Je ne t'ai pas aidé quand tu t'es fait arrêter pour avoir regardé cette fille ? »

Gary fit signe que oui, mais son regard trahissait son inquiétude.

« Steve et moi, on ne s'est pas débrouillés pour que tu conserves ton emploi ?

– Vous m'avez aidé à garder mon travail, dit Gary en se détendant un peu.

– Bon. Ton boulot est important, Gary. Très important, même. L'université a besoin de toi. On ne permettra à personne de te remplacer parce que c'est toi le meilleur. D'accord ? Seulement, tu ne pourras pas reprendre tout de suite ton poste, à moins que tu ne décides de m'aider. »

Gary s'arrêta de déambuler et retint son souffle.

« Bon, assieds-toi. Nous allons voir ce que l'on peut faire pour te tirer d'ici afin de te permettre de reprendre ton travail. »

Peter lui indiqua l'une des chaises métalliques disposées de l'autre côté de la table en bois. Gary s'empressa d'obéir. Il essuya les paumes de ses mains sur sa combinaison et attendit Peter. Celui-ci poussa un soupir de soulagement et lui montra les cassettes et les comptes rendus de la police.

« Le bureau du procureur m'a communiqué les pièces du dossier et je voudrais en discuter avec toi. J'ai lu le résumé de la déclaration que tu as faite au sergent Downes et j'ai écouté une partie de l'enregistrement de ton interrogatoire. Je veux que tu me dises encore une fois comment tu peux si bien parler de ce meurtre.

– C'est mes pouvoirs.

– Ton inconscient et ton esprit surnaturel, c'est bien cela ? »

Gary acquiesça. Peter cherchait des mots qui puissent le toucher et Gary attendait, plein d'espoir. Peter éprouvait une certaine compassion pour lui : il se demandait quel effet cela faisait d'affronter la vie avec l'esprit d'un enfant un peu lent. A quoi Gary pouvait-il bien penser ? D'ailleurs, pensait-il en l'absence de tout stimulus extérieur ? Gary n'était-il rien de plus qu'une machine aux circuits mal câblés ? Les subtilités de la vie n'étaient-elles pour lui que de simples ombres ? Ou quelque chose se dissimulait-il derrière les apparences ? Selon le rapport de la police, Gary était devenu fou furieux quand Karen Nix avait fait insulte à son intelligence ! Une machine pouvait-elle réagir quand une personne mettait en doute ses capacités ?

Peter avait beaucoup pensé à la fortune et à la renommée que ce dossier pouvait lui apporter, mais il ne s'était pas vraiment préoccupé de Gary Harmon. Au début, il s'était même senti mal à l'aise en présence de son client. Peter aimait s'entourer de gens intelligents, bien élevés, présentables. Des individus positifs. Des personnes qui auraient réagi comme lui devant un tel dossier. Non, en temps normal, Peter ne se serait jamais associé à un garçon comme Gary, mais il trouvait fructueuse et gratifiante la soumission un peu enfantine du fils de Jesse et Alice Harmon. Après la façon dont on l'avait traité chez Hale et Greaves, cela lui faisait du bien de se sentir important.

Peter abandonna ses rêveries pour regarder Gary droit dans les yeux. L'autre ne détourna pas son regard.

« Gary, je veux que tu écoutes très attentivement ce que je vais te dire. Tu n'as pas de pouvoirs spéciaux. »

Peter attendait une réponse. Gary avait l'air complètement perdu, et Peter dut insister.

« Est-ce que tu comprends ce que t'a fait le sergent Downes ? »

Gary secoua la tête. Peter dut imaginer une manière diplomatique d'annoncer la mauvaise nouvelle à son client.

« Gary, je suis ton ami. Tu me fais confiance ?

– Oui.

– Tu sais que si je te dis quelque chose de blessant, c'est uniquement pour te tirer d'affaire ? »

Gary hocha une fois de plus la tête.

« Bon. Est-ce que tu te rends compte que tu n'es pas aussi intelligent que les autres gens ? »

Gary rougit, puis fit signe que oui.

« Est-ce que des gens méchants se moquent de toi parfois ? Est-ce qu'on te fait des blagues ?

– Oui. Je n'aime pas les méchants.

– Gary, le sergent Downes s'est amusé avec toi. Il a profité de ton intelligence un peu inférieure. Il a dit que tu avais des pouvoirs surnaturels, mais ce n'est pas vrai. »

Le visage de Gary ne refléta rien pendant un instant, puis son front se plissa.

« Comment j'ai pu voir le crime si je n'ai pas ces pouvoirs ?

– Je ne vois à cela que deux explications, Gary. Soit tu as tué Sandra Whiley...

– Oh non, monsieur Hale, je n'aurais pas pu faire ça.

– ... ou tu as inventé ce que tu as dit.

– Non, je n'ai pas inventé. Je l'ai vu.

– Le sergent Downes t'a dit de décrire les images que tu voyais dans ta tête, hein ?

– Oui.

– Voilà, justement. Ce n'était qu'une question d'imagination.

– Ça avait l'air si vrai.

– Fais-moi plaisir : ferme les yeux. »

Gary obéit.

« Maintenant, imagine cette pièce. Tu y es ? »

Gary fit oui de la tête.

« C'est quelle saison, en ce moment ?

– L'été.

– Dans ta tête, imagine que c'est l'hiver. »

Peter attendit quelques secondes.

« Tu vois la neige qui tombe ? Il fait froid ?

– Oui.
– Bon. Maintenant, imagine que le Père Noël est dans la même pièce que nous. Tu le vois ? Tu vois les glaçons accrochés à sa barbe ? Tu vois ses yeux qui brillent ? »
Gary sourit.
« Gary, avant cet instant, tu avais déjà vu le Père Noël dans cette prison ?
– Non.
– Et pourtant, tu le vois.
– Ce n'est pas... »
Gary s'arrêta de parler. Il ouvrit lentement les yeux. Il perdit son sourire et prit l'air étonné.
« Tu comprends ce que le sergent Downes a fait avec toi ?
– Je... je sais que j'ai vu quelque chose. Je sais que j'ai vu deux personnes dans le parc quand je suis passé par là.
– Tu pourrais jurer que c'était Sandra Whiley ? »
Gary secoua la tête. Il paraissait désespéré et Peter eut pitié de lui.
« On va se mettre au travail. On va découvrir ce que tu as vraiment vu et ce que tu as inventé. Ça va être difficile, mais on va travailler ensemble et on y arrivera. Est-ce que tu veux travailler avec moi, Gary ? Est-ce que tu veux m'aider ?
– Oui, monsieur Hale. Je ferai tout ce que je peux.
– C'est bien, Gary. C'est bien. »

3

Il était près de dix-sept heures quand Peter sortit de la prison. Travailler avec Gary était épuisant. Il était ouvert à toute suggestion. Peter devait peser chacun de ses mots et il ne savait jamais avec certitude si Gary le comprenait vraiment ou s'il se contentait d'acquiescer par politesse. Défendre Gary Harmon serait à la fois frustrant et épuisant.
Peter se rendait dans le bureau de Geary quand il regarda l'heure. Après dîner, il devait aller chez Steve afin d'y élaborer une stratégie. La défense faisait appel

à toutes sortes d'arguments, tel celui de la « capacité réduite », quand elle avait affaire à un client pourvu de l'intelligence de Gary. Après l'entretien de ce jour avec Gary, Peter se demanda s'il ne ferait pas mieux d'oublier tout cela et de plaider tout simplement non coupable.

Le compte rendu d'autopsie décrivait avec infiniment de détails le carnage dont Sandra Whiley avait fait l'objet. La personne qui lui avait infligé ces blessures était folle furieuse. Certes, Gary était fou furieux quand il s'en était pris à Karen Nix, mais sa colère était une réaction spontanée à l'insulte involontaire de Karen. La hachette était synonyme de préméditation. Qui se promène avec une hachette sur soi ? Non, l'assassin avait cette hachette pour tuer sa victime : ses gestes étaient prémédités. Peter avait déjà beaucoup de mal à imaginer Gary en train de planifier son petit déjeuner.

« Mr Geary désire vous parler, dit Clara dès que Peter eut ouvert la porte du bureau.

– Il est là ? demanda Peter, nerveux.

– Non, fit Clara sans lever les yeux de sa machine à écrire. Il est au Bunkhouse Motel de Cayuse County. Il a demandé que vous l'appeliez à l'instant même où vous franchiriez cette porte. » Clara cessa de taper et regarda Peter. « Ce sont ses paroles exactes : “ à l'instant même où il franchira cette porte ”.

– Vous savez ce qu'il me veut ?

– Ça ne me regarde pas. Je ne suis que la secrétaire. En tout cas, il avait l'air assez embêté. »

Peter se demanda si Geary savait déjà qu'il s'occupait de ce dossier. Il aurait voulu mieux asseoir sa position d'avocat de la défense avant d'affronter son patron.

« Monsieur Geary ? dit-il dès que la standardiste de l'hôtel le lui eut passé. Clara m'a dit que vous vouliez me parler.

– Oui. J'étais en compagnie du juge Gilroy après l'audience de cet après-midi quand il m'a offert ses condoléances pour l'affaire Harmon. Je lui ai répondu que je ne savais pas de quoi il parlait et que mon cabinet ne s'occupait pas de dossiers criminels. Avec tout le travail que l'on a, il faudrait vraiment être commis d'office pour cela. Sans compter que je n'ai personne de qualifié pour suivre un tel dossier qui, vous ne l'ignorez pas, peut déboucher sur la peine de mort.

« Le juge Gilroy a alors dit qu'il avait peut-être mal compris, mais le juge Kuffel l'avait appelé pendant une suspension de séance pour lui apprendre que mon jeune associé était présent lors de la mise en accusation de Gary Harmon. Ce n'est quand même pas vrai, Peter ?

– Eh bien, euh, si. Le juge Gilroy avait bien compris. Mais ne vous inquiétez pas. Il ne s'agit pas d'une représentation ponctuelle. Les Harmon vont nous verser cent mille dollars pour la défense de leur fils. »

Peter retint son souffle pendant que Geary assimilait le montant de la somme. Cent mille dollars d'honoraires ne pourraient que calmer sa colère. Il y eut un moment de flottement. Geary semblait avoir du mal à se contenir quand il reprit enfin la parole.

« Peter, je veux que vous appeliez Jesse Harmon pour lui dire que vous avez commis une erreur en acceptant de défendre son fils sans même m'avoir consulté. Ensuite, vous vous rendrez chez le juge Kuffel et lui direz que vous vous retirez. Si vous pouvez le faire ce soir, ce serait aussi bien. Sinon, demain matin à la première heure. Essayez de l'appeler dès que j'aurai raccroché.

– Mais, monsieur Geary...

– Il n'a pas de mais, Peter. Mon cabinet et vous-même n'avons rien à voir avec l'affaire Harmon. C'est bien clair ?

– Non, ce n'est pas clair. Il y a quelque chose que je ne comprends pas. Combien gagnons-nous en étant commis d'office ? Quelques centaines de dollars ? Moi, je vous ramène une affaire à cent mille dollars et vous me traitez comme si j'avais mal fait.

– Exactement », dit Geary. Peter imaginait très bien son visage rougeaud, ses veines gonflées. « Vous avez mal fait. En premier lieu, vous avez accepté un dossier sans même me consulter, moi, votre patron.

« Deuxièmement, notre cabinet a signé un contrat afin de défendre les indigents des trois comtés. Pour honorer ce contrat, j'ai besoin de vous pour assurer leur défense, peu importe ce qu'ils ont fait. Avec cette affaire, vous ne serez pas disponible pendant plusieurs mois.

« Troisièmement, et c'est là le point le plus important, il ne s'agit pas d'un quelconque vol à l'étalage. Si vous échouez, Peter, Gary Harmon recevra une injection de substances chimiques létales. Et vous échouerez parce que vous êtes un raté. Vous semblez oublier que c'est votre incompétence qui a contraint votre père à vous exiler dans ce trou perdu. Etes-vous si imbu de vous-même que vous vous permettiez de jouer la vie de Gary Harmon contre une somme d'argent ?

– Vous laissez entendre que c'est par cupidité que j'ai accepté d'assurer sa défense, dit Peter d'un air indigné.

– Je me fous complètement de ce que vous pouvez penser, hurla Geary. Ou vous laissez tomber cette affaire à la minute même, ou vous disparaissez à tout jamais de mon cabinet ! »

Geary raccrocha. Peter avait la main qui tremblait. Il s'effondra sur une chaise. Qu'allait-il faire ? En ne se démettant pas du dossier Harmon, il sabordait sa dernière chance de retomber dans les bonnes grâces de son père. Mais, en refusant de défendre Gary, l'occasion unique de se faire un nom partait en fumée. Une telle chance ne se présenterait plus jamais à lui.

Peter s'était dit que son exil dans ce trou perdu n'était que temporaire. Il avait toujours cru que son père l'accueillerait à bras ouverts après qu'il eut fait son temps comme avocat commis d'office. Ce qu'il ignorait, en revanche, c'était la réaction de Richard quand Amos Geary lui apprendrait que Peter le laissait tomber après moins de deux mois.

Avant Elliot, Peter n'aurait jamais imaginé que son père pût le punir. Quand il avait été provisoirement renvoyé du lycée pour avoir labouré le terrain de football avec sa jeep, Richard s'était contenté de rembourser les dégâts. Le jour où il avait mis enceinte une étudiante, Richard lui avait fait la leçon avant de payer l'avortement. Quant à la fac de droit... Peter savait très bien qu'il n'y aurait pas été admis si Richard Hale ne s'en était pas mêlé. Tout cela expliquait le choc qu'il avait éprouvé lorsque Richard s'était montré si sévère après son échec cuisant dans l'affaire *Elliot*. Il n'était donc pas impossible que Richard le répudie à tout jamais s'il commettait une nouvelle erreur.

A l'idée de quitter le cabinet de Geary, Peter se sentait comme un gamin qui se prépare à sauter du grand plongeoir pour la première fois. Il pouvait faire marche arrière en abandonnant Gary Harmon ou conserver le dossier et se lancer tête la première dans le vide.

Allait-il troquer sa liberté contre la sécurité ? Voulait-il rester un enfant toute sa vie et continuer de dépendre de son père ou devenir un homme et apprendre à vivre debout ?

Et puis Peter se souvint du conseil de Steve Mancini : « Dis à Amos Geary d'aller se faire foutre. » Mancini avait raison. Avec cent mille dollars, il pouvait envoyer promener pas mal de monde. Mancini lui avait également proposé d'être son associé. Et quand Peter pesait le pour et le contre, il n'avait pas grand mal à prendre une décision.

4

« Qu'est-ce que tu vas faire ? » demanda Steve Mancini après que Peter lui eut rapporté sa conversation téléphonique avec Amos Geary. Ils étaient assis sur le canapé du séjour de la maison de Mancini. Les comptes rendus de la police et les cassettes étaient posés sur la table basse, tout près d'un magnétophone. Donna préparait du café et découpait un gâteau à la cuisine.

« Je sais ce que j'aimerais faire, mais j'ai un problème d'ordre matériel à régler. Pour être l'avocat de Gary, je dois commencer par quitter mon bureau.

– Je ne vois pas où est le problème. Tu peux en louer un chez moi. Tu auras une standardiste et tu paieras la secrétaire à l'heure pour qu'elle te tape ton courrier. Mon cabinet est quand même plus sympathique que le mausolée de Geary. Qu'est-ce que tu en dis ?

– Tu étais sérieux quand tu me parlais d'association ?

– Bien entendu. Bon, on ne peut pas faire ça maintenant parce que je dois commencer par régler le problème de Mountain View et que toi, tu dois assurer la défense de Gary.

– Naturellement.

– Mais ça m'intéresse vraiment.

– Tant mieux. Parce que ça devrait pouvoir marcher.

– On en reparlera. »

Peter serra la main de Steve et lui sourit, mais, au fond de lui-même, il n'était pas rassuré.

« Bon, maintenant que c'est réglé, au boulot, dit Steve.

– Je voudrais que tu lises ce compte rendu. » Peter tendit un document agrafé à Steve. « C'est le résumé de l'interrogatoire de Gary. Je voudrais ensuite que tu écoutes des extraits des bandes magnétiques. L'interrogatoire dure sept heures. Je n'ai pu écouter que deux bandes, mais les extraits que j'ai sélectionnés te donneront une idée de ce qui s'est passé. »

Donna sortit de la cuisine avec un plateau peu après que Peter eut commencé à passer les bandes. Elle offrit du café et une part de gâteau à son mari et à Peter. Puis elle s'assit sur le canapé à côté de Steve et écouta Dennis Downes expliquer à Gary quels pouvoirs merveilleux étaient en sa possession.

« C'est à cause de ses déclarations que Gary a été arrêté ? demanda-t-elle à Peter quand le magnétophone s'arrêta.

– En grande partie, oui.

– Mais ce n'est pas juste ! Gary a cru qu'il était détective et qu'il aidait Downes. Il n'a pas compris que Downes se moquait de lui. Aucun jury ne prendra cela pour des aveux.

– C'est pourtant ce qui se passera si Gary sait des choses que seul l'assassin peut connaître, dit Mancini. Et je te parie qu'il y a ce genre de choses sur ces bandes.

– Pour gagner, il faut que les déclarations de Gary ne soient pas retenues comme pièce à conviction. Mais comment ? C'est là toute la question.

– Le fait que Downes a menti à Gary ne suffit donc pas ? demanda Donna.

– Il me semble avoir lu en fac que des aveux obtenus par tromperie n'avaient aucune valeur, dit Peter.

– Je peux peut-être aider à retrouver ces textes, se proposa Donna. Quand je faisais mes études de secrétaire juridique, j'ai suivi un cours sur la jurisprudence. Il m'arrive de faire des recherches pour Mr Willoughby.

– Toutes les aides me sont précieuses », dit Peter.

Mancini émit une réserve.

« Quand trouverais-tu le temps, chérie ? Tu as déjà beaucoup à faire.

– Je ferais des recherches après mes heures de travail ou pendant le week-end. Steve, je t'en prie, je veux faire autre chose pour Gary que vous servir le café.

– Si Peter est d'accord... »

Donna embrassa son mari sur la joue avant de se lever.

« Je vous laisse tous les deux. Appelez-moi si vous avez besoin de quelque chose. Peter, dites-moi ce que je peux faire pour vous. »

Donna sortit de la pièce, le sourire aux lèvres.

« Tu as fait le bon choix, Steve. Donna est formidable.

– Merci, dit Steve avec un sourire de satisfaction. Une chose cependant. Ne compte pas trop sur Donna. C'est une excellente secrétaire juridique, mais question recherches... Enfin, si tu peux lui confier une responsabilité, elle sera aux anges.

– Elle m'a l'air tout à fait capable, dit Peter, étonné d'entendre Steve rabaisser sa femme. On peut essayer.

– Tu as raison. » Mancini but son café. « Bon, revenons aux aveux de Gary. Nous devrions établir une liste de points faibles. J'ai remarqué que Don Bosco avait assisté à une grande partie de l'interrogatoire. J'ai envie de lui parler pour voir ce qu'il en pense.

– Bonne idée.

– Je m'en occupe dès demain matin.

– Je vais avoir besoin d'un bon enquêteur. Tu as quelqu'un à me proposer?

– Ils ne sont pas très nombreux dans le coin. Ralph Cotton est assez bon. Il travaille parfois pour le cabinet Sissler. Mike Compton assure aussi des enquêtes. »

Mancini réfléchit un instant.

« Attends, il y a un type que j'ai déjà employé. Barney Pullen. Il est mécanicien au garage de son frère, mais c'est un ancien flic. Tu devrais voir s'il est disponible en ce moment. »

Peter nota les noms que lui avait donnés Steve. Puis il dit :

« Il y a d'autres choses qui m'inquiètent. Becky a inclus un procès-verbal de police relatif à son affaire de voyeurisme. Et un autre qui concerne les revues porno découvertes dans la chambre de Gary. Je crois que Becky va essayer de faire admettre ces deux procès-verbaux comme pièces à conviction. Qu'est-ce qu'on peut faire contre ça?

– Il va falloir adresser une requête au tribunal pour qu'ils ne soient pas retenus. Les jurés vont prendre Gary pour un pervers s'ils ont connaissance de ces deux rapports.

– D'accord. Je pourrais m'en occuper.

– Vas-y.
– Il y a encore autre chose », dit Peter.
Peter avait pris un ton plus grave, et cela n'avait pas échappé à Mancini. Il était visiblement assez inquiet.
« Quel est le problème ? »
Peter tendit d'autres procès-verbaux de police à Mancini.
« J'espère qu'ils se trouvent là par erreur. Sinon, Gary est dans de sales draps. »
Mancini parcourut le premier rapport. Son visage s'assombrit.
« Becky en a parlé ?
– Non. »
Mancini posa les procès-verbaux sur son bureau.
« Elle ne pense quand même pas que Gary est impliqué dans ces affaires.
– Si. Autrement, pourquoi me communiquerait-elle les procès-verbaux relatifs aux meurtres des deux autres femmes si elle ne croyait pas Gary responsable ? »

XIV

1

Les détenus de la prison de Whitaker avaient droit chaque jour à une heure de promenade dans la cour. Gary attendait cette heure comme un marin à la dérive qui espère des secours. A l'intérieur, la prison était grise et humide, et l'air était lourd. A l'extérieur, c'était le soleil, les oiseaux et un air parfumé qui lui rappelait sa vie d'antan. Cet après-midi-là, Gary était appuyé à la clôture et regardait plusieurs détenus faire de la musculation de l'autre côté de la cour. Gary aurait bien aimé soulever de la fonte, mais il avait peur d'approcher ces hommes. Et puis, il ne se sentait pas très bien. Sa rencontre avec Peter Hale l'avait laissé désemparé. Peter lui avait affirmé qu'il n'avait pas de pouvoirs surnaturels, mais lui était persuadé du contraire. Sans ces pouvoirs, comment aurait-il pu savoir tant de choses ? Comment aurait-il vu mourir Sandra Whiley ?

« Hé, Gary ? »

C'était une voix familière. Gary se retourna et vit Kevin Booth. Booth était en sueur et incapable de tenir en place. Il avait pris tant de drogue que son organisme avait du mal à s'habituer aux privations imposées par la détention. Gary ne remarqua rien. Tout ce qu'il voyait, c'est qu'il avait enfin un ami à qui parler.

« Salut, Kevin. Toi aussi, tu t'es fait arrêter ?

– Ouais, je me suis fait gauler il y a quelques jours.

– Qu'est-ce que tu as fait ? demanda Gary, l'air soucieux.

– Un gros coup. Les Feds étaient là, dit-il en haussant les épaules.

– Ça ne me plaît pas, ici, lui confia Gary.

– Pourquoi ?

– Il y a des hommes qui m'embêtent, ils me disent des choses méchantes.

– Eh, il faut que tu apprennes à répondre à ces enculés », répondit Booth d'un air bravache.

Il voulait faire croire à Gary qu'il n'avait pas peur de la prison, mais il n'avait pratiquement pas dormi depuis son arrestation et la nuit dernière avait été épouvantable. « Si quelqu'un te cherche des crosses, commence par lui rentrer dedans, sinon personne ne te respectera.

– Ma maman dit que ce n'est pas bien de se battre.

– Ah oui ? Ça se voit que ta vieille est pas en taule ! »

Au moment où il disait cela, Booth vit Rafael Vargas assis dans les gradins à proximité des culturistes. Non loin de là, Carlos Rivera, son garde du corps, terminait un exercice avec des poids gros comme des roues de voiture. Chaque fois qu'il ramenait la barre sur sa poitrine, son corps gonflait comme un ballon. Booth sentit ses tripes se tordre et s'empressa de détourner les yeux.

« Dis donc, toi, fit-il tout en se dissimulant discrètement derrière Gary. J'ai lu des trucs sur toi. Tu es la star des médias. En première page ! Pour crime ! Chapeau !

– Je n'ai rien fait à cette fille, assura Gary à son ami. J'ai tout vu, c'est tout.

– Tu as vu quoi ?

– Mon avocat ne veut pas que je parle de mes problèmes. »

Booth eut une idée. Il lança un rapide regard en direction de Vargas, puis adressa un sourire ingrat à Gary.

« Hé, Gary, c'est moi. On est potes depuis l'école. Qu'est-ce que tu crois que je vais faire, te donner aux flics ?

– Oh non, dit Gary en rougissant de honte.

– Tes avocats veulent probablement pas que tu causes à quelqu'un que tu connais pas. C'est normal. Mais moi, je suis ton pote, non ?

– C'est sûr, acquiesça Gary.

– Alors, tu me racontes ? »

Gary hésita. Peter avait bien insisté : il ne devait parler à qui que ce soit. Il lui avait expliqué que certains détenus iraient raconter au procureur qu'il avait avoué, uniquement pour voir alléger leur peine. Ensuite, ils témoigneraient contre lui devant un tribunal et raconteraient toutes sortes de mensonges. Oui, Peter l'avait bien prévenu : il devait se méfier de ces hommes. Mais il ne voulait pas parler de Kevin. Il ne devait pas parler à des étrangers : ça aussi, maman le lui avait dit. Mais Kevin Booth n'était pas un étranger. C'était même un ami. Gary entreprit donc de tout lui raconter.

2

Steve Mancini regagna son cabinet en fin d'après-midi. Il prit les messages à l'accueil et y jeta un coup d'œil pendant qu'il traversait le couloir. L'un d'eux émanait d'un certain Harold Prescott. Mancini blêmit et sa main se mit à trembler. Il ferma la porte de son bureau. Il composa alors le numéro de téléphone du Crédit immobilier de Whitaker et prononça une courte prière, les yeux fermés.

L'équipe olympique de ski des Etats-Unis s'entraînait sur le mont Bachelor, près de Bend, dans l'Oregon. Trois ans plus tôt, l'Etat d'Oregon avait lancé une campagne destinée à accueillir à Bend les Jeux olympiques d'hiver. Peu après, Mancini s'était joint à un groupement d'investisseurs afin de fonder la société Mountain View, Inc., laquelle avait pour mission de construire un grand chalet et un complexe immobilier. Harold Prescott avait sollicité un prêt à la construction auprès de sa banque. Cet argent avait permis de commencer les travaux, mais le mauvais temps, les revendications des ouvriers et la hausse des tarifs en étaient venus à bout et avaient ralenti la bonne marche de l'entreprise. Le prêt arrivait bientôt à échéance. La Mountain View essayait maintenant d'obtenir auprès de la même banque un prêt à long terme destiné à rembourser le premier emprunt et à mener à bien la première phase du projet. Mancini avait investi beaucoup d'argent. Pour lui, c'était la ruine si le projet échouait.

« Je crains de ne pas avoir de bonnes nouvelles, Steve, lui dit immédiatement Prescott. La commission s'est réunie cet après-midi : elle a voté contre l'attribution du prêt. »

Mancini crut qu'il allait vomir. Il serra les dents et combattit sa nausée.

« Steve ?

– Je ne comprends pas, réussit à dire Mancini.

– Je me suis battu, mais l'opposition était trop forte.

– Où est le problème ? demanda Mancini désespéré. On traite depuis le début avec le Crédit immobilier de Whitaker. Rien n'a changé.

– Steve, je vous ai bien dit il y a deux ans qu'un tel problème risquait de se poser un jour. La Commission fédérale des prêts hypothécaires n'approuve pas ce projet. Sans elle, nous ne pouvons aller sur le marché new-yorkais. J'ai bien essayé de persuader les autres de tenter l'aventure, mais je n'ai pas réussi.

– Fannie Mae a refusé parce qu'il s'agit d'un complexe de loisirs et que nous n'avons pas de quoi payer cinquante pour cent des constructions. Sa position changera quand Bend sera sélectionné pour accueillir les J. O.

– Le problème, c'est que rien ne dit que Bend sera choisi par le Comité olympique international. Il semble actuellement que l'un des pays d'Europe en lice aurait la préférence. La commission ne veut prendre aucun risque.

– Harold, je ne sais pas à qui vous avez parlé. Roger Dunn me dit que ses sources pensent que c'est un coup formidable. Dès que l'annonce sera faite, les appartements se vendront comme des petits pains.

– Ce n'est pas le seul problème. Votre groupe ne dispose pas de suffisamment de liquidités. Vous avez mis des options sur la plupart des terres. Le sentiment général, c'est que ce projet est par trop bancal. »

Le reste de la conversation se perdit dans un vague bourdonnement. Mancini répondait de manière automatique ; la migraine lui vrillait le crâne. Au bout de quelques minutes, il raccrocha. Il savait qu'il devait appeler les autres associés, mais il était incapable de bouger. Il ne pensait qu'à une chose : sa ruine financière.

Mancini demanda à sa secrétaire de ne lui passer

aucun appel. Du tiroir de son bureau, il sortit un verre et une bouteille de scotch à moitié pleine. Il se versa une bonne rasade, vida le verre d'un trait et le remplit de nouveau. Le whisky le brûla, l'engourdissement disparut pour céder la place à la colère.

C'était Shari, sa première femme, qui l'avait incité à investir dans Mountain View et lui avait fait miroiter les millions de dollars que cela lui rapporterait. Mais cette salope avait repris ses billes et l'avait laissé seul face à l'échec financier. Elle savait probablement depuis le début que cela se terminerait ainsi. Il l'imaginait parfaitement se moquant de lui quand elle apprendrait dans le journal la faillite de la société Mountain View. L'estomac de Mancini se noua et la douleur lui tenailla le crâne. Son poing se crispa et le verre se brisa, répandant du sang et du whisky sur le tapis.

3

« Donna Harmon demande à vous voir, monsieur Hale, annonça Clara à l'interphone.

– Faites-la entrer », répondit Peter, soulagée que Clara ne l'ait pas prévenu d'un coup de fil d'Amos Geary.

Peter avait passé une journée horrible à se demander s'il devait ou non quitter Amos Geary. Il était arrivé tard au travail afin de faire correspondre ses horaires avec la séance du tribunal du comté de Cayuse et s'était absenté chaque fois que Geary risquait de l'appeler. Clara lui avait transmis plusieurs messages de son patron, plus longs et plus menaçants les uns que les autres, et Peter n'avait répondu à aucun.

« Bonjour », dit Peter quand Donna passa la tête par la porte.

Elle semblait tout excitée.

« Je crois que j'ai trouvé plusieurs cas où on a induit des gens en erreur afin qu'ils passent aux aveux, dit Donna en jetant une enveloppe en papier kraft en direction de Peter.

– Asseyez-vous. Voyons cela. »

Peter sortit de l'enveloppe les photocopies réalisées par Donna.

« Il y a une phrase très intéressante dans *Miranda contre l'Etat d'Arizona* », dit Donna. Elle faisait référence à cette célèbre affaire qu'avait traitée la Cour suprême des Etats-Unis en 1966 et qui fixe les règles de la recevabilité des déclarations faites par un individu incarcéré. La Cour suprême avait insisté sur les mises en garde dont doit bénéficier tout individu avant d'être interrogé : il a ainsi le droit de garder le silence et de se faire assister par un avocat, même s'il lui est loisible de renoncer auxdits droits. « Il y est dit que même la renonciation volontaire à ses droits n'a aucune valeur si l'individu a été menacé, trompé ou incité adroitement à le faire. Ecoutez aussi cet extrait d'un article paru dans la *Revue juridique* de l'Université de Pennsylvanie intitulé : « Méthodes policières destinées à induire des aveux ».

« L'auteur dit, je cite : " Une forme de duperie venant totalement ébranler les protections assurées par les cinquième et sixième amendements survient lorsque la police trompe un suspect sur la nature de l'interrogatoire dont il fait l'objet. " Fin de citation. C'est ce qu'a fait Downes. Il a fait croire à Gary qu'il ne s'agissait pas d'un interrogatoire, mais qu'il était au contraire en train de jouer les détectives.

– Vous êtes formidable », dit Peter, sincèrement admiratif.

Il jeta un coup d'œil aux divers textes. Les affaires étaient déjà anciennes et l'article de la *Revue juridique* datait de 1979, mais ils lui serviraient de point de départ pour aller vers des affaires plus récentes.

« Merci, dit Donna en rougissant du compliment.

– Quand avez-vous fait cela ?

– Pendant l'heure du déjeuner.

– Je n'aurais pas fait mieux en si peu de temps. Cela va vraiment m'aider.

– Vous croyez ? demanda Donna pleine d'espoir.

– J'en suis persuadé. »

Le visage de Donna s'assombrit.

« Vous avez parlé à Gary ? demanda-t-elle.

– Pas depuis hier. On peut dire qu'il va bien. Il semble accepter l'idée d'être en prison.

– Cela ne m'étonne pas. Gary ne se plaint jamais de rien.

– Vous aimez beaucoup votre frère, n'est-ce pas ?

– Oui. Nous l'aimons tous.

– Ce doit être difficile de vivre auprès de quelqu'un de... euh... de lent. »

Donna sourit.

« Vous voulez dire « attardé » ? »

Peter rougit.

« Je ne voulais pas...

– Non, ce n'est pas grave, j'ai l'habitude. Les gens croient toujours qu'il est plus difficile d'aimer une personne comme ça, mais c'est faux. Quand Gary était petit, il était vraiment adorable. Il est encore beau, vous savez. Il était toujours en train de rire, de courir. C'est seulement quand il a été un peu plus âgé que nous avons compris qu'il était terriblement lent et qu'il avait beaucoup de mal à apprendre. Un jour, maman est revenue de l'école. Cela n'avait jamais été officiel jusqu'à ce jour. On le savait, bien sûr, mais on n'en parlait pas. Maman nous a dit que le maître de Gary lui avait parlé d'une classe spéciale pour les enfants comme lui, une classe dite de rattrapage. Elle a alors ajouté que Gary était un enfant de Dieu comme nous tous et que cela seul comptait. Si Gary avait besoin de cours particuliers, il en suivrait, mais on ne le traiterait pas différemment à cause de son retard. Pour elle, Gary était un enfant doux et bien élevé, et cela lui suffisait.

« Je n'ai jamais plus aimé maman que le jour où elle a dit cela. Elle donnait un sens à la vie de Gary. Nous ne l'avons jamais traité comme un anormal ni exigé de lui moins qu'il ne pût donner. »

Donna s'arrêta de parler. Son visage s'était figé.

« C'est un brave garçon, Peter. Un brave garçon pas compliqué, comme dit maman. Il a toujours été ainsi. Il n'aurait pas pu faire ce qu'on lui reproche. »

Peter aurait aimé dire quelque chose de rassurant, mais il savait que toutes ses paroles paraîtraient creuses. Donna se leva, embarrassée par les émotions qu'elle n'avait pu contrôler.

« Je... Il vaudrait mieux que je m'en aille. Je dois faire les courses pour dîner.

– Merci pour les recherches.

– J'espère que ça vous servira », dit-elle en sortant du bureau.

Peter referma la porte derrière Donna et revint s'asseoir, perdu dans ses pensées. Donna lui accordait toute sa confiance, et Gary aussi, mais cette confiance, la méritait-il ? Peter se souvint de sa conversation téléphonique de la veille avec Amos Geary. Son patron lui avait dit sans ménagement qu'il n'avait pas la compétence nécessaire pour s'occuper d'un dossier de meurtre avec circonstances aggravantes. Steve Mancini se trompait-il quand il croyait que Peter avait la capacité d'éviter à Gary la peine capitale ? Peter s'abusait-il lui-même ? Que se passerait-il si une telle affaire se révélait trop complexe ? Que savait-il vraiment de la défense au cours d'un procès d'assises ? Peter se rendait bien compte qu'il lui fallait consulter quelqu'un ayant un peu plus d'expérience que lui dans ce domaine.

Il chercha dans l'annuaire le numéro de téléphone de l'Association des avocats d'assises de l'Oregon. La secrétaire de l'AAA lui donna le nom de trois personnes ayant une bonne expérience des procès criminels. Peter décida ne pas appeler les deux premiers noms de la liste : c'étaient des avocats de Portland, et il craignait d'être reconnu. Sam Levine exerçait à Eugene, et il était à son cabinet.

« Ainsi donc, c'est votre premier procès criminel, dit Levine après que Peter lui eut expliqué la raison de son appel.

– Le tout premier.

– Je me souviens très bien de mon premier procès où mon client risquait la peine de mort. J'avais déjà défendu sept ou huit criminels et je me prenais pour un caïd, dit Levine en riant. Je ne savais vraiment pas dans quel guêpier j'allais me fourrer.

– Pourquoi ? demanda Peter, nerveux.

– C'est très différent quand il y a une peine de mort à la clé. Dès le premier jour, vous devez vous préparer à un double procès. Le premier permet d'établir la culpabilité ou l'innocence. Si votre homme est convaincu de crime aggravé, le second procès doit servir à évaluer l'importance de son châtiment.

« Dans un procès habituel, on ne pense pas à la sentence tant que le client n'est pas reconnu coupable. Tandis que là, vous devez penser qu'il sera déclaré coupable même si vous êtes intimement convaincu de l'emporter ; la seconde phase débute presque immédiatement après l'établissement de la culpabilité et le jury est celui-là même qui a reconnu votre client coupable. Vous n'aurez pas le temps de vous préparer à la seconde phase si vous attendez la dernière minute. »

Peter posa question sur question et se sentit de moins en moins sûr de lui à chaque réponse. Levine lui expliqua la spécificité de la sélection du jury et lui parla du corpus de lois propre aux procès pouvant déboucher sur un verdict de peine capitale. Au bout de trois quarts d'heure, Levine dit qu'il avait rendez-vous avec un client, mais assura à Peter qu'il serait heureux de converser à nouveau avec lui.

« Merci. C'est vraiment aimable à vous de m'avoir accordé tant de temps.

– Vous apprendrez qu'il y a une réelle fraternité entre les avocats d'assises. Je demande toujours de l'aide à mes confrères. N'hésitez pas à faire de même. Quand vous défendez un conducteur qui continue de rouler sans permis, vous pouvez vous permettre un fiasco. Que risque votre client, un week-end à l'ombre ? Mais dans une affaire aussi grave, vous devez vous montrer impeccable. La moindre petite erreur, et votre client passe de vie à trépas. »

4

Donna Harmon avait des paquets plein les bras. Elle franchit la porte d'entrée à reculons et la referma du pied.

« Steve, je suis là », lança-t-elle gaiement en posant ses courses sur le plan de travail de la cuisine. La maison était plongée dans l'obscurité. Donna alluma la lumière dans la cuisine. Il était tard et Donna pensait que Steve était déjà rentré. Elle l'appela encore une fois tout en se rendant dans la salle de séjour. Elle alluma et s'étonna de voir son mari assis près de la cheminée.

« Pourquoi tu ne réponds pas ? » lui demanda-t-elle sans se départir de son sourire.

Mancini la regarda et le visage de Donna reprit tout son sérieux. Son mari avait les yeux injectés de sang et les vêtements tout froissés. Il buvait un verre et ce n'était vraisemblablement pas son premier. Sa main était bandée.

« Ta main, qu'est-ce qui lui est arrivé ?

– Je me suis coupé.

– Comment ? dit-elle en s'approchant de lui.

– Si tu t'intéressais à moi, tu aurais été là quand c'est arrivé. »

Son ton coléreux la surprit.

« Je ne savais pas que tu étais blessé, mais j'ai ici de quoi te remonter le moral. Des côtes de veau, des pâtes aux épinards et une sauce dont tu me diras des nouvelles.

– Tu sais l'heure qu'il est ?

– Je n'ai pas vu le temps passer. Je suis allée voir Peter pour lui communiquer le fruit de mes recherches. Excuse-moi si je suis en retard.

– Excuse-moi si je suis en retard, répéta-t-il, moqueur. Et alors, ça change quoi ? Je me casse le cul toute la journée pour toi. Tout ce que je te demande, c'est de m'avoir préparé à dîner quand je rentre ! »

Mancini se leva lentement et s'approcha de Donna. Il parlait d'un ton monocorde. Les muscles de son cou étaient tendus, son visage congestionné. Pour la première fois depuis qu'elle le connaissait, Donna eut peur de son mari. Mancini se planta devant elle. Elle sentait son haleine empuantie par l'alcool quand il parlait.

« Je voudrais que ce soit clair. Tu n'es pas avocate et je ne t'ai rien demandé. Tu es ma secrétaire et ma femme, point final. Tu bosse de huit heures du matin à cinq heures du soir, et ensuite tu ramènes ton cul à la maison, pigé ? »

Donna était si choquée qu'elle ne pouvait parler. Les larmes lui montèrent aux yeux.

« Je... je t'ai dit que je m'excusais. Je sais que tu travailles beaucoup... »

Mancini lui adressa un regard dans lequel elle dut se résigner à lire du mépris.

« J'aimerais un peu moins de bla-bla, dit Steve sans desserrer les dents, et un peu plus à bouffer. Tu vois ce que je veux dire ?

– Tu... Ce n'est pas juste, bredouilla Donna. J'essayais de venir en aide à Gary. Je... je sais que je ne suis pas aussi douée que toi, mais je peux quand même faire des recherches. Je... je peux être utile.

– Qu'est-ce que je viens de dire, connasse ? » hurla Mancini.

Le premier coup, donné du revers de la main, la toucha aux dents. Le deuxième, main ouverte, la projeta en arrière. Abasourdie, Donna regardait son mari sans comprendre. Le poing de Steve la toucha en plein plexus solaire et lui coupa le souffle. Elle tomba à genoux avant de basculer sur le côté. L'air lui manquait. C'est alors que Mancini lui envoya un coup de pied dans les côtes et la regarda se tordre de douleur.

Donna avait la bouche grande ouverte et ne réussissait pas à respirer. Elle crut qu'elle allait mourir. De l'air, elle ne demandait rien d'autre. Puis ses poumons s'emplirent et un sanglot lui échappa. Terrorisée, elle roula sur le flanc et vit son mari enfiler son veston. Avant même qu'elle pût dire quelque chose, il était parti.

Steve l'avait vraiment frappée ? Cela lui paraissait incroyable, même si elle savait que c'était vrai. Donna se coucha sur le sol et chercha à se remémorer tout ce qui s'était passé depuis l'instant où elle avait poussé la porte. Qu'avait-elle fait pour mériter d'être battue ainsi ? Elle était en retard, d'accord, mais uniquement parce qu'elle aidait Peter et Gary. Elle s'était excusée d'être en retard, de ne pas avoir préparé le dîner. Mais méritait-elle ces coups pour autant ? Il y avait sûrement autre chose, mais qu'avait-elle pu faire de si ignoble pour que son mari la frappât ainsi ? Couchée sur le sol de la salle de séjour, secouée de sanglots, Donna ne cessait de se poser cette question.

XV

1

Donna se réveilla dans la senteur des roses. L'odeur puissante la troublait parce qu'il n'y avait pas de roses dans sa chambre au moment où elle s'était finalement endormie, épuisée et seule, au petit matin. Donna se redressa et constata que le lit, le sol et les meubles étaient recouverts de roses de toutes les couleurs. Son mari était assis par terre, dans un coin de la pièce, et il la regardait. Les souvenirs de la veille l'assaillirent, et Donna recula contre le dosseret du lit.

Steve n'était pas rasé. Il semblait avoir dormi tout habillé. Son visage ne reflétait plus la colère, seulement la contrition. Il s'approcha de Donna et s'agenouilla au bord du lit, sur un tapis de roses jaunes et rouges. Il baissa la tête.

« Je n'ai aucune excuse pour ce que je t'ai fait. Je ne peux que t'expliquer ce qui s'est passé et implorer ton pardon. »

L'odeur des fleurs était trop forte. Le souvenir de son mari penché au-dessus d'elle pour mieux la rouer de coups avait quelque chose de réel et d'effrayant. Mais Steve semblait si malheureux que Donna le laissa justifier sa conduite.

« J'avais bu. J'avais commencé pendant l'après-midi. » Mancini s'arrêta un instant de parler et prit son souffle avant de poursuivre. « La banque a refusé le prêt pour Mountain View. » Il y avait des larmes dans ses yeux, mais Donna avait encore trop peur de lui pour faire un geste. « Je ne savais plus quoi faire », sanglota-t-il. Donna sentit son cœur se briser. « Nous courons à la ruine. J'avais mis toute ma fortune dans ce projet. »

Son mari leva les yeux vers elle. Il avait l'air si triste. « Pourras-tu me pardonner ? J'étais en colère et j'avais très peur, mais je n'aurais jamais dû te faire subir tout ça... Donna, je t'en prie, je ne veux pas te perdre.

– Où... où es-tu allé ? demanda Donna qui essayait de mettre de l'ordre dans ses pensées et ses émotions.

– J'ai roulé pendant des heures en réfléchissant à ce que je venais de faire. Quand j'ai été trop crevé, je me suis arrêté dans le premier motel venu, mais je n'ai pas pu dormir. J'avais tellement honte de... de t'avoir frappée. Mon Dieu, comment ai-je pu faire ça ? »

Le visage de Mancini se décomposa. A genoux près du lit, tête baissée, encadré d'une nuée de roses multicolores, Steve ressemblait à un petit garçon. Donna tendit la main et lui effleura la joue. Il tourna la tête et posa les lèvres sur sa paume, puis remit la main de Donna sur sa joue.

« Je suis désolée pour cette histoire d'emprunt, dit Donna, mais on s'en sortira. Tu as ton cabinet, ta clientèle. Et je suis là. »

Steve regarda Donna avec l'air d'un croyant dont les prières ont été entendues. Puis il lui serra très fort la main et essuya les larmes qui brouillaient sa vision.

« Merci, Donna. J'aurais dû comprendre que tu me soutiendrais, mais j'étais si déprimé... Je voulais tant que ce projet aboutisse.

– Je t'aime, Steve. Je n'ai pas besoin de Mountain View pour être heureuse.

– Tu ne comprends pas. Je voulais faire tout cela pour toi. Je voulais que l'on soit des gens importants, pas seulement à Whitaker, mais dans tout le pays. Si Mountain View connaît le succès, nous serons riches. Mais maintenant... » Mancini secoua lentement la tête. « Je ne crois pas que nous y arriverons. Je n'ai plus un sou et je ne vois pas où je pourrais trouver de l'argent maintenant que la banque nous a lâchés.

– Peut-être... », commença Donna. Mancini leva les yeux vers elle. « Je pourrais en parler à mon père...

– Oh non, Donna, je ne pourrais jamais te demander une chose pareille.

– Combien te faut-il ?

– Il faudrait que j'en parle à mes associés, dit-il d'un ton vif. Si nous pouvions acheter des terres au lieu de les avoir en option, le Crédit immobilier de Whitaker réviserait peut-être sa position. »

Mancini se releva et s'assit sur le lit, à côté de Donna. Ils tombèrent dans les bras l'un de l'autre et Steve la serra contre lui.

« Je ne te mérite pas, Donna. Ce que j'ai fait, c'est inexcusable. J'étais complètement fou.

– Serre-moi contre toi et ne dis rien. » Donna ne voulait plus penser à cette horrible soirée.

« Oui. Je te serrerai toujours contre mon cœur. Et je te promets que je ne te frapperai plus jamais, non, plus jamais. »

2

« Je ne crois pas que ce soit important, dit Eric Polk à Dennis Downes, mais je me suis dit : on ne sait jamais, c'est pourquoi j'ai demandé à Wilma de venir. »

Eric travaillait également dans la police de Whitaker, mais il était plus âgé que Downes de plusieurs années et ne s'occupait pas de l'affaire Harmon.

« Comment ça va, Wilma ? dit Downes en adressant un sourire à la femme d'Eric.

– Bien. Jill et Todd, ça va ?

– Ah, ce satané gosse. Il n'a que dix ans et il est déjà plus grand que moi. Alors, Wilma, vous avez quelque chose à me dire ? »

Wilma Polk était une grosse femme d'une bonne cinquantaine d'années ; des boucles grisonnantes encadraient son visage jovial. Elle n'avait pas l'habitude d'être le centre d'intérêt d'une conversation.

« C'est probablement rien. J'avais complètement oublié jusqu'à ce qu'Eric dise quelque chose à propos du mariage de Donna Harmon, alors là ça m'est revenu à l'esprit.

– Vas-y, Wilma, la pressa son mari.

– Mabel Dawes et moi, on se trouvait à côté du buffet. On parlait du crime parce que Eric s'était rendu sur place le matin même. Gary était à côté de nous et il a dû nous entendre. Il s'est rapproché et il s'est mis aussi à parler du crime.

– Qu'a-t-il dit ? demanda Downes.

– J'ai bien essayé de me souvenir exactement, mais ça fait déjà un certain temps et je n'y ai pas vraiment prêté attention à l'époque.

– Les mots exacts, ce n'est pas grave. Donnez-moi la teneur générale.

– Il n'a pas eu le temps de dire grand-chose parce que Eric est arrivé à cet instant.

– On était invités chez Mary à deux heures et il était déjà une heure et demie. Il fallait qu'on parte, expliqua Eric. C'était l'anniversaire de Kenny.

– Bon, allez-y, dit Downes tout en notant l'heure à laquelle la conversation avait eu lieu.

– Si j'ai bonne mémoire, je disais qu'Eric était allé sur le lieu du crime. Je crois bien que je venais de parler à Mabel des horribles blessures quand Gary est intervenu. Il nous a dit qu'il avait vu cette fille au Stallion, la veille au soir. J'allais lui en demander plus quand Eric m'a rappelé l'heure.

– Gary, quelle impression vous a-t-il faite ? Il était nerveux ?

– Il n'avait pas l'air. Un peu excité, peut-être, mais on l'était tous. Ces crimes, ça fait peur.

– Bien, dit Downes en prenant encore quelques notes. Merci d'être passée. Je vais adresser une note au procureur. »

Eric Polk raccompagna sa femme jusqu'à la sortie du poste de police. Downes regarda sa montre : c'était l'heure de la pause. Il décida de dicter son rapport, puis de voir si quelqu'un daignerait aller chercher un café et une part de gâteau au Mel's Café. Il terminait de dicter son texte quand le téléphone sonna.

« Dennis, vous êtes occupé ? »

C'était Becky O'Shay.

« J'allais prendre un café, pourquoi ?

– Ça attendra. Je viens de recevoir un coup de fil de la prison. Un des détenus prétend que Gary Harmon s'est confessé à lui. J'aimerais que vous m'y accompagniez. Si c'est vraiment intéressant, je vous offre le café et je vous invite même à déjeuner. »

3

« La dernière fois, vous vous en êtes bien tiré, monsieur Booth, dit Becky O'Shay avec une moue dédaigneuse, mais la chance a tourné, semble-t-il. »

Booth rougit de colère et regarda le sol pour que Becky ne lise pas dans ses yeux la colère qui y brillait. Il ne supportait pas d'être humilié par une femme, mais il n'était pas vraiment en position de force.

« J'ai cru comprendre que vous aviez quelque chose à nous dire.

– Ouais, j'ai quelque chose. Ce que je veux, c'est savoir ce que j'aurai en échange.

– Que demandez-vous ? »

Booth se passa la langue sur les lèvres. Il était incapable de rester en place sur sa chaise et son pied droit s'agitait sans arrêt. O'Shay comprit immédiatement qu'il était en état de manque. Une vraie pile électrique. Booth releva la tête et O'Shay vit qu'il était mort de peur.

« Je demande à bénéficier de la protection des témoins. Je veux aller quelque part où Rafael Vargas et Chris Mammon pourront rien contre moi.

– Vous demandez beaucoup. C'est un crime fédéral. Ils ne seront peut-être pas d'accord, même si je le leur demande.

– Hé, supplia Booth, je compte pas, moi. Les Feds ont rien à faire de moi, je suis que du menu fretin, mais je peux leur donner Mammon et Vargas, je peux aussi faire tomber Gary Harmon.

– Parlez-moi de Harmon. »

Booth secoua vigoureusement la tête.

« Hé, pour qui vous me prenez ? Je vous dirai rien tant que je saurai pas si on peut me donner une protection. »

O'Shay se tourna vers Dennis Downes. « Pouvons-nous transférer Mr Booth à la prison de Stark ?

– Ce genre de chose s'est déjà vu. Le shérif Tyler s'occupera bien de toi, Kevin. Ils ont un QHS des plus modernes.

– Je m'en fous d'aller là ou autre part, tout ce que je demande c'est d'être loin des copains de Rafael Vargas.

– Je me renseignerai pour savoir si l'un de ses hommes n'est pas incarcéré à Stark. Si cette solution ne marche pas, j'en ai quelques autres à te proposer.

– Alors, monsieur Booth ? demanda O'Shay.

– Si je parle, qu'est-ce que vous me donnez ?

– Permettez-moi de vous expliquer un point de détail. Si nous concluons un accord avant que vous n'ayez déposé, la valeur de vos déclarations s'en trouvera affectée. La première chose que Peter Hale vous demandera lors du contre-interrogatoire, c'est ce que l'on vous aura promis pour parler. Si vous pouvez lui répondre que vous témoignez pour le bien de la collectivité, cela rendra votre déposition infiniment plus recevable.

– Vous voulez que je témoigne contre rien ?

– Je n'ai pas dit cela, me semble-t-il.

– Non, mais...

– Vous pensez vraiment que je vous laisserai tomber si vous vous adressez à moi ? »

Booth s'humecta de nouveau les lèvres. O'Shay le rendait nerveux : elle était si sexy qu'il en était troublé.

« Comment je saurai que vous allez pas me couillonner ? Je pourrais témoigner et rien avoir du tout. Il me faut des garanties.

– Vous avez besoin d'aide, monsieur Booth, et la seule personne au monde qui puisse vous en apporter est assise en face de vous, dans cette salle. Vous voulez que je vous aide ?

– Ouais, c'est pour ça que je suis là.

– Bien. Vous allez faire tout ce que je dis. Si vous me demandez quelque chose en échange de votre témoignage, je quitte immédiatement cette pièce. Bien. J'aimerais donc que vous me résumiez en quelques mots ce que vous savez à propos de Harmon. »

Booth n'avait nullement confiance en O'Shay, mais il se rendait bien compte qu'il n'avait pas le choix.

« Gary m'a tout avoué. Il m'a dit qu'il a fait le coup.

– Pourquoi vous aurait-il parlé ?

– Je connais Gary depuis le lycée. Il croit que je suis son pote. Il est si débile, ç'a pas été très dur. Au début, il a tout nié en bloc, et puis je lui ai dit qu'il fallait en avoir dans la culotte pour commettre un meurtre. Je l'ai flatté, quoi. Gary est tellement à la masse qu'il a rien compris à ce que je faisais. En un rien de temps, il m'a raconté le pied qu'il a pris à planter Whiley.

– C'est certainement très intéressant, mais comment être sûr que vous n'inventez pas toute cette histoire ? Vous risquez une peine de longue durée dans une prison fédérale et certaines personnes vous en veulent à mort. Cela fait beaucoup de raisons de mentir. »

Booth avait l'air affolé. Il sentait que sa seule planche de salut lui échappait.

« Je vous mens pas. Je dis la vérité. Il a tout déballé.

– C'est possible, mais comment vous croire ? Tant que vous ne m'aurez pas apporté d'élément concret, quelque chose qui prouve bien que Gary Harmon a tué Sandra Whiley, votre témoignage ne pourra être retenu. »

Booth se prit la tête à deux mains. Il ferma les yeux et se trémoussa sur son siège.

« Attendez que je réfléchisse », supplia-t-il.

O'Shay éprouvait beaucoup de dégoût pour Booth, mais elle n'en laissa rien paraître. Si Harmon s'était vraiment confessé à Booth, le témoignage de ce dernier constituerait la pièce maîtresse de son dossier. L'excitation de la première heure était oubliée, et elle se rendait bien compte qu'elle n'avait pas d'élément fort. Elle pourrait toujours plaider que les déclarations faites à Downes recelaient tant de détails que Harmon devait être l'assassin, mais Gary n'avait pas vraiment avoué le meurtre de Sandra Whiley. Il y avait aussi le problème du sang, ou plutôt de l'absence de sang. Les techniciens de la police scientifique n'avaient décelé aucune trace sur les vêtements de Harmon ni dans sa maison. Enfin, l'arme du crime était toujours introuvable.

Le visage de Booth s'éclaira soudain.

« Ça y est, dit-il, j'ai quelque chose en béton. Quelque chose qui vous prouvera que je suis pas un menteur. »

4

De la cafétéria située de l'autre côté de la rue, Peter regarda Clara Schoen quitter le cabinet d'Amos Geary. Son patron était parti une demi-heure auparavant. Peter s'octroya quinze minutes pour être bien certain que Clara ne reviendrait pas, puis il traversa à la hâte et se rendit au bureau.

Peter avait un peu l'impression de jouer les cambrioleurs, même s'il était convaincu qu'il n'y avait rien de mal à récupérer ses affaires personnelles après le départ de tout le monde. Il ne prendrait rien qui ne fût à lui, et passer en l'absence de Geary lui éviterait une pénible confrontation.

Peter avait emporté un carton à bouteilles vide qu'il posa sur son bureau. Il était en train de ranger ses manuels de droit quand il leva la tête pour constater qu'Amos Geary l'observait attentivement depuis la porte d'entrée.

« Bon... bonjour, monsieur Geary », dit Peter, mal à l'aise.

Geary secoua la tête d'un air apitoyé.

« Vous êtes un drôle de type. » Il y avait plus de tristesse que de colère dans la voix de Geary. « Comment pouvez-vous envisager de défendre la vie d'un homme alors que vous n'avez même pas le cran de quitter mon cabinet en plein jour ?

– Je... euh... j'allais passer demain... euh... pour vous dire merci... »

Geary émit un son qui tenait à la fois du rire et de l'aboiement.

« Vous n'avez vraiment aucune fierté ! Je n'arrive pas à comprendre comment un père comme le vôtre a pu engendrer un pareil fils. »

Peter rougit et se trouva dans l'incapacité de répondre quoi que ce soit.

« Alors, vous partez comme un voleur ?

– Pas du tout. Ce sont mes affaires », dit Peter en montrant à Geary le contenu du carton.

Geary regardait Peter droit dans les yeux et se moquait bien de ce qu'il pouvait emporter. Peter soutint un instant son regard avant de craquer.

« Je m'installe dans les bureaux de Steve Mancini », dit-il d'une voix mal assurée.

Geary opina du chef.

« Mancini et vous devriez très bien vous entendre. »

Peter se redressa. Il avait emballé toutes ses affaires et n'avait plus rien à faire ici, mais Geary lui bloquait la sortie.

« Je, euh, j'apprécie beaucoup que vous m'ayez donné ma chance. J'ai beaucoup appris au cours de ces dernières semaines, dit Peter, certain que cela passerait pour de la reconnaissance.

– Vous n'avez rien appris du tout, Peter. Vous êtes le même petit trou du cul qui a floué cette pauvre femme, à Portland. Il vous faut la condamnation de Gary Harmon pour que vous compreniez enfin à quel point vous êtes pathétique ? »

Peter comprit soudain qu'Amos Geary pourrait tout raconter à Jesse Harmon et lui demander de le renvoyer.

« Qu'est-ce que vous allez faire ? » lui demanda-t-il, mort d'inquiétude.

Geary ne fit aucun effort pour dissimuler son mépris.

« Ne vous inquiétez pas. Je ne me mêlerai pas de votre précieux dossier. Vous avez obtenu l'autorisation de pratiquer le droit dans cet Etat et vous pouvez donc défendre tous les clients que vous souhaitez. D'autre part, la Constitution donne à Harmon le droit de se faire représenter par qui bon lui semble, même si c'est le dernier des minables. Mais réfléchissez tout de même à ceci. Gary Harmon est un être humain, qui vit et qui respire. Si vous continuez cette farce et s'il est exécuté, vous serez un assassin au même titre que le salaud qui a tué cette pauvre fille dans le parc. »

CINQUIÈME PARTIE

UN DOSSIER D'ASSISES

XVI

1

Le tribunal de circuit du comté de Whitaker ne s'embarrassait pas de décorum inutile. Le comté ne pouvait se le permettre et ses habitants, âpres au gain, n'en auraient pas voulu. Ce qu'ils voulaient, c'était la justice, rapide et sans chichis. De sorte que les bancs des spectateurs étaient durs et l'estrade du juge austère ; les seules touches de couleur étaient apportées par le drapeau de l'Oregon et celui des Etats-Unis, disposés de part et d'autre du siège du juge, Harry Kuffel.

Le juge Kuffel avait le physique de ces danseurs de claquettes qui s'exhibent en veste et chapeau melon sur les scènes de vaudeville. Il mesurait un mètre soixante-huit et arborait une moustache grisonnante. Ses costumes étaient en général stricts et coûteux, mais son sourire parvenait toujours à détendre quelque peu l'atmosphère oppressante du prétoire.

« Le ministère public appelle Don Bosco, Votre Honneur », dit Becky O'Shay.

Le psychologue s'avança pour prêter serment devant une salle d'audience bondée. Le juge Kuffel jeta un coup d'œil à l'horloge. Il était seize heures trente. Dans une demi-heure, il suspendrait toute audition. Kuffel semblait intéressé, mais en fait il s'ennuyait. Il avait déjà décidé de l'accueil qu'il réserverait à l'avocat de la défense quand celui-ci demanderait la suppression des déclarations faites par Gary Harmon au sergent Dennis Downes.

« Est-ce que ce sera votre dernier témoin ?

– Oui, Votre Honneur.

– Très bien. »

Peter avait éprouvé un certain soulagement quand Steve Mancini lui avait proposé de s'occuper des requêtes préliminaires. Il ne connaissait pas vraiment les textes régissant les aveux et était trop heureux de voir Mancini assurer les recherches, élaborer le dossier et interroger les témoins.

Peter écouta d'une oreille distraite Don Bosco décliner ses titres académiques et ses compétences professionnelles avant d'expliquer en quoi consistait le poste de directeur de la Santé mentale du comté. Don Bosco était connu de tous et ce genre de déclaration n'était destiné qu'aux archives.

Peter observa Gary. Le pauvre gars. Peter ne pouvait que l'admirer. Mancini avait dit à Gary de prendre des notes quand les témoins défileraient à la barre. Ils avaient dû le faire répéter pour qu'il pût faire semblant quand il aurait à affronter un jury. Peter et Steve étaient d'accord sur un point : ce serait courir à la catastrophe que de soumettre Gary à un contre-interrogatoire. Il ne tiendrait certainement pas le choc et il était important de laisser croire que Gary participait activement à sa défense.

Gary avait à cœur de prendre des notes et ne cessait d'écrire même s'il ne comprenait pas grand-chose à ce qui se disait. Peter s'était penché sur ses notes : un désastre. Malgré tout, il avait assez fière allure.

« Monsieur Bosco, dit O'Shay, vous a-t-on demandé de venir au poste de police de Whitaker le soir de l'assassinat de Sandra Whiley ?

– Oui.

– Vous souvenez-vous de l'heure de votre arrivée ?

– Pas exactement, mais c'était entre neuf heures et dix heures du soir.

– Où êtes-vous allé dès votre arrivée au poste ?

– Dans une petite pièce voisine de celle où Mr Harmon était interrogé.

– Pouviez-vous voir et entendre l'accusé ?

– Oui. Il y avait un miroir sans tain et un interphone.

– L'interrogatoire de Mr Harmon était-il déjà commencé quand vous êtes arrivé ?

– Oui.
– Pendant combien de temps y avez-vous assisté ?
– Plusieurs heures. Cinq peut-être. L'interrogatoire a duré assez longtemps.
– Le sergent Downes a-t-il fait quelque promesse à Mr Harmon en échange de sa coopération ?
– Non.
– Avez-vous entendu le sergent Downes menacer l'accusé ?
– Non.
– Avez-vous eu l'impression que Mr Harmon était contraint de quelque manière que ce soit à parler au sergent Downes ? »

Bosco hésita avant de répondre et regarda dans la direction de Steve Mancini. Peter s'en aperçut, mais Steve Mancini ne manifesta aucune réaction.

« Non », dit Bosco.

Becky O'Shay parcourut ses notes. Puis elle sourit au témoin.

« Pas d'autres questions.
– Maître Mancini ? dit le juge Kuffel.
– Aucune question. »

Bosco fronça les sourcils. Il pencha doucement la tête comme pour adresser un signe à Mancini, mais Steve ne remarqua rien. Bosco se leva lentement ; quand Mancini le vit enfin, il se contenta de lui sourire. Bosco paraissait étonné, mais il ne dit rien et sortit de la salle. Peter se pencha vers Steve pour lui parler de l'embarras du psychologue.

« Bosco a hésité quand Becky lui a demandé s'il y avait eu pression sur Gary. J'ai eu l'impression qu'il voulait dire quelque chose. Tu n'en as pas profité.
– J'ai déjà interrogé Bosco, il ne peut rien pour nous, murmura Mancini.
– Maître Mancini, vous désirez produire d'autres témoins ? demanda le juge Kuffel.
– Non, Votre Honneur.
– Dans ce cas, nous reprendrons demain. J'écouterai vos exposés demain matin. »

Le juge Kuffel s'empressa de quitter le banc et les journalistes se précipitèrent. Peter s'avança vers eux, mais Becky O'Shay l'intercepta.

« Passez à mon bureau avant de quitter le palais », lui dit-elle.

Steve Mancini alla parler à Gary pendant que les gardes lui mettaient les menottes. Mancini lui tapota l'épaule et dit une chose qui le fit sourire. Peter et Becky s'adressèrent aux journalistes, et Steve en profita pour rassembler ses affaires.

« Becky veut nous voir, lui dit Peter en revenant près de la table de la défense.

– Pour quelle raison ? »

Peter haussa les épaules. Les deux avocats bouclèrent leurs attachés-cases et empruntèrent l'escalier.

« Que se passe-t-il ? » demanda Peter au substitut du procureur dès qu'il fut dans son bureau.

O'Shay lui tendit un rapport de police.

« Nous avons reçu cette information la semaine dernière, mais il fallait d'abord la vérifier. J'ai pris la décision de me servir de ce témoin et je dois donc vous communiquer sa déclaration. »

Les deux avocats de la défense lurent le compte rendu. Mancini secoua la tête en riant.

« Vous ne pensez quand même pas demander à Kevin Booth de témoigner ?

– Si, dit Becky.

– Allons, soyez sérieuse. On ne peut pas croire ce type-là. Vous savez bien qu'il ne fait ça que pour régler ses problèmes avec la police fédérale.

– Je suis persuadée que c'est ce que vous expliquerez aux jurés. »

« Il y a un problème, dit Mancini dès que Peter et lui furent sortis du tribunal. Je dois abandonner le dossier.

– Mais pourquoi ?

– J'ai un conflit d'intérêts. Je ne peux pas représenter un client si un autre client témoigne contre lui.

– Et si je procédais au contre-interrogatoire de Booth ? »

Mancini fit non de la tête.

« Si je sais quelque chose à propos de Booth susceptible d'aider Gary et si je ne t'en parle pas, je viole mon devoir envers Gary. Mais si, pour l'aider, j'utilise les informations confidentielles de Booth, c'est mon devoir envers Booth que je viole. Le fait même de te conseiller a quelque chose d'inconvenant. Je dois abandonner ce dossier.

– Seigneur, ça veut donc dire que je vais devoir me débrouiller tout seul ?

– Je comprends tes réticences, et je m'en veux d'autant plus que c'est moi qui t'ai embarqué dans cette affaire. Mais si tu ne te sens pas à la hauteur, tu peux toujours abandonner le dossier. »

Peter savait que c'était impossible. Il avait coupé les ponts avec son père et quitté le cabinet d'Amos Geary. S'il essayait de postuler quelque part, les références de Hale et Greaves et de Geary le feraient passer pour le dernier des derniers. Seuls les honoraires de Jesse Harmon pouvaient lui éviter la ruine. La libération de Gary Harmon était la seule chose qui pût le sortir du gouffre où il s'était lui-même jeté.

« Non, je ne peux pas laisser tomber Gary », dit Peter.

Mancini lui donna une grande claque dans le dos. « Voilà ce que je voulais entendre. J'ai confiance en toi. Tu apprends vite, Peter. Ce procès, c'est du tout cuit. Tu as tout à y gagner. De plus, en travaillant seul, tu n'as à partager les lauriers avec personne. »

2

En ville, le Ponderosa était situé complètement à l'opposé du Stallion. Il accueillait des ouvriers et des buveurs solitaires. Son juke-box diffusait de la country et ses serveuses étaient des femmes à qui la vie n'avait pas fait de cadeau. La plupart du temps, c'était un établissement bien tranquille où l'on pouvait se soûler sans déranger personne. Mais parfois éclataient des rixes de poivrots assez bruyantes.

Barney Pullen ne déparait pas le Ponderosa. Il avait un durillon de comptoir, une grosse barbe noire et un air de défiance hérité de son séjour chez les Marines. La chasse, la pêche et la bière étaient ses seules passions. Toute sa culture se limitait au championnat de football. Après les Marines, Pullen était devenu flic à Eugene, dans l'Oregon, jusqu'à ce qu'éclatât un incident avec un suspect. Pullen ne fut pas exactement renvoyé, mais il ne donna pas non plus sa démission. L'affaire était plutôt ténébreuse, et Pullen était venu à Whitaker pour travailler dans le garage de son frère.

Un jour, Pullen fut chargé de découvrir l'origine des

coups sourds qu'entendait Steve Mancini chaque fois que sa Cadillac dépassait les quatre-vingts. Au cours d'une discussion à bâtons rompus sur le football et les moteurs, Pullen évoqua son passé dans la police. Mancini avait besoin d'un enquêteur connaissant bien les voitures pour une affaire d'accident, et Pullen avait accepté de lui donner un coup de main. Depuis il avait travaillé à quelques reprises pour Mancini, et Peter lui avait demandé de collaborer au dossier Harmon quand les autres personnes susceptibles de l'aider s'étaient révélées indisponibles.

Jake Cataldo tenait le bar quand Pullen entra en fin d'après-midi. Pullen cligna à plusieurs reprises des yeux pour s'adapter à la pénombre.

« Salut, Jake », dit Pullen en s'installant sur un tabouret à côté de quelques habitués des lieux.

Cataldo était un gros homme aux cheveux bruns et bouclés coupés très court ; il avait le teint blafard de ceux qui passent toute la journée enfermés.

« Salut, Barney. Qu'est-ce que je te sers ? »

Pullen commanda une bière.

« Qu'est-ce que tu fais ces temps-ci ? demanda le barman en déposant la bière devant Pullen.

– Tu es au courant pour la fille qu'on a retrouvée dans le parc ? »

Cataldo fit oui de la tête.

« Je bosse toujours au garage, mais j'enquête un peu pour le gus qui s'occupe de l'affaire.

– Oh ? Tu sais, Harmon, il était là le soir où la fille s'est fait tuer. Au comptoir. C'est moi-même qui l'ai servi.

– Harmon est un habitué ?

– Pas vraiment. Ce que je veux dire, c'est que je l'avais déjà vu une ou deux fois.

– Alors pourquoi tu te souviens de lui ?

– Il a été arrêté le lendemain pour meurtre. C'était à la télé et il y avait sa photo dans le journal.

– Tu ne saurais pas à quelle heure il est venu, par hasard ?

– Si, justement. Il était dans les minuit moins cinq.

– Comment tu sais ça, toi ?

– Il y avait un match avec les Mariners, on en était déjà au dix-septième tour de batte, tu te rends compte ! Et puis Griffey a marqué et la partie s'est terminée. J'ai regardé l'heure. Il était minuit moins sept ou moins six. Quelque chose comme ça, mais moins que minuit, en tout cas. C'est là que Harmon m'a demandé un café. Je ne l'ai pas entendu tout de suite parce que j'étais en train de changer de chaîne. Je m'en souviens comme si c'était hier.

– Il avait l'air comment ?

– Assez vaseux, dit Cataldo, mais calme. Il a bu son café et mangé légèrement. Ensuite, il a bu deux ou trois coups. Quand il est reparti, il titubait un peu, mais ça allait quand même.

– Qu'est-ce qu'il a mangé ?

– Des petits gâteaux et de la sauce de viande.

– Des gâteaux et de la sauce de viande ? » répéta Pullen. L'ancien flic se dit qu'il ne choisirait pas ça s'il devait manger juste après avoir assassiné une femme. « Tu as noté quelque chose de bizarre sur les vêtements de Harmon ? »

Le barman réfléchit un instant, puis il secoua la tête. « Il n'y avait pas de sang ? »

Cataldo prit son temps avant de répondre. « Tu sais comment c'est éclairé. On ne peut pas tout remarquer. Mais je n'ai pas vu de sang, c'est sûr. »

XVII

1

Carmen Polinsky était une femme de quarante-six ans ; mère de deux enfants, elle avait été mariée avec un comptable. Elle était femme au foyer depuis vingt ans, mais avait auparavant travaillé dans une librairie. Rien dans son passé ne l'avait préparée à participer un jour à un jury d'assises. Elle subissait aujourd'hui l'examen préliminaire à la formation dudit jury.

Le juge Kuffel avait rejeté la requête visant à demander le retrait des déclarations de Gary ; en revanche, et vu la nature très particulière du dossier, il avait accepté de procéder à l'examen individuel des éventuels jurés.

Aucun autre témoin ne se trouvait dans le prétoire pour contempler la détresse de Carmen Polinsky. Becky O'Shay lui demandait si elle avait, par rapport à la peine capitale, une position morale qui pût l'empêcher de voter la mort au cas où Gary Harmon serait reconnu coupable de meurtre avec circonstances aggravantes. Chaque fois que quelqu'un parlait de peine de mort, Mrs Polinsky serrait si fort son sac que ses doigts en devenaient tout blancs. Il était clair qu'elle aurait préféré se trouver au Zaïre en pleine épidémie du virus Ebola que dans cette salle de tribunal. Et il était tout aussi clair que Mrs Polinsky ne condamnerait jamais personne à mort.

« Pour être franche... », commença Mrs Polinsky.

O'Shay se pencha vers elle, priant secrètement pour

que Polinsky exprimât son incapacité à tuer pour le compte de la communauté. En temps normal, O'Shay aurait pu se débarrasser très facilement d'elle en invoquant la récusation non motivée, procédure permettant le rejet d'un témoin sans raison particulière, mais la sélection du jury durait déjà depuis près de deux semaines et le procureur avait épuisé son nombre de récusations. Elle ne pouvait donc plus rejeter Mrs Polinsky qu'en convainquant le juge qu'elle ne se montrerait pas équitable envers l'Etat.

Polinsky secoua la tête. « Je ne sais pas », dit-elle simplement.

O'Shay résolut de s'y prendre autrement avec Mrs Polinsky. Son travail consistait maintenant à manipuler cette femme pour lui faire dire expressément qu'elle ne condamnerait jamais quelqu'un à mort. Si O'Shay réussissait, Peter devrait réhabiliter Polinsky en la convainquant qu'elle pût éventuellement voter l'exécution de Gary Harmon : c'était la seule façon de la garder au sein du jury. L'absurdité de la situation n'échappait pas à Peter.

Mrs Polinsky hésita encore une fois. Le juge Kuffel regarda l'horloge et dit :

« Il est près de cinq heures. Ce sera tout pour aujourd'hui. Madame Polinsky, je veux que vous réfléchissiez bien à la question du substitut O'Shay. Quand nous nous retrouverons demain matin, j'attends de vous une réponse ferme et définitive. Vous me direz oui ou non, c'est bien d'accord ? »

Mrs Polinsky quitta le prétoire en toute hâte.

« Je vous attends tous les deux dans mon cabinet », dit le juge en quittant le banc.

Peter adressa quelques paroles d'encouragement à Gary quand les gardes lui passèrent les menottes. Alors qu'il rassemblait ses papiers, Peter aperçut Becky en grande discussion avec Dennis Downes. Celui-ci hochait vigoureusement la tête en réponse à une question que lui avait posée O'Shay, laquelle arborait un sourire radieux.

Le greffier n'était pas présent quand Peter et O'Shay pénétrèrent dans le bureau du juge. Kuffel tirait sur un cigare assez malodorant malgré l'interdiction de fumer dans l'enceinte du palais de justice, et Peter comprit que cette réunion était tout à fait informelle.

« Pour l'amour du ciel, Peter, écartez cette femme du jury, dit le juge.

– Il revient à Becky d'avancer un argument si elle veut la récuser », répondit Peter avec obstination.

Il se laissa tomber sur un canapé trop rembourré. Le mur était couvert de diplômes, de témoignages de satisfaction de diverses associations et de photographies représentant Kuffel exhibant des poissons de toutes tailles.

« Soyez raisonnable, Peter, lui dit O'Shay. Même si on la garde, elle ne tiendra pas vingt-quatre heures. Elle est déjà paniquée et elle n'a même pas encore vu les photos de l'autopsie.

– Vous avez peut-être raison, dit Peter avec un sourire condescendant, mais cela ne constitue pas une base légale permettant de la rejeter. Je veux bien qu'elle soit nerveuse, mais tous les autres jurés le seront également. »

Le juge Kuffel secoua la tête d'un air de dégoût. Hale avait raison de s'opposer à O'Shay sur ce point précis. Gary Harmon aurait plus de chances si Polinsky appartenait au jury et O'Shay devrait invoquer une raison légale pour la rejeter, sans quoi la mère de famille deviendrait l'un des juges de Gary Harmon.

« Je désire faire état d'un élément nouveau, dit O'Shay. Il y a quelques semaines, j'ai interrogé un détenu qui prétend que l'accusé s'est confessé à lui.

– Vous l'aviez signalé à la défense ? demanda le juge.

– Oh, oui. Mr Booth doit être jugé pour détention de stupéfiants et il a des raisons de faire appel à nous, de sorte que je lui ai demandé de corroborer son histoire. C'est enfin fait. »

O'Shay tendit à Peter la copie d'un jugement.

« Mais qu'est-ce que c'est que ça ? dit Peter dès qu'il l'eut parcouru.

– C'est un rapport du laboratoire du FBI, à Washington. Nous lui avons adressé une hachette que nous avons retrouvée dans un collecteur d'eaux de pluie sur le campus universitaire. Elle se trouvait à l'endroit précis où Mr Harmon avait dit à Kevin Booth l'avoir jetée après en avoir frappé Sandra Whiley. Le manche ne présente plus aucune empreinte, mais la lame porte encore le sang et les cheveux de Sandra Whiley. »

Quand Peter retrouva sa voix, ce fut pour dire :

« Je vais demander que l'on ne retienne pas cette pièce à conviction. Elle aurait dû être présentée à la défense dès sa découverte pour que nos propres experts analysent le sang et les cheveux. »

O'Shay sourit à Peter.

« Je ne crois pas m'être écartée de la procédure en la matière. On exige seulement de la part du ministère public de révéler l'existence des pièces à conviction qu'il désire produire lors du procès. Je n'avais pas l'intention de présenter cette hachette avant d'être certaine qu'elle eût un quelconque rapport avec cette affaire, et je n'en ai été convaincue qu'après lecture du rapport du FBI. Après tout, Peter, Kevin Booth est un criminel. Nous n'étions pas sûrs qu'il disait la vérité à propos des aveux de votre client. Jusqu'à aujourd'hui, tout au moins. »

2

« Magne-toi, Booth, ordonna le gardien quand il vit Kevin se savonner pour la deuxième fois. On n'est pas en vacances. »

Booth songea bien à quelque repartie cinglante, mais il n'osa pas en gratifier le surveillant qui, avec son mètre quatre-vingt-quinze et ses cent vingt kilos, longeait les barreaux du local des douches. Les détenus du QHS de la prison de Stark n'avaient droit qu'à deux douches par semaine et c'étaient pour Booth des moments précieux.

Une minute plus tard, le gardien lui coupa l'eau chaude, et il se mit à hurler. Le gardien se tordit en deux de rire et Booth lui lança un « va niquer ta mère » qui aurait dû entraîner une punition carabinée.

« Je t'ai dit de te magner le cul. Termine, t'es pas tout seul dans cet hôtel ! »

Booth sautilla d'avant en arrière sous l'eau glacée jusqu'à ce que tout le savon fût parti. Ses vêtements propres se trouvaient dans sa cellule, à l'autre bout du couloir du QHS. Il enveloppa du mieux possible son corps grelottant dans une serviette qui dissimulait à peine ses parties intimes et rentra les épaules en passant devant les pédés, les cinglés et les mouchards qui vivaient comme lui au QHS.

Booth détestait sa situation présente. Au moins, à Whitaker, il pouvait parler à des êtres humains. Le QHS abritait les détenus non autorisés à vivre parmi la population carcérale normale : candidats à l'évasion, homosexuels, individus ultraviolents et informateurs. Booth avait horreur des tantes, il redoutait par-dessus tout les dingues et se trouvait très différent des autres mouchards, mais il allait devoir vivre dans cette maison de fous pour réussir à échanger la liberté de Gary Harmon contre la sienne.

Longue et étroite, la cellule de Booth était meublée d'un lavabo, de cabinets et de deux couchettes, mais il en était le seul occupant. Le gardien actionna la fermeture électronique dès qu'il vit que son détenu était rentré. Il ne pénétrait dans le QHS qu'en cas d'extrême urgence. De temps en temps, il se promenait dans le couloir, de l'autre côté des barreaux ; à l'heure de la douche, il restait dans son fauteuil et contrôlait à distance l'ouverture et la fermeture des portes des cellules.

« Comment ça va, Kevin ? » demanda une voix au moment où Kevin enfilait son caleçon.

Booth s'arrêta, une jambe en l'air, et regarda à travers les barreaux. Le détenu qui lui avait parlé était un jeune homme mince à la peau blanche et aux cheveux blonds coupés en brosse. La croix gammée tatouée sur son avant-bras droit constituait la seule marque distinctive de tout son corps. Booth remarqua le tatouage en même temps que le pack de lait dissimulé sous la serviette de bain du détenu. Le jeune homme ne cessa pas de sourire quand il lança le contenu du pack de lait sur le corps nu de Booth. De l'essence à briquet, se dit Booth au moment où une allumette enflammée passa à travers les barreaux pour le transformer en torche humaine.

3

Peter courait à toute allure sur les pistes de jogging du parc du Puits aux souhaits. Il s'épuisait dans l'espoir que son cerveau appauvri en oxygène oublierait un peu Gary Harmon. Malheureusement, le cerveau en question résistait, et des images de hachettes ensanglantées venaient hanter les pensées de Peter Hale.

La justice fédérale avait recours à un système de détermination des peines qui ne laissait pas beaucoup de liberté aux juges. S'il était reconnu coupable dans le cadre des directives fédérales, Kevin Booth purgerait une lourde peine de prison sans pouvoir bénéficier d'une éventuelle mise en liberté sur parole. Le procureur pouvait cependant réduire la teneur de la sentence si l'accusé livrait quelqu'un. Dans des cas semblables à celui de Booth, par exemple, ce principe poussait les détenus à mentir quant à l'implication d'un innocent dans un crime.

Ce qui troublait Peter, c'était la possibilité que Gary pût être coupable. Gary n'avait pas affirmé avec force qu'il n'avait pas tué Sandra Whiley. Il disait qu'il avait tant bu qu'il ne se souvenait plus vraiment de ce qu'il avait fait à l'heure où le crime avait été commis. Avait-il tué Whiley et évacué ce souvenir pénible, ou mentait-il tout simplement ? Peter ne croyait pas Gary capable de mentir aussi longtemps avec aplomb, mais il avait aussi lu certains textes à propos des souvenirs refoulés. Il avait eu beaucoup de mal à accepter l'idée que l'on pût assister à un crime ou être la victime d'un viol et n'avoir aucun souvenir de l'événement, mais il savait pourtant que cela se passait ainsi. Un individu présentant le QI de Gary était peut-être plus exposé à ce genre de phénomène. S'il n'avait pas tué Whiley, comment pouvait-il déclarer à Dennis Downes que l'assassin avait utilisé une hachette et expliquer à Kevin Booth où trouver l'arme du crime ?

Peter revint chez lui déprimé et épuisé. Il avait à peine repris son souffle que le téléphone sonna.

« Monsieur Hale ? fit une voix tremblante.

– Gary ? Ça n'a pas l'air d'aller. Il s'est passé quelque chose ? Pourquoi est-ce que tu m'appelles ?

– J'ai dit que je voulais vous parler. J'ai dit que je voulais appeler mon avocat.

– C'est bien, Gary. Tu as fait ce que je t'avais demandé de faire au cas où tu aurais des ennuis. Est-ce que tu as des ennuis ?

– Ils disent que j'ai mis le feu à Kevin. Je ne lui ai pas mis le feu. S'il vous plaît, dites-leur que je ne lui ai pas mis le feu.

– Calme-toi, Gary. Qui raconte cela ?
– C'est la dame avocat et le sergent Downes. »
Gary était au bord des larmes.
« Est-ce que le sergent Downes et Becky O'Shay sont avec toi ?
– Oui.
– Dis à Miss O'Shay de prendre le téléphone. »
Il y eut un instant de flottement pendant lequel Peter entendit Gary dire une chose qu'il ne comprit pas. Dès que Becky O'Shay eut pris le combiné, Peter demanda :
« Qu'est-ce qui se passe ? Pourquoi est-ce que vous interrogez Gary ?
– Kevin Booth a été brûlé dans sa cellule de la prison de Stark, répondit O'Shay qui maîtrisait difficilement sa colère. Malheureusement pour votre client, ça a raté et Booth est toujours vivant.
– Vous ne croyez quand même pas que Gary y est pour quelque chose ? demanda Peter incrédule. Il n'est pas assez malin pour inventer ce genre de chose.
– C'est ce que nous verrons.
– Et comment ?
– Le sergent Downes et moi-même allons interroger Gary.
– Je ne peux pas vous laisser faire. Vous ne devriez même pas l'approcher sans ma permission.
– Il s'agit d'un crime totalement différent, Peter. Et cette fois-ci vous ne représentez pas Gary.
– C'est ça, oui ! fit Peter qui perdait patience. Bon, vous allez m'écouter, Becky. Je veux que Downes et vous laissiez Gary tranquille.
– Vous n'avez pas à me dicter ma conduite ! »
Peter ne voulait pas se mettre à dos O'Shay. Il avait toujours l'espoir de sortir avec elle. La protection de Gary était toutefois d'une importance capitale.
« Arrêtez, Becky. Je suis l'avocat de Gary et je peux très bien vous dire ce que vous avez à faire.
– Pourquoi avez-vous peur de laisser Gary nous parler ?
– Vous vous foutez de moi ou quoi ? Vous le poursuivez et Downes l'a arrêté. Ni vous ni lui n'avez le droit de l'approcher. Vous allez renvoyer Gary dans sa cellule, immédiatement, et n'essayez plus de lui poser de questions. Sinon, je demande que l'affaire

vous soit retirée. Vous savez très bien que votre comportement n'a rien d'éthique.

– Je ne pense pas que vous soyez en position de discuter éthique, Hale.

– Qu'est-ce... qu'est-ce que vous voulez dire ?

– Vous pensez que j'ai cru un seul instant que vous aviez quitté Hale et Greaves pour échapper à la foire d'empoigne ? J'ai appelé quelques amis à Portland. Ils savent tous comment vous avez menti au juge Pruitt et perdu le procès de cette malheureuse handicapée. On ne parle que de vous en ville. »

Peter eut la nausée.

« Ecoutez, Becky... », commença-t-il, mais elle avait déjà raccroché.

4

Il était vingt et une heures trente quand on sonna à la porte d'entrée de Donna. Elle se demanda qui pouvait bien venir si tard. Elle sourit en découvrant Peter sur le pas de la porte, mais son sourire disparut bien vite. D'ordinaire, Peter semblait sorti tout droit d'un catalogue de mode, mais ce soir son costume était froissé, sa cravate de travers et ses cheveux en bataille.

« Que se passe-t-il ? dit-elle en s'écartant pour le laisser entrer.

– Tout va mal. Où est Steve ?

– Il passe la nuit à Salem. Il a rendez-vous demain pour son projet de Mountain View.

– C'est vrai, j'avais oublié.

– C'est à propos de Gary ? Il s'est passé quelque chose ? »

Peter fit signe que oui.

« Vous savez, le détenu qui raconte que Gary lui a parlé ?

– Oui.

– Cet après-midi, un autre détenu l'a arrosé d'essence.

– Ils ne pensent quand même pas que Gary est dans le coup ?

– Becky et Downes ont essayé d'interroger Gary

sans moi, mais il s'est souvenu que je lui avais demandé de m'appeler si un policier essayait de lui parler. Je me suis rendu jusqu'à la prison et ils ont abandonné. Ils voulaient profiter de cet accident, mais un autre élément est intervenu. C'est à propos de cela que je voulais voir Steve.

– Que s'est-il passé ?

– Ils ont retrouvé l'arme du crime et établi le lien avec Gary.

– Oh non ! »

Donna porta la main à sa bouche. Elle était comme foudroyée.

« Ne pleurez pas », dit Peter en voyant s'agiter les épaules de Donna.

Elle tentait de se maîtriser, mais n'y parvenait pas.

« Je suis désolée, sanglota-t-elle. Je n'en peux plus. »

Peter ne savait que faire. Il aurait aimé la serrer dans ses bras, mais Donna était la femme de Steve et il était dans la maison de Steve. Il lui tendit un mouchoir et attendit qu'elle cessât de pleurer.

« Ça n'arrête pas », sanglota-t-elle.

Elle se plaqua contre Peter pour mieux pleurer. Il la laissa faire tout en redoutant de l'enlacer. Il sentait le parfum de Donna et ses seins qui se pressaient contre sa poitrine. Peter retint son souffle et se contenta de lui tapoter doucement le dos.

« Excusez-moi, dit Donna en s'écartant brusquement de lui.

– Ça va s'arranger, dit-il platement.

– Il faut que je me reprenne. »

Donna s'essuya les yeux. Puis elle prit Peter par la main.

« Je voudrais que vous sachiez que j'apprécie beaucoup tout ce que vous faites pour Gary. Il a vraiment confiance en vous. »

Donna pressa la main de Peter et la retint un moment avant de la lâcher. Sa main était chaude, et la proximité de la jeune femme suscitait en lui un curieux mélange de gêne et de désir. Peter se sentit rougir. Tous deux baissèrent les yeux. Donna recula.

« Racontez à Steve ce qui s'est passé, dit Peter. Je voudrais le voir dès son retour.

– Je vais l'appeler à son motel. »

Comme les Mancini n'habitaient pas très loin de la maison de Peter, il était venu à pied. La température avait légèrement diminué et il faisait bon à présent. En quelques pâtés de maison, il réprima son excitation pour ne plus songer qu'à Gary. Même si, de temps en temps, Donna revenait hanter ses pensées.

XVIII

1

« Qu'a-t-il dit ? demanda Earl Ridgely à l'homme au costume gris finement rayé.

– A quoi vous attendiez-vous, monsieur Ridgely ? » répondit Frank Ketchell.

Enquêteur pour le compte du ministère de la Justice de l'Oregon, Ketchell avait tout pour séduire les dames avec sa haute taille, ses cheveux poivre et sel et ses yeux bleu ciel. En revanche, son charme n'avait pas opéré auprès d'Elmer Maddox. Après avoir passé son samedi matin à converser avec l'homme qui avait mis le feu à Kevin Booth, Ketchell était rentré à Whitaker.

« Maddox n'a vu dans tout cela qu'une bonne grosse blague. Il n'arrêtait pas de rire quand il racontait comment Kevin Booth se tordait de douleur.

– Mon Dieu, fit Becky O'Shay avec une moue de dégoût.

– La seule chose qui ait déplu à Maddox, c'est que le gardien l'a fait rentrer dans sa cellule avant de s'occuper de Booth. Lors de la fouille, on a trouvé sur lui un couteau. Je pense qu'il aurait fini Booth si le gardien ne l'avait pas remis en cellule.

– Comment espérait-il s'en tirer avec ça ? demanda O'Shay.

– Je ne pense pas que ce genre de préoccupation l'ait effleuré. Comme il l'a dit quand je lui ai proposé de coopérer et qu'il a refusé : « Qu'est-ce que vous allez me faire ? Me donner quelques mois de plus ? » Maddox et un de ses amis ont été en cavale pendant près d'une année, ils ont attaqué des banques et tué des gens dans tout le pays. Il a été condamné trois fois à perpétuité dans le Tennessee ; poursuivi pour braquage de banque dans l'Idaho, il attend son exécution à Stark pour un casse qui a mal tourné. Quatre autres Etats voudraient bien mettre la main sur lui.

– Dans ce cas, pourquoi a-t-il fait ça ? »

Ketchell haussa les épaules. « Il a une femme et un enfant dans l'Etat de Washington. On dit qu'il aime son gosse. Quelqu'un lui a peut-être promis de s'en occuper.

– Qui cela ?

– Je n'en ai pas la moindre idée. Je sais que vous voulez impliquer Gary Harmon. Les Feds aimeraient bien apprendre qu'il s'agit d'un membre de l'organisation pour laquelle travaille Rafael Vargas. Mais je peux vous dire que rien ne relie pour l'instant Maddox à ces deux affaires.

– On lui a quand même fait passer l'essence à briquet et les allumettes.

– Oh oui, mais Maddox a pu mettre le feu à Booth pour s'amuser ou pour des raisons bien personnelles.

– Comment l'essence, les allumettes et le couteau sont-ils entrés au QHS ? Il n'y a donc pas de sécurité à Stark ? demanda O'Shay.

– Si, pour les hommes. »

Ridgely soupira.

« Il serait intéressant de savoir qui a donné tout cela à Maddox.

– Nous cherchons. Il n'y a que quelques gardiens ou quelques détenus qui auraient pu le faire, mais nous n'avons pas encore découvert lequel.

– Comment va Booth ? » demanda Ridgely.

Ketchell consulta son calepin avant de répondre.

« On l'a emmené par hélicoptère au centre des grands brûlés de Portland. J'ai parlé au Dr Leonard Farber, c'est le médecin qui s'occupe de Booth. Farber dit qu'il est dans un état critique et qu'il est brûlé à plus de trente-cinq pour cent. Soixante-quinze pour cent de ses brûlures sont très profondes et il lui faudra une greffe de peau. En outre, son lit a également pris feu et il souffre de problèmes pulmonaires mineurs dus à l'inhalation de substances toxiques.

– Il pourra venir témoigner ? demanda Becky.

– Farber pense que c'est envisageable, mais pas tout de suite. Booth va être opéré à trois reprises au cours des trois ou quatre prochains jours. Ils vont recourir au maximum à l'autogreffe, pour le reste ils prendront de la peau de porc. Deux semaines plus tard, ils lui prélèveront encore de la peau pour remplacer la peau de porc. Il est impossible de le ramener à Whitaker avant quatre semaines minimum : les médecins craignent un phénomène de rejet.

– Merde, dit O'Shay. J'ai besoin de Booth. C'est mon témoin clé.

– Vous pouvez toujours demander le report du procès, lui suggéra Ridgely.

– Je le sais bien, mais je ne veux pas en arriver là si j'ai quelque chance de voir Booth venir témoigner. Songez à la sympathie qu'il inspirera dans cet état. »

Le cynisme de Becky O'Shay était tel que Ridgely en eut le souffle coupé, mais elle était trop absorbée pour remarquer quoi que ce soit.

« Frank, dit-elle, si j'ai bien compris, Booth ne peut être amené à Whitaker parce que l'on craint pour ses greffes de peau, c'est bien cela ?

– Oui.

– Appelez le Dr Farber de ma part et demandez-lui dans combien de temps Booth pourrait témoigner si le procès se déroulait à Portland.

2

Peter était à son bureau en ce dimanche après-midi quand il entendit la porte d'entrée s'ouvrir. Il sortit dans le couloir et vit Steve Mancini prendre ses messages à l'accueil.

« Ah, je suis content que tu sois là », dit Peter.

Pendant une seconde, Steve Mancini n'eut pas du tout l'air satisfait de voir Peter. Puis son visage changea et il sourit.

« Comment va le procès ?

– Nous avons notre jury et Becky produit lundi son premier témoin.

– Donna m'a appelé à propos de Booth.

– Dans ce cas, tu sais ce qui se passe. On peut parler ? »

Mancini regarda l'heure.

« Je suis tenu par le temps. Je rentre directement de Salem et je ne suis même pas passé chez moi.

– Steve, je t'en prie, j'ai besoin de ton avis. »

Mancini donna une grande claque dans le dos de Peter et se dirigea vers son bureau.

« Tu as du café, j'espère ? »

Pendant la demi-heure suivante, Peter lui raconta tout ce qu'il savait de l'accident de Kevin Booth et de la découverte de la hachette. Quand il eut terminé, Mancini dit :

« Je ne vois pas comment Gary pourrait être dans le coup pour Booth. Il est incapable d'imaginer ce genre de chose. J'y vois plutôt la patte de Rafael Vargas. Qu'est-ce qu'en dit Becky ? »

Peter rougit.

« Pas grand-chose. En fait, elle est assez hostile depuis l'agression de Booth.

– Vraiment ? »

Peter hésita avant de continuer à parler, puis il décida qu'il valait mieux que son ami fût au courant des causes véritables de son éviction de Portland. Si Steve entendait parler de l'affaire Elliot par une tierce personne, il pourrait très bien revenir sur son projet d'association.

« Il y a autre chose qui explique l'agressivité de Becky. Je, euh, je n'ai pas été très honnête avec toi quand je t'ai parlé de mon départ de Portland. Quand on s'est rencontrés au Stallion... ça faisait des années qu'on ne s'était pas vus et... euh... c'est un peu gênant...

– Est-ce que tu veux me parler de cette affaire d'accident que tu as plaidée pour Hale et Greaves ? »

Peter était étonné.

« Tu es au courant ?

– Personne n'abandonne un job chez Hale et Greaves pour venir travailler avec Amos Geary. J'ai eu des doutes dès le début.

– Qui t'a dit ce qui s'était passé ?

– Becky.

– Et quand t'a-t-elle parlé ? demanda Peter, soucieux de savoir depuis combien de temps Becky était au courant de sa disgrâce.

– Oh, je ne sais plus au juste, mais ça fait bien plusieurs semaines. Ce devait être à l'époque de la mise en accusation. Je pensais que tu m'en parlerais un jour, quand cela t'arrangerait. »

Peter se rendit brusquement compte de quelque chose.

« Tu étais au courant pour Elliot et tu voulais quand même que je m'associe avec toi ?

– Tout le monde fait des conneries, Peter. Je ne vais pas te juger sur un seul dossier. Tu n'es pas bête et ça marche bien entre nous. C'est ce qui importe. »

Peter éprouva une immense gratitude envers son ami. Les mots de Steve lui faisaient l'effet d'une bouée de sauvetage, lui qui avait entendu tant de choses désagréables.

« Merci. Tu ne sais pas à quel point ton vote de confiance me fait plaisir.

– Je suis sincère. Bon, revenons à nos moutons. Tu as pensé à une négociation avec Becky ?

– Une négociation ? Non.

– Avec tous ces nouveaux éléments, tu devrais peut-être.

– Tu ne crois tout de même pas Gary coupable !

– Je ne sais plus quoi penser. Je ne l'aurais jamais cru porté sur le voyeurisme. Tiens, songe à la façon dont il s'est jeté sur la fille du Stallion. Gary ne se rend pas compte de ce qu'il fait, il est impulsif.

– Steve, je ne sais pas...

– Je ne veux pas dire par là que tu dois plaider coupable. Je voudrais seulement que tu envisages cette possibilité avec Becky. D'après ce que tu me dis, les choses ne se passent pas très bien. Tu n'as pas envie de voir Gary condamné à mort, n'est-ce pas ?

– Il va falloir que je réfléchisse.

– Bien sûr. Je ne te demande pas de prendre une décision aujourd'hui », dit Mancini en posant son attaché-case sur le bureau.

Peter se leva.

« Merci de m'avoir parlé. Merci aussi de me soutenir.

– Allez, tire-toi, dit Mancini en riant.

– Oh, autre chose. Cet enquêteur, Barney Pullen, il est efficace ?

– Pourquoi tu me demandes ça ?

– Il n'a pas l'air de faire grand-chose. Chaque fois

que je parviens à lui téléphoner, ce qui n'est pas souvent, il me dit qu'il travaille, mais je n'ai reçu de lui que quelques rapports sans grand intérêt. Ça m'inquiète un peu.

– S'il ne te satisfait pas, tu n'as qu'à le balancer et engager un des autres types dont je t'ai parlé.

– Ils ne sont pas libres. Celui qui bosse pour le cabinet Sissler dit le faire en exclusivité depuis février.

– Je l'ignorais.

– Oui. Quant à l'autre...

– Mike Compton ?

– Oui. Il a déménagé à Pendleton.

– Sans blague !

– De toute façon, il est trop tard pour changer d'enquêteur. Un nouveau mettrait trop de temps à se familiariser avec le dossier. Le temps qu'il atteigne sa vitesse de croisière, et le procès sera déjà terminé.

– Tu as raison. Ecoute, je vais passer un coup de fil à Barney.

– Ce serait bien, oui. »

Peter referma la porte du cabinet de Steve et revint dans son bureau. Il était de plus en plus inquiet pour Gary, mais il se refusait encore à négocier avec Becky. Cependant, si la situation empirait, il lui faudrait examiner cette possibilité.

XIX

1

Chaque matin, les gardiens attendaient l'arrivée des jurés pour faire sortir Gary ; ainsi, ceux-ci ne le voyaient jamais porter les menottes. Les Harmon avaient acheté à leur fils deux costumes très stricts, l'un bleu et l'autre gris, dans lesquels il avait fière allure. Les rapports de l'avocat et de son client étaient régis par une sorte de routine. Dès que Gary était assis, Peter lui disait qu'il était très élégant. Gary souriait et Peter lui demandait comment il se sentait. Gary répondait que ça allait. Puis Peter rappelait à Gary qu'il devait se tenir bien droit, écouter tous les témoins et prendre des notes. Gary devenait alors très sérieux et ouvrait son bloc à une page vierge.

Becky O'Shay choisit de présenter l'affaire selon l'ordre chronologique. Le premier jour d'audition des témoins, elle commença par la déposition de Karen Nix ; celle-ci expliqua au jury comment Gary l'avait agressée, puis avait menacé de la tuer. Plusieurs personnes présentes ce soir-là au Stallion vinrent corroborer ses dires. Marjorie Dooling déclara que Sandra Whiley se trouvait au Stallion le soir de l'incident. Après qu'elle eut décrit la façon dont Whiley était habillée, on présenta les vêtements tachés de sang. On montra aux jurés une photographie du jeans et du t-shirt de l'université que portait Nix afin qu'ils notent les similitudes entre ces vêtements et ceux de la victime.

Arnie Block donna sa version de l'incident et dit que Gary s'était enfui du bar. Dave Thorne précisa que Sandra Whiley avait quitté le Stallion vers onze heures vingt, soit une vingtaine de minutes après Gary.

Au deuxième jour du procès de Gary, Oscar Watts raconta aux jurés comment il avait découvert le corps de Whiley. Puis plusieurs policiers et techniciens décrivirent l'enquête effectuée aux alentours du lieu du crime et présentèrent le relevé des pièces à conviction.

Le matin du troisième jour, Becky O'Shay fit venir à la barre Harold Guisti. La porte s'ouvrit pour livrer passage au médecin et Peter se tourna vers le fond du prétoire. Son attention fut momentanément détournée du témoin par Christopher Mammon, installé au dernier rang pour assister au procès. Peter ne voyait pas ce qui pouvait pousser ce dealer gargantuesque à passer des heures dans un prétoire surchauffé et surpeuplé. Mais il avait autre chose à faire que de s'occuper de Mammon : le Dr Guisti avait prêté serment et s'apprêtait à témoigner.

Il déclina ses titres et compétences, puis O'Shay lui demanda : « Dans le cadre de votre fonction officielle de pathologiste, avez-vous pratiqué l'autopsie de Sandra Whiley ? »

Le Dr Guisti se tourna vers les jurés et répondit à la question comme si elle émanait d'eux.

« Oui.

– Quand cela s'est-il passé ?

– Vers cinq heures du soir, le jour où Miss Whiley a été assassinée.

– Pourquoi avez-vous attendu si longtemps ?

– Pour que le corps soit formellement identifié. Cela s'est passé entre trois et quatre heures de l'après-midi, si ma mémoire est bonne.

– Où l'autopsie a-t-elle eu lieu ?

– A la morgue Parson.

– Décrivez-nous, s'il vous plaît, ce que vous avez découvert en effectuant l'autopsie de Sandra Whiley.

– J'ai constaté plusieurs bleus sur la partie gauche de la mâchoire et au-dessus de la pommette gauche. Mais il y avait surtout huit coupures ou blessures sur le corps. Sept d'entre elles étaient localisées au niveau de la tête. La huitième se plaçait sur le dos de la main gauche et correspondrait à une blessure défensive.

– Qu'est-ce qu'une blessure défensive ?
– C'est une blessure infligée à la victime lorsque celle-ci interpose sa main entre l'arme tenue par le meurtrier et l'objet de son agression.
– Décrivez-nous les blessures à la tête, je vous prie.
– Cinq d'entre elles ont eu pour conséquence des fractures de la boîte crânienne. Sur les cinq, trois ont été assez violentes pour entraîner une lésion du cerveau. Une autre, située dans la région de l'œil droit, a entraîné une importante fracture des os situés entre les yeux et des saignements : du sang a été retrouvé dans les voies respiratoires ainsi que dans l'estomac. Les dernières blessures ont entamé des tissus mous ou de la peau et des muscles, mais elles n'ont pas occasionné de fractures osseuses ni de lésions cérébrales.
– Docteur Guisti, après avoir vu ces blessures et conduit votre propre enquête, avez-vous une opinion quant à la nature de l'instrument qui aurait pu les provoquer ?
– Oui.
– Et quelle est cette opinion ?
– Seule une hache ou une hachette pourrait infliger ce genre de blessures. »

Becky O'Shay se pencha pour fouiller dans un gros carton contenant plusieurs objets, enfermés pour la plupart dans des sacs en plastique scellés. Elle trouva enfin ce qu'elle désirait, puis elle porta l'objet au témoin.

« Docteur Guisti, voici la pièce à conviction portant la cote 23. Je vous demande si les blessures infligées à la victime auraient pu l'être par ceci. »

Le Dr Guisti inspecta attentivement le sac. Il renfermait une petite hachette. Il la tourna dans tous les sens pour qu'on la voie bien, lui-même l'ayant déjà examinée en diverses occasions.

« Les blessures pourraient avoir été infligées par cette arme.
– Merci », dit O'Shay.

Elle plaça alors le sac devant les membres du jury. Plusieurs d'entre eux ne parvenaient pas à détourner les yeux de cette hachette.

« Docteur Guisti, avez-vous une opinion sur la cause de la mort de Sandra Whiley ?
– Oui. Je pense que la cause de la mort est une hémorragie provoquée par les blessures que je viens de décrire.

– En d'autres termes, Sandra Whiley aurait saigné à mort suite aux coups de hachette de son assassin ?

– C'est exact.

– Docteur Guisti, avez-vous une opinion relative à la direction des coups portés ?

– Oui, mais seulement en ce qui concerne la blessure constatée sur le haut du crâne. Je pense que le coup a été porté du haut vers le bas vu l'inclinaison de la blessure. Pour les autres, je ne peux rien dire.

– Pensez-vous que le coup porté sur le sommet du crâne a été le premier de la série ?

– Tout à fait. »

O'Shay vérifia ses notes avant de livrer le témoin à Peter.

« Docteur Guisti, de quel côté de la tête se trouvaient les blessures ?

– Comme je l'ai dit, l'une d'elles était sur le sommet du crâne. Juste au milieu, en fait. Un coup concernait l'œil droit. Les autres sont visibles sur la partie gauche de la tête de la victime.

– Merci, docteur. Ce sera tout. »

2

La peinture rouge des pompes à essence résistait tant bien que mal aux ravages provoqués par la rouille et le vent, et le vieux garage en bois tenait debout on ne sait comment. Les éléments avaient complètement attaqué le panneau publicitaire Coca-Cola qui recouvrait entièrement le mur, et la couleur jadis bleutée du garage tournait maintenant au gris pâle. Barney Pullen disparaissait à moitié sous le capot d'une vieille Buick quand Peter y entra pendant la pause de midi. Peter appela deux fois Barney avant d'attirer son attention. Pullen avait l'air ennuyé, mais ses traits se métamorphosèrent quand il se rappela que Peter était l'homme qui le payait pour enquêter sur l'affaire Harmon.

« Bonjour, monsieur Hale, dit Pullen en s'essuyant les mains sur un chiffon graisseux.

– Bonjour, Barney. J'ai eu du mal à vous joindre et je suis venu au garage pour savoir comment se déroulait votre enquête. »

Barney secoua la tête d'un air las.

« Ça va plutôt lentement. J'ai parlé à beaucoup de monde, mais personne n'a l'air de se rappeler quoi que ce soit d'intéressant.

– Qui êtes-vous allé voir ?

– Euh, je n'ai pas mes notes sur moi. La famille, naturellement. J'ai tout plein de bonnes informations pour vous pour le moment où on fixera la peine. Ça vient du père, de la mère, de la femme de Steve. Plein de trucs intéressants. »

Peter avait reçu quelques rapports mal tapés et bourrés de fautes d'orthographe, accompagnés d'une facture totalement disproportionnée par rapport à la valeur des éléments collectés.

« Vous avez quand même fait autre chose que parler à la famille, non ?

– J'ai, euh, oui, j'ai vu le barman du Ponderosa. Vous avez sa déclaration, non ?

– Non, je ne l'ai pas. Et Kevin Booth ? Vous avez trouvé quelque chose d'utile ?

– Pas encore. Son père a mis les bouts il y a longtemps. Et sa mère est morte l'année dernière. C'était une alcoolique. Elle était soûle et elle est tombée dans l'escalier.

– Vous avez parlé aux voisins de Booth, fouillé son casier judiciaire ?

– Le casier, c'est le premier truc qui m'est venu à l'idée. Son arrestation pour détention de drogue, c'est la seule chose que j'ai trouvée. Il n'a pas de voisins. Booth habite au diable.

– Ses carnets scolaires, les voisins de sa mère ?

– Je vais m'y mettre.

– Vous voulez dire que vous n'avez pas commencé ? On en a déjà parlé il y a deux semaines.

– Oui. Je m'excuse. Je voulais vraiment bosser là-dessus, mais Art avait pas mal de réparations...

– Barney, soyez un peu sérieux. Si vous ne me ramenez rien sur Booth, on court à la catastrophe.

– Je fais mon enquête, monsieur Hale. Dès que j'aurai fini avec sa voiture, je m'y remets.

– Ecoutez, Barney, cette affaire est prioritaire et vous allez dire à votre frère que vous ne pouvez plus travailler au garage pendant un certain temps.

– D'accord », dit Barney pour lui faire plaisir.

Peter voulut ajouter quelque chose, mais n'en fit rien. Il espérait tout simplement que Barney lui serait d'une quelconque utilité.

3

Assurer la défense d'un accusé dans un procès d'assises était absolument exténuant. Quand Peter se trouvait au tribunal, il était si concentré qu'il ne voyait vraiment pas le temps passer. Il puisait sans cesse dans ses réserves, ce qui est la seule façon de se concentrer pendant des heures sur chaque parole prononcée. Dès que les auditions s'achevaient, il avait immédiatement l'impression de ne pas avoir dormi depuis plusieurs jours.

Après un dîner rapide, Peter se rendait à son nouveau bureau, au cabinet de Steve Mancini, et préparait l'audience du lendemain. Il était un peu plus de huit heures et demie ce soir-là quand Peter ouvrit la porte de sa maison. Le téléphone sonnait. Il courut sans allumer la lumière, se cogna au canapé et faillit renverser une lampe sur pied.

« Monsieur Hale ? fit une voix qui ne lui était pas familière.

– Oui.

– J'ai essayé de vous joindre toute la soirée. Je suis heureux de vous trouver enfin.

– Qui êtes-vous ?

– Don Bosco. Le directeur de la Santé mentale de ce comté. J'étais témoin aux auditions préliminaires.

– Oui. Je me souviens de vous. Vous étiez présent lorsque Gary a été interrogé par Dennis Downes. Que se passe-t-il ?

– Je sais que je ne devrais pas vous déranger chez vous, mais je me demande depuis le jour de l'audition pourquoi aucun avocat de la défense n'a demandé à me faire subir un contre-interrogatoire et pourquoi vous n'avez pas cherché à me parler de ma déposition au procès.

– Est-ce que vous savez quelque chose qui pourrait aider Gary ?

– Steve Mancini ne vous a pas rapporté notre conversation ?

– Steve s'est contenté de me dire que vous ne nous seriez certainement d'aucune aide.

– Vous plaisantez ? Dois-je comprendre qu'il ne vous a pas dit que je pensais que Dennis Downes avait hypnotisé Gary Harmon par inadvertance au cours de l'interrogatoire ? »

Peter cligna des yeux. « Non, il ne m'a pas parlé d'hypnotisme.

– Vous m'étonnez. J'ai indiqué à Miss O'Shay qu'elle ne devrait pas utiliser les déclarations de Harmon pour le poursuivre, mais elle n'a pas voulu m'écouter.

– Je veux m'assurer que je vous comprends bien. Vous avez déclaré au procureur qu'il y avait une irrégularité dans l'interrogatoire de Gary ?

– C'est cela.

– Et vous avez également prévenu Steve Mancini ?

– Il y a plus d'un mois. Je pensais que cela vous intéresserait. »

Peter était sidéré. Les déclarations de Gary constituaient les fondements de l'accusation. Sans eux...

« Est-ce qu'on peut se voir dès ce soir ? C'est très important et Steve n'a jamais fait état de vos doutes auprès de moi.

– D'accord. Il y a un self-service juste avant la bretelle de l'autoroute. Le Jolly Roger. Vous pouvez y être dans une demi-heure ?

– Pas de problème.

– Bon sang, je ne comprends vraiment pas pourquoi Mr Mancini ne vous a rien dit, fit Bosco au moment de raccrocher.

– Moi non plus. »

Il était resté debout pendant toute la conversation, mais il s'effondra dans un fauteuil dès qu'il eut raccroché. Peter ne savait plus quoi penser. Il se souvint du regard que Bosco avait lancé à Mancini quand O'Shay lui avait demandé si Gary avait été contraint de parler. L'embarras du psychologue avait étonné Peter, qui en avait même fait la remarque à Steve. Il tendit la main vers le combiné pour appeler Mancini puis se ravisa. Il valait mieux qu'il entende d'abord ce que Don Bosco avait à lui dire.

« Comment êtes-vous arrivé sur cette affaire ? demanda Peter dès que Bosco et lui furent installés devant deux cafés dans l'arrière-salle du Jolly Roger.

– Dennis Downes m'a appelé chez moi vers huit heures et demie du soir, neuf heures peut-être. Il voulait que je consulte les archives pour voir si j'avais quelque chose à propos de Harmon. Vous savez, une histoire de problème psychologique, par exemple.

– Et alors ?

– Je n'ai rien trouvé.

– Qu'avez-vous fait alors ?

– Je me suis rendu au poste de police pour le lui dire. Il m'avait déjà expliqué que l'enquête concernait la jeune fille tuée dans le parc et j'ai pensé que c'était assez important pour le rencontrer et voir si je pouvais l'aider de quelque manière que ce soit.

« Dès mon arrivée, Becky O'Shay m'a demandé d'assister à l'interrogatoire derrière une glace sans tain. Elle m'a résumé l'affaire avant de me montrer des photos de la victime. » Bosco frissonna. « Plutôt horribles.

– Oui, je les ai vues. Mais pourquoi Becky tenait-elle à ce que vous soyez présent lors de l'interrogatoire ?

– Elle voulait mon avis sur Harmon.

– Vous étiez là quand Downes lui a lu ses droits ?

– Non, cela avait dû se passer plus tôt. J'ai eu l'impression que Dennis était sur Harmon depuis quelque temps déjà.

– Y avait-il quelque chose d'inhabituel dans la façon dont Gary répondait à Harmon ?

– Je n'ai pas apprécié la façon dont Dennis a conduit la conversation. Je lui en ai même fait la remarque, mais il n'a pas retenu mes suggestions.

– Quel était le problème ? »

Bosco but un peu de café et réfléchit longuement à ce qu'il allait dire.

« La première chose que j'ai remarquée, c'est la formulation de ses questions. Vous savez, poser des questions d'une certaine façon pour obtenir certaines réponses. Dennis lui mâchait ses mots. Et Harmon s'empressait de lui dire ce qu'il souhaitait entendre. Je crois qu'il faisait pleinement confiance à Dennis et qu'il voulait lui faire plaisir. Dès que Dennis posait une question, Harmon lui répondait comme un perroquet.

– Vous avez parlé de cela à Downes ?

– Pendant la pause. Harmon était épuisé. Plus on est fatigué, plus on est ouvert à la suggestion. Je l'ai dit à Dennis, mais Becky et lui s'en moquaient bien. Ils ne pensaient qu'à une chose, résoudre l'affaire. A mon avis, la majeure partie de ce qu'a dit Harmon n'a aucune valeur. Plus particulièrement au cours du dernier tiers de l'interrogatoire.

– Pourquoi donc ?

– Bon, ce n'est que mon opinion, mais je crois que Downes a déclenché chez Harmon un état de transe, de sorte que tout ce qu'il disait... »

Bosco haussa les épaules.

« Attendez, fit Peter. Qu'est-ce qu'un " état de transe " ? Vous voulez dire qu'il était en transe ? Comme s'il était sous hypnose ?

– Il aurait pu l'être. Je crois même qu'il l'était.

– Comment est-ce possible ? J'ai écouté la bande de l'interrogatoire et je n'ai pas entendu Downes essayer de mettre Gary en transe.

– Il ne l'aurait pas fait intentionnellement. Dennis aurait pu hypnotiser Harmon sans le savoir.

– Expliquez-vous.

– Bon. " Hypnose " et " transe " sont des mots qui font penser aux magiciens ou à Svengali, mais, en réalité, hypnotiser quelqu'un n'a rien de bien mystérieux. Quand on induit un état de transe, on se contente de demander à une personne de se relaxer et de se concentrer suffisamment pour oublier les bruits et les influences extérieurs : elle entre alors dans un monde intérieur plus paisible. Nous faisons tous cela quand nous nous endormons ou quand nous sommes plongés dans un livre au point de ne pas entendre ce que dit notre voisin.

« Une personne fatiguée et stressée, comme l'était Harmon ce soir-là, a tendance à se concentrer davantage. Dennis a aidé Harmon en lui demandant de fermer les yeux et d'imaginer qu'il voyait des événements se dérouler sur un écran de cinéma. C'est une technique assez commune à laquelle les hypnotiseurs ont recours quand ils veulent provoquer un état de transe.

– Si Gary avait été en transe, quelles auraient été les conséquences ?

– Le gros problème, c'est la fiabilité de ses propos. S'il était en transe, il devient difficile, sinon impossible, de dire quelle est la part exacte des souvenirs, de l'invention et de la répétition de phrases suggérées par Downes. Voyez-vous, une personne en transe est non seulement largement ouverte à toute suggestion, mais elle va aussi fantasmer pour satisfaire son partenaire ou pour combler les lacunes de sa mémoire et offrir une réponse complète à celui qui l'interroge.

– Je ne suis pas certain de bien comprendre ce que vous voulez dire par « fantasmer ».

– Bon. Je vais vous donner un exemple. Il y a un mois, vous vous êtes levé à sept heures du matin avant de vous vêtir d'un costume bleu, d'une chemise blanche et d'une cravate rouge. Ensuite, vous avez pris des céréales au petit déjeuner. Je vous hypnotise et vous demande de me raconter ce que vous avez fait ce matin-là. Vous vous souvenez de tout, sauf de la couleur de votre cravate et de ce que vous avez mangé. Je vous dis de bien vous concentrer, mais vous n'y arrivez toujours pas. Alors je vous aide un peu. “ Peter, d'ordinaire, vous mangez des flocons d'avoine, n'est-ce pas ? Est-ce que vous avez mangé des flocons d'avoine ce matin-là ? ” Une personne en transe risque fort de dire qu'elle a mangé des flocons d'avoine afin de satisfaire celui qui l'interroge. Elle sait que son partenaire attend une réponse et que parler de flocons d'avoine lui ferait plaisir, alors elle exauce son souhait.

« Maintenant, l'hypnotiseur vous demande de penser à votre cravate sans vous faire la moindre suggestion quant à sa couleur. Là encore, vous savez qu'il attend une réponse de votre part, et votre inconscient imagine une cravate verte pour combler les lacunes de ses souvenirs. Une fois la séance d'hypnotisme terminée, vous croyez vraiment que votre cravate était verte : vous serez sincère quand vous le déclarerez devant un tribunal ou quand vous serez soumis au polygraphe.

– Vous n'avez pas expliqué cela à Becky ou au sergent Downes ? »

Bosco eut l'air gêné. « Je leur en ai parlé à tous les deux, mais je ne me suis vraiment rendu compte de ce qui se passait qu'au bout d'un certain temps. L'interrogatoire était déjà commencé depuis longtemps. Et puis, souvenez-vous, je n'étais là qu'au titre d'observateur. On ne me demandait pas de jouer un rôle dans l'interrogatoire. Je pense que j'aurais dû me montrer plus persuasif, mais le mal était déjà fait. Et puis, l'affaire était si importante... Vous croyez que j'ai eu tort ? »

4

En sortant du Jolly Roger, Peter se rendit directement chez Steve Mancini. Dans un premier temps, les informations de Bosco l'avaient enthousiasmé. Puis il s'était rendu compte de l'ampleur des dégâts occasionnés par Steve en ne divulguant pas ces informations lors de l'audition préliminaire. Il était un peu moins de onze heures du soir quand Peter sonna chez Steve Mancini. Peter était en proie à de multiples émotions. Mancini était son seul ami à Whitaker, mais aussi l'homme qui lui faisait miroiter la possibilité d'un partenariat lucratif, susceptible de l'arracher au trou dans lequel il s'était lui-même jeté. D'un autre côté, Steve avait peut-être saboté les dernières chances de Gary en dissimulant à Peter une information qui pouvait annuler toute sa prétendue confession, laquelle constituait le fondement de l'accusation lancée contre lui.

Steve avait à peine ouvert la porte que Peter lui demanda :

« Pourquoi ne m'as-tu pas parlé de Don Bosco ? »

Mancini avait l'air hébété. Donna sortit de la salle de séjour. Elle portait un peignoir sur sa chemise de nuit. Mancini lança un coup d'œil à sa femme avant de revenir sur Peter. Il avait l'air énervé.

« On allait se coucher, Peter. Ça ne peut pas attendre demain ?

– Tu sais très bien que non. Si Gary était plongé dans une sorte de transe quand on l'a questionné, son interrogatoire n'a aucune valeur. On aurait pu régler le problème lors de l'audition préliminaire. Il n'y aurait pas eu procès. Sans les déclarations de Gary, le ministère public n'a rien à lui reprocher. Ne me dis pas que tu ne le savais pas !

– De quoi parlez-vous, Peter ? demanda Donna, surprise par sa véhémence, mais aussi par l'embarras de son mari.

– Dis-le-lui, Steve.

– Lui dire quoi ? Je ne sais même pas de quoi tu parles.

– Je sors du Jolly Roger où j'avais rendez-vous avec Don Bosco, le directeur de la Santé mentale de ce comté. Il connaît très bien l'hypnose et m'a dit t'avoir expliqué qu'il pensait que Gary était en état de transe pendant une grande partie de son interrogatoire. Il m'a appelé chez moi parce qu'il était étonné que tu n'aies pas invoqué cela pendant l'audition préliminaire. Il était également surpris que tu ne m'aies pas rapporté la conversation que vous avez eue ensemble. En toute honnêteté, Steve, je suis aussi étonné que lui.

– Je ne t'ai pas parlé de cette conversation parce que je n'ai rien cru de ce que Bosco m'a raconté. Tu as entendu les bandes comme moi. Downes n'a jamais dit qu'il essayait d'hypnotiser Gary. »

Peter était éberlué.

« Peu importe ce que Downes a dit ou pas. Nous avons un témoin qui peut déclarer que Gary était hypnotisé pendant la majeure partie de son interrogatoire. Tu ignorais qu'un article du code interdit l'usage du témoignage sous hypnose sauf dans de très rares cas ? Je peux te citer tout un tas de procès où l'on a refusé le témoignage de personnes placées sous hypnose. Bosco était au courant, et il n'est même pas avocat. »

Mancini parut vraiment surpris.

« Je ne connaissais pas cet article. Tu dois me croire. Ce genre de problème ne s'est jamais présenté à moi.

– Tu étais au courant et tu n'en as rien dit à Peter ? » demanda Donna à son mari.

Mancini se tourna brusquement vers elle.

« Laisse-moi discuter de tout ça. Va nous faire du café. Entre, Peter, on va bavarder calmement.

– Difficile de rester calme quand je me dépatouille jour et nuit, pour découvrir que tu as complètement foutu en l'air le point le plus important de notre défense !

– Peter... », commença Donna. Mais son mari aboya : « Le café ! »

Steve avait l'air embêté, mais toujours aussi inquiet quand il s'adressa de nouveau à Peter.

« Je comprends pourquoi tu es furieux. Tu penses que j'ai fait capoter tout le procès. Viens, asseyons-nous et bavardons un peu. »

Mancini était si serein que la colère de Peter disparut instantanément. Il entra dans le séjour et s'assit sur le canapé.

« Vraiment, je ne comprends pas, Steve. Tu peux m'expliquer ? Même Bosco a vu où était le problème. Il m'a appelé ce soir parce qu'il n'arrivait pas à saisir pourquoi tu ne l'avais pas interrogé lors de l'audition préliminaire. Je ne peux pas croire que tu n'aies pas perçu toute l'importance des propos de Bosco.

– C'est pourtant la vérité. Je ne connaissais pas cet article. Pour moi, le problème était de savoir si Downes avait lu ou non ses droits à Gary et s'il l'avait contraint à parler.

– On ne peut pas reprendre les débats ? demanda Donna alors qu'elle déposait un plateau sur la table basse.

– Je vais essayer, mais Becky va objecter et elle jouera sur du velours.

– Pourquoi donc ? dit Donna.

– Steve était l'avocat de Gary. Il connaissait l'existence du problème à l'époque où l'on aurait pu soustraire l'interrogatoire du dossier.

– Mais je n'ai pas compris le sens de ce que disait Bosco, protesta Mancini.

– Peu importe. Tu aurais dû savoir que c'était important. J'aimerais bien trouver une solution, mais je crains qu'il n'y en ait pas.

– Vous ne pouvez rien faire ? demanda Donna.

– Ce sera difficile. J'ai lu des textes sur les aveux peu avant que Steve ne veuille prendre en charge la demande de suppression. Un accusé peut toujours expliquer à des jurés qu'ils ne doivent pas tenir compte de ses déclarations parce qu'elles ont été involontaires. Le hic, c'est qu'on ne peut pas faire appel de la décision d'un jury.

– Si Gary a été hypnotisé, il n'est pas responsable de ce qu'il a dit à Downes ? C'est bien cela, Peter ?

– Oui, mais il faudrait convaincre les jurés que Gary a été effectivement hypnotisé. Pour cela, il faut engager des experts, et ils coûtent très cher. » Peter s'adressa à Donna. « Vous croyez que vos parents pourraient payer ?

– Ne vous en faites pas pour l'argent, Peter, dit la jeune femme. Si mes parents ne peuvent pas payer, Steve et moi nous en chargerons. »

Peter ne remarqua pas la brusque fureur de Steve, mais Donna, si. Son intensité la stupéfia, et elle se rappela ce qui était arrivé la dernière fois où il s'était mis en colère contre elle.

« Je crois que tu as en main une solution potentielle, s'empressa de dire Mancini. Je crois aussi que nous devrions aller dormir. N'oublie pas que tu dois aller demain au tribunal. »

Peter se rendit compte que la séance d'aujourd'hui et les événements de la soirée l'avaient épuisé.

« Tu as raison, dit-il en se levant. Désolé de t'être tombé dessus comme ça.

– Non, je comprends. Je le mérite si j'ai commis une telle erreur. »

Dès que la porte fut fermée, Mancini revint dans le séjour. Donna était penchée au-dessus de la table basse afin de remporter les tasses et la cafetière.

« Qu'est-ce que c'est que ce délire de payer des experts à Gary ? » lui demanda-t-il d'un ton sec.

Donna se redressa, le plateau à la main.

« Si Gary a besoin de notre aide...

– Gary s'est mis dans le pétrin et ce n'est pas à nous de l'en sortir. Visiblement, tu n'as rien compris pour Mountain View. Tiens, je parierais que tu n'en as même pas parlé à ton père.

– Je n'en ai pas eu l'occasion, fit-elle honteuse de ne pas avoir aidé son mari.

– C'est ça. Tu ne trouves pas le temps de donner un coup de main à ton propre mari et tu voudrais que je gaspille mon fric avec un psy de Portland.

– Les experts ne sont pas forcément chers.

– Ils pourraient être gratuits, ce serait la même chose. Je dois bosser comme un nègre au cabinet rien que pour nous maintenir la tête hors de l'eau. Avec quoi allons-nous les payer ?

– Gary est mon frère.

– Tout à fait exact, ma chère. C'est ton frère. Pas le mien. »

La réplique cynique et cruelle de Steve choqua Donna. Elle avait toujours cru que son mari aimait Gary.

« On n'aurait pas besoin d'engager des experts si tu n'avais pas commis d'erreur », dit Donna furieuse.

La main ouverte de Steve s'abattit sur la partie droite du visage de Donna et le plateau s'envola. Donna vit les tasses et la crème dériver comme au ralenti. Steve l'attrapa par les pans de son peignoir avant de la projeter à terre.

« Connasse ! » hurla-t-il quand elle fut tombée.

Donna essaya de s'enfuir, mais la douleur de deux coups de pied dans les côtes l'en empêcha. Un troisième coup la toucha à la jambe et elle se raidit. Puis l'agression sauvage cessa aussi brusquement qu'elle avait commencé. Quand elle osa lever les yeux, ce fut pour voir Mancini déambuler dans la pièce. Elle chercha bien à ramper vers la porte du couloir, mais Steve la vit et s'accroupit à côté d'elle. Donna se ramassa et se protégea le visage des deux mains.

« Non, chérie, non. Tu n'as pas à avoir peur. Je suis désolé. Crois-moi, je suis désolé. »

Donna leva la tête et Mancini vit le sang. Le coup porté au visage lui avait ouvert la lèvre.

« Oh, mon Dieu, mais qu'est-ce que j'ai fait ? »

Mancini fonça dans la salle de bains et fit couler de l'eau froide sur une serviette de toilette. Quand il revint dans la salle de séjour, la porte d'entrée de la maison était grande ouverte. Donna était partie. Mancini jeta la serviette à terre et sortit en courant de la maison. La voiture était garée juste devant. Il regarda de tout côté. Où était-elle passée ? Il ne pouvait pas crier. Personne ne devait savoir ce qui s'était passé. Mancini courut dans la rue et s'arrêta au croisement. Mais où était-elle ? Il se devait de la retrouver. A pied, elle ne pouvait aller très loin. Il rentra dans la maison et prit les clés de voiture. Non, il la retrouverait. Il le fallait absolument.

Donna attendit le départ de l'automobile de Steve pour se relever et sortir des buissons derrière lesquels elle s'était cachée. Une douleur dans la poitrine la plia en deux. Elle serra les dents et se redressa lentement. Son visage était barbouillé de sang et de larmes. Elle aimait Steve, mais comment pouvait-il la frapper si lui l'aimait vraiment ?

Donna voulait se changer, mais elle n'osait pas rentrer chez elle pour prendre des vêtements. La maison de ses parents était trop éloignée pour s'y rendre à pied. Et puis, ils s'inquiétaient déjà tellement pour Gary : elle n'allait pas leur révéler que son mariage était un échec.

Elle pensa alors à Peter. Il habitait tout près. Elle passerait par-derrière et Steve ne la verrait pas de sa voiture. Donna jeta un coup d'œil dans la rue au cas où son mari reviendrait, puis elle traversa la chaussée et se glissa derrière une maison. Elle aurait aimé courir, mais elle avait si mal aux côtes qu'il lui fallait marcher courbée.

Un chien aboya. Donna sentit son estomac se nouer. Alors qu'elle marchait, la douleur planta son couteau dans sa poitrine. Elle attendit que cela passe, puis reprit sa route. La prochaine rue était Elm Street et il y avait quelques voitures. Elle dut attendre un instant pour traverser le plus rapidement possible. « Encore quelques mètres », se répétait-elle. Enfin elle sonna chez Peter.

Des phares balayèrent la rue au moment où la lumière du porche s'allumait. Peter ouvrit la porte : Donna était accroupie et regardait derrière elle, l'air terrifié.

« Laissez-moi entrer », supplia-t-elle.

Peter découvrit son visage souillé de sang et de larmes et la fit entrer.

« Que vous est-il arrivé ? » lui demanda-t-il.

Donna s'effondra dans ses bras en sanglotant et Peter fut trop surpris pour dire quoi que ce soit. Il l'emmena dans le séjour. Elle s'accrocha à lui. Il la déposa sur le canapé, mais elle fit la grimace et porta la main à son flanc.

« Vous êtes blessé ? s'enquit-il un peu stupidement.

– Il m'a frappée, Peter. Il m'a frappée.

– Qui vous a attaquée ? Steve n'a rien ? » interrogea Peter, surpris par l'arrivée dramatique de Donna et convaincu que le couple s'était fait agresser.

Donna secoua la tête.

« Vous ne comprenez pas. C'est Steve. Il m'a frappée.

– Steve ? » répéta Peter.

Les sanglots de Donna redoublèrent et elle s'effondra sur sa poitrine.

« Est-ce... est-ce que c'est la première fois ? »

Elle fit non de la tête. Au prix d'un effort, elle cessa de pleurer et s'essuya les yeux du revers de la manche.

« Il y a longtemps qu'il a commencé ? »

Donna ne répondit pas tout de suite et Peter effleura son épaule.

« Je veux vous aider. Steve et vous êtes mes amis. »

Donna regardait fixement le tapis.

« Je sais que c'est dur, mais il faut que vous me parliez. Si Steve fait ça... Vous ne pouvez pas le laisser vous battre, Donna.

– Peter... C'est un vrai cauchemar. » Elle se remit à pleurer. « Je ne sais jamais ce qui déclenche ses colères. Il est si gentil avec moi, si attentionné. Et puis, d'un seul coup... Je n'en peux plus... »

Donna était trop épuisée pour poursuivre. Peter la regarda. Ses cheveux étaient emmêlés et son peignoir en désordre. Elle portait une chemise de nuit très courte à cause de la chaleur. Peter ne pouvait s'empêcher de regarder ses jambes bronzées et le gonflement de ses seins quand elle respirait. Gêné, il releva les yeux.

« Vous avez très mal ? demanda-t-il.

– Il m'a donné des coups de pied dans les côtes. Il... J'ai mal à chaque mouvement.

– Je vais vous conduire à l'hôpital.

– Non, pas l'hôpital ! Ils préviendraient Steve. »

Peter réfléchit un instant. Il eut une idée.

« J'ai une amie. Elle est infirmière. Rhonda Kates. Elle travaille à l'hôpital. Je vais l'appeler et lui expliquer ce qui s'est passé. Elle pourrait peut-être voir si vous n'avez pas de lésions internes. S'il y a un problème, on inventera une histoire et je vous emmènerai dans un hôpital loin de Whitaker. »

Peter appela Rhonda. Celle-ci lui demanda d'amener immédiatement Donna chez elle. Elle ajouta que Donna pourrait même passer la nuit dans sa maison. Pendant que Peter parlait, Donna essaya de s'installer plus confortablement sur le canapé. Elle ferma les yeux. L'idée que son mariage était un échec l'emplissait de honte et elle se disait qu'elle devait en être en partie responsable, mais elle ne voyait vraiment pas ce qu'elle avait fait de mal. Elle aurait aimé en parler à quelqu'un, mais la famille Harmon n'était pas du genre à étaler ses problèmes au grand jour.

Peter raccrocha le combiné.

« Allez, dit-il. On y va.

– Merci. Vous êtes gentil. »

XX

1

« Maître Hale. » La séance était ouverte et le juge Kuffel se devait d'appeler Peter par son titre. « Mr Mancini s'est personnellement occupé de la défense de Mr Harmon lorsque nous avons étudié la requête visant à la suppression des déclarations de ce dernier. Vous avez déclaré qu'il était à l'époque pleinement conscient des preuves que vous considérez aujourd'hui comme suffisantes à la réouverture des débats. Il est indubitable que le témoignage de Mr Bosco joue en faveur de la défense, mais Mr Mancini a pris la décision de ne pas en faire usage. J'ignore totalement pourquoi il a procédé à un tel choix, mais cela importe peu. Puisqu'il avait connaissance de ces preuves au jour de l'audition, je me dois de rejeter votre requête et de maintenir les déclarations du prévenu. »

A la place du juge Kuffel, Peter aurait dit exactement la même chose, mais il se sentait tout de même déprimé par le rejet de cette requête déposée un peu trop précipitamment. Peter ferma brièvement les yeux pour se donner le temps de se ressaisir. Il commit là une grossière erreur : en un instant, il fut à moitié endormi, et il lui fallut user de toute sa volonté pour soulever les paupières et retrouver sa pleine conscience.

Il était deux heures et demie du matin quand Peter était rentré chez lui après avoir laissé Donna auprès de Rhonda Kates. Il se sentait complètement épuisé, mais la révélation de Don Bosco et l'arrivée inattendue de Donna lui avaient mis en tête tant de confusion qu'il avait été dans l'incapacité totale de s'endormir. Et c'est au radar qu'il s'était rendu ce matin au tribunal.

« J'ai beaucoup réfléchi à l'importance de l'épisode du voyeurisme, des magazines pornographiques découverts dans la chambre de Mr Harmon et aux preuves relatives aux deux autres meurtres, poursuivit le juge Kuffel.

« Je permettrai au ministère public de se servir de l'incident survenu sur le campus universitaire et des revues pornographiques. Ces pièces donneront peut-être au jury une idée négative de Mr Harmon, mais elles s'inscrivent dans la logique de la théorie du ministère public, pour qui Mr Harmon est sexuellement obsédé par des femmes présentant des caractéristiques physiques proches de celle de la victime. »

Peter se redressa afin d'écouter ce que le juge avait décidé. Il s'était battu comme un beau diable pour que les références aux autres crimes ne fussent pas introduites dans les débats.

« Miss O'Shay, vous avez démontré avec beaucoup d'efficacité comment la mort de Sandra Whiley s'inscrivait dans une série de meurtres, mais je ne vous permettrai pas d'exposer cette théorie aux jurés. Un certain nombre de facteurs m'ont conduit à prendre cette décision.

« En premier lieu, aucune preuve tangible ne relie Mr Harmon aux autres crimes. En second lieu, il y a des différences substantielles entre le meurtre de Sandra Whiley et les autres meurtres. Les autres femmes ont été victimes d'agressions sexuelles et les examens sanguins ont révélé la présence de cocaïne dans leur organisme, alors que le sang de Miss Whiley ne contenait pas de substances toxiques et que l'autopsie a démontré qu'il n'y avait pas eu de rapport sexuel...

– Votre Honneur, l'interrompit Becky O'Shay, le parc du Puits aux souhaits est un lieu public. Nous croyons que Mr Harmon a été dérangé par la présence de tierces personnes avant de pouvoir avoir des relations sexuelles avec Miss Whiley.

– Votre théorie est peut-être exacte, mais ma décision doit s'appuyer sur des preuves formelles.

– Il y a la hachette, reprit O'Shay. Cette arme est la signature de l'assassin. Elle est de plus très inhabituelle.

– Pas dans une communauté rurale, Miss O'Shay. En l'absence de tout autre élément, je me dois de vous interdire de faire état des autres meurtres. L'introduction de cet argument entraînerait chez les jurés des spéculations qui priveraient Mr Harmon d'un procès équitable. »

La décision du juge tira Peter de sa torpeur. Il était inquiet que l'on retienne l'épisode du voyeurisme et les magazines, mais terrorisé à l'idée que le juge pût accepter que Becky O'Shay fît état des autres crimes. Il serait impossible d'obtenir l'acquittement si O'Shay venait à soutenir que Gary était un tueur en série.

« Avez-vous des nouvelles de la santé de Kevin Booth ? » demanda le juge.

Peter tendit l'oreille. Il serait aux anges si Kevin se trouvait trop mal en point pour venir déposer.

« J'ai parlé ce matin même avec le chirurgien de Mr Booth, dit O'Shay tout en consultant ses notes. Le Dr Farber dit qu'on ne peut transporter Mr Booth à Whitaker sans prendre le risque de voir échouer ses greffes de peau. En revanche, le métabolisme de Mr Booth a recouvré une certaine stabilité. La fièvre est tombée, il reprend du poids et absorbe moins de médicaments, de sorte qu'il fait preuve de plus de cohérence.

« Selon ce médecin, Mr Booth pourrait déposer dès lundi prochain dans sa chambre d'hôpital de Portland. Le Dr Farber s'efforce de retarder les autres greffes pour ne pas faire traîner en longueur le procès. J'ai l'intention d'interroger Mr Booth à Portland si la cour me le permet.

– Objection, Votre Honneur, dit Peter.

– Maître Hale ?

– La déposition de Booth est primordiale pour le ministère public. Cela va générer une vague de sympathie si le jury le voit dans sa chambre d'hôpital. Booth est un grand brûlé. Je vais passer pour un monstre si je le harcèle.

« Et comment pourrai-je procéder à un contre-interrogatoire convenable ? Qu'adviendra-t-il du droit à la confrontation de Mr Harmon si le Dr Farber me demande de ne pas importuner Booth ? Il reçoit un traitement médicamenteux. Il sera sous sédatif. De sorte que le jury ne le verra pas réagir normalement aux questions que nous lui poserons.

– Je comprends parfaitement vos inquiétudes, maître Hale, mais il me semble qu'elles sont simplement théoriques. Vous pourrez peut-être procéder à un contre-interrogatoire complet du témoin sans que survienne le moindre problème d'ordre médical. Nous réglerons les questions de confrontation si le Dr Farber vous met des bâtons dans les roues. Si un problème médical vous interdisait d'interroger Booth, nous pourrions ne pas conclure au fond ou rejeter le témoignage de Mr Booth : c'est un risque que court le ministère public.

« Quant au préjugé favorable suscité par l'état physique de Mr Booth ou par le lieu de son interrogatoire, j'ai bien l'intention de demander aux jurés de ne pas céder à la sympathie que l'une ou l'autre chose pourrait déclencher en eux. Je vais rédiger des instructions dans ce sens et vous les présenterai ce soir. Vous me ferez savoir avant l'audience de demain si vous souhaitez y apporter des modifications.

« Maintenant que cela est dit, je demanderai à un autocar de nous prendre lundi à sept heures du matin. Miss O'Shay, veuillez avertir l'hôpital que nous entendrons la déposition de Mr Booth à deux heures de l'après-midi.

« Si vous n'avez rien à ajouter, je vais procéder à une brève suspension de séance. Après quoi je ferai entrer les jurés. »

Le juge Kuffel quitta le banc et les gardiens emmenèrent Gary en cellule pour qu'il puisse se rendre aux toilettes. Steve Mancini s'approcha de Peter dès que Gary fut sorti. Il avait les yeux cernés et s'était coupé en se rasant. Il était clair que Mancini n'avait pas fermé l'œil de la nuit.

« J'ai vraiment déconné, hein ?

– Ce qui est fait est fait, dit Peter d'un air résigné. Je demanderai à Bosco de venir témoigner et j'espère que le jury retiendra sa théorie.

– Tout va vraiment mal en ce moment.

– Pourquoi dis-tu cela ? »

Mancini hésita.

« Donna m'a quitté.

– Quoi ? s'écria Peter, qui espérait avoir l'air réellement surpris.

– On s'est disputés après ton départ. Elle m'a reproché de ne pas t'avoir parlé de Bosco.

– Je suis vraiment désolé. Je n'aurais pas dû débarquer chez toi comme ça, à l'improviste. C'est ma faute.

– Mais non. Je ne sais même pas pourquoi je t'embête avec tout ça. Je crois que j'avais seulement besoin d'en parler à quelqu'un.

– C'est sérieux ?

– Plutôt, oui. Je me sens très mal. Je l'aime tant. »

La voix de Mancini se brisa et Peter crut qu'il allait se mettre à pleurer. Allait-il pouvoir continuer à lui mentir ?

« Allez, ça va s'arranger. Ce n'est qu'une querelle d'amoureux. Elle t'aime, elle reviendra.

– Je l'espère, Peter. Je ne supporte pas d'être loin d'elle. Si tu vois Donna, dis-lui que je l'aime, d'accord ? Et demande-lui de m'appeler. Je suis sûr que tout s'arrangerait si nous pouvions parler un peu.

– Tu as raison », dit Peter.

Il ne pensait pas ce qu'il disait. Il s'en voulait de mentir à son ami, mais il se rappelait la terreur et la douleur de Donna et ne donnait à Mancini aucune chance de retrouver sa femme.

« Je n'aurais pas dû te parler de ça en plein procès.

– Ça ne me dérange pas, dit Peter un peu gêné. On devrait peut-être aller dîner ensemble...

– Non. Je me suis conduit en égoïste. Tu dois travailler sur ton dossier. La vie de Gary est en jeu. C'est à moi que j'en veux. »

2

Pendant le reste de la matinée, des témoins vinrent parler aux jurés de l'incident survenu sur le campus et des magazines pornographiques. L'après-midi, Becky O'Shay appela à la barre le sergent Dennis Downes. Il allait commencer à témoigner quand Christopher Mammon entra dans le prétoire. C'était la deuxième fois que Mammon venait assister au procès de Gary, et Peter s'étonna de l'intérêt qu'il pouvait y porter.

Très professionnel, Downes parla calmement de l'enquête et des indices qui l'avaient conduit à Gary Harmon. Il insista sur sa courtoisie à l'égard de l'accusé et sur le fait que Gary avait accepté de venir au poste de police. Quand son récit aborda l'enregistrement de l'interrogatoire, Becky présenta les bandes dudit enregistrement et en fournit à tout le monde une transcription intégrale. Puis elle fit entendre une version abrégée de deux heures. La séance s'acheva quand Downes parla de la découverte de la hachette dans un collecteur proche du campus universitaire de Whitaker.

En sortant du tribunal, Peter se rendit à son bureau pour mettre au point le contre-interrogatoire du sergent Downes. Il espérait que Steve Mancini ne travaillerait pas trop tard – aider Donna à l'insu de son mari le gênait un peu –, mais Steve ne se trouvait pas au cabinet.

Peter essaya bien de se pencher sur son dossier, mais il ne cessait de penser à sa discussion avec Steve. Mancini avait l'air si triste. Donna avait certainement exagéré en racontant comment il l'avait frappée. Mancini avait dû la gifler, mais, en le voyant si contrit, on ne pouvait croire qu'il avait vraiment eu l'intention de lui faire du mal.

Peter était également troublé par le rôle qu'il jouait dans les problèmes conjugaux de Mancini. Il n'aurait jamais dû arriver ainsi chez lui et l'accuser devant Donna. A l'entendre, Steve aurait fait exprès de saboter le procès de Gary ! Non, plus il y pensait et plus il avait envie de dire à Donna à quel point Steve lui avait paru désespéré.

A peine eut-il achevé son travail que Peter prit sa voiture. Rhonda Kates habitait dans un lotissement voisin de l'hôpital. Peter sonna à la porte et vit bouger le rideau de la fenêtre de cuisine. Pleine d'appréhension, Donna ouvrit la porte. Elle n'était pas rentrée chez elle et portait un short et un T-shirt vert kaki qui appartenaient à Rhonda.

« Je venais voir comment ça allait. »

Soulagée, Donna sourit et le fit entrer.

« Vous êtes seule ? demanda Peter.

– Rhonda travaille de nuit à l'hôpital.

– Comment vont vos côtes ?

– Je n'ai rien de cassé. Ça me fait encore mal, mais ça pourrait être pire. »

Ils s'assirent dans le living.

« J'étais trop bouleversée pour vous remercier, hier soir, dit-elle.

– Ce n'est...

– Non. Certains hommes n'auraient pas voulu s'en mêler. Surtout quand il s'agit de la femme d'un ami. » Elle fit une pause. « Vous n'avez rien dit à Steve, n'est-ce pas ? Il ne sait pas où je suis ?

– Non, il ignore que je vous ai aidée. J'avais peur qu'il n'insiste si je lui disais quoi que ce soit. Je vous aime bien tous les deux et... honnêtement, j'ai du mal à croire que Steve ait pu vous frapper comme ça.

– Je vous comprends, fit-elle amèrement.

– En fait, Steve m'a parlé aujourd'hui, au tribunal. Il est dans un état lamentable. Je crois qu'il regrette sincèrement ses actes.

– Il regrette ? Cela ne suffit pas. Je n'ai pas envie d'être le punching-ball de Steve. Quand on aime quelqu'un... »

Donna ne termina pas sa phrase. Ils restèrent un moment sans parler, puis elle dit :

« Vous avez faim ? J'allais me préparer quelque chose.

– Je meurs de faim. »

Peter suivit Donna dans une petite cuisine séparée du séjour par un comptoir en forme de L. Des tomates, une laitue, un avocat et des petits pois en cosse étaient posés près d'un grand saladier en verre.

« J'allais me préparer un steak salade. J'ai un autre steak, ça vous ira ?

– Impeccable.

– Vous voulez un verre ?

– Rhonda a de quoi faire un gin-tonic ?

– Je vais voir, dit-elle en fouillant dans un petit placard. Tenez, voilà déjà le gin. J'ai vu du tonic dans le réfrigérateur. Moi aussi, j'en prendrais bien un. »

Peter trouva les glaçons et prépara les deux verres. Il posa celui de Donna sur le comptoir et elle demanda :

« Comment s'est passé le procès, aujourd'hui ? »

Peter apprit à Donna que le juge Kuffel avait décidé d'écarter toute allusion aux deux autres meurtres. Puis il relata les témoignages relatifs aux revues et à l'incident du campus, ainsi que la façon dont Gary avait réagi. Il faisait très chaud chez Rhonda et le corps de Donna était couvert de sueur. Tout en écoutant Peter, elle plaqua le verre contre son front. Elle était légèrement décoiffée et avait l'air adorable malgré sa lèvre fendue et ses bleus. Les mauvais traitements que lui avaient infligés Steve incitèrent Peter à tout faire pour la protéger. Il se rendit compte qu'il la regardait fixement et détourna les yeux. Donna n'avait peut-être rien remarqué.

« Le pauvre, dit Peter en guise de conclusion. Il risque la peine de mort et ne pense qu'à une seule chose : que votre mère a appris qu'il lisait *Playboy*.

– A votre avis, comment les jurés ont-ils réagi à cette histoire de voyeurisme et de magazines porno ?

– C'est dur à dire. Le fait qu'il regardait les filles se déshabiller en a choqué deux ou trois. Quant aux revues... Il me semble avoir surpris des sourires un peu amusés.

– Dites à Gary que je l'embrasse. Dites-lui aussi... parce qu'il va se demander pourquoi je ne viens pas au palais... dites-lui que j'ai dû m'absenter pendant quelque temps.

– Ce sera fait. »

Donna avait l'air inquiète.

« Si je vous pose une question, est-ce que vous me ferez une réponse honnête ?

– Naturellement, dit Peter.

– Est-ce que Gary va être reconnu coupable ? »

D'emblée, Peter pensa dire qu'il allait gagner et sauver Gary, mais il savait que c'était un mensonge, et il se refusait à mentir à la jeune femme.

« Je l'ignore, Donna. J'aimerais pouvoir vous dire que tout va bien se passer, mais franchement, je n'en sais rien. »

XXI

Peter commença le contre-interrogatoire de Dennis Downes en lui demandant :

« Vous connaissez bien la famille Harmon, sergent ?

– Pas si bien que cela. Je les salue quand je les vois, mais ça s'arrête là.

– Avez-vous déjà rencontré Gary Harmon dans une réunion ou une manifestation ?

– Jamais.

– Savez-vous que Gary Harmon est légèrement retardé ?

– Je l'ignorais complètement.

– Vous saviez tout de même qu'il était un peu lent ?

– Disons... je savais qu'il n'avait pas fait d'études supérieures.

– Vous avez raison de le préciser car je vois mal comment vous auriez pu convaincre un diplômé de l'université qu'il avait des pouvoirs surnaturels. Je n'ai pas raison ? »

Downes haussa les épaules d'un air gêné et Peter ne chercha pas à ce qu'il lui fournisse une réponse plus précise.

« En fait, il vous a été plutôt facile de convaincre Gary de l'existence de ses pouvoirs psychiques ?

– Je pense, oui.

– C'est parce qu'il vous faisait confiance, n'est-ce pas, sergent ?

– Je le suppose.

– Et vous n'en doutez pas un seul instant. Quand il a été arrêté pour avoir regardé cette étudiante, vous

vous êtes arrangé pour qu'il soit relâché, je me trompe ?

– Non.

– Vous ne deviez pas trouver Gary bien dangereux, sinon vous ne l'auriez pas fait libérer, n'est-ce pas ? »

Downes comprit brusquement où Peter voulait le mener. Il hésita avant de répondre par la négative, et Peter constata avec satisfaction que plusieurs jurés avaient pris des notes en voyant Downes hésiter.

« Parlons un peu des pouvoirs surnaturels de Gary, sergent. Tant que vous n'avancez pas cette idée, Gary déclare ne rien savoir du meurtre de Sandra Whiley.

– Non, ce n'est pas vrai. Il a dit l'avoir vue avec son meurtrier tout près de l'entrée du parc.

– Ce n'est pas tout à fait exact. »

Peter s'avança vers le témoin et lui tendit une transcription de l'interrogatoire. Des post-it dépassaient en plusieurs endroits. L'exemplaire de Peter possédait exactement les mêmes signets.

« J'aimerais que vous vous reportiez à la page indiquée par le post-it numéro un. Vous l'avez ? »

Downes fit signe que oui.

« Gary vous a déclaré initialement avoir vu un homme et une femme s'enlacer dans le parc, n'est-ce pas ?

– Oui, mais après...

– Ce n'est pas « après » qui m'intéresse, sergent, mais ce que Gary vous a dit en premier. Il avait tout simplement vu un homme et une femme s'enlacer.

– Oui.

– Il ignorait totalement qui ils étaient ? »

Downes parcourut la page et hocha la tête.

« Il n'a pas dit que l'homme était en train de tuer la femme ?

– Non.

– Pas avant que vous ne lanciez cette histoire d'inconscient. »

Downes ne répondit pas.

« En fait, il vous a fallu pas mal de temps pour convaincre Gary qu'il avait vu Sandra Whiley dans le parc.

– Je ne l'ai convaincu de rien du tout.

– Oh, vraiment ? Prenez au numéro cinq. Que répond Mr Harmon quand vous lui dites : “ Je suis persuadé que vous avez vu Sandy et son assassin quand vous longiez le parc du Puits aux souhaits " ? »

Downes parcourut la page jusqu'à ce qu'il trouve la question et la réponse.

« Il a dit : " Je les vois serrés l'un contre l'autre, c'est tout ", répondit Downes à contrecœur.

– Au numéro neuf, quand vous lui dites de se relaxer, Mr Harmon ne vous répond-il pas : " Ça ne marche pas. Je ne vois rien de nouveau " ?

– Si.

– Au numéro dix, que dit Mr Harmon quand vous lui demandez si c'est Sandy ?

– Il répond : " Je ne suis pas trop sûr. "

– C'est exact. Dites-moi, vous avez fait croire à Mr Harmon qu'il était une sorte de détective, n'est-ce pas ?

– Que voulez-vous dire ?

– Regardez à nouveau au signet numéro dix. Je cite : " Bon sang, Gary, tu es vraiment très doué " et Gary répond : " Je veux attraper ce type, c'est tout. " Il croit qu'il est en train d'aider la police, n'est-ce pas ?

– Ou de l'abuser.

– Il aurait inventé cela avec un QI de 65 ?

– Objection, lança O'Shay. Le sergent Downes n'a pas les moyens de savoir ce qui se passait dans la tête de l'accusé au moment de son interrogatoire.

– Accordée, dit le juge Kuffel.

– Très bien, Votre Honneur, dit Peter. Sergent Downes, est-il vrai que vous avez demandé à Mr Harmon de deviner ce qui se passait dans le parc ?

– Ses suppositions étaient plutôt justes.

– Ah oui ? Comme lorsque vous lui avez demandé de deviner sur quelles parties du crâne de Miss Whiley s'abattaient les coups ?

– Il s'est montré très précis.

– Vraiment ?

– Oui, maître. Il a indiqué l'emplacement des blessures.

– Regardez au signet vingt-deux. Lisez aux jurés, je vous prie, à partir de la ligne treize.

– Je lui dis : " Laisse-toi aller, Gary. Le premier coup. Où est-ce qu'il tombe ? " et il répond : " Sur le haut de la tête ". C'était bien là qu'était le premier coup.

– Poursuivez.

– Je lui dis : " Bien. Et ensuite ? " Il balance le bras et

dit : “ Là, sur le côté droit. Et puis encore un autre. ”

– Arrêtez-vous, sergent. Vous savez, n’est-ce pas, que le Dr Guisti a témoigné que l’assassin avait porté ses coups sur le côté gauche de la tête de Miss Whiley ?

– Oui, mais...

– Oui ou non ?

– Oui. »

Peter ne montra pas aux membres du jury à quel point il se sentait soulagé. En réussissant à convaincre les jurés que Downes avait profité des faiblesses mentales de Gary pour abuser de lui, il saperait les fondements de l’argumentation du ministère public.

– Quand vous avez questionné Mr Harmon, vous a-t-il paru endormi ?

– A la fin, on était fatigués tous les deux.

– Combien de temps a duré cet interrogatoire ?

– A peu près sept heures depuis le moment où on l’a amené au poste.

– Ainsi donc, deux heures d’interrogatoire n’ont pas été enregistrées ?

– Oui.

– C’est pendant cette partie de l’interrogatoire que vous avez demandé à l’officier Robert Patrick de faire une petite farce à Mr Harmon ?

– Je ne comprends pas la question.

– Qu’est-ce que la lumière noire, sergent ? »

Downes rougit un peu.

« C’est, euh... la lumière noire... Ça ressemble à une torche électrique, mais elle projette un faisceau ultraviolet.

– Avez-vous demandé à l’officier Patrick de recouvrir une canette de Coca d’une poudre invisible qui prend une teinte orangée sous un faisceau ultraviolet ?

– Oui.

– Gary a manipulé la boîte, mais ensuite, l’officier Patrick a-t-il, sur votre ordre, projeté cette fameuse lumière noire sur les mains de Gary ?

– Oui, répondit Downes très mal à l’aise.

– L’officier Patrick a-t-il dit à ce jeune homme, dont le QI est, je le rappelle, de 65, que les taches orange sur ses mains étaient le sang de Sandra Whiley ?

– Oui.

– C’était un mensonge, n’est-ce pas ? »

Downes parut vouloir fournir une explication, puis il se contenta de hocher la tête.

« Où avez-vous appris la technique du “ transfert de projection ”, sergent ?

– Nulle part, répondit-il fièrement. J’en suis l’inventeur.

– L’inventeur ? répéta Peter incrédule.

– Oui, maître.

– Vous rendez-vous compte que la technique utilisée avec Mr Harmon est identique à celle des hypnotiseurs lorsqu’ils veulent plonger un sujet en état de transe ?

– Objection, dit O’Shay. Cette question repose sur des faits qui ne sont pas démontrés.

– Nous avons l’intention de les démontrer, Votre Honneur.

– Fort bien, dit le juge. Puisque vous me l’assurez, je vais ordonner au témoin de répondre.

– J’ignore tout des techniques des hypnotiseurs, maître Hale.

– Que vous les connaissiez ou pas, n’est-il pas vrai que vous avez amené Mr Harmon à vous donner les réponses que vous souhaitiez entendre ?

– Non, maître, ce n’est pas vrai.

– Prenez le post-it numéro dix-sept. Est-ce que vous ne suggérez pas que l’homme et la femme que Mr Harmon dit avoir vu s’embrasser dans le parc font autre chose qu’échanger un baiser, et ce en dépit du fait que Mr Harmon vous a plusieurs fois répété que c’était bien là l’activité à laquelle ils se livraient ?

– Je lui ai laissé entendre que le couple ne s’embrasserait pas s’il s’agissait de Whiley et de son assassin.

– Et ainsi vous avez déposé une suggestion dans un esprit ouvert précisément à la suggestion par la fatigue et la faiblesse de son quotient intellectuel.

– Objection, dit O’Shay. Mr Hale nous fait une démonstration.

– Accordée. Gardez la plaidoirie pour la fin, maître Hale.

– Sergent Downes, n’avez-vous pas incité Mr Harmon à dire que l’homme qu’il avait vu dans le parc tenait une arme, et ce après que Mr Harmon vous eut répété à plusieurs reprises qu’il n’avait pas vu d’arme dans sa main ?

– C’est Gary qui a parlé de la hachette.

– Prenez au signet vingt-neuf. Lisez les premières lignes de cette page, je vous prie.

– Je lui demande : “ Et tu as vu quelque chose qui brillait, Gary ? C’était sûrement à ce moment-là, pendant cette fraction de seconde. ” Il me répond : “ Quelque chose qui brillait ? ” Alors je dis...

– Cela suffit. Vous avez été le premier à parler d’une chose qui brille, n’est-ce pas ?

– Oui, fit Downes après un instant d’hésitation.

– C’est également vous qui avez déclaré que l’arme se trouvait probablement dans la main droite du tueur ? »

Downes parcourut la page et s’arrêta pour lire une phrase.

« Je... J’ai dû le dire en premier.

– Vous placez ces mots dans la bouche de Mr Harmon.

– Non, maître. Je lui ai posé des questions et il m’a donné des réponses.

– Des réponses qui étaient parfois les vôtres, n’est-ce pas ? J’ai terminé, Votre Honneur, dit Peter avant que Becky O’Shay pût objecter.

– Je voudrais revenir sur certains points, sergent. » Le substitut du procureur ne paraissait pas troublé par le brillant interrogatoire de Peter. « Mr Hale a déclaré que l’accusé indiquait que les coups de hachette étaient portés sur la partie droite du visage de Miss Whiley, alors que c’est sur la partie gauche que l’on a retrouvé les blessures.

– C’est exact.

– Quand Mr Harmon décrivait verbalement ces blessures, faisait-il également la démonstration des coups portés ?

– Oui, madame. Je lui ai donné une règle et lui ai demandé de faire comme s’il s’agissait d’une arme. Je me suis mis devant lui et me suis un peu baissé pour être davantage de la taille de Miss Whiley. Je lui ai alors demandé de me porter des coups.

– Les gestes de l’accusé correspondaient-ils à ce qu’il disait ?

– Non, madame, pas du tout. Pendant qu’il parlait, je me tenais en face de lui. Mr Harmon avait la règle dans la main droite et disait que les coups tombaient sur ma droite, mais en fait, il parlait de sa droite à lui, et c’était de la partie gauche de mon visage qu’il s’agissait. Vous comprenez ?

– Je suis certaine que les jurés comprennent parfaitement », dit O'Shay. Peter se rendait compte qu'il perdait là sur l'un des points majeurs de son argumentation.

« Mr Hale vous a demandé si l'officier Patrick a projeté une lumière noire sur les mains de l'accusé après qu'une poudre provenant d'une canette de Coca y eut été déposée, dit O'Shay.

– Oui.

– Avec la lumière ultraviolette, cette poudre a pris une couleur orangée sur les mains de Mr Harmon, c'est bien cela ?

– Oui.

– Qu'a fait Mr Harmon quand l'officier Patrick lui a dit que ces traces orange n'étaient autre que le sang de Sandra Whiley ?

– Il a regardé ses mains et les a frottées pour en faire disparaître le sang.

– Bien. Mr Hale vous a demandé si vous avez poussé l'accusé à dire que l'homme du parc détenait bien une arme.

– Oui.

– Avez-vous suggéré que l'arme ayant servi au meurtre de Sandra Whiley pourrait être une hachette ?

– Non, madame. Quand je parlais avec Gary, personne ne savait avec quoi on avait tué cette jeune fille. On savait seulement qu'il s'agissait d'un instrument tranchant.

– Quelle fut la première personne à dire que l'arme du crime était une hachette ?

– Gary. L'accusé.

– Et voilà que l'arme du crime se révèle précisément être une hachette. Ce n'est pas vrai, sergent ?

– Oui, madame. A ma grande surprise, ça c'est passé comme ça. »

XXII

1

Le Dr Leonard Farber, médecin traitant de Kevin Booth, avait des cheveux bruns quelque peu clairsemés, des yeux bleu ciel et un sourire désarmant. Son allure enjouée avait de quoi surprendre quand on savait qu'il passait tout son temps en compagnie de personnes qui souffraient atrocement. Farber marchait dans les couloirs en compagnie de Becky O'Shay, à qui il expliquait que son patient avait suffisamment récupéré pour quitter sa chambre stérile et occuper une chambre d'hôpital plus classique. O'Shay ne manifesta aucune émotion quand le médecin décrivit les blessures de Booth et la greffe de fragments de peau humaine et porcine sur des zones atrocement brûlées. Il est vrai que ce n'est pas la même chose d'écouter l'explication scientifique des effets de l'essence embrasée sur la peau humaine que de voir une personne prendre feu sous ses yeux.

Le Dr Farber s'était arrangé pour que Booth fût momentanément placé dans une chambre assez vaste pour accueillir le juge, le greffier, les avocats et les jurés. Le policier en faction devant la porte rectifia la position en voyant arriver le médecin et le substitut.

« On a bien dit deux heures ? demanda Farber.

– Ce serait mieux si vous venez un peu avant. A moins le quart, par exemple. Au cas où le juge ou l'avocat de Harmon voudraient poser des questions.

– D'accord. A plus tard », dit Farber.

Il regagna son cabinet.

Le policier ouvrit la porte de la chambre de Booth après avoir vérifié l'identité de Becky. Booth était assis dans un lit en fer surélevé pour lui permettre de regarder la télévision. La chaîne diffusait un jeu. Booth éteignit le poste dès que la porte s'ouvrit.

O'Shay demeura impassible quand Booth tourna la tête. Son visage était enduit de sulfadiazine, une pommade blanche et grasse. La partie droite paraissait normale, mais O'Shay vit des cercles rouge vif et des cloques épidermiques percer sous la crème qui recouvrait la partie gauche. Ce n'était pas tout : un tube en plastique pénétrait dans sa narine droite afin de l'alimenter et son sourcil gauche avait totalement disparu. Booth portait une chemise de nuit d'hôpital à manches courtes, toute bosselée aux endroits où les pansements protégeaient les greffes. Des carrés de peau rose ou violacée ponctuaient son bras gauche et le dos de sa main. Un liquide jaune pâle suintait par endroits. O'Shay avait la tête qui tournait, même si Booth n'était pas aussi abîmé qu'elle se l'était imaginé.

« Comment vous sentez-vous, monsieur Booth ? demanda O'Shay en s'asseyant sur une chaise métallique.

– Mal. »

Sa voix rauque et haletante surprit O'Shay. Ce mot fut prononcé si doucement qu'elle dut tendre l'oreille pour bien entendre. Le Dr Farber lui avait expliqué que Booth avait été légèrement intoxiqué par les vapeurs qui s'étaient dégagées lors de la combustion de son lit. Le médecin avait momentanément supprimé les antalgiques de Booth pour qu'il eût les idées claires lors de sa déposition.

« Vous vous sentirez mieux quand vous aurez témoigné et je ne manquerai pas de faire savoir à vos juges à quel point votre collaboration m'aura été précieuse. »

O'Shay se rendit compte que Booth avait peur.

« Ne vous en faites pas, Kevin. Cela ne durera pas longtemps. Votre médecin sera présent. Le juge vous accordera des pauses si vous en avez besoin.

« Nous ne commencerons pas tout de suite. Je suis ici pour vous faire connaître les questions que je vous poserai afin que vous ne soyez pas surpris. D'accord ? »

Booth hocha la tête et O'Shay le récompensa d'un

sourire. Pendant une demi-heure, O'Shay procéda à l'interrogatoire particulier du témoin. La plupart du temps, elle ne commenta pas les réponses de Booth, mais il lui arriva tout de même de conseiller à Booth de formuler différemment certaines réponses afin d'en accroître l'impact sur les jurés. Elle décida de mettre un terme à leur entretien quand elle vit que cela l'épuisait.

« C'était très bien, Kevin. Je voulais vous demander encore une chose, ensuite je vous laisse tranquille. Vous croyez que vous pouvez tenir encore quelques minutes ? »

Booth acquiesça mollement, les paupières lourdes de fatigue.

« Les jurés sont impressionnés par les détails. De petites choses qui confèrent une certaine authenticité aux assertions d'un témoin. Il y a beaucoup de détails intéressants dans les aveux de Harmon, mais il y a une chose dont nous n'avons jamais parlé, je m'en rends compte aujourd'hui. Une chose dont vous aurait parlé Harmon et que seul l'assassin peut connaître.

– Quelle... chose ?

– Vous m'avez dit que Sandra Whiley portait au cou un porte-bonheur. Un petit médaillon d'argent au bout d'une chaîne. Harmon vous a-t-il raconté autre chose à propos de ce médaillon ?

– Qu'est-ce... qu'il aurait... raconté ?

– On a retrouvé la chaînette près de l'entrée du parc, non loin des piliers de pierre. Nous pensons que l'assassin la lui a arrachée alors qu'ils se battaient. Harmon vous a-t-il parlé de cela ?

– Je... je n'en suis pas sûr.

– Faites un effort. Je ne veux pas vous voir rapporter des choses que Harmon ne vous a pas dites. Il n'est pas question d'inventer. Mais ce serait vraiment important si Harmon y avait fait allusion. Vous devriez y réfléchir pendant que vous vous reposez. »

Booth fit oui de la tête et O'Shay se leva.

« J'arriverai avant tout le monde et vous pourrez me dire si vous vous souvenez de cette histoire de chaîne ou de quelque autre détail d'importance. »

2

Peter Hale et Becky O'Shay étaient assis de part et d'autre du juge Kuffel sur la partie gauche du lit de Kevin Booth. Le Dr Farber et le greffier étaient installés à droite. Gary Harmon avait pris place derrière Peter. Deux policiers s'étaient postés le long du mur et un de leur confrère montait la garde devant la porte.

Peter tournait le dos aux jurés, mais il les avait entrevus alors qu'il déposait ses notes sur la table de bridge fournie par l'hôpital. Côtoyer un grand brûlé les mettait mal à l'aise. Peter ne les comprenait que trop bien : lui-même s'était senti désorienté quand il était allé voir son père aux soins intensifs. Les hôpitaux étaient des endroits désagréables et leurs patients rappelaient sans cesse la fragilité de l'être humain.

« Monsieur Booth, est-ce que vous vous sentez assez bien pour parler aux jurés ? » interrogea Becky O'Shay avec une certaine onctuosité.

Booth hocha la tête. Le juge avait accepté qu'un mouvement de tête remplace le oui ou le non quand il n'était pas utile de développer la réponse.

« Bien. Si vous désirez vous reposer, faites-le-moi savoir et je demanderai au juge une interruption. Le Dr Farber sera présent pendant toute votre déposition. Vous pourrez vous adresser à lui à tout moment, nous sommes bien d'accord ? »

Booth fit de nouveau signe que oui.

« Bon. Vous êtes actuellement soigné à l'hôpital de Portland, mais vous êtes techniquement en détention préventive pour divers chefs d'inculpation tous liés aux stupéfiants, d'accord ? »

Hochement de tête.

« Après votre arrestation, avez-vous été incarcéré à la prison du comté de Whitaker ? »

Hochement de tête.

« Gary Harmon se trouvait-il dans la même prison que vous ? »

Booth tourna lentement la tête pour voir Gary, puis revint vers le procureur. Cela parut durer une éternité.

« Oui », fit Booth d'une voix rauque.

Plusieurs jurés parurent troublés par le son de sa voix.

« Depuis combien de temps connaissez-vous Mr Harmon ?

– Depuis le... lycée.

– Vous avez une idée du nombre d'années ?

– Six... sept ans.

– Etiez-vous amis au lycée ? »

Hochement de tête.

« Mr Harmon doit donc avoir confiance en vous.

– Objection, dit Peter. C'est une question tendancieuse.

– Elle l'est effectivement, maître Hale, dit le juge. Je permettrai au ministère public d'en poser quelques-unes vu la condition physique de Mr Booth, mais je crois que ce point précis est trop important pour que je ne demande pas à Miss O'Shay de formuler différemment sa question.

– Très bien, Votre Honneur. Monsieur Booth, décrivez l'état de vos relations avec Mr Harmon.

– Gary... était... mon ami. »

Booth semblait épuisé d'avoir prononcé ces quelques mots. Il ferma les yeux et O'Shay attendit un peu avant de lui poser la question suivante.

« Mr Harmon avait-il d'autres amis quand il était à la prison de Whitaker ?

– Non, répondit Booth, les yeux toujours fermés. Gary était... tout seul.

– Avez-vous parlé à Mr Harmon en prison ? »

Hochement de tête.

« Au cours de ces conversations, a-t-il évoqué son affaire ? »

Hochement de tête.

« Dites au jury comment cela s'est passé. »

Booth prit son souffle. Il ouvrit les yeux et tourna lentement la tête vers les jurés.

« La première fois que j'ai vu Gary dans la cour, il avait... l'air content de me retrouver. Excité. On a bavardé. Quand je lui ai parlé du meurtre... il a dit... qu'il avait pas tué... cette fille... »

Booth s'arrêta pour boire à l'aide d'une pipette en plastique. Les jurés attendirent.

« J'étais... un ami. Il pouvait me faire confiance... Il était nerveux. Il avait peur... C'est plus tard... qu'il m'a dit la vérité. Il m'a dit... qu'il l'avait tuée.

– Est-il venu se confesser spontanément ?

– Non. Pas... la première fois. La première fois, on a causé et il a dit que c'était pas lui. Le lendemain... ça n'allait pas. Je lui ai dit qu'il fallait pas avoir peur. S'il voulait... se débarrasser... d'un poids... » Booth reprit son souffle. « Gary crevait de peur... Il avait besoin de parler... à quelqu'un.

– De quoi voulait-il donc parler ?

– Son erreur. Une fille au bar l'a insulté. Il s'est trompé. Il en a... attaqué une autre. Ensuite... c'était trop tard.

– Ainsi, l'accusé croyait que Sandra Whiley était la fille du bar et il vous a avoué l'avoir tuée par erreur ? »

Hochement de tête de Booth.

« Dites aux jurés comment l'accusé vous a décrit le meurtre. »

Booth but un peu d'eau et rassembla ses forces. Cette déposition l'épuisait, de toute évidence. Booth suscitait tant de sympathie que Gary se retrouverait mort et enterré à la fin de cet interrogatoire si aucun coup de théâtre ne se produisait entre-temps.

« Gary voulait sortir... avec la fille du Stallion. Elle a dit non. Gary... a insisté. Elle l'a traité de débile... Ça l'a rendu dingue. Il l'a empoignée... Il gueulait.

« Ensuite... Gary m'a dit qu'il était parti en courant. Il était... pas calmé. Il est allé chez lui. Pour prendre une hachette... Il est revenu au Stallion.

– L'accusé vous a-t-il dit qu'il s'était passé quelque chose de spécial lors de son retour au Stallion ?

– Il a vu la fille. Il croyait... que c'était celle du bar.

– Celle qui l'avait insulté ? »

Hochement de tête.

« Où l'a-t-il vue ?

– Près de l'entrée... du parc.

– Parlez-vous de l'entrée principale du parc du Puits aux souhaits, celle qui mène au puits érigé à la mémoire des combattants du Vietnam ? »

Nouveau hochement de tête.

« Qu'a donc fait l'accusé après avoir vu cette femme ?

– Il l'a menacée. Elle est rentrée dans le parc. » Booth s'arrêta pour boire un peu. « Gary l'a empoignée. Ils se sont battus. Elle avait... un collier. Gary... l'a attrapée... par sa chaîne. Elle s'est cassée. La fille s'est enfuie. » Nouvelle pause. « Il... elle a couru vers le puits.

– Qui a couru vers le puits ?
– Elle. Gary a balancé... la chaîne. Il a couru aussi. Il l'a rattrapée.
– Vous a-t-il dit ce qu'il a fait après l'avoir rattrapée ? »
Booth hocha la tête et regarda fixement le jury.
« Il l'a tuée.
– Vous a-t-il dit à combien de reprises il l'a frappée et où ? »
Booth fit non de la tête. « Il était paniqué... Il chialait... Gary m'a dit que c'était... plusieurs fois.
– Que s'est-il passé après que l'accusé eut frappé Miss Whiley à coups de hachette ?
– Elle était... morte. Il l'a regardée. C'est comme ça qu'il a vu... qu'il avait pas tué celle qu'il croyait.
– Qu'a fait l'accusé, alors ? »
Booth but un peu avant de poursuivre.
« Il a eu la trouille. Il s'est sauvé.
– Qu'a-t-il fait de la hachette ?
– Il l'a jetée... dans un collecteur près... de l'université.
– Et ensuite ?
– Il est entré au Ponderosa.
– C'est un bar ? »
Hochement de tête.
« L'accusé a-t-il exprimé des remords après avoir tué Sandra Whiley ?
– Il... il avait des regrets.
– Des regrets ? »
Booth regarda longuement les membres du jury avant de déclarer :
« Il regrettait... de pas avoir tué l'autre fille. »

« Une tierce personne a-t-elle assisté aux conversations entre Mr Harmon et vous-même ? » demanda Peter Hale quand l'interrogatoire reprit après vingt minutes de pause.
Booth secoua la tête.
« Il n'y a donc que votre parole pour nous assurer que Mr Harmon vous a bien fait des aveux. »
Pas de réponse.
« Vous attendez beaucoup de ce témoignage, n'est-ce pas ?
– Je... je comprends pas.

– Commençons par les chefs d'inculpation pour détention de stupéfiants. Vous avez été arrêté en train de porter deux sacs-poubelle contenant en tout vingt kilos de cocaïne, c'est bien exact ?

– Je... savais... pas...

– Votre Honneur, pouvez-vous demander à Mr Booth de répondre directement à ma question ?

– Monsieur Booth, dit le juge Kuffel, répondez par oui ou par non si vous le pouvez. »

Booth s'humecta les lèvres et fit signe que oui.

« Ces vingt kilos venaient de vous être donnés par Rafael Vargas, collecteur de fonds pour le compte d'un cartel de la drogue colombien ? »

Hochement de tête.

« Des agents de la DEA ont procédé à l'arrestation, n'est-ce pas ? »

Booth fit oui de la tête.

« Votre avocat vous a-t-il dit que la nomenclature fédérale est telle que vous risquez d'être condamné à plus de dix ans de prison si vous êtes reconnu coupable de détention d'une aussi grosse quantité de cocaïne ?

– Je... j'ai pas... d'avocat.

– Je vois. Mais vous savez quelle peut être la sentence, n'est-ce pas ?

– Oui.

– Miss O'Shay vous a-t-elle parlé de la peine encourue ? »

La question désarma Booth, qui ne put s'empêcher de regarder du côté du procureur.

« Je... je sais plus...

– C'est intéressant. Il me semble pourtant que l'on doit se souvenir de la personne qui vous annonce que l'on va passer dix années en prison. »

Booth n'avait rien à répondre à cela.

« Vous risquez une longue peine de prison et vous n'avez pas l'air trop inquiet, n'est-ce pas, monsieur Booth ?

– Qu'est-ce que... vous voulez dire ?

– Pourquoi ne parlez-vous pas aux jurés de la récompense que vous vaudra votre déposition ?

– ... pas... de récompense.

– Vous voulez donc dire que vous ne serez pas remercié par le procureur ou le gouvernement fédéral pour avoir témoigné contre Gary Harmon ?

– ... pas de récompense...
– Lors de votre procès, allez-vous contester l'inculpation pour détention de stupéfiants ?
– Je sais pas.
– Si vous plaidez coupable ou passez en jugement et êtes déclaré coupable, pensez-vous que Miss O'Shay parlera en votre faveur au juge chargé d'établir votre peine ?
– J'espère bien.
– Vous le savez très bien, monsieur Booth, parce que Miss O'Shay et vous-même avez déjà passé un accord.
– Maître Hale répond à sa propre question, Votre Honneur, intervint Becky. Mr Booth a déjà expliqué qu'il témoignait sans la moindre promesse d'assistance de la part de mon bureau ou du procureur fédéral. »
Peter n'y croyait pas. Ils avaient passé un accord. O'Shay et Booth ne pouvaient que mentir.
« Vous voulez faire croire à ce jury que vous ne témoignez que par grandeur d'âme ?
– Je voulais pas, réussit à dire Booth. Gary, c'est mon ami. Mais..., ajouta-t-il en secouant la tête d'un air las, cette fille... La tuer comme ça... Qu'est-ce qui se passerait... si Gary était mis en liberté... et qu'il recommence ? » Pause dramatique. « J'aurais ça... sur la conscience.
– Votre conscience n'a-t-elle pas été troublée quand vous avez menti à Mr Harmon au Stallion en lui disant que Karen Nix voulait sortir avec lui ?
– C'est pas moi... C'est Chris Mammon qui a parlé... de la fille à Gary.
– Mais vous ne l'avez pas contredit, n'est-ce pas ? »
Il fit non de la tête.
« Vous connaissez Mr Harmon depuis le lycée ? »
Hochement de tête.
« Dans ce cas, vous savez qu'il souffre d'un handicap mental ? »
Longue hésitation, puis hochement de tête.
« Et malgré cela, vous avez accepté de jouer avec Mammon à son petit jeu cruel ? »
Booth s'humecta les lèvres. « Je voulais pas... C'était moche.
– Oh ? Dois-je comprendre que les témoins qui vous ont vu vous tordre de rire en assistant aux déboires de Gary se sont trompés ? »

Booth ne répondit pas.

« Cela vous amusait de vous moquer de Mr Harmon et de le faire marcher, n'est-ce pas ?

– Non, dit Booth d'une voix rauque sans pour autant paraître convaincant.

– Vous n'avez eu aucun mal à mentir à Mr Harmon au Stallion, de même que vous n'avez aucun mal à mentir à ces jurés quand vous leur rapportez la confession de Gary afin d'échapper à une peine de prison fédérale !

– Objection, cria O'Shay.

– Accordée.

– Dans ce cas, Votre Honneur, je n'ai plus d'autres questions. »

3

Peter ne cessa de relire la déposition de Kevin Booth pendant les cinq heures de voiture que durait le trajet Portland-Whitaker. Il arrivait toujours à la même conclusion. Booth avait l'air de dire la vérité et son contre-interrogatoire n'avait donné aux jurés aucune raison de se défier de lui. Le contre-interrogatoire de Booth avait été aussi démoralisant que celui de Dennis Downes. Aucun témoin n'avait craqué parce que Peter ne savait pas pratiquer efficacement l'art du contre-interrogatoire. Avant cette affaire, il n'avait eu que rarement l'occasion d'interroger des témoins et son manque d'expérience le désespérait.

Peter envisagea d'aller à son cabinet pour travailler sur le dossier, mais il était trop fatigué et trop déprimé pour cela. Il résolut donc de rendre visite à Donna et se sentit immédiatement bien mieux. Il avait beaucoup apprécié la soirée qu'il avait passée avec elle : pour une fois, depuis le début de ce procès, il s'était vraiment détendu. Donna était très attirante, mais Peter s'efforçait de ne pas penser à elle en ces termes parce que c'était la femme de Steve. Il voulait ne voir en elle qu'une amie. Quelqu'un à qui l'on pût parler et dont on apprécie la présence.

Peter espérait que Donna serait seule, mais ce fut Rhonda Kates qui ouvrit la porte. Rhonda s'était toujours montrée très sympathique et elle avait fait beaucoup pour Donna. Peter lui sourit.

« Bonsoir, Rhonda. Donna est là ?

– Elle se rafraîchit. »

Peter remarqua que Rhonda semblait prête à sortir.

« Qu'est-ce qui se passe ?

– Donna va aller habiter chez ses parents. Je l'accompagne.

– Non, je vais m'en occuper. Il faut que l'on parle de certaines choses.

– D'accord. Le procès, ça se passe comment ? »

Peter perdit son sourire.

« Pas très bien. »

La porte de la salle de bains s'ouvrit et Donna en sortit. Elle parut étonnée de voir Peter, puis elle afficha un sourire bienveillant.

« Rhonda me dit que vous rentrez chez vos parents.

– J'en ai assez de me cacher. Je n'ai rien fait de mal. Steve, si. Mon frère joue sa vie en ce moment et Steve ne m'empêchera pas d'aller au palais le soutenir de ma présence.

– Vous allez dire à vos parents ce qui s'est passé ?

– Oui. J'ai décidé que je n'avais aucune raison d'éprouver de la honte.

– Sage décision. Si vous le voulez bien, je vous emmènerai chez eux. On en profitera pour parler du procès. »

Donna embrassa Rhonda et la remercia de l'avoir si gentiment accueillie.

« Comment cela s'est-il passé à l'hôpital ? » demanda Donna dès qu'ils eurent pris la route.

Peter lui rapporta la déposition de Booth.

« Vous pensez que les jurés l'ont cru ?

– Je n'en sais rien. Ce qui me fait peur, c'est qu'il avait l'air sincère. Et il était si pathétique... Ce pauvre type pouvait à peine parler.

– Votre enquêteur n'a rien trouvé d'intéressant que nous puissions utiliser contre Booth ?

– Pullen ? C'est une catastrophe.

– Je croyais qu'il était formidable.

– C'est ce que disait Steve, mais il ne m'a strictement rien apporté. Je n'arrive même pas à le joindre et ses rapports sont parfaitement inutiles. Les rares fois où je l'ai vu, il réparait des voitures chez son frère au lieu de retrouver des témoins.

– Vous pourriez le renvoyer et engager quelqu'un d'autre, non ?

– C'est trop tard, on est plein procès. »

Bordée d'érables et de bouleaux, la route qui menait à l'exploitation des Harmon longeait la rivière. Donna s'était enfermée dans le silence. Peter baissa la vitre pour jouir de l'air estival. Soudain, elle dit :

« J'ai une idée. Je vis depuis toujours à Whitaker et je connais beaucoup de gens ici. Vous pourriez me confier l'enquête.

– Quoi ?

– Je sais que j'en suis capable. Si... si l'on en arrive à la seconde phase du procès, je pourrai faire venir un million de personnes susceptibles de parler en bien de Gary.

– Vous n'avez jamais fait d'enquête, Donna. C'est très spécial, il faut un passé d'avocat ou de policier pour y arriver.

– Barney Pullen était dans la police et vous voyez le résultat ?

– Ça ne donnera rien.

– Peut-être, mais je ne serai pas pire que Pullen. Je serai même bien meilleure. Et vous saurez comme ça que je ne vous laisse pas tout faire seul. »

Peter déposa Donna devant la maison des Harmon et revint en ville. Pendant le trajet, il repensa à la proposition de Donna. Elle était pleine de bonne volonté, mais elle n'avait aucune expérience. Et il lui fallait quelqu'un qui connût le boulot. Elle avait cependant raison sur un point. Au cours de la seconde phase du procès – si l'on devait en arriver là –, la défense faisait comparaître des témoins de moralité pour évoquer le passé de l'accusé. Donna savait sur qui l'on pouvait compter.

Peter franchissait la porte de sa maison quand le téléphone sonna. Il répondit assez vite.

« Je suis bien chez Peter Hale, l'avocat de la défense du type qu'on accuse d'avoir tué la fille dans le parc ?

– Exact. Qui êtes-vous ?

– Zack Howell. Je suis étudiant. Je vais à l'université de Whitaker.

– Qu'y a-t-il, Zack ?

– Je, euh, j'ai lu votre annonce. Celle que vous avez fait passer dans le *Clarion* pour demander aux gens qui se seraient trouvés dans le parc à l'heure où Sandra Whiley a été tuée de vous appeler.

– Et alors ?

– Eh bien, euh, je ne voulais pas appeler au début. Mais ce pauvre type risque sa vie. Alors j'en ai parlé avec Jessie, c'est ma copine, et elle a dit qu'il fallait vous contacter.

– Vous vous trouviez près du parc, le soir du meurtre ?

– Oui, monsieur. On était là. »

XXIII

Après avoir parlé à Zack Howell, Peter appela au domicile de Barney Pullen. Une femme lui répondit qu'il était absent. Peter laissa un message pour demander à l'enquêteur d'apporter ses comptes rendus au tribunal, le lendemain à huit heures.

Peter arriva devant le palais de justice à huit heures précises. Pullen se pointa à huit heures vingt, l'air ennuyé.

« Vous êtes en retard, lui dit Peter.

– Désolé, grommela Pullen, qui n'en pensait pas un mot.

– Où sont les comptes rendus ?

– Je n'ai pas trouvé grand-chose de valable, monsieur Hale, dit Pullen en tendant une mince enveloppe à Peter, mais je crois que je suis sur le point de tomber sur une information intéressante. »

Peter parcourut les quelques feuilles. Il fut d'abord stupéfait, puis furieux. L'enquêteur n'osait pas le regarder en face.

« Je n'ose pas croire qu'il n'y a que ça ! »

Pullen haussa les épaules.

« Avez-vous parcouru à pied les distances qui séparent le Stallion, la maison de Gary et le Ponderosa ainsi que je vous l'avais demandé ? Je n'en vois pas trace là-dedans.

– Je n'en ai pas eu le temps.

– Je vous l'ai pourtant demandé il y a plusieurs semaines.

– Oui, je sais. Je voulais le faire ce week-end, mais il y a eu des imprévus.

– Ah bon ? »

Pullen avait l'air vraiment très mal à l'aise. « J'avais promis à mon frère d'emmener ses gosses à la pêche. Je pensais avoir le temps d'évaluer les distances en revenant en ville, mais ma voiture est tombée en rade. Le temps de la réparer et de ramener les gosses chez leurs parents, il était trop tard. Je vais m'en occuper cet après-midi.

– Barney, ça ne va pas du tout.

– Qu'est-ce que vous voulez dire ?

– Que je vais confier l'enquête à quelqu'un d'autre. Vous ne vous conduisez pas en professionnel alors que les enjeux sont terriblement élevés.

– Mais qu'est-ce que vous me chantez là ? Je me suis cassé le cul sur cette affaire.

– Permettez-moi de ne pas en être persuadé. Envoyez-moi votre facture. Je dois me rendre au tribunal. »

Un journaliste du *Clarion* aperçut Donna et ses parents dans le couloir menant au prétoire du juge Kuffel. Avant qu'ils pussent entrer, il prit Jesse à part et lui demanda ses impressions. Donna en profita pour se mettre à l'écart en espérant qu'on ne viendrait pas l'importuner.

« Bonjour, Donna. »

Elle se retourna. Steve se tenait tout près d'elle. Elle en eut le souffle coupé.

« Je plaide devant le juge Staley. J'allais entrer quand je t'ai vue.

– Je n'ai pas envie de te parler, Steve. Laisse-moi tranquille.

– Je comprends que tu sois en colère, mais je voulais simplement savoir comment tu allais.

– Très bien, maintenant que tu ne me tapes plus dessus. »

Mancini baissa les yeux, l'air gêné.

« Tu ne mérites pas ce que je t'ai fait. Je suis... Je ne sais pas ce que je suis. En tout cas, je sais que je t'aime et je veux que notre mariage tienne bon. Je veux bien voir un psychologue si c'est ce que tu veux.

– Je ne te fais plus confiance, Steve, et puis ce n'est pas le moment de parler de ça.

– Je comprends. Je ne m'attends pas à ce que tu me

reviennes tout de suite, mais je tiens à ce que tu saches que je t'aime et que je suis malade quand je pense à la façon dont j'ai gâché notre mariage. Je voulais seulement savoir si nous avions une petite chance.

– Je ne le pense pas », répondit-elle d'une voix ferme.

Jesse Harmon abandonna le journaliste et vit Steve. Le rouge lui monta aux joues. Il s'avança, mais Donna lui posa la main sur le bras.

« Tout va bien, papa. »

Jesse lança un regard noir à Mancini, mais tint sa langue.

« Ce n'est vraiment pas le moment, dit Donna.

– Tu acceptes au moins qu'on reparle ?

– Je dois réfléchir.

– Allons-y, Donna », dit Jesse.

Elle suivit ses parents à l'intérieur du prétoire.

Peter et Gary étaient déjà installés. Gary vit Donna et lui sourit. Il s'était inquiété en ne la voyant pas. Il s'avança vers la balustrade et lui fit signe.

« J'ai repensé à votre proposition. J'aimerais vous demander un certain nombre de choses.

– Oh, Peter, fit Donna tout excitée.

– Ecoutez, je n'ai pas le temps de vous en parler maintenant, mais Becky a indiqué au juge Kuffel qu'elle ne faisait appeler qu'un témoin et que ce ne serait pas long. Pour elle, ce sera terminé. Nous déposerons nos requêtes et je devrais en avoir fini vers midi. Je pourrais passer à la ferme après déjeuner. Je ferai des photocopies des rapports d'enquête. Vous les lirez et nous en reparlerons ce soir.

– C'est une bonne idée. »

L'huissier annonça l'entrée du juge. Donna et Peter allèrent s'asseoir. Puis Becky O'Shay appela Dennis Downes à la barre.

« Je voudrais vous demander une dernière chose, sergent Downes », dit O'Shay après avoir rappelé au témoin qu'il avait prêté serment. Elle lui tendit un sac en plastique scellé.

« Reconnaissez-vous l'objet cote 76 placé dans ce sac ?

– Oui.

– De quoi s'agit-il ?

– C'est une croix de Jérusalem attachée à une chaîne.

– Un collier ?
– Oui, madame.
– A qui appartenait ce collier ?
– Nous avons établi que ce médaillon était le porte-bonheur de Sandra Whiley. La dernière personne à l'avoir vue le porter est l'un des barmen du Stallion, peu avant qu'elle ne quitte le bar. Il devait être onze heures vingt.
– Portait-elle toujours ce médaillon quand on a découvert son cadavre ?
– Non. Le cou de Miss Whiley présentait des marques correspondant à l'arrachage d'une chaîne.
– Où a-t-on retrouvé le collier ?
– Dans un buisson, près de l'entrée du parc du Puits aux souhaits.
– Le collier était-il abîmé quand on l'a retrouvé ?
– Le fermoir de la chaînette était cassé comme lorsqu'on arrache de force un collier à quelqu'un.
– Combien de personnes savaient que Miss Whiley ne portait plus son collier quand on l'a découverte ?
– Très peu. Les policiers présents sur le lieu du crime, le médecin. Les officiers n'ont pas tous vu le corps ni été mis au courant de la découverte du collier.
– Ainsi, donc, très peu de gens savaient que le collier avait été arraché du cou de Miss Whiley au moment de sa mort. Les autres pensaient certainement que la police le lui avait enlevé du cou.
– C'est cela, madame.
– Vous qui êtes un représentant des forces de l'ordre, que concluriez-vous en apprenant que Gary Harmon a raconté à une tierce personne que le meurtrier de Sandra Whiley lui avait arraché son collier juste avant de l'assassiner ? »

Peter objecta et le juge Kuffel accepta, mais la réponse de Downes importait peu. Les jurés avaient entendu Kevin Booth parler de la confession de Gary et se demandaient à juste titre comment Gary aurait pu savoir que la croix de Jérusalem de Sandy Whiley lui avait été arrachée juste avant sa mort. Peter se posait la même question quand Becky O'Shay annonça au juge qu'elle en avait fini avec ses témoins.

XXIV

1

Les témoins à décharge étaient peu nombreux et cela inquiétait Peter. Il se demandait comment les jurés apprécieraient que Gary pût réunir si peu de personnes favorables après tant de témoignages négatifs.

Le matin, Peter fit appeler les policiers qui avaient fouillé la maison de Gary afin d'établir que l'on n'avait trouvé aucune trace de sang sur les vêtements de l'accusé. Le barman du Ponderosa jura qu'il avait bien vu Gary vers minuit, le soir du meurtre, et qu'il n'avait pas remarqué de sang sur ses habits.

Peter appela ensuite Elmore Brock, dont les cheveux bruns en broussaille, la peau lisse et le blazer bleu le faisaient ressembler à un étudiant en théologie. Le visage de Gary s'illumina quand il vit Brock monter à la barre des témoins. Brock ne savait pas trop s'il devait lui sourire, mais il le fit tout de même quand Gary prit un air tout triste.

« C'est Mr Brock, dit Gary à Peter, tout excité.

– Quel est votre emploi, monsieur Brock ? dit Peter après avoir demandé à Gary de se calmer.

– Je suis psychologue au lycée Eisenhower de Whitaker.

– Pouvez-vous exposer aux jurés votre passé universitaire et professionnel ? »

Brock se voûta un peu. Il avait l'air embarrassé de devoir s'adresser aux membres du jury.

« J'ai fait mes études à l'université d'Etat de Portland où j'ai obtenu une licence de psychologie. J'ai ensuite passé une maîtrise d'éducation spécialisée à l'université de l'Oregon. J'ai travaillé pendant un an au Allen Center de Portland : on y dispense des cours spéciaux qui vont du jardin d'enfants à la terminale. Le poste de psychologue scolaire a été créé il y a six ans au lycée de Whitaker. J'ai postulé et j'ai été engagé.

– Monsieur Brock, avez-vous travaillé avec des enfants handicapés mentaux quand vous étiez au Allen Center ?

– Oui.

– Le lycée Eisenhower a-t-il des classes spéciales pour les handicapés mentaux ?

– Oui.

– Quelle est la définition du " handicapé mental [1] " ?

– C'est, euh, je dirais que c'est une personne dont les capacités à assimiler, à organiser et à utiliser de nouvelles informations sont plus limitées. Les effets négatifs de cet état se manifestent dans chaque facette de son existence et affectent sa vie scolaire, sociale et professionnelle.

– Avez-vous connu Gary Harmon à l'époque où il fréquentait le lycée Eisenhower ?

– Bien sûr », dit Brock en se tournant vers Gary à qui il adressa un large sourire.

Gary lui répondit de même.

« Etait-il considéré comme un handicapé mental ?

– Oui.

– Quel est le QI de Gary ?

– Il se situe entre 65 et 75.

– Quel est le QI d'une personne moyenne, normale ?

– Cent.

– Une personne dotée d'un QI moyen peut-elle réussir au lycée ?

– Non, la plupart des lycéens ont environ 120.

– Monsieur Brock, qu'est-ce qui différencie Gary d'une personne ayant un QI moyen ?

– Quand on les voit en photo, il n'y a pas de différence. Mais on remarque plusieurs petites choses dès l'instant où l'on se met à bavarder avec Gary. Son élo-

1. Aujourd'hui, on préfère employer l'expression « retard mental » plutôt que « handicap mental », parce qu'elle laisse entrevoir une chance à la personne de se rattraper *(N.d.T.)*

cution est plus lente, plus appliquée. Son vocabulaire est bien plus réduit. Sa coordination et sa motricité fine sont également moins bien développées.

« Gary fonctionne dans l'instant. Il n'a pas la possibilité de forger des projets à long terme, et les projets qu'il conçoit sont plutôt vagues et assez irréalistes. »

Peter lança un coup d'œil en direction de Gary, mais celui-ci ne manifesta pas la moindre réaction pendant l'exposé du tableau clinique de son niveau intellectuel.

« Quel type de cours Gary a-t-il suivis au lycée ?

– Des cours spéciaux destinés à lui donner une formation professionnelle simplifiée, mais il a aussi reçu un enseignement de base en anglais et en mathématiques.

– Gary faisait-il l'objet d'un projet éducatif personnalisé ?

– Oui. Il a reçu une formation d'agent de maintenance et a travaillé avec l'équipe d'entretien du lycée.

– Etait-il un bon technicien de surface ?

– Excellent », dit Brock avec enthousiasme. Très fier, Gary se redressa et sourit. « Gary se donne à fond quand on lui confie une tâche. Il lui faut un temps d'adaptation, mais il ne se décourage jamais.

– Gary vous a-t-il aidé personnellement ?

– Oui. Il me demandait toujours s'il pouvait faire quelque chose pour moi. Je lui répondais non, la plupart du temps, mais je lui confiais parfois des travaux de photocopie ou de la mise sous enveloppe.

– J'ai fait du bon travail pour Mr Brock, dit Gary.

– Votre honneur, m'accorderez-vous un instant ? » dit Peter.

Le juge fit signe que oui. Peter se tourna vers son client et posa la main sur son épaule.

« Gary, je te l'ai déjà demandé à plusieurs reprises, dit doucement l'avocat. Tu ne peux pas t'adresser à un témoin pendant sa déposition. D'accord ? Tu notes tout ce qui te paraît important et on en parlera ensemble. Mais ne dis rien maintenant.

– Excusez-moi.

– Monsieur Brock, reprit Peter, avez-vous le dossier scolaire de Gary ?

– Oui, dit Brock en brandissant un classeur.

– Gary posait-il des problèmes de discipline quand il fréquentait le lycée Eisenhower ?

– Non, monsieur. En fait, il y a très peu d'appréciations négatives dans le dossier de Gary.

– Les enfants présentant le même handicap que Gary sont-ils bagarreurs ?

– Bien au contraire, les enfants handicapés mentaux ont tendance à éviter les conflits, même quand ce sont de véritables gaillards comme Gary. A moins, bien entendu, qu'ils ne soient issus de familles déstructurées et présentent de fortes tendances antisociales.

– Pourquoi ?

– Ils ne se sentent pas à la hauteur quand ils se comparent aux gens dits normaux. Ils sont assez craintifs et demandent souvent la permission de faire des choses pourtant évidentes.

– A Eisenhower, Gary était-il méchant ou agressif ?

– Absolument pas. Il était docile et très sensible au malheur d'autrui. Tenez, je vais vous donner un exemple. Gary adore le football. Je me souviens d'un match où l'un des joueurs a été blessé. Les enfants handicapés mentaux ont des sentiments comme tout un chacun, mais il leur est plus difficile de les maîtriser. Ce sont des écorchés vifs. Gary était en larmes pendant que le soigneur s'occupait du jeune homme.

– Vous êtes un expert de l'arriération mentale et vous connaissez personnellement Gary. Avez-vous été surpris d'apprendre que Gary était inculpé de meurtre ?

– Oui. Rien n'aurait pu me préparer à cela. La violence que cela implique... Je vois mal Gary infligeant ce genre de traitement à quelqu'un : ça ne correspond pas du tout à sa personnalité ni au mode de fonctionnement de son intelligence.

– Pas d'autres questions. »

Becky O'Shay parcourut le dossier scolaire de Gary : elle en avait reçu un exemplaire quelques semaines auparavant. Puis elle adressa un sourire chaleureux à Elmore Brock. Ce dernier était de plus en plus voûté.

« C'est monsieur Brock, pas docteur Brock, n'est-ce pas ? dit-elle doucement.

– Oui.

– Je vois, *monsieur* Brock, que vous n'avez pas de doctorat.

– Non.

– Ai-je raison de dire que ce n'est pas une maîtrise de psychologie que vous avez passée ?

– Oui.

– Vous n'êtes donc pas psychologue agréé, n'est-ce pas ?

– Non.

– Un psychologue agréé se doit de faire un an d'internat et assurer deux mille heures de thérapie dans le domaine de sa spécialisation, le tout sous la direction d'un psychologue agréé, n'est-ce pas ?

– C'est vrai.

– Et vous n'avez jamais fait ça, n'est-ce pas ?

– Non, dit Brock en rougissant.

– Un psychologue agréé doit passer des examens nationaux écrits ainsi qu'un oral organisé par le jury d'examen de l'Etat d'Oregon.

– C'est exact.

– Et vous n'avez rien fait de tout cela.

– Non, dit-il de plus en plus tendu.

– Bien. Vous nous avez expliqué que l'accusé n'est pas aussi intelligent que les gens normaux, c'est bien cela ?

– Oui.

– Pourriez-vous dire aux jurés quelle note moyenne Gary avait au lycée ?

– Ça ne signifie...

– Votre Honneur ?

– Oui, monsieur Brock. Répondez à la question, je vous prie. Si maître Hale désire d'autres explications, il pourra vous les demander après que Mrs O'Shay en aura terminé avec ses questions. »

Brock baissa la tête.

« Excusez-moi.

– Ce n'est pas grave, monsieur Brock, dit le procureur sur le ton de la plaisanterie. Vous n'avez pas l'habitude des procès. Voulez-vous réentendre la question ?

– Non, ce ne sera pas nécessaire. Gary avait une note moyenne de 3,2.

– 4, c'est très bien, n'est-ce pas ?

– Oui.

– Et 3,5, c'est bien ?

– Oui.

– Bon. Je crois que vous avez dit que les gens comme Mr Harmon avaient des problèmes de coordination.

– C'est vrai.

– En dernière année, l'accusé a-t-il reçu un diplôme de la part de l'équipe sportive de l'établissement ? »

Brock balbutia quelques mots avant de répondre par l'affirmative.

« Vous nous avez parlé des choses que l'accusé ne peut pas faire, mais j'aimerais vous interroger sur les choses qu'il peut faire. Par exemple, Gary Harmon peut-il mentir ?

– Eh bien, oui. Gary pourrait apprendre à mentir.

– S'il assassinait une jeune fille, serait-il apeuré ?

– Bien sûr.

– La peur pourrait-elle pousser à mentir une personne dont le QI tourne autour de 65 ou de 70 ?

– Je le pense.

– Vous nous avez raconté une histoire plutôt touchante à propos de ce joueur de football blessé. L'accusé a pleuré en le voyant ainsi.

– Oui.

– Il me semble que vous avez déclaré que Mr Harmon a pleuré parce que les handicapés mentaux ont les mêmes émotions que les gens normaux, mais plus de mal à les maîtriser.

– C'est exact.

– La colère est une émotion, n'est-ce pas ? »

Brock vit le piège dans lequel on l'avait attiré, mais il ne pouvait que répondre par l'affirmative.

« Monsieur Brock, si une personne dont le QI tourne autour de 65 ou de 70 se met à boire et prend peur parce qu'elle vient, dans un accès de rage incontrôlé, de massacrer une jeune fille à coups de hachette, peut-elle occulter le souvenir de l'acte qu'elle vient de commettre ?

– C'est... c'est possible.

– Les personnes souffrant de handicap mental sont capables de persévérer dans ce qu'elles entreprennent, n'est-ce pas ?

– Oui, elles peuvent même être monomaniaques.

– Si Mr Harmon avait commis un crime particulièrement violent, la peur pourrait-elle le pousser à mentir et serait-il à même de s'en tenir résolument à ce mensonge ?

– Oui.

– Quel rôle l'ivresse jouerait-elle dans un tel scénario ?

– L'alcool ferait que, très probablement, Gary ne se rappellerait pas avoir tué quelqu'un... en supposant qu'il ait tué quelqu'un, répondit Brock un peu malgré lui.

– Je n'ai pas tué cette fille, dit Gary.

– Votre Honneur, dit O'Shay en se tournant vers l'accusé.

– Monsieur Harmon, vous ne devez pas parler tant que vous n'êtes pas interrogé, dit le juge Kuffel. Est-ce que c'est bien compris ? »

Gary acquiesça. Il semblait bouleversé. Peter lui murmura quelque chose à l'oreille et il baissa les yeux.

« Vous avez bien dit que faire des projets présente des difficultés quand on a le QI de Mr Harmon ? reprit O'Shay.

– Oui.

– Mais pourrait-il planifier un meurtre ?

– De quel meurtre voulez-vous parler ?

– Eh bien, imaginons qu'un mauvais plaisant lui a raconté dans un bar qu'une femme voulait sortir avec lui. Quand Mr Harmon demande à la femme si elle désire une bière, elle ne se contente pas de le repousser, mais elle fait insulte à son intelligence, sujet qui le touche tout particulièrement. Ajoutons que Mr Harmon agresse physiquement cette jeune femme. Ma question, docteur... pardon, *monsieur* Brock, est la suivante : Mr Harmon est-il assez intelligent pour élaborer un plan au cours duquel il doit rentrer chez lui prendre une arme, revenir aux environs du bar, suivre une femme qui sort du même bar, la tuer et se débarrasser de l'arme du crime ?

– Il... il pourrait imaginer un tel plan. »

O'Shay sourit.

« Bien. Je n'ai pas d'autres questions. »

Ce fut au tour de Peter d'interroger le témoin.

« Monsieur Brock, vous n'êtes pas docteur en psychologie, mais vous êtes un spécialiste des handicapés mentaux, n'est-ce pas ?

– Oui. C'est à cela que je me suis formé.

– Que signifie la note de 3,2 de Gary Harmon ?

– Pas grand-chose. Les notes n'indiquent que sa capacité à accomplir les tâches qu'on attend de lui. Gary n'a pas un « très bien » en physique nucléaire, mais en activités quotidiennes. Cela signifie qu'il sait parfaitement lacer ses chaussures, faire son lit, ce genre de choses, quoi. Ces notes permettent aux élèves d'avoir une image d'eux-mêmes positive, elles ne reflètent jamais de réels mérites académiques.

– Miss O'Shay a insisté sur le fait que Gary appartenait à l'équipe de football d'Eisenhower. Pouvez-vous nous éclairer sur ce point ? »

Gary releva la tête en entendant le nom de son sport préféré.

« Gary adore le football. Il a voulu entrer dans l'équipe quand il avait quinze ans. L'entraîneur le laissait faire comme les autres garçons, mais il n'était pas vraiment capable de jouer. Apprendre les passes et les règles les plus élémentaires était au-delà de ses compétences. De temps en temps, quand l'équipe avait beaucoup d'avance ou était franchement en retard, on permettait à Gary de participer à un match ou deux. On lui demandait par exemple de bloquer un joueur bien particulier.

« La dernière année, Gary a reçu un diplôme sportif pour le récompenser de ses efforts, mais il n'a en aucun cas eu des résultats semblables à ceux des autres garçons.

– J'ai une dernière série de questions à vous poser, monsieur Brock. Serait-il facile de faire croire à Gary Harmon qu'il a des pouvoirs extraordinaires lui permettant de se projeter dans l'esprit d'une personne assassinée et de voir ainsi comment elle a été tuée ?

– Très facile. Gary adore faire plaisir aux gens. Il dirait n'importe quoi pour cela.

– Inventerait-il une histoire pour satisfaire une personne jouissant d'une certaine autorité ?

– Tout à fait. L'imagination de Gary est très limitée, mais il sait quoi répondre si son interlocuteur lui suggère ce qu'il a envie d'entendre.

– Quel effet cela aurait-il sur Gary si l'interlocuteur en question était un policier ?

– Un effet énorme. Les gens qui ont le QI de Gary obéissent aveuglément aux représentants de l'autorité. Si un policier faisait des suggestions à un handicapé mental comme Gary, il serait impossible de dire si ce qu'il raconte correspond à des souvenirs bien réels ou s'il invente purement et simplement pour faire plaisir au policier en question. »

2

Après le déjeuner, Peter appela à la barre Don Bosco. Le directeur de la Santé mentale du comté déclara que Dennis Downes avait malencontreusement placé Gary Harmon en état de transe au cours de l'interrogatoire, rendant ainsi ses déclarations impropres à toute utilisation ultérieure. Bosco expliqua aux membres du jury que le « transfert de projection » du sergent Downes inciterait une personne d'intelligence limitée à fantasmer et à imaginer des choses dans le seul but de faire plaisir à son interlocuteur. Il indiqua plusieurs sections de la transcription où des questions directives ou suggestives avaient tiré à Gary des réponses faisant écho aux propos de Downes.

« Monsieur Bosco, dit Becky O'Shay lorsque son tour fut venu d'interroger le témoin, si je vous comprends bien, vous pensez que les déclarations de l'accusé pourraient n'avoir aucune valeur s'il n'avait fait que répéter les mots du sergent Downes au lieu de relater des incidents auxquels il aurait participé.

– C'est cela.

– Vous ne vous trouviez pas au parc du Puits aux souhaits à l'heure où le crime a été commis, n'est-ce pas ? dit-elle avec un sourire.

– Bien sûr que non.

– Dans ce cas, vous ne savez pas si Gary Harmon a commis ce crime et parlé au sergent Downes d'un incident dont il se souvient ou s'il n'était pas présent à l'heure du crime et aurait tout inventé pour faire plaisir au sergent ?

– Non.

– Pourrait-on se rendre compte que l'accusé a inventé ou pas ce qu'il racontait à l'officier en découvrant qu'il savait des choses relatives au meurtre de Sandra Whiley qu'ignorait le commun des mortels et que ne lui aurait pas suggérées le sergent Downes ?

– Oui.

– Merci. Pas d'autres questions. »

Peter avait tenu à faire passer son ultime témoin en

fin de journée : ce serait ainsi la dernière chose qu'entendraient les membres du jury. Il voulait que les jurés y réfléchissent toute la nuit.

« Mr Harmon appelle Zachary Howell », dit Peter.

Un jeune homme assez mince aux cheveux bouclés entra dans le prétoire et se dirigea vers la barre des témoins.

« Monsieur Howell, dit Peter, vous êtes bien étudiant à l'université de Whitaker ?

– Oui.

– Quelle matière étudiez-vous ?

– Je, euh, je ne me suis pas encore spécialisé, mais je pense que ce sera la biologie.

– Avez-vous une petite amie, monsieur Howell ?

– Oui.

– Comment s'appelle-t-elle ?

– Jessie Freeman.

– Comment en êtes-vous venu à témoigner dans ce procès ?

– Il y avait une petite annonce dans le bulletin de la fac. Si l'on détenait des informations concernant ce crime, on pouvait vous appeler.

– L'annonce était-elle plus précise ?

– Vous désiriez parler à tous ceux qui se seraient trouvés entre onze heures du soir et deux heures et demie du matin au parc du Puits aux souhaits, la nuit où Sandra Whiley a été assassinée.

– Vous souvenez-vous de ce que vous faisiez le soir où Miss Whiley a été tuée ?

– J'avais rendez-vous avec Jessie. On est allés à la dernière séance. Ensuite, on est passés par le parc du Puits aux souhaits et, euh, on a un peu traîné. »

Peter ne demanda pas au témoin d'entrer dans les détails. Il voyait bien aux regards amusés de certains jurés qu'ils imaginaient parfaitement ce qu'un jeune homme et une jeune fille pouvaient faire dans un parc par une chaude et romantique soirée d'été.

« Quand avez-vous décidé de quitter le parc ?

– Un peu avant onze heures et demie.

– Comment pouvez-vous être certain de l'heure ?

– On devait faire du rafting le lendemain et il fallait se lever tôt. J'ai regardé ma montre pour voir l'heure qu'il était.

– Par quel chemin êtes-vous sorti du parc ?

– Nous avons suivi la rivière jusqu'au puits. Ensuite, nous avons pris l'allée jusqu'à l'entrée principale.

– Avez-vous vu un corps inanimé près du puits quand vous êtes passés par là ?

– Non, monsieur.

– Auriez-vous remarqué la présence d'un tel corps ?

– Oh oui, monsieur. Jessie a fait un vœu et a jeté une pièce dans le puits. On s'est penchés pour la regarder tomber.

– Savez-vous ce que Jessie a souhaité ?

– Oui, monsieur, dit Howell avec un sourire.

– Expliquez aux jurés comment vous avez découvert le vœu de Jessie.

– Quand on est arrivés près des piliers de l'entrée du parc, Jessie m'a embrassé.

– Vous aussi, vous l'avez embrassée ?

– Bien sûr !

– Que s'est-il passé alors ?

– Jessie me tenait par la main, elle s'est un peu écartée de moi et je l'ai attirée vers moi, ça l'a fait tourner sur place. Elle m'a dit : « Tu vois, les souhaits peuvent se réaliser. »

– Ça l'a fait tourner sur place, répéta Peter.

– Oui.

– Comment expliquez-vous que vos souvenirs de cette soirée soient si précis, monsieur Howell ?

– La fille qui a été assassinée, Sandy, on avait parfois des cours ensemble. Tout le monde en parlait le lendemain quand on est revenus du rafting. Je me suis alors rendu compte que l'on s'était trouvés sur le lieu du crime, juste avant qu'il n'arrive. J'en ai eu froid dans le dos.

– Monsieur Howell, combien de temps s'est-il écoulé entre l'instant où vous avez décidé de quitter le parc et votre départ de fait ?

– Pas longtemps. On était tout près du puits. Le temps de s'arrêter et de faire un vœu... Je dirais pas plus de cinq minutes.

– Vous vous seriez donc trouvés à l'entrée du parc à minuit moins vingt-cinq ?

– C'est cela.

– Comment Jessie était-elle habillée ?

– Elle portait un jeans et un T-shirt.

– Monsieur Howell, êtes-vous plus grand ou plus petit que Jessie ?

– Plus grand. Elle doit mesurer un mètre soixante.

– Une dernière question. Quelle est la couleur des cheveux de Jessie Freeman et les porte-t-elle longs ou courts ?

– Jessie est blonde et elle a les cheveux longs. »

3

« Vous voulez me faire croire que vous n'étiez pas au courant de l'existence de ce témoin ? hurlait Becky O'Shay.

– Calmez-vous, dit Dennis Downes.

– Est-ce que vous vous rendez compte que toute notre démonstration repose sur la théorie selon laquelle Gary Harmon aurait inventé de toutes pièces cette histoire de couple en train de s'embrasser près de l'entrée du parc ? Vous ne vous souvenez peut-être pas que j'ai dit en guise d'introduction que ce n'était pas un couple d'amoureux, mais Sandra Whiley et son assassin, Gary Harmon ? Et maintenant, on se retrouve avec deux petits jeunes qui se bécotent au clair de lune ! Il est plus grand qu'elle, ce qu'a dit Harmon. Elle s'écarte de lui et tourne sur elle-même, ça aussi, Gary Harmon l'a dit. Et la fille est blonde, elle porte un jeans et un T-shirt, exactement comme Sandra Whiley. Pour couronner le tout, Gary Harmon est à minuit au Ponderosa, où il mange des biscuits trempés dans de la sauce. Et pas une seule goutte de sang sur lui. Notre démonstration est foutue, oui ! »

Downes haussa les épaules.

« Je ne sais pas quoi vous dire. Personne n'avait jamais entendu parler de Howell jusqu'à ce qu'il contacte Hale. C'est un sale coup, c'est tout. »

O'Shay serra les poings de frustration, puis elle s'effondra dans son fauteuil.

« Désolée d'avoir crié, Dennis. Je suis crevée. Vous irez interroger Howell à ma place. Essayez de trouver quelque chose d'utile pour le contre-interrogatoire. Appelez-moi chez moi si vous avez un élément intéressant. »

Downes s'en alla et O'Shay regarda les piles de rapports de police qui s'entassaient sur son bureau. Chacun d'eux traitait d'un aspect particulier de l'affaire Harmon. Elle les avait lus à de nombreuses reprises, mais elle recommencerait encore une fois pour trouver le petit détail qui lui permettrait de tirer profit de l'interrogatoire de Zach Howell.

Becky ne le découvrit pas tout de suite : les pièces du puzzle étaient éparpillées. Jusqu'à ce qu'elle vît l'édition de la mi-journée du *Clarion* posée sur l'un de ses meubles de rangement.

Elle contempla le journal, bouche bée, puis fouilla frénétiquement parmi les comptes rendus. Elle trouva celui qu'elle cherchait et le relut. Quand elle eut terminé, elle donna plusieurs coups de téléphone. Ses interlocuteurs confirmèrent ses suppositions. Zack Howell et Jessie Freeman s'étaient peut-être embrassés à l'entrée du parc du Puits aux souhaits et Gary avait peut-être mangé des biscuits au Ponderosa sur le coup de minuit, mais cela n'empêchait pas Harmon d'avoir assassiné Sandra Whiley, et ça, Becky pouvait le prouver !

XXV

1

Le lendemain, Peter exposa les arguments de la défense dès l'ouverture de la séance. Puis Becky O'Shay fit appeler son premier témoin à charge, Dennis Downes.

« Sergent Downes, vous n'ignorez pas que le Dr Guisti situe l'heure du décès de Sandra Whiley entre vingt-trois heures trente et deux heures trente ?

– Non, madame.

– Le corps a bien été découvert samedi matin.

– Oui.

– Les autorités ont-elles eu immédiatement connaissance de l'identité de la victime ?

– Non. Nous n'avons trouvé ni porte-monnaie, ni portefeuille. Il a donc fallu un certain temps pour identifier Miss Whiley.

– A quelle heure l'identification a-t-elle été effectuée ?

– Après quatre heures de l'après-midi.

– Comment êtes-vous parvenu à découvrir l'identité de la victime ?

– Marjorie Dooling partage une chambre avec Miss Whiley. Elle a vu un portrait de la victime dans l'édition de la mi-journée du *Clarion* et s'est immédiatement rendue au poste de police.

– Pas d'autres questions.

– Maître Hale ? » fit le juge Kuffel.

Peter ignorait totalement pourquoi le procureur avait demandé au témoin à quelle heure le corps avait été identifié, et il ne put que faire non de la tête.

« Le ministère public appelle Martin Renzler. »

Martin Renzler leva la main et prêta serment. Grand, mince, le cheveu grisonnant, il portait des lunettes cerclées de métal qui lui conféraient un air très sérieux. Renzler tira sur les pans de sa veste quand il monta à la barre.

« Quelle est votre profession, monsieur Renzler ?

– Je suis directeur de la rédaction du *Clarion*.

– Le *Clarion* est-il le seul journal du comté de Whitaker ?

– Oui.

– Le matin du jour où l'on a retrouvé le cadavre de Sandra Whiley, avez-vous été contacté par le sergent Dennis Downes, de la police de Whitaker ?

– Oui.

– Quel était l'objet de sa requête ?

– Il m'a dit que le corps d'une femme non identifiée avait été retrouvé dans le parc du Puits aux souhaits. Le sergent Downes m'a demandé si le journal publierait un portrait au crayon de cette femme parce que la police était incapable d'en établir l'identité.

– Le *Clarion* a-t-il publié ce dessin ?

– Nous l'avons passé à la une.

– A quelle heure le journal est-il en vente ?

– J'ai vérifié pour ce jour-là. L'édition de la mi-journée n'a pu être diffusée avant deux heures et demie de l'après-midi.

– Pas d'autres questions », dit O'Shay.

Le souvenir extrêmement vague d'un rapport de police vint s'imposer à Peter. C'était une texte très bref qui évoquait... qui évoquait...

« Le ministère public appelle Harry Diets. »

Peter était en train de fouiller parmi ses dossiers quand un homme assez gros d'une trentaine d'années vint prêter serment. O'Shay lui fit dire qu'il était le responsable de la KPLN, la chaîne de télévision locale. Diets avait également été contacté par Downes.

« Monsieur Diets, avez-vous diffusé sur les écrans le portrait de la jeune fille assassinée ?

– Oui. Nous l'avons même fait dans le cadre d'un flash spécial qui est passé à quinze heures. Le bulletin télévisé normal est à dix-sept heures. »

Peter trouva le rapport qu'il cherchait au moment précis où O'Shay appelait le témoin suivant. Wilma s'avança vers la barre et Peter lut sa déposition à la police. Elle avait à peine juré de dire la vérité, toute la vérité et rien que la vérité que la raison pour laquelle elle avait été appelée par le procureur au même titre que Diets, Downes et Renzler s'imposa à Peter. Il se sentit pris de nausées quand elle évoqua la réception donnée à l'occasion du mariage de Steve Mancini et de Donna Harmon.

« Aviez-vous appris qu'une chose inhabituelle s'était produite à Whitaker le matin du mariage ?

– Mon mari, Eric, est policier. Il a été appelé très tôt. A son retour, il m'a dit qu'une jeune femme avait été retrouvée assassinée au parc du Puits aux souhaits.

– Avez-vous discuté de ce crime avec votre amie, Mabel Dawes, lors de la réception ?

– Oui.

– Racontez aux jurés, je vous prie, ce qui s'est passé lorsque vous étiez en train de parler avec votre amie.

– Nous nous trouvions près du buffet. Gary Harmon s'est approché. Il tenait une assiette. Je m'en souviens bien parce qu'elle débordait presque et j'avais peur de le voir tout renverser.

« Gary avait l'air de s'intéresser à ce que nous disions. Mabel avait même fait remarquer qu'elle ne voudrait pas se trouver à la place de la personne chargée d'annoncer la nouvelle aux parents.

– L'accusé a-t-il dit quelque chose ?

– Oh, oui.

– Et qu'a-t-il dit ?

– Que la jeune fille se trouvait au Stallion la veille au soir. »

Peter pâlit en anticipant la prochaine question de Becky O'Shay et la réponse que Wilma Polk ne manquerait pas de lui fournir.

« Savez-vous à quelle heure cette conversation a eu lieu ?

– Tout à fait, dit Wilma Polk en hochant vigoureusement la tête. Nous devions aller chez ma fille à deux heures. Il y avait une petite fête pour l'anniversaire de mon petit-fils Kenny. On fêtait ses trois ans.

– Quelle heure était-ce ? insista O'Shay.

– Il était exactement une heure et demie. Eric m'a dit

de me dépêcher parce que la fête commençait à deux heures et qu'il était déjà une heure et demie.

– Une heure et demie, répéta O'Shay. Vous en êtes absolument certaine ?

– Oui, j'ai même regardé ma montre. Il était bien une heure et demie. »

2

Peter avait quitté la ferme des Harmon et Donna avait veillé bien après minuit pour relire les rapports de police. La première mission que lui avait confiée Peter consistait à prendre un chronomètre et à évaluer les différents itinéraires que Gary aurait pu suivre le soir du meurtre. Donna était en train de noter les rues qu'il lui faudrait emprunter quand elle se rendit compte qu'elle passerait juste à côté de la maison où Sandra Whiley avait vécu avec Marjorie Dooling.

La pension de famille était une demeure victorienne aux murs jaunes. La pelouse était bien tondue, mais le porche avait besoin d'un sérieux coup de peinture. Une femme d'âge mûr répondit quand Donna sonna à la porte.

« Bonjour, dit Donna assez nerveuse. Marjorie Dooling est-elle là ?

– Je crois bien, oui, répondit la femme. Qui dois-je annoncer ? »

Donna hésita avant de décliner son identité. Marjorie reconnaîtrait peut-être son nom et refuserait de lui parler. Mais il valait mieux ne pas mentir.

La propriétaire monta à l'étage et Donna attendit dans le hall d'entrée. La femme frappa à une porte et appela : « Marge ! » Quelques minutes plus tard, elle redescendait, suivie d'une jeune fille vêtue d'un T-shirt de la tournée des Grateful Dead et d'un jeans coupé aux genoux. Elle avait des cheveux bruns assez courts. Donna se souvenait d'elle pour l'avoir vue à la barre des témoins.

« Miss Dooling, j'effectue une enquête privée pour le compte de maître Hale. »

Dooling parut étonnée.

« Vous êtes enquêtrice ?

– C'est occasionnel, dit Donna mal à l'aise. Normalement, je suis secrétaire juridique. »

Dooling fronça brusquement les sourcils. « Hale, ce n'est pas celui qui défend le... le type qui a tué...

– Nous croyons qu'il n'a tué personne.

– J'ai déjà parlé aux flics. Ils savent que votre client a tué Sandy. Ils m'ont dit qu'il avait avoué.

– La police peut commettre des erreurs. Et là, c'est le cas. Ecoutez, je voudrais seulement vous poser quelques questions sur votre amie. Si ce n'était pas important, je ne vous ferais pas perdre votre temps. »

Dooling se tordit la bouche pendant quelques secondes avant de dire :

« D'accord, si vous vous dépêchez. Je révise pour un examen.

– Je vous promets que ce ne sera pas long.

– On va aller chez moi. »

Le petit appartement de Dooling se composait d'un séjour, d'une salle de bains et de deux chambres. Des posters encadrés décoraient les murs du living. Dooling prit place sur un vieux canapé. Des livres de cours et des cahiers ouverts étaient posés sur la table basse. Deux fauteuils, un poste de télévision et un lecteur de CD constituaient le reste du mobilier. Donna s'installa dans un fauteuil et prit son calepin. Elle remarqua que la porte d'une des chambres était fermée.

« C'était la chambre de Sandra Whiley ?

– Oui, dit Dooling.

– Elle vous manque beaucoup ? »

Dooling eut l'air de réfléchir avant de répondre.

« On n'était pas des super copines, mais elle était sympa. Oui, je crois qu'elle me manque.

– Vous pouvez me parler un peu d'elle ?

– Elle était très calme. Elle écoutait les gens. Je pouvais me confier à elle si j'avais un problème.

– Elle sortait avec des garçons ?

– Un peu.

– Vous croyez qu'elle aurait pu être tuée par quelqu'un avec qui elle sortait ?

– La police m'a posé la même question. Je n'ai rencontré que quelques-uns de ses copains. Ils n'avaient pas le genre à... vous me comprenez.

– Comment vous êtes-vous rencontrées ?

– On travaillait comme serveuses chez Clark's pour se faire un peu de sous. On est devenues copines et on s'est dit qu'on ferait des économies en habitant ensemble.

– Marjorie, est-ce qu'il s'est passé quelque chose d'inhabituel à l'époque où elle a été tuée ? »

Dooling se mordit les lèvres, puis elle soupira.

« Je peux bien le dire maintenant. J'ai déjà indiqué au procureur qu'elle prenait de la drogue. Quelques mois avant sa mort, je me suis inquiétée parce qu'elle commençait à exagérer, mais elle ne m'a pas écoutée.

– De quelle drogue parlez-vous ?

– La cocaïne.

– Pourquoi dites-vous qu'elle commençait à exagérer ?

– Elle n'a pas toujours pris de la coke. Quand je l'ai rencontrée, elle y avait peut-être goûté, mais elle fumait de l'herbe, rien de plus. Non, je me suis inquiétée quand elle est vraiment tombée dans la coke. Je crois qu'elle voyait quelqu'un qui lui en fournissait. Elle restait dans sa chambre à dormir et elle manquait les cours. Elle disait que tout allait bien, mais je ne la croyais pas.

– Et au moment de sa mort ?

– J'avais l'impression qu'elle essayait d'arrêter. Elle avait un comportement différent. Elle avait aussi peur de quelque chose. Elle fermait sa porte à clef et sortait moins le soir.

– Sandy avait de la famille ? Quelqu'un à qui elle aurait pu se confier ?

– Je crois qu'elle n'était pas très proche de ses parents. Ils ont divorcé et elle ne les voyait pas beaucoup.

– Et à la fac ? Elle avait d'autres amis que vous ?

– Il y avait une fille qui suivait des cours avec elle. Annie. Je ne sais pas son nom de famille.

– Vous avez le numéro de téléphone ou l'adresse de cette Annie ?

– Non.

– Vous m'avez dit que Sandy avait peur. C'était de quelqu'un en particulier ? »

Dooling hésita.

« Il y avait un type.

– Vous connaissez son nom ?

– Non, mais je sais qu'il lui faisait peur.

– Vous pourriez me le décrire ?
– Je ne l'ai vu qu'une fois de la fenêtre du premier. Il était venu la prendre et il l'attendait dans sa voiture. »

Donna lui posa d'autres questions sur les loisirs de Sandra, les cours qu'elle suivait et sa vie privée. Puis elle remarqua que Dooling regardait souvent l'heure, et elle se leva.

« Merci de m'avoir reçue. Je suis désolée de vous avoir dérangée, mais je crois que ce sera utile. » Donna lui tendit une carte de visite de Peter sur laquelle elle avait écrit son nom au stylo. « Si vous vous souvenez de quelque chose, appelez-moi. »

Donna attendit d'être sortie de la maison pour pousser un grand soupir. Elle était très nerveuse, mais, finalement, sa première entrevue ne s'était pas trop mal déroulée. Elle ignorait en revanche si ce qu'elle avait appris pourrait être utile à Peter.

3

Le gardien referma la porte de la petite pièce et Gary s'assit en face de Peter. Son sourire était un peu triste. Il se mit à jouer avec le bout de sa cravate. Peter secoua la tête. Son client était totalement inconscient de la situation dans laquelle l'avaient placé les témoins à charge. La déposition de Wilma Polk avait en revanche mis Peter en état de choc.

« Gary, je veux que tu m'écoutes attentivement.
– D'accord.
– J'ai une question à te poser : pour toi, c'est très important, et je veux que tu réfléchisses bien avant d'y répondre. Tu veux bien ?
– Naturellement. »

Gary se redressa et cessa de sourire.

« Sandy a été assassinée entre onze heures et demie du soir et deux heures et demie du matin dans la nuit de vendredi à samedi. D'accord ?
– Oui, fit Gary en hochant la tête.
– Bon. Quand on a retrouvé le corps de Sandy samedi matin, il était impossible de connaître son identité. Personne ne savait qui elle était. La police a

demandé au journal et à la télévision de diffuser son portrait. Tu me suis toujours ?

– Oui, Pete. On ne savait pas le nom de Sandy.

– Bien. Le journal est sorti vers deux heures et demie de l'après-midi et la télévision a montré son portrait à trois heures. L'amie de Sandy a prévenu la police vers quatre heures. Avant deux heures et demie, donc, personne ne pouvait savoir qui était Sandy puisque le journal avec son portrait n'était pas encore sorti. Tu es toujours d'accord ?

– On aurait pu voir sa photo, dit Gary tout fier de lui.

– Oui, mais pas avant deux heures et demie.

– Personne ne pouvait le savoir avant deux heures et demie.

– C'est ça. Bon, écoute-moi bien. Voici ma question, Gary. Mrs Polk déclare qu'à une heure et demie, pendant la réception, tu lui aurais dit que la fille morte se trouvait au Stallion la veille au soir. Tu te rappelles avoir dit ça ?

– C'est qui, Mrs Polk ? demanda Gary.

– Le dernier témoin. La dame aux cheveux gris. »

Gary baissa les yeux. Il était gêné.

« Je ne l'ai pas bien écoutée. J'avais faim. »

Peter prit sur lui. Il ne voulait surtout pas se mettre en colère contre Gary.

« Ce n'est pas grave. Moi aussi, j'avais faim. Tu ne te rappelles pas avoir vu Mrs Polk au mariage ? »

Gary plissa le front. Il essayait de se souvenir de Mrs Polk. Puis il fit non de la tête.

« Je ne me souviens pas de cette dame.

– Tu ne te rappelles pas avoir dit à quelqu'un que la fille se trouvait au Stallion ?

– Non.

– Pourtant, tu l'as dit. C'est ce que Mrs Polk a déclaré. Gary, comment est-ce possible ? A une heure et demie, personne ne connaissait l'identité de la fille qui avait été tuée, alors comment pouvais-tu savoir qu'elle avait passé la soirée au Stallion ?

– Je ne sais pas.

– Réfléchis bien. »

Gary se trémoussa sur son siège.

« Peut-être que je l'ai vue avec mes pouvoirs. J'ai peut-être vu ça dans mon esprit, dit Gary pour faire plaisir à Peter.

– On a déjà parlé de tout ça, Peter. Tu n'as pas de pouvoirs. Personne n'a ce genre de pouvoirs. Le sergent Downes s'est moqué de toi. »

Gary fit un effort de réflexion. L'air troublé, il se tourna vers Peter.

« Si je n'ai pas ces pouvoirs, comment est-ce que j'ai pu faire ça, Pete ? Comment je pouvais savoir qui c'était cette fille ? »

4

« Merde, merde et merde ! » hurla Peter dès qu'il se fut enfermé dans sa voiture et qu'il eut mis la musique à fond.

Sa discussion avec Gary l'avait rendu complètement dingue. Demain, il plaiderait. Qu'allait-il dire ? Comment expliquerait-il que Gary savait tant de choses alors que seul le meurtrier était censé les connaître ?

Peter voulait croire à l'innocence de Gary, mais il commençait à se poser des questions. Gary était capable de violence physique. Il avait agressé Karen Nix. Elmore Brock avait expliqué que Gary était assez intelligent pour projeter le meurtre de Sandra Whiley. En temps normal, Gary était doux, un vrai gosse, mais ce soir-là, il avait beaucoup bu.

Comment Gary pouvait-il l'abuser aussi longtemps s'il était réellement coupable ? Brock avait dit que Gary était à même de mentir et de se tenir à son mensonge. Les handicapés mentaux pouvaient s'obstiner. Si Gary avait peur d'être percé à jour, pouvait-il mentir aussi longtemps ? Et s'il n'avait pas besoin de mentir ? C'était la possibilité la plus effrayante. Qu'en était-il si Gary avait assassiné Sandra Whiley et ne s'en souvenait même pas ? Si le mélange d'alcool et de peur avait effacé cet horrible souvenir de sa mémoire ?

Les Harmon vivaient dans une grande exploitation agricole de style colonial. Une barrière blanche bordait une vaste pelouse parfaitement entretenue. Donna sortit sous le porche dès qu'elle entendit les pneus de la voiture de Peter crisser sur les graviers. Elle avait hâte de lui raconter tout ce qu'elle avait fait dans le cadre de l'enquête, mais son sourire disparut quand elle vit son air grave.

« Il y a quelque chose qui ne va pas ?

– C'est ce dont je veux vous parler. »

Donna fit entrer Peter dans le grand salon. Jesse et Alice étaient à l'église et ils se trouvaient donc seuls. Dès qu'il fut assis, Peter évoqua le témoignage de Mrs Polk. Donna avait l'air de plus en plus inquiète au fur et à mesure qu'elle l'écoutait.

« Qu'a fait Gary avant d'aller au Stallion ce vendredi soir ? demanda-t-il.

– Rien de spécial. Il a passé la soirée avec nous. Maman avait préparé à dîner pour Steve et toute la famille. Steve devait rentrer tôt pour boucler ses dossiers avant la lune de miel. Il a déposé Gary en ville.

– Steve vous a dit où il l'a laissé ?

– Chez lui, je crois. Gary a dû se rendre à pied au Stallion, ce n'est pas très loin.

– Gary déclare s'être rendu chez Steve en sortant du bar. Il ne l'a pas trouvé et il est passé au Ponderosa. Gary a un peu mangé, mais il a surtout continué à boire. Le barman du Ponderosa a dit qu'il était plutôt éméché quand il en est parti sur le coup de deux heures du matin. Gary ne se souvient pas de s'être couché, mais le lendemain, en se levant, il a fait sa lessive. Quand l'avez-vous vu ensuite ?

– Quand il est arrivé à l'église en compagnie de Steve. Il était passé le prendre. Je le lui avais demandé au cas où Gary aurait eu du mal à mettre son smoking.

– Gary était chez lui quand Steve est arrivé ?

– Steve dit que oui. »

Peter réfléchit un instant.

« Est-ce que Gary vous a dit à l'église ou lors de la réception quelque chose qui ait un rapport avec le crime ?

– Oui, il avait aperçu des voitures de police devant le parc. On passe par là pour se rendre à l'église. Il était tout excité, mais j'ai eu l'impression qu'il ne les avait vues qu'en passant.

– Vous connaissez Gary mieux que quiconque. Aurait-il pu tuer cette fille ?

– Je me refuse à croire que Gary puisse se montrer aussi cruel. »

Peter secoua la tête. Il avait l'air épuisé et démoralisé.

« Je crois que Gary va être condamné. Il savait avant tout le monde que Sandra Whiley se trouvait au Stallion. Il a parlé de la chaîne à Booth. Il savait aussi que l'assassin s'était servi d'une hachette et où il l'avait dissimulée. Comment vous expliquez tout ça ?

– Je n'explique rien, dit doucement Donna. Je connais Gary, c'est tout.

– Moi non plus, je ne crois pas qu'il ait tué Whiley, mais je ne pense pas pouvoir réussir à le sauver, Donna. Je... je n'aurais pas dû accepter d'assurer sa défense. Peut-être qu'un autre avocat... »

Donna posa la main sur l'épaule de Peter.

« Vous faites du bon boulot. Ce n'est pas votre faute si les témoins à charge disent des choses qui mettent Gary dans une mauvaise situation. »

Peter était extrêmement gêné. Donna lui accordait toute sa confiance, mais, n'étant pas avocat, elle ne pouvait comprendre à quel point il s'y prenait mal. Il devait bien s'avouer la vérité.

« Je n'aurais jamais dû accepter. Amos Geary avait raison quand il disait que je saloperais tout parce que je n'avais rien d'un avocat d'assises. Je suis nul.

– Ce n'est pas vrai. Vous avez travaillé plus dur que quiconque. Vous avez été formidable. »

Peter se dégoûtait.

« Donna, il faut que je vous avoue quelque chose. Si je suis venu à Whitaker... Je... je n'ai pas choisi de quitter le cabinet Hale et Greaves. On m'a flanqué à la porte. J'assistais mon père sur une grosse affaire de dommages et intérêts. Il a eu une crise cardiaque au moment de se rendre au tribunal. Il m'avait demandé d'ajourner, mais j'ai voulu lui montrer, ainsi qu'à tous les autres associés du cabinet, que j'étais parfaitement capable de plaider. J'ai menti au juge en lui racontant que mon père voulait que je prenne sa suite.

« C'était une affaire d'une simplicité telle qu'un étudiant de première année aurait pu s'en charger. Il fallait être vraiment fort pour tout foutre en l'air... et c'est ce que j'ai fait. Cette pauvre femme... Vous auriez dû la voir, Donna. Elle n'avait rien. Cinq gosses et la misère noire. Elle a eu un accident qui l'a handicapée à vie. Je l'ai représentée et j'ai détruit en un seul après-midi tous les espoirs qu'elle pouvait nourrir pour elle et ses gosses. Je suis en train de faire la même chose avec Gary.

– Vous vous faites du mal. »

Peter regarda Donna droit dans les yeux.

« Quand j'ai accepté de défendre votre frère, je me fichais complètement de lui. Je ne pensais qu'à une chose : ma notoriété en cas d'acquittement. Je ne m'intéressais pas assez à lui pour me demander ce qui arriverait si je me comportais comme avec Mrs Elliot.

– Et maintenant, vous vous souciez de lui, n'est-ce pas ? dit Donna d'une voix douce.

– Oui. J'admire Gary. Il est bien meilleur que moi. Je ne pense pas qu'il ferait volontairement du mal à quelqu'un. Les sentiments d'autrui le touchent beaucoup. Quand on lui confie un travail, il fait de son mieux. Non, il ne me ressemble pas du tout, mais moi, j'aimerais bien lui ressembler un peu plus. »

Donna tendit la main pour effleurer la joue de Peter.

« Je ne sais pas quel genre de personne vous étiez à Portland. Je ne vous connais que d'ici. Je sais que le sort de Gary vous touche vraiment. » Elle baissa les yeux. « Je sais ce que vous avez fait pour moi. »

Peter aurait voulu la prendre dans ses bras, mais il ne pouvait profiter d'elle alors qu'elle était si vulnérable. Donna dut comprendre qu'ils étaient sur le point d'avoir des gestes qu'ils regretteraient parce qu'elle retira vivement la main. Ils restèrent un instant sans rien dire.

« Je... j'ai chronométré les différents trajets, fit-elle.

– Formidable, répondit Peter d'une voix mal assurée. Racontez-moi ça.

– J'ai commencé au Stallion et je suis allée jusqu'à la maison de Gary. Il doit y avoir un bon kilomètre, cela m'a pris douze minutes. Ensuite, je suis revenu au bar et j'ai poussé jusqu'à l'entrée du parc. Il doit y avoir dans les quatre cents mètres. J'ai mis seize minutes entre la maison et le parc.

– Cela veut dire que Gary est passé chez lui vers onze heures douze s'il est bien parti du Stallion à onze heures.

– A ma vitesse, oui. Mais peut-être qu'il a couru ou tout simplement pressé le pas.

– Il lui faut encore le temps de se procurer une arme. »

Peter réfléchit.

« S'il sort de chez lui à onze heures douze, suit Whiley et atteint le parc vers onze heures trente-six... Si Howell et sa petite amie ont quitté le parc vers minuit moins vingt-cinq et si Whiley est morte peu après...

– J'ai déjà envisagé cette solution, Peter. Il n'y a que quatre cents mètres entre le Stallion et le bar. On ne met que quatre minutes pour parcourir cette distance. Si Whiley a quitté le Stallion à onze heures vingt, elle est arrivée à l'entrée du parc avec les deux petits jeunes.

– Oui, mais Howell a dit que Jessie avait fait un vœu à onze heures et demie et qu'il n'y avait pas de cadavre. J'aimerais savoir où était Whiley entre onze heures vingt, quand elle sort du Stallion, et onze heures trente-cinq, quand Howell et sa copine sortent du parc.

– Vous leur avez demandé s'ils ont vu quelqu'un dans le parc ?

– Oui. Ils ne se souviennent de personne, mais ils étaient probablement trop occupés pour cela. Bien, qu'est-ce que vous avez fait à part ça ?

– Gary aurait pu mettre entre quinze et vingt minutes pour se rendre du parc au Ponderosa. Il aurait tué Sandra vers onze heures trente-sept et serait arrivé au bar vers minuit moins cinq.

– Vous avez fait le chemin entre le parc et le collecteur où l'on a retrouvé la hachette avant de revenir au Ponderosa ?

– Oui, le collecteur se trouve non loin du campus universitaire. Il doit y avoir trois kilomètres. Même si Gary avait couru, je ne vois pas comment il aurait pu tuer Whiley après onze heures trente-cinq, cacher la hachette et arriver au Ponderosa un peu avant minuit.

– Il lui aurait fallu dissimuler la hachette quelque part avant d'entrer au Ponderosa et la reprendre un peu plus tard. Cela me semble un peu trop élaboré pour quelqu'un de l'intelligence de Gary, mais j'en parlerai à Elmore Brock. »

Peter se leva. Il avait l'air totalement abattu.

« Je dois rentrer au cabinet pour travailler à ma plaidoirie. Réunissez le maximum de témoins de moralité. J'espère de tout cœur que nous n'aurons pas besoin d'eux, mais je crois malheureusement qu'il faudra les appeler à la barre. »

XXVI

1

Ils vinrent chercher Gary au coucher du soleil. Son cœur battait comme les ailes d'un oiseau pris au piège. A l'arrière de la voiture de police, ils traversèrent la ville qui se fondait dans l'obscurité. Et Gary priait : « Mon Dieu, s'il te plaît, oh mon Dieu, s'il te plaît, s'il te plaît. » Il ne cessait de répéter les mêmes mots. Il promettait à Dieu qu'il serait toujours gentil. Il lui promettait de ne plus jamais faire honte à son papa et à sa maman et de ne plus jamais les rendre malheureux. Oh, mon Dieu, s'il te plaît.

Les journalistes attendaient dans les escaliers du tribunal. Leur matériel était posé sur les marches. Ils fumaient et bavardaient tranquillement. L'un d'eux aperçut le véhicule de service. Brusquement, tous sortirent de leur léthargie et bondirent sur leurs pieds comme des marionnettes à qui l'on a insufflé la vie. A l'ouverture des portières, la foule se pressa et se jeta sur lui en brandissant des micros et en hurlant des questions. Gary était tassé sur son siège. Les adjoints du shérif ouvrirent la voie et Gary descendit de voiture, mais il eut beaucoup de mal parce qu'il avait les menottes. Il chercha un visage familier et aperçut Peter qui fendait la foule.

« Qu'est-ce qu'ils ont dit ? lui demanda-t-il quand il l'aida à monter les marches.

– Je ne sais pas, fit Peter. Ils doivent lire le verdict

devant tout le monde. Les jurés attendent dans la salle des délibérations.

– Maman et papa sont là ? »

Entourés par les adjoints, ils prirent l'ascenseur.

« Oui, je les ai prévenus. Donna les accompagne. »

Les gardes escortèrent Peter et Gary à leur place respective. Ils ôtaient les menottes de Gary quand un frémissement dans la salle annonça l'entrée de Becky O'Shay. Elle avait l'air sombre et évitait de regarder dans la direction de Peter et de son client. L'huissier se rendit dans le cabinet du juge pour lui dire que toutes les parties concernées étaient bien arrivées. Quelques instants plus tard, l'huissier pénétra dans la salle des délibérations. La porte donnant sur le prétoire s'ouvrit et les murmures cessèrent aussitôt. Dans un bruissement d'étoffes et un cliquetis de talons, les jurés s'installèrent dans le box. Peter scruta leurs visages pour tenter de deviner leur décision, mais ils ne le regardaient pas, de même qu'ils ne regardaient pas Becky O'Shay. A côté de lui, Gary se trémoussait sans arrêt sur son siège.

Dès que les jurés eurent regagné leur place, l'huissier appuya sur un bouton pour prévenir le juge. Chacun se leva quand il fit son entrée dans le prétoire. Dès qu'il se fut assis, il se tourna vers le box des jurés.

« Mesdames et messieurs, êtes-vous tombés d'accord sur un verdict ? »

Ernest Clayfield, un fermier, se leva lentement. Il tenait un papier plié à la main.

« Oui, monsieur le juge, répondit Clayfield d'une voix sombre.

– Veuillez confier votre verdict à l'huissier », ordonna le juge.

Clayfield tendit la main et l'huissier prit le papier qu'il tendit au juge. Kuffel le déplia et le lut. Il regarda Gary.

« Je demande à l'accusé de bien vouloir se lever pour entendre l'énoncé du verdict », dit-il. Gary se dressa d'un seul coup, mais Peter dut faire un effort pour se mettre sur ses pieds : la fatigue et la tension nerveuse lui ôtaient toutes ses forces.

« Je passerai sur les préliminaires, dit le juge Kuffel. La sentence est la suivante : “ Nous, membres du jury, dûment constitués et ayant prêté serment, déclarons l'accusé COUPABLE des faits qui lui sont reprochés. ” »

Il y eut un instant de silence absolu, puis Peter entendit Alice Harmon émettre un gémissement et Donna pousser un petit cri. Il ne vit pas le sourire de satisfaction de Becky O'Shay. Un brouhaha emplit la salle.

Le juge Kuffel dut user de son marteau pour imposer le silence. « Maître Hale, désirez-vous que j'interroge les membres du jury ?

– Oui », parvint à dire Peter.

Il posa la main sur l'épaule de Gary et retomba sur sa chaise pour écouter le juge demander à chacun des jurés s'il était ou non d'accord avec le verdict énoncé.

« Qu'est-ce qui s'est passé ? demanda Gary.

– Ils t'ont reconnu coupable, Gary, lui dit Peter. Ils croient que tu as tué cette fille. »

Gary parut étonné. Il se leva lentement et regarda le juge. Les gardes firent un pas en avant.

« Je n'ai pas fait ça », dit Gary. Le juge cessa d'interroger les jurés et lui dit : « Asseyez-vous, monsieur Harmon.

– Je n'ai pas fait de mal à cette fille, cria Gary d'une voix brisée.

– Monsieur Harmon, répéta le juge comme les gardes se rapprochaient.

– Je suis un bon garçon, gémit Gary. Je veux rentrer dans ma maison. »

Peter se leva et le prit par le cou. Derrière lui, Donna sanglotait.

« Je veux rentrer dans ma maison. Je veux ma maman. Je n'aime pas cette prison. Je veux rentrer dans ma maison. »

Peter serra Gary dans ses bras. Il tremblait comme une feuille, poussait de grands soupirs et pleurait comme un enfant apeuré.

2

Gary avait été transféré au QHS de la prison de Whitaker dès la lecture du verdict. Quinze cellules étroites donnaient sur le couloir. Chacune d'elles était deux fois aussi large qu'une banquette. Les toilettes étaient installées au fond des cellules. Il y avait aussi une zone libre où les détenus pouvaient faire de l'exercice, c'est-à-dire déambuler le long des barreaux. Un poste de télévision couleur était fixé près du plafond, au milieu du couloir. Les gardiens contrôlaient les programmes et les horaires. Gary détestait sa nouvelle cellule : elle ressemblait à un cercueil.

Il fallait passer par un sas pour entrer au QHS. Gary entendit le grincement de la porte du sas et s'écrasa contre les barreaux pour voir qui était ce visiteur. Quand Peter se trouva à l'intérieur du sas, la porte extérieure se referma et la porte intérieure s'ouvrit automatiquement. Les autres détenus étaient bouclés et ne pouvaient que regarder Peter passer dans le couloir. Au QHS, la vie était si terne que la venue d'un visiteur était aussi distrayante qu'un show à Broadway.

Le gardien commanda l'ouverture électronique de la porte de la cellule de Gary quand Peter arriva à sa hauteur. Peter entra. Il avait pensé lui lancer un « Bonjour » joyeux, mais Gary avait l'air si triste qu'il dut se contenter d'un « Salut, Gary », prononcé d'une voix si faible qu'il n'était même pas certain de se faire entendre.

« Peter, je peux rentrer chez moi ? »

Peter ignora sa question.

« Assieds-toi, Gary. Il faut que nous parlions de certaines choses. »

Gary s'assit sur la banquette et Peter prit place à côté de lui. Il n'y avait pas d'autre endroit où s'asseoir dans la cellule, à l'exception des toilettes qui n'avaient pas d'abattant.

« Tu vas devoir passer un certain temps dans cette cellule.

– Pourquoi ? Je ne peux pas retourner dans l'autre cellule ? Elle était bien plus grande.

– Cette cellule, c'était à l'époque où tu n'étais pas reconnu coupable. Maintenant, tu l'es. La seconde phase de ton procès va débuter la semaine prochaine : c'est là que l'on va décider de ta peine. Le shérif a peur que tu t'évades, c'est pourquoi il t'a placé ici.

– Je n'essaierai pas de me sauver, Pete. Je vous le promets. Dites au shérif que je ne me sauverai pas.

– Je le lui ai déjà dit, Gary, mais il faut obéir à certaines règles quand une personne est reconnue coupable. Tu sais ce que ce sont les règles, Gary. Tu sais qu'il faut les suivre. »

Gary avait l'air sombre.

« Si c'est la règle, il faut que le shérif obéisse.

– Bon. Maintenant, tu vas bien m'écouter, parce qu'il faut qu'on parle de quelque chose de très sérieux.

– D'accord, je vous écoute.

– Est-ce que tu sais comment va se passer la deuxième phase du procès ?

– Non, Pete. Qu'est-ce qui va se passer ?

– Tu... euh, tu as été reconnu coupable de crime avec circonstances aggravantes. C'est le crime le plus grave pour l'Etat d'Oregon. Le jury va écouter le procureur et ton avocat avant de décider à laquelle de ces trois peines il va te condamner. Deux de ces peines concernent la détention à perpétuité. Pour l'une d'elles, il y a possibilité de mise en liberté conditionnelle au bout de trente ans. Pour l'autre, non. Cela veut dire que tu ne sortirais jamais de prison.

– Ça ne me plaît pas. Je veux sortir d'ici. »

Peter allait expliquer à Gary que c'était impossible, mais il n'en fit rien. A quoi cela servirait-il ?

« Il y a la troisième peine, Gary. Tu pourrais être condamné à la peine capitale. Le jury pourrait dire que tu dois être exécu... tué. Tu comprends ?

– Ça ne me plaît pas », répéta-t-il.

Il avait l'air terrorisé.

« Moi non plus, ça ne me plaît pas, dit Peter, la gorge serrée. C'est pour cela que je suis venu discuter avec toi..

« Ecoute-moi bien, Gary. Il est important que tu aies un excellent avocat au moment où l'on va déterminer la peine, et je ne crois pas être à la hauteur. »

Gary parut surpris, puis encore plus effrayé.

« Vous ne voulez pas être mon avocat ? Vous êtes un bon avocat.

– Je n'en suis pas si sûr, Gary. Cela n'a pas très bien marché jusqu'ici. Je n'ai jamais traité d'affaire aussi importante. Si je disais au juge que je ne suis pas assez bon pour te représenter, il te trouverait un bon avocat.

– Non, non, dit Gary pris de panique, c'est vous, mon avocat.

– Je sais, Gary, mais je crois qu'il vaudrait mieux que tu en aies un meilleur.

– Oh non, dit Gary avec force, vous êtes le meilleur avocat. Et vous êtes mon ami. Mon meilleur ami. Vous me sauverez. Je sais que vous ne les laisserez pas me faire du mal.

– Gary..., commença Peter, mais il n'avait pas le cœur à poursuivre. Réfléchis bien, je t'en prie. Parce que, je ne sais pas... Réfléchis. C'est moi qui te le demande. »

SIXIÈME PARTIE

LA CABANE

XXVII

1

Le juge Kuffel fixa au lundi en huit le début de la seconde phase du procès, ce qui laissait à Peter très peu de temps pour s'organiser. Le dimanche, Peter se réveilla peu après neuf heures après une nuit peuplée de cauchemars épouvantables. Il ne voulait pas passer toute la journée dans cette location qui le déprimait, mais il n'avait pas non plus l'énergie d'aller courir. Aussi, après la douche et le petit déjeuner, se rendit-il à son cabinet.

Peter n'avait pas de plan précis pour sauver Gary. Il passa la première demi-heure à relire tout ce qui encombrait son bureau. Il avait lu plusieurs fois les rapports de la police, le compte rendu d'autopsie et les déclarations des témoins. Les seules choses nouvelles, c'étaient les notes soigneusement dactylographiées de Donna. Peter les prit et les parcourut sans enthousiasme. Il ne trouva rien de bien intéressant jusqu'à ce qu'il tombe sur le résumé de son entretien avec Marjorie Dooling. Une phrase l'intrigua, et il reprit les rapports de police pour tomber enfin sur la déposition de David Thorne.

Au moment où Peter entra dans le Stallion, un joueur des Steelers de Pittsburgh échappait à deux défenseurs des Oakland Raiders pour être finalement plaqué au bout de cinq mètres par un autre défenseur. Quelques clients protestèrent, d'autres, plus nombreux, applaudirent. Le barman se détourna de la télévision quand les Steelers réclamèrent un temps mort.

« Dave Thorne ?

– C'est moi, fit le barman avec un sourire.

– Je suis Peter Hale, l'avocat de Gary Harmon. »

Le sourire disparut.

« Sale coup. J'ai eu du mal à croire que Gary ait pu faire un truc pareil.

– Je ne le crois pas coupable. C'est pour ça que je suis venu. Je voulais vous demander de me préciser quelque chose. Vous avez déposé devant Dennis Downes.

– Je m'en souviens.

– Ce que vous disiez de Sandra Whiley m'a particulièrement intéressé. Elle était assise au bout du comptoir, à l'opposé de la porte, c'est bien cela ?

– Oui, de mon côté.

– Vous l'avez donc bien vue.

– Je n'y ai pas prêté grande attention. J'avais pas mal à faire.

– Bien sûr, mais vous dites quelque part dans votre déposition qu'elle avait l'air assez nerveuse, comme si elle avait peur.

– J'ai dit ça ? »

Peter lui tendit une copie de sa déclaration et David Thorne la lut attentivement avant de s'arrêter sur le point évoqué par l'avocat. Le passage était surligné. Thorne le lut à deux reprises et acquiesça.

« Je m'en souviens maintenant. Que voulez-vous savoir ?

– Vous dites qu'elle a regardé les deux hommes qui sortaient par-derrière et qu'elle avait l'air d'avoir peur. Précisez un peu.

– Je venais d'appeler Steve Mancini. Quand je me suis retourné, Sandra Whiley paraissait apeurée ou choquée. Il me semble qu'elle regardait deux types installés sur la mezzanine. »

Peter regarda l'endroit que Thorne lui désignait.

« Vous avez bien vu ces hommes ? demanda Peter.

– Non, il faisait sombre et je ne leur ai jeté qu'un coup d'œil. C'était plutôt animé en bas.

– Vous pourriez tout de même me les décrire ? »

Thorne réfléchit un instant, puis son visage s'illumina.

« Il y en a un qui ne m'a pas marqué, mais l'autre était énorme. On aurait dit un lutteur. »

Marjorie Dooling avait été appelée par le ministère public et n'était restée qu'un instant à la barre. Peter ne lui avait pas posé de questions, mais il se souvenait parfaitement d'elle. Il ne lui fallut donc que quelques minutes pour la retrouver à la bibliothèque de l'université, où sa propriétaire avait dit qu'elle travaillait. Dooling était penchée sur un gros manuel d'histoire. En face d'elle, le siège était vide, et Peter s'installa.

« Miss Dooling, je m'appelle Peter Hale. » Il lui tendit une carte de visite. « Je représente Gary Harmon. Vous avez déposé à son procès. » Les traits de Dooling s'assombrirent. « Vous avez été assez aimable pour recevoir mon enquêtrice l'autre jour et il y a un point de son compte rendu que j'aimerais préciser.

– Allons-y, soupira Dooling. Posez votre question. Une seule parce que j'ai un exam demain. »

Peter montra à Marjorie le passage où elle évoquait l'homme venu chercher Sandra Whiley.

« Vous dites que Sandy avait peur de lui.

– Elle avait été nerveuse toute la journée. Quand il a klaxonné pour l'appeler, elle m'a semblé morte de peur.

– Vous ne pouvez rien me dire sur cet homme ? La couleur de ses cheveux, sa taille ? »

Dooling commença à faire non de la tête, puis elle s'arrêta.

« Je ne l'ai vu que de la fenêtre du premier et il était dans sa voiture. Il y a un détail pourtant. Quand Sandy a franchi la porte de la maison, il avait le bras posé sur la portière. Je n'ai fait que l'apercevoir, parce qu'il l'a rentré dès qu'elle est arrivée.

– Et alors ?

– Il portait un T-shirt à manches courtes et je n'ai vu que son biceps et son avant-bras. Ils étaient vraiment énormes, comme ceux d'un haltérophile, et tout couverts de tatouages.

– Vous pourriez me décrire ces tatouages ? »

Dooling ferma les yeux. Quand elle les rouvrit, ce fut pour dire :

« Je n'en suis pas certaine. Je vous l'ai déjà dit, j'étais à la fenêtre du premier, mais il me semble que ça représentait des serpents et une panthère. »

Peter rentra au cabinet un peu groggy. Sandra Whiley connaissait Christopher Mammon et elle avait peur de lui. Pourquoi Mammon était-il venu assister au procès de Gary ? Pour être sûr que l'on ne dise rien contre lui ? Mammon pouvait être l'auteur du crime. Il était sorti du Stallion peu avant que Sandra Whiley ne quitte le comptoir. Si Peter réussissait à prouver qu'une brute comme Chris Mammon avait des raisons de nuire à Whiley, Gary Harmon cesserait d'être le seul suspect.

Peter se garait devant les bureaux de Steve Mancini quand il se rappela qu'Amos Geary lui avait demandé de lire le dossier de Mammon avant le début des auditions préliminaires. Il n'y avait jeté qu'un bref coup d'œil. Il regrettait aujourd'hui de ne pas s'être montré plus attentif. Ce dossier contenait peut-être des renseignements utiles à la défense de Gary. Demander à Geary de le lui montrer ne servirait à rien : son ancien patron ne voudrait même pas lui parler. En revanche, Steve Mancini représentait Kevin Booth dans l'affaire de l'interpellation sur le parking du campus universitaire. Lui aussi devait détenir le procès-verbal de la police.

Les dossiers des affaires classées étaient entreposés dans une grande pièce attenant au secrétariat. Peter alluma. Les dossiers de Mancini étaient disposés par ordre alphabétique et Peter n'eut aucun mal à dénicher celui de Booth. Il n'était pas très épais : l'affaire n'avait pas dépassé le stade des auditions préliminaires. Peter s'assit à une table et ouvrit le dossier. Il prit l'enveloppe renfermant les rapports de police et les déposa sur la table avant de les lire attentivement. Ils n'avaient rien de très passionnant. Deux d'entre eux avaient cependant un aspect très différent des autres. Ils étaient également mieux présentés. Peter comprit très vite d'où provenait cette différence. Ils n'avaient pas été rédigés par les membres de la police de Whitaker ou les vigiles du campus. Non, il s'agissait de rapports émanant d'agents de la DEA, le service fédéral chargé de la répression de la toxicomanie.

Le premier texte décrivait dans le détail les activités d'un « informateur anonyme et digne de confiance » (IADC, en abrégé), qui avait été arrêté pour usage de cocaïne et n'avait échappé à la justice qu'en acceptant de piéger Kevin Booth. Le rapport donnait la chronologie des contacts entre Booth et cet IADC. L'IADC devait acheter à Booth des doses de plus en plus importantes de cocaïne jusqu'à ce que ce dernier se montrât incapable de fournir et dût mettre l'IADC en contact avec un fournisseur capable de lui livrer de grosses quantités.

Le second texte décrivait l'arrestation de Kevin Booth et de Christopher Mammon sur le parking de l'université de Whitaker, mais sa lecture n'apprit strictement rien à Peter. L'IADC était censé apporter trente mille dollars en échange de deux kilos de cocaïne. Après cette transaction, l'IADC devait se montrer encore plus exigeant afin de contraindre Booth à joindre ses contacts afin qu'ils lui fournissent une importante quantité de cocaïne. On espérait que la transaction s'effectuerait directement avec le fournisseur de Booth. A en croire le rapport, l'arrestation par les vigiles de l'université n'était absolument pas prévue ; ni la DEA ni la police de Whitaker ne voulaient une chose pareille.

Peter était certain de n'avoir jamais vu ces comptes rendus dans les dossiers de Geary. Pourquoi Mancini les détiendrait-il et pas le cabinet chargé de la défense de Mammon ? Peter les relut. Une idée lui vint, qui lui donna froid dans le dos. Et si Sandra Whiley n'était qu'une simple passante assassinée par erreur ? Si elle avait cherché à échapper à la détention pour trafic de cocaïne en livrant Christopher Mammon à la DEA ? Mammon aurait alors une raison pour l'éliminer.

Peter rangea l'enveloppe dans le dossier. Il allait le refermer quand il aperçut un message que Mancini avait scotché sur le rabat intérieur. Il datait de la veille de l'audition préliminaire. Les mots « LE + TÔT POSSIBLE » étaient soulignés en rouge.

Peter lut soigneusement le texte du message. Il émanait de Becky O'Shay. Elle voulait que Steve l'appelle dès son retour pour discuter d'un éventuel accord dans l'affaire Booth. Peter se demandait quelle pouvait être la teneur d'un tel accord. Peut-être était-ce de cela que Steve et Becky discutaient quand il les avaient vus dans le couloir du palais de justice, juste avant l'audition préliminaire. L'accord était aujourd'hui caduc puisque Booth n'avait pas plaidé coupable.

Peter rangea le dossier. Il se préparait à quitter la pièce quand une autre idée lui vint. Becky O'Shay avait dû donner les rapports de la DEA à Steve Mancini. Cela signifiait qu'elle était au courant de l'existence du mystérieux IADC. Connaissait-elle aussi son identité ? Si Whiley était cet IADC et si Becky le savait, Peter pourrait arguer de ce fait pour demander la réouverture du procès. Mais avant de confronter O'Shay ou de déposer une requête, il lui fallait découvrir si Sandra Whiley était bien l'informateur anonyme. Et Peter croyait savoir comment s'y prendre.

2

« Je n'aime pas trop ça, Peter, dit Rhonda Kates. Ça pourrait me valoir des ennuis.

– Oui, mais je ne te le demanderais pas si je n'étais aussi désespéré.

– Tu ne peux pas te contenter de dire au procureur que tu as besoin de parler à Booth ? Tu as bien le droit de voir les témoins, non ?

– Oui, mais O'Shay pourrait demander à m'accompagner ou convaincre Booth de refuser de me recevoir.

– Je croyais que c'était illégal.

– Si je veux voir Booth discrètement, c'est parce que je soupçonne le substitut d'avoir déjà fait quelque chose d'illégal. Elle est prête à tout pour l'emporter.

« Ecoute, je ne te demande rien d'autre que d'éloigner le gardien de la chambre de Booth. Je n'ai qu'une seule question à lui poser. Ça ne prendra qu'un instant.

– Tu me demandes beaucoup.

– Rhonda, le frère de Donna est peut-être innocent. Si Kevin Booth m'avoue certaines choses, je pourrai faire annuler le verdict et livrer le véritable assassin à la police. Mais si je n'arrive pas à voir Booth, Gary se retrouvera dans le couloir de la mort à la fin de la semaine prochaine. »

Kevin Booth avait été installé deux jours plus tôt dans une chambre de l'hôpital de Whitaker. Un policier était assis en permanence devant sa porte. Peter s'installa dans une salle d'attente voisine de la chambre de Booth et se servit de son portable pour appeler l'hôpital. Il demanda le bureau des infirmières le plus éloigné de la chambre de Booth. Rhonda décrocha dès la première sonnerie et fit semblant de discuter avec quelqu'un. Puis elle plaça le combiné sur le bureau et demanda à sa collègue de ne surtout pas raccrocher.

Peter vit Rhonda prévenir le policier. Il n'était pas très chaud à l'idée de quitter son poste, mais son supérieur voulait lui parler et c'était extrêmement urgent. Dès qu'il fut parti, Peter s'introduisit dans la chambre.

La chemise de nuit de Booth dissimulait la majeure partie de ses brûlures, mais Peter aperçut tout de même des plaques roses et violacées sur sa peau. Son visage était encore badigeonné de pommade.

« Bonjour, monsieur Booth. Je suis Peter Hale, l'avocat de Gary Harmon, dit Peter avec un sourire qui se voulait engageant. Nous nous sommes vus à Portland.

– Qu'est-ce que vous foutez là ? » demanda Booth. Son élocution était redevenue normale. « Je croyais que l'affaire était bouclée.

– Elle l'est, effectivement. Je voulais vous poser une question relative à votre arrestation sur le parking de l'université.

– Pourquoi ça vous intéresse ?

– Chris Mammon n'a pas encore été jugé.

– Qu'il aille se faire mettre, j'en ai rien à branler de Mammon.

– Voilà qui ne m'avance pas. Votre réponse pourrait mettre en difficulté Mr Mammon. Je dois absolument savoir s'il nous dit la vérité. Dans le cas contraire, il pourrait purger une longue peine de prison.

– Qu'est-ce que vous voulez savoir ? demanda Booth, intéressé par tout ce qui pouvait écarter Mammon de son chemin.

– Quand vous avez été arrêté sur le parking, est-ce que Sandra Whiley devait vous apporter trente mille dollars ou seulement trois mille ? Cela fera une grosse différence au moment de la condamnation. Mammon prétend que Whiley ne devait donner que trois mille dollars et qu'il ignorait la quantité exacte de cocaïne contenue dans les sacs. »

Booth renifla bruyamment.

« Mammon se fout de vous. Il a toujours su combien y

avait de dope. C'est lui-même qui l'a pesée. Il savait aussi combien Whiley devait apporter puisque c'est lui qui lui avait demandé trente mille.

– Bon, je note tout ça. Dites, Mammon était au courant que Whiley travaillait pour les Feds ?

– Pas avant qu'on se fasse gauler. Mais après, j'ai dit que cette salope avait dû nous couillonner. Chris était furax, il a dit qu'il allait vérifier ça.

– C'est ce que nous avons entendu, dit très sérieusement Peter. Où deviez-vous retrouver Whiley ? »

Booth pencha la tête et lança un regarda soupçonneux à Peter.

« Hé, je croyais que c'était Mammon qui vous intéressait.

– Oui. Il a dit ne pas très bien connaître Whiley. Si vous, vous la connaissiez, vous pourriez peut-être rétablir la vérité.

– Il se fout de vous. Personnellement, je crois qu'il la sautait.

– Vraiment ?

– Cette pute aurait fait n'importe quoi pour sa coke. »

Booth éclata brusquement de rire.

« Qu'y a-t-il de si drôle ?

– Si Whiley bossait pour les Feds, y en a plus d'un qui va se sentir mal dans ce bled.

– Pourquoi donc ?

– Elle a jamais eu tant de fric que ça, fallait qu'elle bosse pour se payer sa poudre. Entre autres, elle faisait des petites livraisons, si vous voyez ce que je veux dire. Elle aurait pu balancer pas mal de noms.

– Lesquels, par exemple ?

– « Mr Football », entre autres. Ça lui aurait fait les pieds, vu la façon dont il m'a jeté quand je lui ai dit que j'avais plus de fric.

– Mais de qui parlez-vous ? »

Avant même que Booth pût répondre, la porte s'ouvrit et le policier entra. Il porta la main à son arme dès qu'il aperçut Peter.

« Qui êtes-vous et qu'est-ce que vous faites ici ?

– Je suis avocat, dit Peter d'un air indigné. Cet homme est témoin dans l'affaire Harmon et j'ai le droit constitutionnel de lui parler.

– Je voudrais voir vos papiers, dit le policier qui dégaina et pointa son arme sur Peter.

– Pas de problème. Mon portefeuille est dans la poche intérieure de mon veston, je vais le prendre, là, voyez ? »

Peter sortit lentement son portefeuille et tendit sa carte professionnelle au policier, qui le dévisagea longuement.

« Oui, vous êtes le défenseur de Gary Harmon. Je vous reconnais. Je ne sais pas ce que vous êtes en train de faire, mais je vais vous embarquer au poste pour vérification.

– Je vous conseille de vérifier avant, mon ami, dit Peter avec une assurance toute feinte. Whitaker n'a pas assez d'argent pour payer les dommages et intérêts que cela lui coûtera pour m'avoir arrêté alors que j'interrogeais un témoin dans un procès d'assises. »

Le policier hésita, puis s'obstina. Plusieurs personnes s'étaient arrêtées devant la chambre pour voir ce qui se passait. Le policier se tourna vers l'une d'elles.

« Infirmière, appelez le poste de police et demandez à parler à un sergent. Dites-lui que nous avons un problème ici. »

3

Dennis Downes ignorait totalement si les manigances de Peter étaient légales ou pas. Peter était avocat et Booth, un témoin décisif. Dès qu'il apprit ce qui se passait, il appela Becky O'Shay. Celle-ci poussa des hurlements avant de dire à Downes qu'elle serait au poste dans dix minutes.

« Vous savez ce que vous êtes en train de faire, Hale ? demanda O'Shay dès que la porte de la salle d'interrogatoire se fut refermée sur elle.

– Mon devoir, tel que le définit la Constitution des Etats-Unis.

– Votre devoir, mon cul, oui. Cet homme est mon témoin et il est en détention préventive. Vous êtes dans la panade. Vous risquez votre carrière et j'ai chargé quelqu'un de vérifier quelles autres lois vous pourriez bien enfreindre. »

Peter était furieux contre O'Shay, mais il n'en laissa rien paraître et dit d'un ton badin :

« Qu'est-ce qui est le plus moche, ma présence à l'hôpital ou le fait que vous ayez omis de dire que votre victime, Miss Whiley, apportait trente mille dollars à Kevin Booth et à Christopher Mammon le soir de leur arrestation ? »

Peter nota avec satisfaction que le teint normalement pâle de Becky tournait maintenant au livide.

« Vous trouvez que c'est pire que d'avoir caché que Miss Whiley travaillait avec les flics ? reprit-il. Chris Mammon s'en doutait, et il a sombré dans une folie meurtrière qui fait de lui un excellent suspect !

– Mais de quoi parlez-vous ? bredouilla O'Shay.

– Je parle d'un grave manquement à votre devoir de procureur, qui vous impose de communiquer à la défense *toutes* les preuves disculpatrices en votre possession. Je pense que le fait de savoir qu'une brute comme Christopher Mammon était en relation avec la défunte et d'avoir oublié de me le signaler constitue une violation grossière de vos devoirs de procureur, de membre du barreau et d'être humain tout court.

– Ce n'est pas Mammon qui a tué Whiley, mais votre client.

– Ce n'est pas à vous d'en décider, mais à un jury.

– Au cas où vous l'auriez oublié, mon vieux, le jury a déjà tranché.

– Il n'avait pas tous les éléments en main.

– Ces délires sur Mammon, c'est vraiment de la foutaise, dit O'Shay, qui s'était remise du choc initial. Je vous ai communiqué toutes les informations auxquelles vous aviez droit.

– Nous verrons. Je crois qu'il vaudrait mieux aller voir le juge Kuffel. »

O'Shay eut l'air paniqué, puis elle se reprit très vite. Elle s'assit en face de Peter et parla calmement :

« Ecoutez, Peter, je n'aurais pas dû m'emporter comme ça. Je me doute de la pression à laquelle vous êtes soumis. Il y a aussi la famille Harmon. C'est dur pour tout le monde. Mais je peux vous dire que vous faites complètement fausse route.

– J'ai vu les rapports de la DEA que vous avez adressés à Steve Mancini.

– De quoi s'agit-il encore ?

– Des rapports qui parlent de l'informateur impliqué dans le trafic de drogue sur le campus universitaire, là où Mammon et Booth ont été arrêtés.

– Je n'ai jamais envoyé rien de tel à Mancini.
– Eh bien, quelqu'un l'a fait.
– Je veux les voir.
– Je ne les ai pas. Ils sont dans les dossiers de Steve.
– Je crois que vous vous abusez, Peter. Si Whiley avait travaillé avec le gouvernement, je l'aurais su. »
O'Shay se leva pour sortir.
« Où allez-vous ?
– Chez moi. C'est dimanche.
– Allez-vous demander à Downes de me libérer ?
– Dès que je serai certaine que vous n'avez enfreint aucune loi.
– Et ça va prendre longtemps ?
– Quand l'assistant à qui j'ai confié ce travail me l'aura dit.
– Ça ne me dérange pas, Becky. Vous ne faites qu'augmenter le montant des dommages et intérêts que je toucherai quand je porterai plainte contre la police de Whitaker, le bureau du procureur et vous-même. »
La porte se referma brutalement et Peter lança une bordée de jurons.

4

La police retint Peter pendant deux autres heures avant de le laisser partir. En détention, Peter s'était dit qu'il devrait photocopier les rapports de la DEA afin de les présenter au juge le jour où il déposerait une requête en réouverture de procès. Sa voiture était toujours garée devant l'hôpital et il alla la chercher à pied. Il arriva au cabinet peu après huit heures. Tout était éteint. Peter se rendit directement aux archives et prit l'enveloppe contenant les procès-verbaux de police. Il lui fallut quelque temps pour admettre que l'on avait subtilisé les comptes rendus de la DEA.

La première réaction de Peter fut de s'emporter contre Becky O'Shay. Elle était à l'origine de ce vol. Elle était la seule personne à qui il avait parlé de ces documents. Il s'en voulait de l'avoir fait, mais n'aurait jamais pensé qu'elle pût en arriver à de telles extrémités. Elle avait dû le faire garder en détention assez longtemps pour envoyer quelqu'un récupérer les rapports.

Malheureusement pour O'Shay, une tierce personne connaissait ces rapports. Peter se rendit dans son bureau et composa le numéro de Steve Mancini. Cela irait vraiment très mal pour Becky quand Steve confirmerait l'existence de ces deux documents devant le juge Kuffel. Il y avait largement de quoi déclencher une enquête sur Becky de la part du Barreau de l'Oregon.

« Steve, c'est Peter, dit-il dès que Mancini décrocha.

– Ah, comment vas-tu ? Tu n'avais pas l'air très brillant à l'issue du procès.

– Ce n'était pas la forme, c'est vrai, mais il y a du nouveau. J'ai découvert que Sandra Whiley était impliquée dans le trafic de drogue qui a mal tourné sur le parking de l'université. Je parle du soir où Kevin Booth et Chris Mammon se sont fait arrêter.

– Quoi ?

– Oui. Je pense que Whiley travaillait avec la police et que Mammon l'a appris. Ça lui donne un mobile de choix, non ?

– C'est incroyable. Comment as-tu fait ça ?

– J'espère que tu ne m'en voudras pas, mais quand j'ai appris qu'il y avait un lien entre Mammon et Whiley, j'ai regardé dans ton dossier sur Kevin Booth. Je ne pouvais pas demander à Amos Geary de me montrer le dossier de Mammon, et je me suis souvenu que tu avais le même. D'accord, j'aurais dû commencer par t'en parler, mais j'étais si excité que j'ai foncé tête la première.

– Bon. Tu n'aurais pas dû fouiller dans mes papiers, c'est vrai. C'est confidentiel. Mais la vie de Gary est en jeu, et c'est ça le plus important.

– Merci, Steve. Donc, j'ai trouvé dans ce dossier deux rapports émanant de la DEA », reprit Peter.

Il parla à Steve de son entrevue avec Booth dans sa chambre d'hôpital, de sa détention par la police et de la disparition subséquente des comptes rendus.

« Becky a dû demander à quelqu'un de les subtiliser pendant que j'étais au poste, conclut Peter, mais elle a commis une grande erreur. Elle a oublié que tu les avais vus. Tu peux confirmer leur existence. Quand je dirai au juge que je les ai lus vers midi, que j'en ai parlé à Becky à quatre heures et qu'à huit heures, ils avaient disparu, il aboutira à la même conclusion. Kuffel permettra à Gary d'être jugé une nouvelle fois dès qu'il saura que Becky a dissimulé des faits permettant de s'orienter vers un autre suspect.

– Ces rapports, demanda Mancini avec une certaine hésitation, à quoi ressemblaient-ils ?

– Ils étaient dactylographiés. Chacun d'eux comportait plusieurs pages. Ils étaient rédigés par des agents de la DEA.

– Peter, en toute honnêteté, je ne me rappelle pas avoir vu des rapports de la DEA dans les documents que m'a transmis Becky.

– Pourtant, ils étaient avec.

– J'en suis persuadé. D'ailleurs, tu viens de les lire il y a quelques heures. Non, ce que je veux te dire, c'est que je ne me suis pas intéressé à ce dossier depuis longtemps et que je n'en ai aucun souvenir.

– Comment cela ?

– L'affaire Booth n'était pas très importante. J'ai dû jeter un vague coup d'œil à son dossier et écouter sa version des faits. Tous les éléments nécessaires se trouvaient dans le compte rendu établi par le vigile du campus. Je suis désolé. Je vais faire travailler ma mémoire, mais cette affaire de rapports de la DEA ne me dit strictement rien. »

Peter raccrocha. Il avait compté sur Steve, mais celui-ci n'avait rien vu, et tous ses espoirs étaient réduits à néant. Et puis Peter se rappela les dernières paroles de Kevin Booth avant que le policier ne fasse irruption dans la chambre d'hôpital. Whiley aurait fait des livraisons de cocaïne pour se payer sa drogue. Plusieurs habitants de Whitaker auraient été mouillés si, travaillant pour la police, elle avait donné des noms. Le seul individu à qui il avait pu faire allusion avant l'arrivée du policier était un certain « Mr Football », qui l'avait laissé tomber quand il n'avait plus eu d'argent.

Peter alla examiner la porte d'entrée des bureaux de Steve et fit de même pour toutes les portes de l'immeuble. Il n'y avait pas la moindre trace d'effraction. Celui qui avait volé les rapports de la DEA avait la clef du cabinet de Steve Mancini. Peter n'arrivait pas à y croire. Steve aurait-il pris ces deux documents ? Peter revint en courant dans la salle des archives et rouvrit le dossier Booth. Le message de Becky O'Shay avait également disparu. La tête lui tourna. Pourquoi Mancini aidait-il O'Shay et que cherchaient-ils à dissimuler ?

Soudain, Peter se rappela comment Steve avait omis de lui parler de son entretien avec Don Bosco. Steve avait suggéré à Peter de convaincre Gary de plaider coupable. Mancini lui avait donné les noms de trois enquêteurs, mais le seul disponible, Barney Pullen, était un incapable. Peter avait cru que Mancini était son allié depuis le jour où il avait entrepris d'assurer la défense de Gary Harmon, mais il semblait à présent que Mancini avait des activités secrètes et qu'il lui fallait, pour les protéger, doter Gary de l'avocat le moins compétent qu'on puisse trouver.

5

Peter gara sa voiture sur l'allée de terre menant au garage et observa la maison d'Amos Geary. Comme son propriétaire, elle était dans un état assez lamentable. Les mauvaises herbes envahissaient la cour, la tondeuse ne passait plus depuis longtemps sur la pelouse et la peinture s'écaillait. Dieu seul en connaissait la couleur d'origine.

Les rideaux étaient tirés devant les fenêtres du rez-de-chaussée. Il y avait de la lumière. Peter hésita avant de descendre de voiture. Bien sûr, il aurait pu repartir, mais pour aller où ?

Une des marches du porche était fissurée et Peter faillit tomber. Il se rattrapa tant bien que mal. Mauvais signe. Peter pensa bien faire demi-tour, mais la porte s'ouvrit. Il leva les yeux et découvrit un homme en pyjama rayé et robe de chambre : Amos Geary le regardait avec mépris.

« Seigneur, vous êtes vraiment minable ! Vous ne pouvez pas monter trois marches sans vous casser la gueule ?

– Bonsoir, monsieur Geary, bredouilla Peter avec un sourire gêné.

– Qu'est-ce que vous venez foutre chez moi ?

– J'ai des ennuis.

– Ça ne m'intéresse pas. »

Geary se prépara à refermer la porte.

« Attendez ! s'écria Peter. Ce n'est pas moi. C'est Gary. Gary Harmon a des ennuis. »

Geary hésita. La soirée était fraîche et Peter frissonna.

« Qu'est-ce que vous attendez de moi ?
– Vous êtes la seule personne à qui je peux encore m'adresser.
– Comment ? Vous ne demandez pas d'aide à votre bon copain, Steve ?
– Il se passe des choses louches et je me demande si Steve n'est pas dans le coup.
– Du genre ?
– Dissimulation de pièces à conviction. »
Peter avait dit ces derniers mots avec une certaine appréhension. Il savait qu'on pouvait le taxer de paranoïa.
« Comme dans l'assassinat de Kennedy, c'est ça ? dit Geary avec un reniflement de mépris. La CIA est dans le coup, certainement. Ou peut-être les petits hommes verts. Rentrez chez vous, Hale. Vous êtes ridicule.
– Monsieur Geary, je vous en prie. Je sais que je vous ai laissé tomber...
– Vous ne m'avez pas laissé tomber. J'étais sûr que vous couriez à la catastrophe. En fait, Peter, vous avez confirmé que j'étais tout à fait à même de juger les mérites de mes concitoyens. »
Geary avait pratiquement refermé sa porte. Peter était désespéré.
« Bon Dieu, hurla-t-il, ce n'est pas de vous ou de moi qu'il s'agit, mais de Gary. Il est en taule pour un crime qu'il n'a pas commis ! »
La porte s'entrebâilla doucement.
« Et alors, Hale, c'est la faute à qui ?
– A moi ! Vous êtes content comme ça ? Bon, je l'ai dit. Tout est de ma faute. Je suis exactement ce que vous pensez, un trou du cul égoïste, mais maintenant je viens vous supplier de m'aider, Geary, parce que je sais que je n'ai pas les compétences requises !
– Ce que je vous conseille de faire, c'est de tout raconter aux Harmon et de leur dire d'engager un véritable avocat pour assurer la défense de leur fils.
– Ce n'est pas aussi simple. Je vous en prie, écoutez-moi. Il n'y a pas que cette affaire de crime dans le parc. Je crois que Becky O'Shay et Steve Mancini travaillent de concert pour dissimuler quelque chose. Je ne sais pas ce que c'est, mais ça a rapport avec l'arrestation de Kevin Booth et de Chris Mammon sur le parking de l'université. »

Peter trouva le regard de Geary moins vitreux et sa stature un peu plus imposante. La porte de la maison s'ouvrit toute grande.

« Entrez. Il fait trop froid pour bavarder sur le perron.

– Merci. »

L'intérieur de la maison de Geary était aussi pitoyable que l'extérieur. Geary indiqua à Peter un canapé recouvert d'une housse aux couleurs criardes, sans grand rapport avec le reste du living. Le tissu était usé et les ressorts saillants.

« Vous voulez un verre ? demanda Geary.

– Je veux bien, oui. »

Geary s'absenta un instant et revint avec une bouteille de Johnny Walker et deux verres relativement propres. Il versa une bonne dose de scotch dans chaque verre et en tendit un à Peter.

« Je vous écoute », dit-il après avoir bu.

Peter commença par le commencement. Il raconta comment Steve l'avait manipulé pour qu'il assure la défense de Gary et expliqua comment, selon lui, Mancini avait saboté le procès. Il évoqua ensuite les événements de la journée pour terminer par la disparition des rapports et du message.

« C'est une sacrée histoire que vous me racontez là, dit Geary quand Peter eut terminé. Certains diraient que vous cherchez des excuses pour justifier votre échec.

– Oui, mais ce n'est pas le cas.

– Si je vous comprends bien, avec les rapports qui disparaissent et Mancini et O'Shay qui en nient l'existence, plus rien ne vous permet d'étayer votre théorie abracadabrante ?

– C'est vrai.

– Dans ce cas, comment croyez-vous que je puisse vous aider ? »

C'était le plus dur à avouer. Peter prit son souffle.

« Quand j'ai appris que les documents avaient disparu et que Steve était certainement celui qui les avait récupérés, j'ai compris que je ne pouvais plus faire qu'une chose : remonter à la source. J'ai appelé le bureau de la DEA à Portland. Il n'y avait qu'un agent en service parce c'était le week-end, mais il m'a finalement mis en rapport avec Guy Price, le responsable local. Je lui ai tout raconté et lui ai dit qu'il était capital que j'aie une copie de ces rapports afin de les montrer au juge Kuffel et d'obtenir un nouveau procès. J'étais persuadé que Price m'aiderait. Ce n'est pas un petit procureur de province comme Becky, mais un agent fédéral. »

Peter fit une pause. L'évocation de cette conversation n'avait rien de bien agréable.

« Il ne vous a pas aidé, c'est cela ? demanda Geary.

– Non. Il m'a dit qu'il était dans l'impossibilité de confirmer ou d'infirmer l'existence d'une opération de police au niveau fédéral.

– C'est tout ?

– Non, fit Peter avec un sourire un peu las. Il m'a souhaité bonne chance. »

Geary se mit à rire.

« C'est comme ça que ça marche au niveau du gouvernement, mon gars. Vous aurez au moins appris une chose pendant votre séjour à Whitaker.

– Oui...

– Mais vous ne m'avez toujours pas dit en quoi je pouvais vous être utile.

– J'ai failli abandonner après mon coup de fil à Price. Et puis je me suis rappelé qu'il n'y avait qu'une personne qui ait assez de poids pour faire parler un type comme Price.

– Vous ne pensez pas à moi, j'espère ? fit Geary incrédule.

– Non, monsieur Geary. Je... je suis venu vous trouver pour vous demander d'appeler mon père et le supplier de bien vouloir me parler. »

XXVIII

Peter n'avait pas bien dormi et les cinq heures de voiture auraient dû l'épuiser, mais il se sentit sur un petit nuage rose dès qu'il aperçut les bâtisses du vieux Portland et les collines verdoyantes qui leur servaient de toile de fond. Il revenait au bercail et son père allait l'accueillir dans sa maison.

La veille au soir, Amos Geary s'était enfermé pendant près d'une demi-heure dans son bureau afin de converser avec Richard Hale, et Peter avait rongé son frein dans la salle de séjour. Il avait hésité quand Geary avait fini par lui dire que son père désirait lui parler. Il avait la possibilité de se réconcilier avec Richard et il avait peur.

Peter était entré dans son bureau et avait vu le combiné téléphonique posé sur un vieux meuble à cylindre. Il avait tendu la main et s'était arrêté au moment de refermer les doigts dessus. Qu'allait-il bien pouvoir dire à son père ? Il n'y avait même pas songé. Devait-il lui dire qu'il l'aimait ? Qu'il était triste de l'avoir si souvent déçu ? Qu'il lui demandait pardon pour avoir tant de fois réduit à néant ses espérances ? Non, tout ce qu'il réussit à dire, ce fut « Papa ? », d'une voix brisée par l'émotion.

« Amos m'a exposé les grandes lignes de ton problème, mais j'aimerais que tu me racontes tout depuis le début », avait répondu Richard. Comme s'il n'y avait jamais eu d'affaire Elliot ou de mois d'exil.

Peter était en partie soulagé de couper court aux débordements qui risquaient de retarder la discussion sur Gary, mais il regrettait aussi de ne pas devoir se livrer à une confession larmoyante à l'issue de laquelle son père lui donnerait immanquablement sa bénédiction. Peter y repensa pendant le trajet et en conclut que son père n'était pas capable de serrer son fils contre lui en lui accordant le pardon. Il savait qu'il ne verrait jamais de larmes couler sur les joues de son père. Richard Hale n'était pas le genre d'homme à exprimer ses émotions. Son concours en ce moment dramatique était le maximum qu'il pût accorder.

Les services du procureur général de l'Oregon se trouvaient dans le vieux Portland, à quelques pâtés de maisons du cabinet Hale et Greaves. Il était un peu plus de cinq heures quand Peter examina son reflet dans le miroir du hall d'entrée. Il portait un costume gris finement rayé, une chemise blanche et une cravate Hermès. Le soleil faisait miroiter ses souliers vernis.

Peter entra dans le vestibule. Richard était là, sur le côté. Il avait pris un peu de poids depuis le jour où il l'avait envoyé en exil, mais était tout de même plus mince que dans le souvenir de Peter.

« La route a été bonne ? demanda Richard.

– Longue et fatigante. »

Richard sourit.

« Merci de faire ça pour moi, dit Peter.

– Tu es mon fils », répliqua simplement Richard.

Il se dirigea vers l'ascenseur.

« Je ne sais pas ce que l'on va nous annoncer, Peter. Je ne peux t'offrir aucune garantie. Katherine ignore probablement tout de ce qui se trame à Whitaker. Dans le meilleur des cas, un des substituts du procureur de l'Oregon travaille avec l'agent de la DEA chargé de l'affaire. Price n'est peut-être pas très au courant de cette opération ; même s'il l'est, ses hommes n'y jouent peut-être aucun rôle. Il se peut que tout dépende du substitut de Whitaker et de ton ami, Steve Mancini.

– Je sais. Je désire simplement savoir si Whiley travaillait pour la DEA et si O'Shay le savait. Je veux également des copies des rapports attestant qu'O'Shay savait qu'il existait un rapport entre Mammon et Whiley. »

La porte de l'ascenseur s'ouvrit et Richard annonça leur arrivée à l'employé de la réception installé derrière une vitre blindée. Quelques minutes plus tard, une porte s'ouvrit et une grande femme élégamment vêtue les fit entrer dans la salle d'attente.

Katherine Hickox devait sa nomination à l'un des postes de la cour de circuit à Richard Hale ainsi qu'à d'autres avocats du cabinet Hale et Greaves. C'est vers Richard Hale qu'elle s'était tournée le jour où elle avait décidé de briguer le poste de procureur général de l'Oregon. Richard l'avait discrètement recommandée aux sénateurs de l'Oregon; il avait également passé un coup de fil à un membre influent du ministère de la Justice avec qui il avait travaillé au sein d'une commission émanant de l'Ordre national des avocats. Il n'y avait donc rien d'étonnant à ce que Hickox accepte de le recevoir à cinq heures et demie de l'après-midi et s'assure de la présence de Guy Price.

« Richard », dit-elle en lui tendant la main.

Richard la lui serra et se tourna vers Peter.

« Voici mon fils, Peter Hale. Il arrive tout droit de Whitaker.

– Heureuse de faire votre connaissance », dit Hickox avec beaucoup de chaleur. Il ignorait si elle était au courant de sa disgrâce, toujours est-il qu'elle le cachait bien. « Venez dans mon bureau. Guy nous y attend. »

Hickox les entraîna dans une série de couloirs avant de les faire entrer dans une grande pièce qui dominait la ville. Un petit homme tout en muscles vêtu d'une veste de sport se leva. Hickox fit les présentations et s'assit derrière un grand bureau de chêne. Guy Price prit place auprès d'elle.

« Dites-nous donc pourquoi vous teniez tant à cette réunion, suggéra Hickox.

– Monsieur Price, dit Richard en s'adressant à l'agent de la DEA, mon fils vous a appelé hier de Whitaker. »

Quand Richard avait demandé un rendez-vous à Hickox, il n'avait pas précisé que son fils l'accompagnerait. Price fit soudain le rapport et n'eut pas l'air d'approuver.

« Sachez, Katherine, que mon fils a défendu à Whitaker un homme jugé pour crime. La semaine dernière, son client a été reconnu coupable d'avoir tué une jeune femme nommée Sandra Whiley. Jusqu'à hier, il ne semblait pas y avoir à Whitaker d'autre personne ayant des raisons d'assassiner cette femme. Or, Peter a découvert deux rapports de la DEA dans les dossiers d'un avocat de Whitaker nommé Steve Mancini. Associés à d'autres informations, ces rapports l'ont conduit à penser que Whiley travaillait comme informateur de la DEA, dans le cadre d'une affaire tournant autour d'un dealer des plus dangereux nommé Christopher Mammon.

« Les comptes rendus de la DEA étaient mélangés à des rapports de police confiés à Mancini par le procureur chargé d'instruire l'affaire de meurtre. Peter a interrogé Rebecca O'Shay à propos de ces rapports et elle a nié en avoir jamais eu connaissance. En regagnant son cabinet, Peter n'a plus trouvé les rapports : ils avaient disparu. Il a demandé de l'aide à Mr Price, lequel lui a répondu qu'il ne pouvait nier ou confirmer l'existence d'une enquête. Je suis ici pour demander à Mr Price de dire à Peter si Sandra Whiley travaillait pour la DEA dans le cadre d'une affaire à laquelle était mêlé Christopher Mammon. Peter pourrait ainsi éviter une erreur judiciaire très grave. »

Price semblait gêné.

« J'ai dit à votre fils que je ne pouvais pas parler des enquêtes en cours. Je ne peux même pas dire si elles sont réelles ou fictives. Malheureusement, je m'en tiens à cette position. Il aurait mieux valu que vous m'appeliez avant, cela aurait évité des heures de voiture à votre fils.

– Je comprends la position officielle de vos services, monsieur Price. Mais je tiens à vous ouvrir les yeux sur ce qui se passera si vous vous en tenez là, dit assez sèchement Richard Hale. Si Sandra Whiley travaillait pour la DEA et si Rebecca O'Shay substitut du procureur de Whitaker, l'a délibérément caché à Peter, celle-ci se rend coupable d'un grave manquement aux règles de l'enquête judiciaire. Si elle a conspiré pour faire détruire ces rapports et empêché ainsi Peter de faire la preuve de sa félonie, elle est peut-être même coupable de crime.

– Monsieur Hale, je sais que vous voulez aider votre fils, mais je ne discuterai des affaires de la DEA ni avec lui, ni avec vous. Si ce procureur est en infraction, votre fils n'a qu'à en parler au juge qui s'occupe de cette affaire. »

Le regard de Hale se fit si dur que Price détourna les yeux. Puis, sans s'énerver, il dit :

« Katherine vous dira que j'ai une certaine influence.

Si je découvre que vous saviez que Sandra Whiley travaillait pour la DEA et que vous n'en avez rien dit tout en sachant pertinemment que la vie d'un homme était en jeu, je ferai tout pour que vous regrettiez d'être un jour venu au monde. »

Price écarquilla les yeux et se leva d'un bond de sa chaise.

« Guy ! » s'écria Hickox en tendant la main dans sa direction.

Price resta debout et se calma. Le procureur se tourna alors vers Richard Hale.

« Richard, je vous interdis de menacer Mr Price dans mon cabinet.

– Vous avez raison, dit Richard d'un ton auquel Guy comprit que toute menace n'était pas écartée. Je vous prie de m'excuser, monsieur Price. Je suis persuadé que vous ignorez tout d'une éventuelle opération menée à Whitaker et je suis tout aussi certain que vous feriez votre devoir si vous appreniez que l'on cherche à entraver la bonne marche de la justice. »

Price lança un regard noir à Richard, mais il tint sa langue.

« Merci de nous avoir reçus, Katherine.

– Je vous raccompagne », dit-elle.

Dès qu'ils furent dehors, Hickox dit :

« Vous êtes fou de tenir de tels propos ? Je ne travaille pas pour vous et je ne vous permettrai pas de m'impliquer dans vos affaires. »

Richard se planta devant Katherine.

« Vous ne travaillez pas pour moi, mais vous êtes le représentant direct du gouvernement des Etats-Unis. Je tenais à ce que vous sachiez qu'il se passait peut-être des choses très louches dans votre circonscription. Des choses auxquelles vous ne voulez pas être mêlée. Bavardez avec Mr Price après notre départ. Ecoutez soigneusement ses propos. Il est peut-être franc, mais il peut aussi découvrir s'il se trame quelque chose dans votre dos et s'assurer que Peter reçoive bien une copie de ces rapports. Je vous connais depuis longtemps, Katherine, et je sais que vous ferez pour le mieux. »

Les portes de l'ascenseur se refermèrent et les deux hommes se retrouvèrent seuls. Peter poussa un soupir de soulagement.

« Papa, tu es bien sûr de ce que tu fais ? Price est un type vraiment puissant. »

Richard lui adressa un sourire plein de malice.

« C'est justement parce qu'il est puissant que je lui ai parlé ainsi. Cela n'a pas dû lui arriver depuis bien longtemps. Dès que nous sommes sortis du bureau, il s'est demandé quel genre de type je pouvais bien être pour oser m'adresser ainsi à lui. Katherine le renseignera dès qu'il posera la question. D'ailleurs, ce doit être déjà fait.

– Il est peut-être si furieux qu'il refusera de t'aider.

– J'ai pesé le pour et le contre, Peter, mais c'est un bureaucrate. Il ne peut se permettre d'affronter un scandale. Il n'appréciera pas du tout si quelqu'un s'amuse avec ses enquêtes en cours.

– J'espère que tu as raison.

– Nous le saurons bientôt.

– Merci, papa. Tu t'es mouillé pour moi. J'y suis très sensible.

– Je n'ai rien fait. Toi, tu t'es démené pour ton client, et je suis très fier de toi. »

La poitrine de Peter se gonfla et sa gorge se serra. Les portes s'ouvrirent et Peter suivit son père dans le vestibule.

« Quels sont tes projets ? » demanda Richard.

Peter consulta sa montre. Il était un peu plus de six heures.

« Il est trop tard pour rentrer à Whitaker. Je crois que je vais prendre une chambre à l'hôtel et rentrer demain matin.

– C'est ridicule. Nous allons dîner ensemble et tu resteras avec moi. Tu peux dormir dans ta chambre de jeune homme.

– Cela me ferait très plaisir », dit Peter.

Il ignorait si son père s'en rendait compte, mais il venait de lui faire le plus beau cadeau dont on puisse rêver.

XXIX

Epuisé mais heureux, Peter se gara le lendemain soir dans l'allée qui menait à sa maison. Son père et lui n'avaient pas parlé de l'avenir, mais il était clair qu'ils en avaient un ensemble. Pas tout de suite, pourtant. Peter avait encore pas mal de choses à prouver à Richard, mais le mur dressé entre eux s'était écroulé.

Dès qu'il fut entré, Peter avala un rapide dîner, prit une douche et passa des vêtements décontractés, jeans et sweat-shirt. Puis il consulta le programme de télévision pour trouver une émission où il n'y ait absolument rien à comprendre. Demain matin, animé d'un esprit de vengeance, Peter plongerait tête la première dans le dossier Harmon, mais ce soir, il se détendrait et s'offrirait une bonne nuit de sommeil.

Il regardait un sitcom quand le téléphone sonna. Peter coupa le son. A l'autre bout du fil, la voix était douce et impersonnelle, comme si l'on essayait de la déguiser.

« Peter Hale ?

– Oui.

– Je ne me répéterai pas, alors écoutez-moi bien attentivement. Si vous voulez connaître la vérité à propos de Christopher Mammon et de Sandra Whiley, prenez la nationale en direction de l'est. A 13,8 kilomètres du panneau BIENVENUE À WHITAKER, il y a un chemin de terre qui part sur la droite. Prenez-le et roulez jusqu'à ce que vous trouviez une grange. Je vous y attendrai. Si vous n'êtes pas arrivé à dix heures et demie, je m'en irai. Et venez seul ou je ne me montrerai pas. »

A quelques kilomètres à l'est de Whitaker, le paysage se teintait d'une tristesse infinie. On appelait cela la zone. La terre était brune et craquelée. Personne n'y vivait. C'était un endroit à traverser en voiture, mais sûrement pas à visiter en pleine nuit. Dès que les lumières de la ville eurent disparu, Peter eut l'impression de rouler dans une mer d'encre. La lune ne brillait pas, la terre n'était éclairée que par les phares de la voiture et les étoiles à demi cachées par les nuages. La nationale s'étirait d'est en ouest. La seule touche de couleur était le blanc de la ligne médiane discontinue. A gauche comme à droite, des buissons d'armoise ou d'amarante constituaient les seules fantaisies du paysage.

Peter mit son compteur à zéro quand il passa devant la pancarte BIENVENUE À WHITAKER. Après 13,5 kilomètres, il ralentit et serra bien à droite. Le chemin de terre était plus petit qu'il ne l'avait pensé, et il faillit le rater. La voiture bringuebalait en tous sens. Peter était tendu. Il était complètement seul. Il n'y avait même plus cette ligne blanche discontinue pour rappeler la vague présence de l'homme.

Au bout d'un moment, les phares éclairèrent une forme dressée dans le lointain. Peter s'en approcha et distingua la charpente à moitié brûlée d'une grange abandonnée. Il se demanda comment on avait bien pu avoir l'idée de cultiver quoi que ce soit au milieu d'un tel désert, mais cette interrogation fut de courte durée et la peur s'empara de lui quand il comprit qu'il n'y avait pas d'autre voiture en vue.

Peter laissa les phares allumés et ne coupa pas le moteur. Il prit la lampe torche dans la boîte à gants et ouvrit la portière. C'était un sentiment bizarre que de se trouver la nuit dans un endroit dépourvu de lumière artificielle. Sans ses phares, Peter se serait trouvé plongé dans le noir le plus total.

Le vent balayait la terre et giflait Peter. De sa main libre, il remonta la fermeture à glissière de son K-way. Il fit quelques pas et observa la grange. Aucune forme, aucune lueur n'émergeait de la bâtisse.

Peter décrivit lentement un cercle. Il guettait le moindre son, mais, en dehors du bourdonnement du vent, c'était le silence absolu. Son estomac se noua. Il vaudrait peut-être mieux que personne ne se montrât. Venir ici, en pleine nuit, ce n'était vraiment pas très malin. Il se rappela les photos d'autopsie de Sandra Whiley et la description de la mort des autres victimes. Une mort très lente, certainement. Il imagina la lame qui s'enfonce, la douleur, la terreur.

« Vous avez eu du mal à trouver ? »

Son cœur fit un bond. Il se retourna et brandit sa lampe comme s'il s'agissait d'une arme, mais il n'y avait personne à frapper. Tout était sombre et vide.

Le souffle court, il regarda à droite, puis à gauche. Il crut voir vaciller le rideau noir qui l'entourait. Une image floue se transforma en une forme vague, et Christopher Mammon sortit de la nuit. Peter recula d'un pas. Mammon l'observait. Pouvait-il remonter en voiture et fermer les portières avant que Mammon ne se jette sur lui ? Pouvait-il mettre quelque distance entre Mammon et lui sur ce terrain de chasse fantomatique ?

« Il paraît que vous racontez que j'ai tué Sandra Whiley ? »

Peter n'arriva pas à parler.

« Ce n'est pas très malin. Les gens croient que Gary Harmon a assassiné Whiley. Si je l'avais tuée, vous seriez le seul à vous en douter. Et j'aurais tout intérêt à vous attirer dans un endroit désert comme celui-ci pour me débarrasser de vous avant que vous ne me causiez des ennuis. »

Mammon laissa Peter réfléchir un instant. Puis il fit un pas. Sa main tenait un objet, petit et sombre. Peter recula et se cogna à la voiture. Mammon leva la main et tendit l'objet en question vers Peter. « Mon Dieu, se dit-il, ne me laissez pas mourir. Je n'ai même pas trente ans. » Mammon bougea les doigts et la partie brillante de l'objet se révéla.

« Détendez-vous, fit Mammon. Je ne vais pas vous tuer. Je suis un flic. »

Peter mit quelques secondes à comprendre. Quelque secondes aussi à se rendre compte que l'objet présenté par Mammon n'était autre qu'un étui en cuir et une plaque. Peter s'écroula sur sa voiture. Sans elle, il serait tombé à terre.

« Maintenant écoutez-moi, dit Mammon. Si vous voulez connaître la vérité, vous devez commencer par m'assurer que vous n'évoquerez jamais cette entrevue devant qui que ce soit.

– De quoi parlez-vous ?

– Je suis impliqué jusqu'au cou dans une opération qui dure depuis près de deux ans. Dès que nous aurons fini, je quitterai ce continent. Personne à la DEA ne reconnaîtra mon existence. Vous pourrez remplir des citations à comparaître jusqu'à la fin de vos jours, mais vous ne trouverez aucune trace de moi dans les archives. Soit vous suivez les règles du jeu que j'aurai établies, soit je m'en vais et vous n'apprendrez jamais ce qui est arrivé à Sandra Whiley.

– Je... je n'ai pas le choix, me semble-t-il.

– Exactement. Ce n'est pas tout. Votre père et vous, vous avez chié dans les bottes de certaines personnes depuis quelque temps. J'ai reçu de ma hiérarchie l'ordre de ne vous approcher sous aucun prétexte.

– Dans ce cas, pourquoi faites-vous ça ? »

Mammon reprit son souffle. Son visage sévère reflétait le doute.

« Pour Gary. Le pauvre type. Sans moi, il ne serait pas dans la merde. J'espérais qu'il allait être acquitté. J'aurais pu l'oublier. Mais là... S'il devait être exécuté, ce serait moi le responsable.

– Je ne comprends pas.

– Kevin Booth a vécu un certain temps à Seattle. Une de ses relations travaillait pour Rafael Vargas. Dans la partie nord-ouest du Pacifique, c'est lui le principal responsable d'un cartel colombien. Kevin a fait la connaissance de Vargas et s'est fait un peu d'argent de poche en convoyant de la marchandise. Quand il a décidé de rentrer à Whitaker l'année dernière, Vargas lui a demandé d'installer un réseau de distribution.

« Il y a huit ou neuf mois, Sandra Whiley a été arrêtée alors qu'elle livrait de la cocaïne à un client de Booth. Les flics du coin ignoraient complètement pour qui travaillait Booth. Whiley a tout raconté. Un des flics de Whitaker est entré en contact avec l'OSP, la police d'Etat, et on nous a prévenus. L'OSP savait que l'on essayait de s'infiltrer dans l'organisation pour laquelle travaillait Vargas. On avait toujours fait chou blanc.

« Je suis dans le coup depuis deux ans. Je me suis construit un passé, j'ai pris des contacts. J'ai été transféré ici pour côtoyer Booth et le mettre dans une situation telle qu'il devrait me présenter à Vargas.

– Whiley savait qui vous étiez ?

– Non, nous ne pouvions pas prendre ce risque. Elle croyait que je travaillais pour le crime organisé. Elle avait l'ordre de m'assister jusqu'à ce que la DEA m'arrête avec le groupe de Booth. La nuit où Booth et moi avons été arrêtés sur le parking de l'université, j'attendais Whiley : elle devait m'apporter trente mille dollars contre les deux kilos de coke qui ont été trouvés dans la voiture. Cette transaction devait me conférer une certaine crédibilité lorsque je négocierais l'achat d'une quantité assez importante pour faire sortir Vargas de l'ombre.

« Notre arrestation n'était pas prévue et cela n'a fait que compliquer les choses. Je devais rester crédible aux yeux de Vargas, on s'est donc arrangé pour que Booth soit relâché après l'audition préliminaire et que je me fasse inculper.

– Attendez, qu'est-ce que c'est que cette histoire d'arrangement ?

– L'audition était truquée. O'Shay a été contactée par une huile du ministère de la Justice. Il lui a demandé de baisser les bras, et c'est ce qu'elle a fait. »

Peter était abasourdi. Il n'avait jamais entendu parler d'une telle pratique.

« Qui était au courant ?

– O'Shay, Mancini et le juge.

– Et Earl Ridgely ?

– Il était absent pour la semaine et O'Shay avait ordre de ne pas le mettre au courant. Il est trop respectueux de la légalité pour se plier à ce genre de chose. O'Shay a dit au juge qu'elle avait l'aval de Ridgely, ce qui était un mensonge. Le procureur ne sait toujours pas pourquoi Booth s'en est sorti après l'audition préliminaire, et Booth n'est pas plus au courant.

« O'Shay, Mancini et le juge ont élaboré un scénario permettant de fournir une base légale à la remise en liberté de Booth. Je suis resté en prison pour montrer que j'étais digne de confiance, puis on m'a libéré sous caution.

« La nuit du crime, j'ai rencontré Booth pour le convaincre de me remplacer dans la dernière phase de notre projet. Mon plan a marché. On l'a non seulement pris sur le fait avec plusieurs kilos de cocaïne, mais on a aussi des enregistrements de conversations et d'autres preuves permettant de l'impliquer dans l'importation et la vente de quantités bien supérieures à celle-là. Vargas sait qu'il risque la perpétuité et qu'il ne pourra pas être libéré sur parole. Nous espérions qu'il céderait et nous donnerait la possibilité d'infiltrer plus avant le cartel, mais il s'est tiré il y a trois jours. »

Mammon s'arrêta. Il avait l'air gêné.

« Quand je suis arrivé au Stallion le soir du crime, Harmon était assis avec Booth. Je devais me débarrasser de lui, c'est pour cela que je lui ai dit que Karen Nix en pinçait pour lui. Je suis l'un des responsables de son altercation avec Nix. Si je ne m'étais pas servi de lui, ce pauvre type n'aurait pas été condamné pour un crime qu'il n'a pas commis.

– Comment pouvez-vous être aussi certain de l'innocence de Gary ?

– Parce que je sais qui a tué Whiley.

– Qui est-ce ? demanda Peter, impatient.

– Pendant que Gary se disputait avec Nix, je suis sorti pour parler à Booth. J'ai alors vu Whiley suivre un homme jusqu'à sa voiture. Ils ont discuté avant de partir ensemble. Cet homme était un client de Booth. Quelqu'un à qui Whiley livrait de la cocaïne. Steve Mancini.

– Seigneur », fit Peter.

Tout était clair à présent. Whiley avait dû menacer Steve. Mancini ne pouvait se permettre un scandale au moment où il s'impliquait dans le projet Mountain View. L'arrestation de Gary lui avait été providentielle et Mancini avait tout fait pour que Gary fût condamné. Il avait donné un indicateur incompétent à Peter, saboté la requête déposée devant le juge et s'était débrouillé pour que Gary fût défendu par un novice aux assises.

« Vous devez témoigner en faveur de Gary.

– Non. Pas maintenant. Peut-être même jamais.

– Comment pouvez-vous refuser ? Gary mourra si vous ne vous présentez pas.

– Je pars demain pour l'Amérique du Sud. Si je reste pour témoigner, je fous en l'air toute l'opération. Je suis à deux doigts d'être accepté par le cartel. C'est à vous qu'il revient de faire arrêter Mancini. J'ai risqué ma carrière en décidant de vous rencontrer. Je ne ferai rien de plus.

– Comment vais-je apporter la preuve de tout ceci ?

– Je ne sais pas, Hale, mais j'espère sincèrement que vous y parviendrez. »

XXX

1

Peter était assis depuis plus d'une demi-heure dans la salle d'attente d'Amos Geary quand la porte s'ouvrit enfin. Clara Schoen ne lui avait pas adressé une seule fois la parole et l'avait même à peine regardé, se contentant de lui décocher des coups d'œil assassins. Dès l'entrée de Geary, elle releva la tête, impatiente de voir quel sort son patron allait lui réserver. Quel ne fut pas son étonnement quand elle vit Geary sourire au renégat qu'il avait lui-même chassé de son cabinet.

« Venez », dit Geary en passant devant Peter.

Clara resta bouche bée. Elle entreprit de lui rappeler ses rendez-vous de la journée, mais l'avocat avait déjà disparu.

« Je sais, Clara. Lenny Boudreau à dix heures et quart avec le juge Staley », dit Geary sans même se retourner. Clara ouvrit encore plus grande la bouche. « Ne me passez aucun appel tant que Peter et moi n'aurons pas terminé. »

Geary referma la porte derrière eux et se dirigea vers l'armoire où il classait ses dossiers. Peter s'assit.

« Clara croit toujours que j'oublie tout, dit Geary tout en cherchant le dossier Boudreau. Bah, je ne la détrompe pas. Elle se sent utile. »

Son visage s'illumina dès qu'il l'eut trouvé. « Dick a tout réglé ?

– Non, mais l'affaire est en suspens. »

Geary emplit la pièce d'une fumée âcre et Peter entreprit de lui décrire la rencontre chez le procureur général de l'Oregon. Il lui raconta aussi son rendez-vous nocturne avec Christopher Mammon et tout ce qu'il savait à propos de Steve Mancini.

« Mancini, hein ? dit Geary d'un air pensif quand Peter eut fini de parler. Je ne lui ferais pas de cadeau à votre place.

– Mon problème, c'est comment prouver que Steve a tué Whiley alors que je n'ai pas le témoignage de Mammon et comment accorder un nouveau procès à Gary sous prétexte que Becky a fait de la rétention de pièces à conviction. Le ministère de la Justice a imposé le silence à tout le monde. Il m'est donc quasiment impossible d'obtenir une copie des rapports de la DEA et O'Shay ne reconnaîtra jamais ce qu'elle a fait. Mammon est en Amérique du Sud et je perds avec lui mon témoin numéro un. Il y a aussi de fortes chances pour que toutes les copies des rapports aient été détruites.

– On peut dire que vous êtes vraiment dans la panade », reconnut Geary.

Peter soupira.

« Il ne me reste plus que quelques jours avant la seconde phase du procès. Il doit bien y avoir un moyen de montrer que Whiley servait d'informateur. »

Peter remarqua alors que Geary avait les yeux dans le vague et un sourire énigmatique aux lèvres. Oubliée depuis un moment, la cigarette pendait au bout de ses doigts tachés de nicotine et la cendre tombait sur le tapis. Geary se mit à glousser de rire.

« Rebecca est coincée.

– Comment ? s'écria Peter.

– Allez, réfléchissez un peu. Si un vieux singe comme moi peut trouver la solution, un jeunot comme vous doit y arriver en un rien de temps, non ? Tiens, je vais vous donner un indice. Il y a un témoin qui peut enfoncer O'Shay. »

Peter repassa toute l'affaire dans sa tête sous le regard amusé de Geary. Puis il abandonna.

« Ah, ces jeunes...

– Ça suffit, Amos. J'ai perdu le sens de l'humour. »

Geary s'assit et lança une bouffée de fumée en direction de Peter, qui se mit à tousser.

« Ouvrez grandes vos oreilles : je vais vous dire comment on va régler tout ça. »

2

Earl Ridgely parut surpris quand il entra dans le cabinet de Brett Staley en compagnie de Becky O'Shay et vit Peter Hale et Amos Geary assis près du bureau du juge.

« Que se passe-t-il, Brett ? demanda Ridgely.

– Quelque chose d'assez déplaisant, Earl. Miss O'Shay et vous-même devriez prendre place. Je vais laisser maître Hale vous expliquer. »

O'Shay remarqua que le juge avait évité de la regarder dans les yeux. Inquiète, elle se tourna vers Peter, mais ne dit rien.

« Dimanche dernier, j'ai fait une découverte des plus troublantes, monsieur Ridgely, dit Peter. Par le plus grand des hasards, j'ai appris que Miss O'Shay avait conservé par-devers elle des éléments qui éclairent d'une tout autre manière l'affaire Harmon.

– Earl, il cherche à noyer le poisson, dit O'Shay avec mépris. Ce qui s'est vraiment passé dimanche, c'est que Mr Hale s'est introduit dans la chambre d'hôpital de Kevin Booth et qu'il a été arrêté. Je me prépare à porter plainte. J'ignore quelle histoire il a bien pu concocter, mais il est clair qu'il ne fait cela que pour contrer ma plainte auprès du comité d'éthique.

– Pourquoi n'entendrions-nous pas Peter ? » proposa Ridgely.

O'Shay voulut protester. Soudain, elle se rendit compte que cette réunion avait lieu dans le cabinet du juge Staley et pas dans celui de Kuffel, et elle devint toute pâle.

Peter prit la parole :

« Becky sait depuis plusieurs mois que Sandra Whiley travaillait comme informateur pour la DEA dans le cadre d'une affaire impliquant Christopher Mammon, Kevin Booth, Rafael Vargas et un cartel de la drogue colombien particulièrement dangereux. Elle a intentionnellement dissimulé ces informations à la défense.

– C'est vrai ? demanda simplement Ridgely.

– Earl, c'est complètement absurde ! lança O'Shay.

– Je suppose qu'il est tout aussi ridicule de dire que

vous avez organisé l'audition préliminaire de Booth et de Mammon ? reprit Peter. Je suis persuadé que votre patron aimerait savoir que vous avez dit au juge Staley qu'il était parfaitement au courant de l'accord que vous aviez passé avec le ministère de la Justice.

– De quel accord parlez-vous ? demanda Ridgely.

– Avant les auditions préliminaires de Christopher Mammon et Kevin Booth, Miss O'Shay est venue me trouver, accompagnée de Steve Mancini et d'un représentant du ministère de la Justice envoyé par Washington, expliqua le juge Staley. Elle m'a dit que vous approuviez le plan selon lequel je devais libérer Kevin Booth à l'issue de l'audition, uniquement pour ne pas compromettre une opération fédérale.

– Quoi ?

– Vous m'avez bien assuré que votre scénario avait l'aval de Mr Ridgely, n'est-ce pas, Miss O'Shay ? dit Staley.

– Earl, nous n'avions pas le temps de vous mettre au courant, dit O'Shay en désespoir de cause. Nous ne devrions même pas discuter de tout ça. Vous auriez pu faire échouer une opération de première ampleur.

– Est-ce que l'on peut m'expliquer ce qui se passe ? demanda Ridgely.

– Les Feds contrôlaient un achat qui devait avoir lieu sur le parking de l'université de Whitaker, expliqua Peter. Cet achat devait permettre à un agent fédéral d'infiltrer un cartel colombien. Malheureusement, les vigiles de l'université ont tout fait rater en appréhendant Mammon et Booth.

« Vous étiez alors en congé et Becky a été contactée par la DEA. L'agence voulait qu'elle remette Booth en liberté. Les Feds ont donc élaboré un scénario pour mener à bien l'audition préliminaire de Booth. Becky a menti au juge Staley en lui disant que vous étiez au courant de tout.

« Quand Gary a été arrêté pour le meurtre de Sandra Whiley, Becky savait que la jeune fille servait d'informateur. Elle avait été prévenue par la DEA et avait même transmis à Steve Mancini deux rapports émanant de ce service. J'ai découvert accidentellement ces comptes rendus ; elle a alors convaincu Steve de les détruire et de nier les avoir jamais vus. Elle savait que le juge Kuffel refuserait la condamnation de Gary s'il apprenait la vérité.

– J'ai du mal à y croire, dit Ridgely.

– Cela ne s'arrête hélas pas là. »

Peter se tourna vers O'Shay. Il allait bluffer et espérait qu'elle ne découvrirait pas à quel point il était peu sûr de lui.

« Steve Mancini a torpillé depuis le début la défense de Gary Harmon. Son dernier geste fut de détruire les rapports, mais il a fait bien d'autres choses pour s'assurer la condamnation de Gary. Ce que je ne parviens pas à comprendre, c'est pourquoi il tient tant à expédier son beau-frère dans le couloir de la mort. Mais Becky connaît la réponse de l'énigme, n'est-ce pas ?

– Je... je ne vois pas de quoi vous parlez.

– Pourquoi Steve détruirait-il pour vous les rapports de la DEA, Becky ? Pourquoi étiez-vous certaine qu'il le ferait alors que vous auriez dû vous précipiter dans mon cabinet avec les pièces permettant la réouverture du procès de Gary ? Vous saviez que Steve avait des raisons de vouloir la condamnation de Gary. Vous saviez que Steve Mancini devait vous obéir ou risquer d'être démasqué. Vous saviez que Steve Mancini se trouvait en compagnie de Sandra Whiley juste avant qu'elle ne fût assassinée.

– Est-ce vrai ? demanda Ridgely.

– Qu'est-ce que cela peut faire ? dit O'Shay d'un ton implorant. Harmon est coupable. S'il n'avait pas tué Whiley, comment aurait-il su que la victime se trouvait au Stallion plusieurs heures avant qu'on ne l'identifie formellement ?

– J'ai parlé avec Gary avant d'organiser cette réunion, dit Peter, pour voir comment il aurait pu effectivement savoir tout ça. Le jour où l'on a trouvé le corps était celui du mariage de Steve. Il est venu prendre Gary pour l'emmener à l'église. Ils sont passés devant le parc et ont vu les voitures de police. Donna se souvient que Gary était tout excité par ce déploiement d'activité. Il a probablement demandé à Steve pourquoi le parc était plein de policiers. Je parie que Steve a dit qu'une fille présente au Stallion la veille au soir s'était fait assassiner.

« J'ai également parlé à Wilma Polk. Son mari se trouvait sur les lieux du crime. Il a dit à Mrs Polk que l'assassin de Whiley s'était servi d'une hachette. Mrs Polk a parlé de la hachette à son amie alors qu'elle se trouvait près du buffet, à la réception qui a suivi le mariage. Mrs Polk se rappelle que Gary tendait l'oreille pour entendre ce qu'elle disait.

« L'emplacement des coups, enfin. Avant que Bob Patrick ne fasse à Gary le coup de la lumière noire, il lui a montré plusieurs photos d'autopsie où l'on voyait parfaitement les blessures à la tête de Whiley.

« Ce sont des explications assez raisonnables, mais il est évident que la vérité ne vous intéresse pas, n'est-ce pas, Becky ?

– Je... je pensais que c'était Gary. Je le crois toujours, d'ailleurs. J'ignorais que Steve se trouvait avec Whiley jusqu'au jour où j'ai parlé avec Booth. Il les a vus ensemble au Stallion.

– Et vous avez demandé à Booth de se taire, dit Peter sur un ton accusateur.

– Je ne pouvais rien vous dire. Le jury n'aurait jamais prononcé de condamnation s'il avait su que Whiley jouait les informateurs et que Steve se trouvait avec elle peu avant sa mort. Cela aurait fait trop de suspects. Et Steve a juré ne pas l'avoir tuée.

– Vous ne comprenez toujours pas la portée de vos actes, visiblement ! dit Peter, surpris par l'obstination de Becky O'Shay. Vous ne voyez toujours pas où est votre erreur. Comment pouvez-vous vous aveugler à ce point ? Il est évident pour tout le monde que Steve a tué Sandra Whiley ! Comment... »

Et brusquement, Peter comprit pourquoi Becky couvrait ainsi Steve. Il se souvint de leurs attitudes, d'une remarque faite par Becky à la réception quand il lui avait demandé comment elle connaissait Steve.

« Quand Steve vous a juré son innocence, vous étiez encore au lit ou vous aviez déjà fini de baiser ? » demanda Peter.

Elle écarquilla les yeux.

« De... de quoi parlez-vous ?

– Vous osez nier avoir couché avec Steve Mancini ? »

Earl Ridgely contemplait O'Shay avec une certaine horreur.

« Si Earl avait appris que vous aviez menti au juge Staley pour truquer l'audition préliminaire et que vous aviez des relations sexuelles avec votre adversaire, il vous aurait immédiatement écartée. Vous n'avez rien dit sur Mancini parce qu'il vous menaçait, c'est cela ?

– Non, non, ce n'est pas du tout ça. Dès que Kevin Booth m'a avoué avoir vu Mancini avec Whiley au Stallion, j'en ai parlé à Steve. Il m'a juré son innocence. Il m'a alors rappelé une chose dont... euh... dont j'aurais dû me souvenir. Steve et moi... eh bien... nous nous voyions de temps en temps depuis mon arrivée à Whitaker... Nous avions décidé de passer ensemble la nuit précédant son mariage.

– Quoi ? hurla Peter.

– Vous ne croyez tout de même pas que c'est par amour qu'il a épousé Donna Harmon, tout de même ? lança O'Shay avec mépris. C'est Mountain View qui l'intéressait, et il se disait que Jesse Harmon investirait certainement de grosses sommes une fois le mariage célébré.

– Le fumier », dit Peter.

Amos Geary posa la main sur son bras.

« Miss O'Shay, vous étiez en train de nous dire comment vous étiez certaine de l'innocence de Mr Mancini, intervint Geary. Vous devriez poursuivre.

– Steve se trouvait avec moi la nuit où Whiley a été tuée. Il est arrivé vers minuit. Il avait l'air embêté. Je lui ai demandé pourquoi et il m'a répondu que Gary avait fait du scandale au Stallion.

« Ultérieurement, j'ai voulu vérifier si Booth disait la vérité. Steve a admis avoir parlé à Whiley. Elle se trouvait au Stallion. Quand il en est sorti, elle l'a rejoint sur le parking. Elle avait l'air hystérique. Elle lui a dit qu'elle devait quitter la ville et que Christopher Mammon la terrorisait. Whiley croyait qu'il était en prison, mais elle venait de le voir au Stallion. Il devait penser qu'elle était responsable de son arrestation sur le parking et il la tuerait.

« Elle criait beaucoup et Steve lui a demandé de monter en voiture. Ils ont roulé pendant quelque temps. Elle a demandé de l'argent à Steve afin de pouvoir s'enfuir. Il a essayé de discuter, mais il n'y avait rien à faire. Elle lui a mis le marché en main : s'il ne lui donnait rien, elle dirait à tout le monde qu'il prenait de la cocaïne. Elle l'a même menacé d'un scandale à son mariage.

« Steve lui a dit qu'il détenait un peu d'argent à son cabinet. Comme il ne voulait pas être vu en sa compagnie, il l'a laissée près de l'entrée du parc du Puits aux souhaits, où il viendrait la retrouver dès qu'il aurait la somme.

– A quelle heure aurait-il déposé Whiley ?

– Minuit moins dix. S'il a regardé sa montre, c'est parce qu'il devait arriver chez moi à minuit. »

Peter avait du mal à maîtriser son enthousiasme. Le barman du Ponderosa avait certifié que Gary se trouvait au bar à onze heures cinquante-trois ou cinquante-quatre. Il était donc impossible que Gary fût l'assassin.

« Que s'est-il passé ensuite ?

– Steve s'est rendu à son cabinet et a pris tout ce qu'il trouvait, soit près de trois mille dollars en espèces, puis il est retourné au parc. Il s'est garé dans une rue voisine et a terminé le chemin à pied. Il a alors vu quelqu'un s'enfuir en courant et a cru que c'était Whiley. Puis il a découvert son cadavre.

– Quand avez-vous appris tout cela ? » demanda Earl Ridgely.

Au ton de sa voix, il était clair qu'il n'en croyait pas ses oreilles.

« Juste avant l'accident de Booth.

– Et... vous avez gardé tout cela pour vous ? Vous avez laissé ce pauvre type et sa famille subir un procès pour meurtre alors que vous saviez pertinemment qu'il n'était pas coupable ? dit Ridgely d'un air dégoûté.

– Je l'ignorais alors. Steve disait n'avoir pas tué Whiley, et je l'ai cru. Je pense toujours que Gary est l'auteur de ce crime.

– Mais enfin ! s'écria Ridgely. Whiley faisait chanter Mancini, il se trouvait avec elle au parc à l'heure du crime. Mon Dieu, comment pouvez-vous être aussi aveugle ?

– Non, Earl, je suis certaine qu'il ne l'a pas tuée. Je me souviens très bien du costume qu'il portait en arrivant chez moi. Je l'avais déjà vu plus tôt dans la journée. C'étaient le même costume et la même cravate. Les mêmes chaussures. J'ai vérifié qu'il n'en avait pas changé en interrogeant Karen Nix, les barmen du Stallion et d'autres témoins. »

O'Shay s'arrêta de parler et prit son souffle. Elle baissa les yeux.

« Je... j'ai déshabillé Steve cette nuit-là. J'ai vu sa chemise. L'assassin aurait eu du sang sur lui, mais il n'y en avait pas la moindre goutte sur les vêtements de Steve Mancini. »

XXXI

Les Harmon étaient assis au premier-rang. Peter leur avait demandé de venir au tribunal, mais il ne leur avait rien dit de plus pour ne pas créer de faux espoirs. Steve Mancini avait pris place de l'autre côté du prétoire. Un shérif adjoint lui avait apporté une assignation à comparaître alors qu'il prenait son petit déjeuner. Mancini se demandait pourquoi Earl Ridgely était le seul représentant du ministère public : il ignorait que Becky O'Shay avait été incarcérée pour subornation de témoins et entrave à la bonne marche de la justice.

Gary Harmon avait l'air désespéré quand on le fit entrer dans la salle. Des tics nerveux parcouraient tout son corps et traduisaient un manque de sommeil évident.

« Pete, faites-moi sortir de prison, supplia-t-il dès qu'il fut assis entre Hale et Amos Geary. J'ai peur ici. Je veux rentrer dans ma maison.

– Je crois que ce ne sera plus très long, Gary. Allez, calmez-vous. »

Peter était en train de parler à Gary quand le juge Kuffel fit son apparition, porteur d'une demande en réouverture de procès que Peter avait rédigée à la hâte dans le bureau du juge Staley. Il semblait perplexe.

« Vous vous joignez à cette requête, monsieur Ridgely ? demanda le juge pour s'assurer qu'il avait bien compris.

– Oui, Votre Honneur. A la lumière de certains détails récemment portés à ma connaissance, je crois que l'intérêt supérieur de la justice exige le retrait du verdict de culpabilité porté à l'encontre de Mr Harmon. »

Le juge paraissait toujours surpris. Il se demandait où se trouvait Becky O'Shay et pourquoi Amos Geary était assis aux côtés de Peter Hale.

« Sur quoi repose cette requête, maître Hale ? demanda le juge Kuffel.

– Je fais venir mon premier témoin pour dissiper toute confusion, Votre Honneur.

– Très bien, appelez votre témoin.

– Maître Harmon appelle Kevin Booth », cria l'huissier.

Le jour précédent, après la réunion chez le juge Staley, Earl Ridgely, Peter Hale, Amos Geary et un inspecteur de la police d'Etat avaient interrogé Booth à l'hôpital. Booth avait été amené au tribunal en fauteuil roulant et on lui avait accordé de ne pas le quitter pour témoigner. Il portait une chemise de nuit d'hôpital et un peignoir de bain.

« Monsieur Booth, dit Peter après que le témoin eut prêté serment, vous avez déjà déposé dans le cadre de l'affaire Etat de l'Oregon contre Harmon, n'est-ce pas ?

– Oui.

– Le témoignage que vous avez produit à Portland était-il sincère et honnête ?

– Un instant, dit le juge Kuffel. Vous êtes en train de demander à cet homme s'il s'est parjuré. S'il dit avoir menti, il reconnaît avoir commis un crime.

– C'est exact, Votre Honneur. Mais Mr Booth dépose également avec une promesse d'immunité de la part du ministère public pour avoir fait un faux témoignage dans l'affaire Harmon, la promesse de ne pas être poursuivi pour le rôle qu'il a joué dans l'incident survenu sur le parking de l'université et enfin une promesse, tant fédérale que de l'Etat, de ne pas être inquiété pour sa participation au crime qui a entraîné son arrestation à son domicile. »

Peter ne précisa pas au juge que les Fédéraux n'avaient accepté de coopérer que lorsque Ridgely les avait menacés de rendre public tout ce qu'il savait sur l'audition préliminaire truquée et l'opération secrète menée contre le cartel colombien.

« Fort bien. Continuez.

– Monsieur Booth, je le répète, votre témoignage était-il sincère et honnête ?

– Non.

– Vous avez dit que Gary Harmon vous avait parlé de son dossier alors que vous vous trouviez tous deux à la prison de Whitaker. Etait-ce vrai ?

– Oui.

– Mr Harmon vous a-t-il dit avoir tué Sandra Whiley ?

– Non. Il a dit qu'il avait rien fait.

– Pourquoi avez-vous déformé les propos de Mr Harmon ?

– J'avais la trouille d'aller en taule pour cette histoire de drogue et j'ai conclu un marché. C'était ma seule chance.

– Dans l'affaire Harmon, le ministère public est représenté par Miss Rebecca O'Shay. Cela vous a-t-il gêné de mentir et qu'elle l'apprenne ?

– Non. Elle voulait faire plonger Harmon.

– Monsieur Booth, Rebecca O'Shay vous a-t-elle demandé de dissimuler à la défense une certaine information qui, une fois connue des jurés, aurait jeté le doute sur la culpabilité de Mr Harmon ?

– Oui.

– Quelle était donc cette chose dont elle ne souhaitait pas vous voir parler ?

– Whiley était camée et elle m'achetait sa coke. Elle avait pas beaucoup de pognon, alors des fois elle bossait pour régler sa note. Le soir où je me suis fait gauler sur le parking avec Chris Mammon, Whiley devait amener trente mille dollars. Quand on s'est fait avoir, Mammon a cru que Whiley nous doublait. Il m'a dit qu'il la buterait si c'était vrai.

– Vous avez parlé de cette menace à Miss O'Shay ?

– Oui. Elle savait que Mammon était au Stallion à la même heure que Whiley le soir du meurtre. J'ai cru que ça l'intéresserait, mais elle m'a dit que c'était Harmon qui avait fait le coup et que je devais raconter à personne que Mammon connaissait Whiley.

– Miss O'Shay vous a-t-elle demandé de garder le silence à propos d'autre chose ? »

Booth repéra Steve Mancini et sa bouche se tordit en un rictus.

« Oui. Je lui ai dit que j'avais vu Steve Mancini quitter le Stallion avec Sandra Whiley le soir où elle s'est fait descendre. »

Donna porta la main à sa bouche. Jesse Harmon dévisagea Mancini ses yeux étaient pleins d'une haine absolue. Mancini regarda autour de lui, l'air nerveux. Il voulut se lever, mais s'arrêta en voyant les policiers armés que Ridgely avait fait placer devant les issues.

« Que s'est-il passé quand vous avez rapporté cette information à Miss O'Shay ?

– Elle m'a dit qu'il valait mieux que je l'oublie et qu'autrement elle se débrouillerait pour que je reste en taule jusqu'à la fin de mes jours.

– Mr Mancini connaissait-il Sandra Whiley avant le soir du meurtre ?

– Plutôt. Mancini m'achetait sa came. Whiley la lui livrait à son cabinet et des fois même chez lui. Un jour, elle m'a dit qu'elle avait couché avec Mancini pour une dose de rabe. »

Mancini était en sueur. Il scrutait le prétoire en quête d'une porte de sortie.

« Pas d'autres questions, monsieur Booth.

– Monsieur Ridgely ? demanda le juge.

– Pas de questions.

– Avez-vous un autre témoin, maître Hale ? »

Peter fit face aux spectateurs et annonça : « Nous appelons Steve Mancini, Votre Honneur.

– Je ne l'ai pas tuée ! » hurla Mancini.

Le juge abattit son marteau. Mancini se figea.

« Vous êtes ici en tant que témoin, monsieur Mancini, fit Kuffel. Veuillez vous avancer. »

Mancini hésita. Dans la salle, les gens l'observaient d'un air accusateur. Il se dirigea vers la barre d'un pas mal assuré. Peter fixait Mancini droit dans les yeux, mais l'autre ne parvenait pas à soutenir son regard.

« Le soir où Sandra Whiley a été tuée, avez-vous quitté le bar du Stallion en sa compagnie ? demanda Peter.

– Je suis... Je veux un avocat, dit Mancini d'une voix tremblante.

– Maître Hale, je vais devoir ordonner une suspension de séance pour que Mr Mancini puisse consulter un avocat. Etant donné ce que je viens d'entendre, il risque fort d'en avoir besoin. »

Peter savait que c'était inévitable et n'objecta pas. Mancini se leva. Ridgely fit signe à deux officiers de police de s'approcher de lui.

« J'ai un mandat d'arrêt en votre nom, monsieur Mancini, dit Ridgely.

– Hé, Earl, ce n'est pas vrai. Je ne l'ai pas tuée ! »

Ridgely l'ignora.

« Veuillez conduire Mr Mancini en cellule, dit-il aux officiers. Veillez à ce qu'on lui lise ses droits et qu'on l'autorise à appeler un avocat.

– Earl », supplia Mancini.

Ridgely lui tourna le dos et Mancini sortit du prétoire.

« Mr Harmon peut-il être libéré à la condition d'être confié à ses parents, Votre Honneur ? demanda Peter dès que l'assistance eut fait silence.

– Ce serait très inhabituel. Il a été reconnu coupable de crime avec circonstances aggravantes. »

Earl Ridgely se leva lentement et s'adressa au tribunal.

« Rebecca O'Shay n'est pas présente aujourd'hui parce qu'elle est en détention. Miss O'Shay a délibérément caché des éléments d'enquête fondamentaux à la défense, des éléments qui permettent de douter sincèrement de la culpabilité de Mr Harmon.

« Je n'ai pas eu le temps d'approfondir ce dossier à la lumière de ces nouvelles informations, mais j'en sais assez pour dire que la justice sera mieux rendue si Mr Harmon est confié à la garde de ses parents pendant que je reprends tout depuis le début. »

Le juge Kuffel pinça les lèvres et réfléchit.

« Fort bien, fit-il. Monsieur Harmon, j'ordonne que vous soyez confié à vos parents. Il vous faudra naturellement respecter certaines conditions, celles que je fixerai tout à l'heure. Comprenez-vous ce que je suis en train de dire ? »

Gary avait peur et ne savait plus trop quoi penser. Il se tourna vers Peter.

« Il te renvoie chez toi, Gary », annonça Peter.

La bouche de Gary s'ouvrit toute grande avant de dessiner un sourire.

« Je rentre chez moi ? » demanda-t-il, toujours incrédule.

Peter ne put s'empêcher de lui rendre son sourire. « Oui, Gary. Tu vas retrouver tes parents. »

Les yeux de Gary s'embuèrent, puis il serra Peter dans ses bras.

« Vous êtes un bon avocat, Pete. Vous êtes le meilleur avocat. Vous leur avez dit de me renvoyer chez moi. »

Le juge Kuffel voulut faire rétablir l'ordre et leva son marteau. Il se ravisa et le reposa doucement. Les joues rouges, Peter était incapable de dire un mot. Gary l'étouffait contre lui.

XXXII

1

« Peter, vous reprendrez bien une autre part de gâteau ? proposa Alice Harmon.

– Non, merci, madame Harmon. Je crois que je vais éclater.

– Moi, j'ai encore un petite place, dit Amos Geary.

– Gary, passe-moi l'assiette d'Amos, s'il te plaît. »

Pour prendre l'assiette, Gary dut tourner le dos à sa mère et il ne vit pas combien elle était radieuse.

Donna se leva.

« Je vais prendre un peu l'air. Vous venez, Peter ? »

Donna ouvrit la contre-porte et emmena Peter sous la véranda de la maison de ses parents. Le mois de septembre était déjà bien entamé, la nuit presque tombée et l'air un peu frisquet. Ils traversèrent la cour. Donna referma son gilet et s'avança le long de la clôture blanche qui ceint toute la propriété des Harmon.

« C'est formidable d'avoir de nouveau Gary parmi nous, dit-elle. Vous ne pouvez pas imaginer à quel point papa et maman sont transformés.

– Ce n'est pas encore fini, dit Pete. Il faut encore rendre une ordonnance de non-lieu.

– Ils ne le renverront pas en prison, dit Donna d'un air confiant. C'est impossible. Mr Ridgely est un homme trop honnête. »

Ils marchèrent quelque temps en silence. Puis Donna dit :

« C'est étonnant de voir comment tout a conspiré à faire de Gary un coupable. Il entend bavarder Mrs Polk. O'Shay parle à Booth de la croix de Jérusalem, Steve dit que la fille se trouvait au Stallion...

– C'est pour cela que Ridgely doit avancer prudemment avant d'inculper quelqu'un d'autre. Il ne veut pas commettre la même erreur.

– A votre avis, qui a tué Sandra Whiley ? demanda Donna quand ils eurent atteint le gros chêne dont l'ombre s'étendait sur la pelouse.

– Je n'en sais rien. Je dois avouer que je n'y ai pas vraiment réfléchi. Dans les films, l'avocat de la défense sauve toujours son client en balançant le nom du vrai coupable. Dans la vie, les avocats de la défense s'en moquent bien. Tout au long du procès, j'ai essayé de renverser les preuves avancées par le ministère public pour faire surgir le doute. C'est vrai, je serais heureux de dire qui a tué Sandy Whiley, mais je m'estimerai pleinement satisfait si Earl Ridgely prononce le non-lieu.

– Vous devez quand même avoir une petite idée. Christopher Mammon, par exemple. J'ai entendu dire qu'il avait disparu.

– Mammon n'est pas l'assassin.

– Comment pouvez-vous en être aussi certain ?

– Ecoutez, pour vous répondre, je devrais violer un serment. Je vous demande simplement de me croire. Je sais que ce n'est pas Mammon. »

Donna tourna le dos à Peter et baissa la tête.

« Si Christopher Mammon n'est pas coupable, Steve l'est probablement.

– Oui, il est certain que tout le désigne comme suspect. Nous venons d'apprendre que sa première femme l'avait quitté parce qu'il la frappait. Il est sûr qu'il a une certaine tendance à la violence. Mais la déclaration de Becky O'Shay est là pour l'innocenter. »

Peter se reprit. Donna fit volte-face et il devint tout rouge.

« Je... Pardonnez-moi », commença-t-il.

Donna secoua la tête.

« Ne vous excusez pas. Je suis heureuse d'avoir appris qu'il avait couché avec elle la veille de notre mariage. Je n'ai vraiment plus rien à me reprocher. »

Ils firent quelques pas, puis Donna demanda :

« Est-ce que vous allez rentrer à Portland quand le procès de Gary sera terminé ?

– Non. J'ai été stupide de quitter Amos Geary, et je retourne demain chez lui. Je ne crois pas que je consacrerai toute ma vie aux procès d'assises, mais c'est tout de même assez passionnant, je dois le reconnaître.

– Je suis contente que vous restiez », dit Donna en le regardant droit dans les yeux.

Peter hésita un instant, puis il lui prit la main.

« J'ai une autre raison de ne pas quitter Whitaker. »

Peter attendit que Donna se libère. Comme elle n'en faisait rien, il poursuivit :

« J'ignore si c'est le moment opportun pour vous dire ça. Vous avez vécu une telle épreuve et moi, je ne sais pas encore trop qui je suis ni ce que je veux. Il y a encore beaucoup de détails que vous ignorez. Des détails qui ne vous plairont peut-être pas.

– Nous n'avons pas à nous précipiter, Peter. Nous avons tout notre temps puisque vous restez en ville. Laissons les choses se faire d'elles-mêmes, d'accord ? »

Donna l'embrassa. Ce fut un baiser délicat, mais il surprit Peter. Elle posa la tête sur son épaule et ils restèrent ainsi, l'un contre l'autre, dans le noir. Peter n'avait jamais rien promis à une femme. Rien que d'y penser, cela lui faisait un peu peur. Etait-il capable de ne vivre que pour une seule personne ? Il le croyait. Il avait fait des choses autrement plus étonnantes depuis son arrivée à Whitaker.

2

« Vous avez l'air drôlement content de vous, dit Amos Geary alors qu'ils revenaient en ville dans la voiture de Peter.

– Qu'est-ce que vous voulez dire ? »

Peter repensait au baiser de Donna.

« Il ne faut pas jouer avec une fille comme ça. Donna a vécu trop d'épreuves. Si vous n'êtes pas sérieux, laissez tomber tout de suite.

– Amos, faites-moi un peu confiance ! protesta Peter.

– Vu vos antécédents, c'est plutôt difficile.

– Hé, j'ai changé, le vieux Peter a disparu.

– On verra. »

Ils roulèrent en silence pendant quelque temps. Peter songeait à Donna, mais Geary avait d'autres idées en tête. Il poussa un profond soupir.

« Qu'est-ce qu'il y a ? demanda Peter.

– Je pensais à cette pauvre fille, Sandy Whiley. La police a perdu tant de temps que je crois bien qu'elle n'arrêtera jamais son assassin.

– Nous savons que ce n'est pas Mammon. Je n'ai pas complètement éliminé Steve, mais il est peu probable qu'il l'ait tuée si O'Shay dit la vérité.

– Ce qui n'est pas évident. Tiens, rien que de penser à O'Shay, ça me donne envie de vomir.

– Je viens d'avoir une idée. Ridgely devrait vérifier l'alibi de Steve le jour où les deux autres femmes ont été tuées. Avec tout ça, on a oublié que l'assassin de Whiley est probablement aussi le leur.

– Earl n'est pas idiot. Je suis sûr qu'il s'est déjà demandé comment il pourrait associer Mancini aux autres meurtres. En tout cas, ce que je peux vous dire, c'est que celui qui a commis ces crimes est une vraie saloperie. Tuer quelqu'un, ce n'est déjà pas formidable, mais massacrer des innocentes à coups de hachette comme si c'étaient des animaux de boucherie... »

Geary plongea dans le silence à l'évocation de ces atrocités. Brusquement, Peter se rangea sur le bas-côté. Geary n'avait pas mis sa ceinture et il fut projeté en avant. Il eut tout de même le réflexe de tendre les mains pour amortir le choc.

« Mais qu'est-ce qui vous prend ? hurla Geary. Vous êtes cinglé ? »

Peter ne l'entendait pas. Il semblait assommé.

« Hale, vous nous faites une crise cardiaque ou quoi ? Répondez-moi ! »

Peter se tourna lentement. Il était livide.

« La hachette. Mon Dieu, comment ai-je pu... On rentre au cabinet, il faut que je voie quelque chose dans le dossier de Mammon.

– Mais de quoi parlez-vous ? »

Au lieu de lui répondre, Peter écrasa l'accélérateur et Geary fut plaqué à son siège.

« Je vous expliquerai en chemin », dit Peter.

Geary s'empressa d'enclencher sa ceinture de sécurité.

« C'est là que nous tournons ? demanda Peter.
– Je n'en suis pas trop sûr.
– Je croyais que vous aviez passé toute votre vie ici.
– Eh, je suis avocat, pas employé au cadastre. Maintenant, bouclez-la et laissez-moi réfléchir. »

Geary étudiait la carte des environs de Whitaker tandis que Peter pianotait nerveusement sur le volant.

« Bon. C'est bien la route indiquée dans le rapport de police inclus dans le dossier Mammon. »

Peter roula pendant près d'un kilomètre et demi sur un chemin vicinal. C'était la pleine lune et ils entrevirent bientôt l'objet de leur recherche. Peter s'arrêta devant la baraque.

« Vous croyez que c'est légal ? s'enquit Peter.
– Non, ce n'est pas légal. Bris de clôture et violation de domicile. Comme on ne bosse pas pour le gouvernement, Earl pourra utiliser toutes les pièces à conviction que nous aurons trouvées pendant que nous serons bouclés pour cambriolage.
– Merci. Vous me rassurez. »

Peter essaya d'ouvrir la porte. Elle n'était pas verrouillée. Il avait apporté une lampe, mais Geary le devança en appuyant sur l'interrupteur.

« Ils n'ont pas coupé l'électricité, tant mieux, dit-il.
– Bon sang, qu'est-ce que ça pue ! »

Les deux hommes firent la grimace quand une odeur fétide vint les assaillir. La maison était livrée à la pourriture. Des mouches tournaient autour de croûtes de pizza ou de fromage collées à des cartons d'emballage graisseux. Des vêtements sales gisaient à terre ou s'entassaient sur le canapé.

« Une vraie porcherie, commenta Peter.
– Dépêchons-nous, je n'ai pas envie de traîner ici. »

Ils se séparèrent. Peter se chargea de la chambre et de la salle de bains, Geary du living et de la cuisine. La maison était assez petite et leur fouille ne dura pas longtemps.

« Alors ? fit Peter quand ils eurent terminé.
– Rien du tout.
– Pourtant, j'étais sûr.
– Il les a probablement tuées autre part.
– Oui », fit Peter, un peu maussade.

Il sortit. Geary éteignit la lumière et referma la porte.

Peter allait remonter en voiture quand il s'arrêta brusquement.

« Qu'est-ce que c'est que ça ? » demanda-t-il.

Geary regarda dans la direction qu'il lui indiquait. Une autre bâtisse se dressait non loin de là.

« On devrait en profiter pour y jeter un coup d'œil. »

Les deux hommes allumèrent leur torche et marchèrent pendant trois ou quatre cents mètres. Ils arrivèrent devant la cabane et constatèrent qu'il n'y avait personne, mais qu'un cadenas avait été apposé sur la porte.

« Alors, qu'est-ce qu'on fait ? » dit Peter.

Geary envoya son pied dans la porte avec toute la force que pouvaient lui octroyer ses cent et quelques kilos. Le bois pourri ne résista pas. Au second coup de pied, la porte s'ouvrit en grand. Une odeur les agressa, différente, mais encore plus ignoble que celle qui régnait dans la maison de Booth. Peter plaqua la main sur sa bouche et balaya la pièce de sa lampe.

« Nom de Dieu ! » s'écria-t-il quand le faisceau se posa sur un matelas taché de sang. Geary était incapable de dire quoi que ce soit. Peter continua d'examiner la cabane et faillit vomir quand il se rendit compte que le sol était recouvert de sang séché.

« Peter », appela Amos.

Peter regarda le coin de la pièce qu'éclairait la lampe de Geary. Il vit des tas de vêtements féminins, un portefeuille et deux petits sacs.

« Vous pariez que l'un de ces sacs appartient à Sandra Whiley ? dit Geary.

– Vous avez peut-être raison, mais ce n'est pas moi qui ferai la découverte. On file d'ici et on appelle la police. »

3

Kevin Booth dormait comme un bébé quand Earl Ridgely entra dans sa chambre d'hôpital, suivi des membres de la Brigade criminelle. Il grogna quand l'infirmière alluma, puis se redressa.

« Qu'est-ce qui se passe encore ? » demanda Booth

en se frottant les yeux. Il vit alors toutes les personnes réunies dans sa chambre.

« J'ai quelques questions à vous poser, Kevin, dit Ridgely.

– Il est trois plombes, ça peut pas attendre ?

– Je crains bien que non. » Ridgely approcha une chaise du lit de Booth. « Mais j'ai promis de ne pas vous déranger trop longtemps. En premier lieu, je vais vous lire vos droits. »

Ridgely sortit une carte de sa poche et se mit à lire. Booth regardait le procureur comme s'il était devenu fou.

« C'est quoi, tout ça ? dit Booth quand Ridgely eut terminé.

– Pouvez-vous expliquer la présence du sac de Sandra Whiley et des vêtements de Diane Fetter et Emily Curran dans une cabane située à moins de quatre cents mètres de votre domicile et me dire pourquoi le sol de ladite cabane est couvert de sang ?

– Mais... De quoi vous parlez ? Quelle cabane ?

– Kevin, en ce moment même, des techniciens passent au peigne fin le moindre recoin de cette cabane. Ils recherchent des empreintes, des fibres, des cheveux, beaucoup de choses.

– Vous trouverez rien à moi dans cette baraque pourrie. Je sais pas trop ce que vous magouillez, mais vous allez pas me coller deux crimes sur le dos. Vous avez rien contre moi !

– Au contraire, dit Ridgely. Curran et Fetter avaient toutes deux pris beaucoup de cocaïne juste avant de mourir. Leur passé révèle qu'elles en consommaient fréquemment. Je pense que vous les fournissiez et que vous les avez attirées chez vous en leur promettant des doses gratuites. Là, vous les avez droguées avant de les violer et de les tuer.

– Vous pouvez penser tout ce que vous voulez, je m'en fous.

– Je crois aussi que vous avez commis une erreur monumentale. Peter Hale me l'a expliquée. C'est si évident que je me sens vraiment stupide de ne pas y avoir pensé moi-même. »

Ridgely attendit une réponse de la part de Booth, mais l'autre ne dit rien. Le procureur reprit donc :

« Vous étiez terrorisé lors de votre arrestation en

compagnie de Rafael Vargas. Vous risquiez une lourde peine de prison, mais Vargas vous avait également menacé de vous tuer. Les Fédéraux refusaient de conclure un marché avec vous et Steve Mancini ne voulait plus vous défendre. Vous avez alors décidé de déposer contre Gary Harmon pour éviter la prison. Vous avez gagné sa confiance et obtenu qu'il vous répète ce qu'il avait déjà dit à la police. Comme vous aviez tué Whiley, vous pouviez ajouter quelques informations susceptibles de donner du poids à la confession de Gary. Malheureusement, ce n'était pas encore assez pour Becky O'Shay. Elle savait qu'aucun juré ne vous croirait si votre déposition n'était pas corroborée. Elle vous a alors dit qu'elle ne conclurait d'accord avec vous que si vous lui donniez un détail que seul Gary pouvait connaître.

« Vous étiez pris de panique. Pour vous, O'Shay représentait la dernière chance. Vous lui avez alors raconté une chose que seul l'assassin pouvait connaître. Vous lui avez indiqué à quel endroit nous retrouverions la hachette qui avait servi à tuer Curran, Fetter et Whiley. La hachette que vous aviez jetée dans un collecteur d'eaux de pluie parce que vous aviez peur que Steve Mancini ne vous ait vu vous enfuir du lieu du crime.

« Gary Harmon n'aurait pas pu vous dire où était cachée l'arme du crime. Il ne pouvait matériellement pas tuer Sandra Whiley. Gary était au Ponderosa à l'heure du crime. Puisqu'il ne vous a pas dit que la hachette reposait dans un collecteur proche du campus universitaire, comment pouviez-vous le savoir ? »

Booth écarquillait les yeux de surprise. Puis il étudia le visage des hommes réunis autour de son lit.

« Je veux un avocat, bredouilla-t-il alors. Je veux un avocat. »

Ridgely hocha la tête.

« J'étais certain que vous en demanderiez un, monsieur Booth, et je crois sincèrement que c'est la meilleure chose à faire dans votre cas. »

ÉPILOGUE

Le tableau d'affichage du Stallion Stadium indiquait qu'il ne restait plus que cinquante-huit secondes de jeu avant la fin du match opposant les Stallions de Whitaker à l'équipe de Boise. Whitaker menait grâce à un essai et allait sûrement en marquer un autre. Cinquante-huit secondes, c'était encore trop pour Peter, lequel grelottait sous cette pluie battante qui avait transformé le terrain en un véritable bourbier. C'était le dernier match de l'année. Serrée contre Peter, Donna paraissait tout aussi misérable. Seul Gary semblait oublier les conditions météo épouvantables. Il se levait à chaque action, transporté de joie à l'idée que les Stallions puissent terminer la saison invaincus.

Il s'était passé beaucoup de choses depuis que le juge avait prononcé une ordonnance de non-lieu à l'encontre de Gary Harmon. Kevin Booth n'avait pas tenu bien longtemps. Il n'avait pas été très difficile d'établir un lien entre Booth et les trois femmes assassinées, dès l'instant où il était devenu le suspect numéro un. Pour échapper à la peine de mort, Booth avait conclu un accord qui lui vaudrait la prison à perpétuité sans pouvoir jamais être libéré sur parole. Booth avait scandalisé les procureurs en avouant non seulement le meurtre de Sandra Whiley, d'Emily Curran et de Diane Fetter, mais aussi celui de sa mère qu'il avait poussée dans l'escalier alors qu'elle était ivre.

Booth raconta à Earl Ridgely comment, depuis son pick-up, il avait assisté à la conversation entre Whiley et Mancini. Il les avait ensuite suivis dans Whitaker. Whiley alimentait les fantasmes sexuels de Booth depuis qu'elle lui achetait de la cocaïne, mais il redoutait de toucher à une femme qu'il croyait appartenir à Christopher Mammon. Booth avait soupçonné Whiley de l'avoir trahi dès qu'il avait été arrêté sur le parking du campus, et il s'était juré de se venger. Le soir du crime, Mammon l'avait humilié, et cela l'avait rendu fou furieux. Il avait peur de Mammon, mais, pour lui, Whiley était une proie facile. Quand Mancini avait laissé Whiley au parc du Puits aux souhaits, Booth avait pris la hachette dans son pick-up et l'avait suivie avec l'idée de la ramener dans sa cabane où il la violerait et la torturerait à loisir. Whiley s'était débattue et l'avait payé de sa vie.

Dès que Steve Mancini fut certain de ne pas être poursuivi pour le meurtre de Whiley, il avoua qu'il avait tenté de dissimuler sa discussion avec elle le soir du meurtre. C'était uniquement par lâcheté qu'il avait torpillé la défense de Gary. Mancini redoutait qu'un avocat et un enquêteur de quelque compétence pût percer à jour sa rencontre avec Whiley. Il craignait d'être arrêté pour meurtre et ne pouvait se permettre d'être impliqué dans un scandale pour usage de cocaïne alors que le projet Mountain View battait sérieusement de l'aile.

« Dès que le match se termine, on fonce chez moi et on avale un litre de grog brûlant, dit Peter en tremblant.

– Deux litres, oui, mais il faudra d'abord trouver le moyen de faire sortir Gary. Dès que l'arbitre va siffler, il va descendre sur le terrain pour serrer la main aux joueurs.

– Oh, merde, j'avais oublié. »

Gary agissait toujours de la sorte. C'était pour lui comme un rituel.

Un coup de sifflet retentit et le visage de Gary s'illumina.

« On a gagné ! hurlait-il, les poings dressés. On a gagné ! »

Il prit Donna par les bras et la souleva de son banc, puis il la serra si fort contre lui que Peter dut intervenir.

« Pete, Pete ! On a gagné ! On a gagné ! »

Puis Gary dévala les gradins humides et fonça sur le terrain.

« Ces billets pour la saison entière, c'est vraiment la

seule chose bien que ton tordu de mari ait faite de toute sa vie ! lança Peter quand Donna et lui se dirigèrent vers la sortie.

– Futur ex-mari. Le juge Kuffel étudie la semaine prochaine la demande en divorce. J'espère que Steve aura au moins la délicatesse de ne pas la contester.

– Il a autre chose en tête que ce divorce. Ridgely est d'accord pour abandonner toute charge à son encontre s'il abandonne le barreau. Avec Mountain View, il a fait faillite. Il est question qu'il quitte la ville.

– Je vois mal comment il pourrait rester ici. Tout le monde sait ce qu'il a fait.

– J'ai vu Earl au tribunal hier. O'Shay ne plaidera pas. Elle risque d'être rayée du barreau.

– J'espère qu'elle finira en prison après ce qu'elle a fait à Gary. »

Donna et Peter s'abritèrent près de la buvette où ils avaient l'habitude d'attendre Gary à la fin des matchs. Peter commanda deux gobelets de café bien chaud. Ils burent en silence, puis Peter se dit qu'il était temps d'aborder un sujet qui lui tenait à cœur. Il en avait eu envie toute la journée, mais n'avait pas trouvé le courage de mettre son projet à exécution.

« Papa m'a appelé hier soir.

– Oui ?

– Il m'a demandé de revenir chez Hale et Greaves. Je crois qu'il m'a pardonné.

– Qu'est-ce que tu lui as dit ? demanda timidement Donna.

– Que je ne pouvais pas lui répondre tout de suite. Et j'ai ajouté que ma décision dépendait de la réponse à une autre question.

– Laquelle ?

– Mes affaires marchent plutôt bien. J'ai pas mal de boulot depuis le procès de Gary. Assez en tout cas pour qu'Amos et moi prenions un associé qui ne s'occupe que des indigents. Je me consacrerai aux coups et blessures et aux affaires criminelles, s'il s'en présente. C'est là ma première raison de rester ici. Mais j'en aurais une bien meilleure si tu acceptais de m'épouser une fois ton divorce prononcé. »

Donna battit des paupières, puis ses yeux s'embuèrent et elle se jeta au cou de Peter. Son gobelet de café fit un vol plané.

« Est-ce que cela veut dire oui ? » demanda Peter en éclatant de rire.

Avant même que Donna pût lui répondre, Gary apparut sur la rampe en béton et s'élança vers eux. Il portait un maillot couvert de boue au point que le numéro en était illisible.

« Regardez, regardez ! cria-t-il en brandissant son trophée. L'entraîneur m'a dit que je pouvais le garder. Il dit que je porte bonheur. Les Stallions n'auraient jamais gagné sans moi !

– C'est formidable, Gary, parvint à dire Donna.

– On a gagné, Pete. Tous les matchs de la saison. Ils disent que je les ai aidés ! »

Donna et Peter éclatèrent de rire en voyant Gary exulter de joie. Donna serra Peter contre elle avant d'enlacer son frère.

« Allez, on rentre à la maison », dit Donna. Ils se dirigèrent vers le parking. Il leur fallait crier pour se faire entendre. Les supporters des Stallions chantaient et beuglaient sous la pluie battante.

« Hé, hurla Peter, qu'est-ce que tu dis de ma proposition ?

– On a gagné ! On a gagné ! lançait Gary à un groupe d'étudiants particulièrement braillards.

– Je dis que je suis d'accord ! » répliqua Donna, radieuse.

www.pocket.fr
Le site qui se lit comme un bon livre
Informer
Toute l'actualité de Pocket, les dernières parutions collection par collection, les auteurs, des articles, des interviews, des exclusivités.
Découvrir
Des 1ers chapitres et extraits à lire.
Choisissez vos livres selon vos envies :
thriller, policier, roman, terroir, science-fiction...
POCKET
Il y a toujours un Pocket à découvrir sur www.pocket.fr

Achevé d'imprimer sur les presses de

BUSSIÈRE

GROUPE CPI

à Saint-Amand-Montrond (Cher)
en novembre 2004

POCKET - 12, avenue d'Italie - 75627 Paris Cedex 13
Tél. : 01-44-16-05-00

— N° d'imp. : 45263. —
Dépôt légal : janvier 1998.
Suite du premier tirage : novembre 2004.

Imprimé en France